Paul Werner

DIE BALLADE VON DEN YARMOUTH SECHS

Abenteuer-Roman

Bibliografische Informationen der Deutschen Nationalbibliothek:
Die Deutsche Nationalbibliothek verzeichnet diese Publikation
in der Deutschen Nationalbibliografie, detaillierte bibliografische
Daten sind im Internet über dnb.dnb.de abrufbar.

TWENTYSIX – Der Self-Publishing-Verlag
Eine Kooperation zwischen der Verlagsgruppe Random House
und BoD – Books on Demand

Herstellung und Verlag:
BoD – Books on Demand, Norderstedt
Umschlaggestaltung und Satz:
uc graphic, Heidelberg
Illustration: Evelyn Mantei

ISBN: 978-3-7407-5060-2

ERSTES KAPITEL

1. Das Gerissene Luder

Das winzige silbrig glänzende Fischerboot tanzt wie ein am Haken hängender, verzweifelt um sein Leben kämpfender Schwertfisch auf den Schaumkronen der atlantischen Kreuzseen. Bis zur Insel, deren verwüstete Oberfläche wie eine klaffende Wunde inmitten des Ozeans prangt, ist es kaum mehr als eine halbe Meile. Erste Brandungswellen zerschellen an den weitest vorgelagerten, kaum aus dem Wasser ragenden Klippen, deren Schutzschild unlängst vor der Urgewalt des jüngsten Hurrikans überrollt wurde.

Die beiden hoch aufgeschossenen, mageren und hohlwangigen dunkelhäutigen Gestalten an Bord des Bootes scheinen direkt aus dem Herzen Schwarzafrikas hierher in die Karibik geraten. Nun haben sie alle Mühe, sich in der kochenden See auf den Beinen zu halten. Das aber sollten sie unbedingt, denn sitzend würden sie schnell den Überblick verlieren und ihr Boot blindlings in den Klippengürtel rammen. Der ablandige, nach Tod und Verwesung riechende Wind zerrt an ihren abgerissenen, von der Sonne versengten und scheinbar nur noch durch eine weiße Salzkruste zusammengehaltenen Lumpen. Sollte der übellaunige Poseidon ihnen selbst noch diese armseligen Fetzen neiden? Mit blutunterlaufenen Augen mühen sich die beiden, den dichten Schleier zu durchdringen, den die laut knallend am Bug detonierenden Wellen immer aufs Neue wie ein fein geknüpftes feuchtes Netz über Boot und Besatzung werfen.

Die Männer suchen nach einer Bresche zwischen den Gischt-Säulen, die wie verspielte Geysire mal hier, mal dort vor ihren salzig tränenden Augen emporschießen. Der eine steht zwischen Bug und primitivem Steuerstand und klammert sich an einem kurzen, dünnen Tampen, dessen Ende bereits tief in das Fleisch seiner rechten Hand geschnitten hat. Der andere umklammert am Steuerstand das winzige metallene Ruder, dessen hervorstehende

Speichenenden ihm mit ihren heftigen schroffen Ausschlägen die Handgelenke zu brechen drohen. Beide wissen, sie haben nur einen einzigen Versuch. Drehen und umkehren ist in dieser Konstellation nicht möglich.

Umso größer ist ihre Erleichterung, als sie es endlich geschafft haben und mit mehr Glück als Verstand durch Skylla und Charybdis geschlüpft sind und die aufgewühlte See erst einmal hinter sich lassen. Ihr brettartiges, beinahe kielloses Boot gleitet auf dem Surf bis fast an den Strand, wo der Mann am Ruder es durch eine jähe Wende in den Wind aufschießen lässt. Ein leichtes Kopfnicken ist das Zeichen an seinen Kumpanen, das rostige, an einem langen Tampen befestigte Knäuel Schrott, das den beiden als provisorischer Anker dient, über Bord zu stoßen. Dann greifen sie nach ihren von der salzigen Luft korrodierten Macheten und klemmen sich zwei in Plastikbeutel gewickelte Stablampen unter den Arm. Schließlich werfen sie sich noch je einen aus verschiedenfarbigen Teilen zusammengeflickten Rucksack über die Schulter, klettern über Bord und waten steifbeinig wie auf Stelzen an Land.

Eine Weile sitzen sie nach Atem ringend auf dem feinen weißen Sand des Stückchen Strandes, das sich links und rechts von ihrem Ankerplatz etwa fünfzig Meter weit erstreckt. Die eilends dem Horizont zustrebende Sonne verzaubert den Strand für einen magischen Moment mit dem sanften letzten Licht dieses Tages. Die beiden Gestalten blicken aufs Meer und stärken sich ohne Hast mit etwas steinhartem Brot, Resten gegrillter Fische und lauwarmem Trinkwasser aus Plastikflaschen, die sie in ihren Rucksäcken mitführen. Dann stehen sie langsam auf, klopfen den Sand vom Hosenboden und wenden sich fast zögerlich der Insel zu, deren Anblick sie bislang peinlichst zu vermeiden schienen.

Das kleine flache, kaum höher als ein Walbuckel aus dem Wasser ragende Eiland, das sich ihnen im rötlichen Dämmerlicht wie ein Stück blutig rohen Fleisches präsentiert, gehörte noch nie zu den schönsten Perlen der Kette sogenannter Kleiner Antillen. Wer die Insel besuchte, den verlangte es vor allem nach Ruhe und Abgeschiedenheit fern der karibischen Touristenströme. Heute jedoch gleicht sie einer geplatzten und ihr eiterndes Innere nach außen kehrenden Pestbeule. Lange kann es noch nicht her sein, dass eine mörderische Springflut die wehrlose Insel überspült hat, während das unermüdlich wirbelnde Schwungrad eines vernichtenden Zyklons alles, was hier mehr als einen halben Meter emporragte, abrasiert und so die Insel dem Erdboden gleichgemacht hat. Palmen, Büsche, Kakteen, die ganze zähe und vielerlei Widrigkeiten trotzende Flora wurde systematisch abgeknickt, gefällt oder entwurzelt. Hütten, Lebkuchenhäuschen, Bungalows, kleine Hotels, bunt bemalte Kapellen dieser oder jener esoterischen Glaubensgemeinschaft wurden in ihre Einzelteile zerlegt. Die in alle Himmelsrichtungen fliegenden Trümmer landeten irgendwann krachend und berstend wir Bomben auf den Ruinen, die sich bis dahin mit letzter Kraft gegen den Sturm gestemmt hatten. Verkehrs-, Reklame- oder Straßenschilder rissen aus ihren Verankerungen und wurden wie morsche Segel zerfetzt oder wie in einer Schrottpresse aufgefaltet. Die einzige Ortschaft der Insel wurde ausradiert, von der Landkarte getilgt. Allein das Fehlen von Bombenkratern lässt halbwegs glaubhaft erscheinen, dass es sich bei diesem Werk totaler Vernichtung um das zerstörerische Walten der Natur und nicht etwa die Folgen eines Luftangriffes oder Granatenbeschusses handelt.

Zerzauste Kronen entwurzelter Palmen breiten ihre Blätter wie riesige Staubwedel über weite Teile des gewaltigen Trümmerfeldes, als wollten sie das volle Ausmaß der Katastrophe schamvoll verhehlen. Selbst aus der Internationalen Raumstation dürfte unschwer zu erkennen sein, wie gnadenlos dieser Hurrikan der Kategorie vier die Insel verwüstet hat. Was zuvor als grünlich schimmerndes Blatt auf dem Kobaltblau der See zu tanzen schien, ist jetzt zur verwelkten Seerose verkommen.

Nicht bis zur Raumstation hinauf dringt der penetrante Geruch faulender Fischleichen. Die Springflut hat Tausende von Fischen an Land gespült, wo sie dann zappelnd und mit verwrungenen Leibern hüpfend verendeten. Jetzt dienen sie Katzen und Ratten zur Nahrung.

Dass hier keine Menschen zu Schaden kamen, liegt an den aus bitterer Erfahrung erwachsenen Vorsorgemaßnahmen. Tage bevor der Hurrikan auf seinem schwer berechenbaren Taumelkurs die Insel erreichte, ordneten die Behörden deren Zwangsevakuierung an. Alle Bewohner wurden auf Schiffe verfrachtet und auf dem etwas weiter südlich gelegenen Schwester-Eiland abgesetzt. Das wird zwar in schöner Regelmäßigkeit ebenfalls von Zyklonen heimgesucht, verfügt aber wenigstens über eine Reihe solider Betonbauten und Hurrikan-erprobter, unterkellerter Schulen und massiver Kirchenschiffe, die sich als Unterstände schon bei früheren Gelegenheiten leidlich bewährt haben.

Behördlicher Zwang ist deshalb unumgänglich, weil längst nicht jeder Inselbewohner bereit ist, der Stimme der Vernunft zu folgen. Niemand überlässt sein Hab und Gut gern sich selbst, und sei es auch nur für wenige Tage oder Wochen. Wer weiß denn, was man bei der Rückkehr von alldem noch vorfinden wird. Geld, Schmuck und andere Wertsachen von geringem Umfang und Gewicht konnten die kurzzeitig aus ihrem Paradies Vertriebenen natürlich mitnehmen. Den Rest ihres Besitzes einschließlich vieler verstörter Haustiere mussten sie jedoch zurücklassen und gegen alle bisherige Erfahrung darauf hoffen, dass die wütenden Elemente ihr Häuschen oder ihren Bungalow diesmal verschonen würden.

Die dergestalt widerwillig zurückgelassene Habe wird Plünderern wie diesen beiden schwarzen Gestalten zur leichten Beute. Doch bei aller Gier, die ihre Sinne vernebelt, können selbst sie sich dem Schrecken dieser gruseligen Szenerie nicht ganz entziehen. Immer wieder misstrauisch um sich blickend, nähern sie sich nun dem Epizentrum der Verwüstung. Inzwischen hat auch die Sonne schamvoll ihr Gesicht verhüllt. Myriaden wie Eiskristalle glitzernder Sterne blinzeln ungerührt auf Gerechte wie Ungerechte hernieder, so als müssten sie die absolute Empathielosigkeit des Alls bestätigen. Dichte, unstet dahinjagende Wolken kommen so überfallartig auf, als hätte sie wie Sendboten der Unterwelt den lieben langen Tag auf Abruf gewartet, bei Anbruch der Dunkelheit endlich losschlagen zu dürfen. Im Süden zucken erste Blitze wie Zeugen einer fernen Schlacht über den Horizont.

Die beiden Plünderer haben ihre Stablampen angeknipst, ohne sie aus dem transparenten Plastik zu wickeln. Matte Lichtkegel gleiten über die Trümmer, die den beiden alsbald den Weg verstellen. Wo in diesem Inferno die einzige größere Straße des Orts endet und die privaten Grundstücke ihren Anfang nehmen, können die beiden bestenfalls ahnen. Da und dort stochern sie mit ihren primitiven Macheten in geborstenem Holz, zersplittertem Glas und verstreutem, bereits von allerlei Getier zerwühltem, übelriechendem Müll. Ab und zu bücken sie sich nach scheinbar lohnender Beute, die sie auflesen, um sie nach kurzer oberflächlicher Prüfung wieder zu verwerfen. Ihre Rucksäcke sind klein, ihr Boot schmächtig. Deshalb werden sie sich nicht mit Dingen belasten können, deren Umfang oder Gewicht sie bereits disqualifizieren.

Ausgesetzt und sich selbst und ihren Artgenossen ausgeliefert, werfen Hunde auf dem kurzen Weg zur Verwilderung ihre Erziehung ähnlich schnell über Bord wie ihre Besitzer. Anstatt weiter zu bellen, wie es dem menschlichen Ohr, jedenfalls in Maßen, ein Wohlgefallen ist, gehen sie alsbald wieder zum Wolfsgeheul über, das in ihrer tierischen DNA ebenso verankert ist wie die Furcht davor in derjenigen des Menschen. Während sie solchen melancholischen Arien des Hungers wenig Bedeutung beimessen, reagieren die Plünderer auf andere, nicht sogleich zuzuordnende Geräusche durchaus heftig und unmittelbar. Immer mal wieder verharren sie und lauschen wie zu Salzsäulen erstarrt angestrengt in die Nacht.

Dass sich ein Inselbewohner der Evakuierung entzogen haben könnte, um eventuellen Plünderern wie diesen das Handwerk zu legen oder sich gar selbst an anderer Leute Hab und Gut zu bedienen, ist unwahrscheinlich. Aber vor allerlei verrückten Zufällen ist man im Leben ja nie sicher. Noch heute erzählt man sich zum Beispiel die Geschichte vom notorischen Taugenichts, Trunkenbold und Dieb, nennen wir ihn Marcel, der auf Martinique als damals einziger Insasse des winzigen örtlichen Gefängnisses einen vernichtenden Vulkanausbruch überlebte. Während draußen die Hölle ihr Feuer ausspie, schlief Marcel in seiner Zelle, in der man ihn schlicht vergessen hatte, seinen Rausch aus. Als er aufwachte, war die Ortschaft mitsamt Einwohnern im Staub und Magma versunken. Was immer Marcel getrunken haben mochte – diesen halluzinogenen Stoff wird er nie mehr angerührt haben.

Der eine oder andere Junkie ohne nennenswerten Anhang hätte sich, völlig stramm und zugedröhnt, während der Evakuierung in irgendein Loch verkrochen haben, in dem keiner nach ihm suchte. Konkurrierende Plünderer könnten sich auf der Insel herumtreiben. Draußen auf See haben die beiden zwar keine anderen Fahrzeuge gesichtet, aber was heißt das schon. Kleine Boote mit niedrigem Freibord sind zwischen den atlantischen Wellenbergen kaum auszumachen. Vorerst kommt Konkurrenz jedoch nur von Möwen, Ratten, Katzen und Hunden. Winzige leuchtende Punkte blinken im Lichtstrahl der Lampen kurz auf wie Quarzkristalle in einer Diamantenmine.

Ab und zu erschrecken die Plünderer über das schleifende Geräusch eines von Böen erfassten Stücks Pappe oder Sperrholz. Schief in ihren quietschenden Angeln hängende, aufgeregt im Wind hin und her schlagende Türen täuschen gleichsam alltägliche Geschäftigkeit vor. Leise grollender Donner begleitet das Zucken der Blitze des sich träge nähernden Hitzegewitters.

Da und dort stoßen die beiden auf Tierkadaver. Einige Hunde und Katzen ertranken, wurden von Trümmern erschlagen oder von ihren Besitzern in banger Vorahnung erschossen: besser ein schneller Tod durch die Kugel, als das quälende Martyrium langsamen Ertrinkens. Verrottende Fische, darunter viele Exocoetidae, die von der Sturmflut auf die Insel gespült wurden oder verwirrt angeflattert kamen und wie orientierungslose Zugvögel auf allerlei Hindernisse prallten und verendeten, steuern ihr Schärflein zum allgemeinen Verwesungsgestank bei.

Endlich hat das subtropische Nachtgewitter die Insel erreicht und öffnet die himmlischen Schleusen. Gnadenlos entlädt es seine Regenmassen auf alles, wes noch kreucht und fleucht, also auch und erst recht auf die beiden Plünderer. Mit ihren so gut wie nackten Oberkörpern sind sie den prasselnden Tropfen schutzlos preisgegeben und gleichen bald zweibeinigen, übergroßen schwarzen Pudeln, die gerade von der halbjährlichen Schur kommen. Vielfach verästelte Blitze durchzucken den Nachthimmel und lassen die ohnehin unheimliche Szenerie dramatisch aufleuchten. Salven „feuchten", wie mit riesigen Blechen erzeugten Theaterdonners rollen durch die schmalen Canyons zwischen den Müllbergen.

Gewissensbisse darüber, dass sie im Begriff sind, sich am Besitz ohnehin vom Schicksal hart getroffener Menschen zu bereichern, scheinen die beiden nicht zu plagen. Warum auch? Selbst wenn's ausnehmend gut läuft, holen sie sich aus ihrer Sicht allenfalls einen verschwindenden Teil dessen wieder, was ihre versklavten afrikanischen Vorfahren einst an Blut, Schweiß und Tränen hier zurückließen.

Zwei Weiße, die gottesfürchtigen Brüder John und Christopher Codrington waren es, die der Insel als deren erste Pächter ihren Stempel aufdrückten. Dem von ihnen gegründeten und bis heute einzigen Ort vermachten sie ihren seltsam sperrigen Namen, der zur blumigen Toponymik der Karibik in etwa so verhält, wie mit gehackten Innereien gefüllter Schafsdarm zum rattenscharfen Cajun Gumbo. Das allzeit geschäftstüchtige britische Königshaus ließ damals wohl die Champagnerkorken knallen, als feststand, dass dieses scheinbar einfältige Brüderpaar bereit war, jenes kleine, augenscheinlich völlig nutzlose sumpfige Eiland gegen stattliches Entgelt in langfristige Pacht zu nehmen. Das war verwunderlich, denn für das Anlegen von Zuckerrohr-, Baumwoll- oder Bananenplantagen eigneten sich die Böden Barbudas damals so wenig wie heute.

Doch schon bald sollte sich zeigen, dass die Codringtons keineswegs auf den Kopf gefallen waren, sondern mit Barbuda etwas Besonderes vorhatten. Was die Insel nämlich in Hülle und Fülle bot, war freier Raum. Mochten die anderen, bildlich gesprochen, gern jede Menge Autos besitzen, die Codringtons saßen sozusagen auf den Parkplätzen. Bei Lichte besehen, verfügten sie über genau den Raum, der sich für die Gewinnung eines Rohstoffes nutzen ließ, ohne den zwischen Trinidad und Charleston oder zwischen Martinique und Philadelphia ein rentabler Betrieb von Plantagen undenkbar war – spottbillige Arbeitskräfte.

Ob die ausgeschlafenen Codringtons „ihre" Neger regelrecht züchteten, wie von manchen Historikern behauptet, oder ob sie lediglich jene, nun ja, optimalen Voraussetzungen schufen, unter denen Schwarze sich auch ohne weiteres Zutun im gewünscht raschen Rhythmus vermehrten, mögen die Archäologen des Frühkapitalismus unter sich ausmachen. Gesichert ist, dass die beiden Britenbrüder nicht nur Antigua, die unmittelbare Nachbarin Barbudas in Süden, sondern nach und nach auch die anderen Inseln über und unter dem Wind regelmäßig mit menschlichem „Nachschub" versorgten.

Die von den Codringtons vermittelten Sklaven waren in den Augen der Plantagenbetreiber umso wertvoller, als sie, auf Barbuda geboren und aufgewachsen, gegen das feuchtwarme, Regenwäldern und Sümpfen verpflichtete karibische Klima bereits bestens gefeit waren. Direkt in der afrikanischen Savanne gefangene und nach quälend langer Überfahrt in Eisenringen und Ketten in die Neue Welt beförderte Sklaven pflegte dieses Klima alsbald zu Hunderten dahinzuraffen. Verlängerung der Lebensarbeitszeit, nutritive Genügsamkeit und erworbene Resistenz gegen endemische Seuchen sprachen allesamt für das insgesamt konkurrenzlose Angebot der Codringtons.

Negersklaven haben für gewöhnlich keine Stammbäume. Doch dass die beiden Halbwüchsigen zu den Nachfahren dieser bedauernswerten Spezies gehören und sich der düsteren Vergangenheit der Insel auf Schritt und Tritt bewusst sein dürften, ist ohne weiteres anzunehmen. Warum also hinderliche Skrupel hegen?

Als die Plünderer sich gerade anschicken, unter einem auf dem Boden gelandeten und dort schräg eingekeilten Stück Wellblech Schutz vor dem Regen zu suchen, hält der eine der beiden mit einem Male erneut inne und zupft den anderen am Arm. Wie feucht glänzende Skulpturen, an denen das Regenwassern in dünnen Bächen herabperlt, stehen sie einen Augenblick lang und lauschen bewegungslos, während das Wasser schnell wachsende Pfützen um ihre nackten Füße bildet.

Als das Prasseln des Regens kurz nachlässt, hört auch der andere, was seinen Partner offenbar irritiert hat. Ein leises wimmerndes Stöhnen wie von einer in den letzten Zügen liegenden Kreatur, irgendwo im heillosen Gewirr links von ihnen. Das aber ist die Richtung, aus der sie eben erst gekommen sind. Wenn dort jemand im Sterben liegt, müssten sie ihn übersehen haben, was ihnen trotz der Dunkelheit und des Regens schwer vorstellbar erscheint. Vorsichtig, ihre Macheten erhoben und bereit zum tödlichen Hieb, schleichen sie langsam und geduckt zurück.

Dann bleiben sie plötzlich erschrocken stehen und nehmen blitzschnell, Rücken an Rücken, eine kauernde Abwehrhaltung ein, die wie die instinktive Bewegung von im Kampf geübten eingeborenen Kriegern wirkt. Der Lichtkegel des einen hat das blutüberströmte Gesicht einer weißen Frau erfasst, die sich, offenbar schwer verletzt, in die höhlenartige Nische verkrochen hat, die zwischen zwei völlig zerstörten, regelrecht ineinander gefalteten Bungalows entstanden ist. Kein Wunder, dass die beiden Plünderer sie eben nicht bemerkt haben. Möglicherweise war sie da auch noch bewusstlos und ist jetzt durch den Lärm des Donners und des prasselnden Regens über ihr aus ihrer Ohnmacht erwacht.

Die Plünderer leuchten die unmittelbare Umgebung ab, um sicher zu gehen, dass nicht noch weitere Verletzte oder Tote hier herumliegen. Erleichtert stellen sie fest, dass dem nicht so ist. Auf die Frau ist mindestens einmal geschossen worden. Blut sickert dünn, aber unaufhörlich aus einer kreisrunden Eintrittswunde über dem linken Auge und rinnt über Nase, Mund und Kinn, von wo aus es auf das blutdurchtränkte T-Shirt tropft. Wo sie herkommt und wie sie sich trotz ihrer vermutlich tödlichen Verletzung bis hierher hat schleppen können, bleibt ihr Geheimnis. Bisweilen ist der sonst so zerbrechliche menschliche Körper zu unglaublichen Leistungen fähig. Der eine Schwarze beugt sich zu ihr herab und spricht sie auf Englisch an. Ihr Gesichtsausdruck lässt vermuten, dass sie ihn zwar hört, aber vielleicht nicht versteht und jedenfalls zum Antworten zu schwach ist. Alles, was sie hervorbringt, ist dieses durch Mark und Bein gehende Stöhnen, das langsam in Röcheln übergeht. Sie scheint mühsam ein Wort bilden zu wollen, das die beiden ihrerseits nicht verstehen.

Die Plünderer halten kurz Zwiesprache. Sie sind zwar nicht in weiblicher Anatomie bewandert, wissen aber trotz ihrer jungen Jahre bereits aus Erfahrung, wie ein Mensch aussieht, der nur noch Minuten zu leben hat. So oder so haben sie kein Interesse daran, eine Zeugin ihres verachtungswürdigen Tuns am Leben zu erhalten, selbst wenn sie es denn könnten. Der eine, der sich kurz zu ihr herabgebeugt hat, blickt fragend auf seinen Partner und deutet auf seine Machete. Sein Kumpan schüttelt den Kopf. Er weiß, dieses traurige Geschäft wird ihnen die Natur abnehmen. Wichtiger wäre es, zu erfahren, woher die Frau kommt und was ihr widerfahren ist. Wie eine Plünderin sieht sie nicht aus. Wie eine Einwohnerin Codringtons aber auch nicht. Eine Katastrophentouristin vielleicht? Wurde sie hier überfallen, worauf alles deutet, könnte ihr Angreifer noch auf der Insel sein und auch den beiden gefährlich werden. So gut sie sich in der Handhabung ihrer Macheten auskennen, gegen Schusswaffen kommen sie mit denen nicht an.

Als hätte die Frau die leise Zwiesprache der beiden durch Lippenlesen verfolgt, hebt sie ihren rechten Arm bis auf Brusthöhe und weist nach links in Richtung Westen. Der eine Plünderer, der seinen auch nicht gerade kleinen Komplizen noch um etwa einen halben Kopf überragt, springt auf einen der Dachreste und erklimmt mit wenigen Sprüngen den an dieser Stelle höchsten Punkt des Trümmerfeldes. Dort oben angelangt, legt er seine Hand zum Schutz gegen den pausenlos strömenden Regen an die Stirn und hält Ausschau nach dem, was die Frau ihnen mit ihrer Geste möglicherweise andeuten wollte: ein Fahrzeug, ein Boot, irgendetwas, das Licht auf diese mysteriöse Angelegenheit werfen kann.

Und er scheint in der Tat fündig zu werden. Als er wieder herunterklettert, sieht er, dass die Frau ihrer Verletzung erlegen ist. Sein Kumpan schließt ihr die weit geöffneten, ausdruckslosen Augen.

Sie lassen den Leichnam in seiner sitzenden Position zurück. Für eine Bestattung ist weder Platz, noch Zeit. Sie sind mit der einsetzenden Ebbe gekommen und sollten mit dem nächsten Hochwasser wieder abfahren, sonst drohen sie, im Klippengürtel hängenzubleiben. Bei Niedrigwasser und schummrigem Licht durch die scharfkantigen, spitzen Felsen zu steuern, ist selbst für Ortskundige, zu denen diese beiden nicht gehören, äußerst riskant.

Sie kehren dem Trümmerfeld den Rücken und waten durch eine etwa bauchnabeltiefe Lagune auf die See zu, die nur durch eine etwa zwanzig, dreißig Meter breite Sandbank von der Lagune getrennt wird. Dann stehen sie schließlich am Strand. Es hat aufgehört zu regnen. Aus dem Gewitter ist ein in den letzten Zuckungen liegendes Wetterleuchten geworden, das in nördlicher Richtung abzieht. Zwar nimmt die verschwenderische Fülle funkelnder Sterne zum Horizont hin ab, weil sich so dicht über der Kimm die Luftschichten merklich verdichten. Doch es bleiben noch genug übrig, um die dunklen Umrisse einer unbeleuchteten Segelyacht deutlich vor dem Hintergrund abzuzeichnen. Dicht unter der Küste verankert, tanzt sie im nie ganz ruhenden Schwell des Ozeans auf und nieder.

Die Plünderer richten ihre Lampen auf die Yacht. Der Lichtschein reicht gerade weit genug, um erkennen zu lassen, dass ihr Rumpf weiß ist. Jetzt ahnen die beiden, woher die Frau gekommen sein dürfte, nicht aber, von wem sie erschossen wurde und warum. Die Yacht muss einige Zeit nach dem Durchzug des Hurrikans angekommen sein. Schutzlos, wie sie da auf Reede liegt, hätte sie den Zyklon nicht überstanden und ein Hurrikan-Schutzloch, in dem sie sich bis vor kurzem hätte verbergen können, hat dieses Eiland nicht zu bieten.

Dass die Yacht unbeleuchtet ist, muss nichts heißen. Segler auf Langfahrt tun stets alles, jedwede Form von unnützem Energieaufwand zu vermeiden. Da sich die Insel außerhalb aller eingefahrenen Routen befindet und den wenigen Fischerbooten der Region kaum Schutz bietet, besteht für eine hier vorübergehend geparkte Yacht so gut wie keine Kollisionsgefahr, selbst wenn sie während der Nacht regelwidrig unbeleuchtet bleibt.

Dass auch unter Deck kein Licht zu sehen ist, mutet da schon merkwürdiger an. Hinzu kommt, dass das Schothorn der nicht sauber fixierten und daher um etwa ein Fünftel ausgerollten Genua in Wind und Schwell laut vernehmlich gegen den Aluminiummast schlägt. Zwar dring der Lärm wegen des ablandigen Windes kaum bis über den Strand hinaus, aber an Bord man muss schon sehr tief und fest schlafen, um vom hellen, glockengleichen Klang des Schothorns nicht über kurz oder lang irritiert zu werden. Ein Rumpf aus Glasfaser-Kohlenstoff bildet einen hochwirksamen Klangkörper, der jedes noch so diskrete Geräusch an oder unter Deck grotesk verstärkt. Mit dieser Yacht, das spüren die beiden Plünderer instinktiv, stimmt etwas ganz und gar nicht.

Sie beraten sich. Wenn sie der Sache auf den Grund gehen wollen, müssen sie hinüberschwimmen und an Bord klettern. Das könnte riskant sein. Ein Schwarm fliegender Fische, die in diesem Augenblick panikartig aus dem Wasser springen und mit ihren Stummelflügeln flatternd das Weite suchen, erinnert die beiden daran, dass die Nacht den Raubfischen wie Barracudas und Haien gehört. Außerdem: wer immer sich auf dem Segler befindet, ist möglicherweise für den Mord an der Frau verantwortlich und so wenig an Zeugen interessiert, wie die beiden Schwarzen. Vielleicht handelt es sich bei der Toten aber auch um eine Einhandseglerin, die kurz vor dem Eintreffen der Plünderer von Piraten überfallen und als tot oder sterbend zurückgelassen wurde. Dann dürften diese mit ihrer Beute längst über alle Berge und die Yacht mithin herrenlos sein. Die beiden glauben zu wissen, dass in diesem Falle ein üppiger Bergelohn winkt, der eine Versicherung immer noch billiger kommt, als der Ersatz des Wiederbeschaffungswertes.

Die Aussicht auf eine sehr viel reichere Beute, als die erhoffte, lässt sie ihre anfänglichen Bedenken in den feuchten Nachtwind schlagen. Alles ist besser, als die Aasgeier zu spielen und an Land mit Ratten und Hunden um die Wette in Dreck und Müll zu wühlen. Sie legen ihre Rucksäcke in den Sand, hängen ihre Macheten um den Hals und gleiten nach wenigen Metern des Watens durch den Surf kopfüber ins tiefere, ruhigere Wasser.

Besonders geübte Schwimmer scheinen sie zwar nicht zu sein, aber das ist auch nicht erforderlich. Nach ein paar Dutzend ungeschickten Paddelbewegungen haben sie die Ankerkette erreicht, an der sie sich erst einmal prustend und Wasser speiend festklammern. Von ihrer kurzen Schwimmeinlage erholt, nehmen sie den Einstieg in Angriff. Sie atmen ein paar Mal tief durch und tasten sich dann am Rumpf entlang nach achtern. Die Yacht hat eine Länge von gut und gern fünfzehn Metern zwischen den Loten. In vielen vor allem nordeuropäischen Marinas würde sie damit durchaus respektvolle bis neidische Blicke ernten. In Mittelmeer oder Karibik hingegen zählt eine Yacht mit solchen Dimensionen bestenfalls als Einstiegsdroge. In exklusiven Häfen wie Falmouth Harbour, Antigua, liegen regelmäßig riesige Segelyachten vertäut, deren bei Anbruch der Dunkelheit angeknipsten Saling- oder Toplaternen nicht nach gemein-maritimen Gepflogenheiten weiß, sondern luftfahrtrot leuchten – getreu dem Motto der Himmel ist die Grenze.

Am Heck empfängt die beiden Schwimmer ein diskret summender Windrotor für zusätzliche Stromerzeugung. Über der Reling hängen aufklappbare Solarpaneele. Entweder wurden sie heute nicht gebraucht, oder jemand hat sie bei Sonnenuntergang beigeklappt. Kontinuierliche Stromerzeugung ist jedenfalls kein Thema an Bord. Pech allerdings für die Plünderer, dass keine einladende Badeleiter vom Spiegelheck hängt, die ihnen das An-Bord-Gehen wesentlich erleichtern würde.

The Wily Minx, buchstabiert der eine der beiden stockend den englischen Namen der Yacht. Das Gerissene Luder? Wer gibt einer offenbar nagelneuen, sündhaft teuren Yacht wie dieser einen solch dubiosen Namen? Als Heimathafen der Yacht nennt das Heck einen Ort namens Sark. Klingt für die beiden fast wie shark, also Hai, und sagt ihnen so wenig wie der Name der Yacht selbst. Die Fahne erlaubt ihnen auch keine wesentlichen Rückschlüsse: ein rotes Andreaskreuz auf weißem Grund, das linke obere Feld rot mit zwei goldenen Löwinnen, deren Schwänze sich über die ganze Länge der eher asketisch wirkenden Körper peitschenartig wölben. Nicht ganz so farbenreich und formverspielt wie manch stolze karibische Kreation, und dennoch fast so weit wie diese von allen klassischen europäischen oder überseeischen Designs entfernt, die die Plünderer bislang etwa bei der alljährlichen Antigua Week bewundern konnten.

Nach Lage der Dinge muss einer von beiden über die Ankerkette an Deck klettern, was nicht ganz leicht ist und voraussichtlich alles andere als geräuschlos vonstattengehen dürfte. Kaum etwas an Bord verursacht ein größeres Spektakel, als die in einer stählernen Lippe am Bug hin und her rutschenden Glieder einer galvanisierten Ankerkette. Glatter Stahl rutscht besser, bricht aber erfahrungsgemäß auch leichter. Rumpeln und Schaben sind geeignet, Tote zum Leben zu erwecken. Schalldämpfende Maßnahmen wären denkbar, werden aber oft vermieden, weil die schabenden und klopfenden Geräusche, so irritierend sie vor allem für die in der Bugkabine liegende Crew sind, dem meist achtern schlafenden Eigner das gefährliche Vertreiben der Yacht bei ausgebrochenem Anker signalisiert. Falls wirklich mal der ans Echolot oder ans GPS_gekoppelte elektronische Alarm ausfallen sollte, wäre das verräterische Kettengeräusch eine sozusagen analoge zusätzliche Hilfe.

Der etwas kleinere Plünderer ergreift die Initiative und hangelt sich behände und relativ geräuschlos nach oben. Dann kriecht er wie ein Schlangenmensch unter der Reling hindurch an Deck. Hier presst er sich erst einmal flach auf das feuchte Teakholz und wartet auf etwaige Reaktionen. Während das Meerwasser von seinem hageren Körper tropft und ein dünnes Rinnsal bildet, das durch das Speigatt am Rumpf entlang ins Meer abläuft, lauscht der Mann angestrengt nach unten. Wie ein Metronom klopft das Genua-Schothorn weiter seinen langsam-eindringlichen Rhythmus. Unter Deck hingegen scheint sich nichts zu rühren. Nach einer Weile steht er auf und schleicht nach achtern, wo er am Heck die metallene Badeleiter aus ihrer Befestigung löst und aufklappt, so dass sein Komplize auf diesem, wesentlich weniger mühevollen Weg an Deck gelangen kann.

Die Macheten in ihrer Rechten und die immer noch in Plastik gewickelten Stablampen in ihrer Linken, schleichen sie zum Niedergang. Selbst im Dunklen sieht die Yacht nagelneu aus, riecht nur irgendwie ganz und gar nicht so. Als sie das Einstiegsschott, dessen einer Flügel leise quietschend im Takt mit dem Seegang hin und her pendelt, fast erreicht haben, schlägt ihren empfindlichen Nasen ein Wölkchen süßlichen Verwesungsgeruchs entgegen.

Schaudernd stecken sie die Köpfe in den Niedergang und leuchten in den Salon. Auf den ersten Blick scheint dort alles zum

Besten: ein Mann in Shorts und T-Shirt, vermutlich der Eigner oder Skipper, sitzt auf der gepolsterten Bank am entfernten Ende des Tisches. Sein in den Nacken gefallener Kopf ruht auf dem oberen Rand der Rückenlehne, so als sei er gerade mal eingenickt und ruhe sich von den Strapazen einer längeren Überfahrt aus. Was diesen Eindruck nachhaltig stört, ist das Einschussloch mitten auf seiner Stirn, aus dem schon längst kein Blut mehr sickert. Stattdessen ist das wenige ausgetretene Blut koaguliert und hat sich in seinem dichten Schnurrbart verkrustet. Es bedarf keiner ausgiebigen forensischen Untersuchung um festzustellen, dass der Man, im Gegensatz zur Frau draußen, sofort tot war.

Als sie über den Niedergang vorsichtig nach unten schleichen und sich in den Kabinen umsehen, finden sie zwei weitere Leichen, die eines Mannes und die einer Frau. Auch sie wurden durch einen einzigen präzisen Schuss in die Stirn getötet.

Was immer hier passiert ist, kann so lange noch nicht her sein, sonst würden die Leichen nicht nur müffeln, sondern auch schon einen ausgeprägten Madenbefall aufweisen. Im Aufspüren faulenden Fleisches kann der gemeinen Schmeißfliege niemand das Wasser reichen.

Nicht lange her? Nun, lange genug, um dem Mörder ausreichend Gelegenheit zum Verschwinden zu geben. Vielleicht haben die Plünderer den Killer durch ihre Ankunft auf der Insel vertrieben. Dafür spricht, dass er der zweiten Frau, die irgendwie an Land gelangen konnte, gar nicht erst gefolgt ist. Wo sollte die in den letzten Minuten ihres Lebens auch hin? Dass die Plünderer kein anderes Boot gesehen haben, ist nicht weiter verwunderlich. Zum einen waren sie zunächst völlig darauf konzentriert, nicht irgendwo im Klippengürtel aufzulaufen. Später beschäftigten sie sich damit, in Trümmern und Abfall zu wühlen.

Die Plünderer stehen nun vor einem Dilemma. Entweder nehmen sie von der Yacht und ihrem schockierenden Inhalt Abstand, oder sie erheben Anspruch auf den Bergelohn. Im letzteren Falle müssen sie die Wily Minx nach Antigua fahren oder ins Schlepp nehmen, je nachdem, in welchem Zustand sich die Maschine der Yacht befindet. Segeln haben sie nicht gelernt.

Und sie müssen in Antigua den Behörden glaubhaft erläutern, wo und unter welchen Umständen sie in den Besitz der Yacht gelangt sein wollen. Mit einem Schuss gesunden Realismus' versehen, erkennen sie schnell, dass ihnen nicht nur ihr unerlaubter Aufenthalt auf der Insel, sondern auch das Massaker an Bord angekreidet werden könnte. Sie brauchen eine möglichst wasserdichte Story. Die könnte so lauten, dass sie die Yacht führerlos auf hoher See treibend angetroffen und von ihr kurzerhand Besitz ergriffen haben. Diese Geschichte setzt allerdings voraus, dass sie die Leichen der Crew entsorgen. Was ohnehin nicht die schlechteste Idee ist, denn mit von Hitze und Feuchtigkeit aufgedunsenen und von hungrigen Maden angeknabberten Leichen durch die Gegend zu schippern, würde weniger zum Himmel schreien als stinken. Immerhin gibt es so gut wie keine mühsam zu beseitigenden Spuren eines Kampfes. Das Quartett muss blitzschnell überwältigt worden sein. Keines der Opfer war gefesselt, alle wurden in natürlichen Posen sitzend oder liegend erschossen, was die Vermutung nahelegte, dass sie ihren Mörder kannten. Das immer gleiche kleine Kaliber, das nur Steckschüsse produziert hat sowie die Exekutionsweise vermittels einer erstaunlich präzisen Schussleistung spricht eher für einen Einzeltäter, der vermutlich einen Schalldämpfer benutzte. Der Killer wusste, dass auch beim Morden viele Köche den Brei eher verderben.

Die beiden gehen zur Beratung wieder nach oben, an die frische Luft. Lange müssen sie nicht diskutieren. Während der eine seufzend nach unten steigt und die drei Leichen eine nach der anderen ins Wasser gleiten lässt, als wolle er ihnen einen schmerzhaften Aufprall ersparen, begibt sich der andere noch einmal an Land, wo die vierte Leiche schon eine Beute der Ratten geworden ist.

Als er wieder an Bord zurückkehrt, hat sein Komplize das Genua-Ende um das Vorstag gerollt und den Segel-Ausholer belegt. Dann versuchen sie mehrmals, den Motor der Wily Minx zu starten, was ihnen erst nach vier, fünf vergeblichen Anläufen gelingt. Die Motorisierung der Yacht ist unverhältnismäßig stärker, als die ihres eigenen Bootes. Treibstoff scheint genug vorhanden, falls sie der Anzeige trauen dürfen. Also werden sie die Yacht nicht schleppen, sondern umgekehrt das eigene Fischerboot an einer langen Leine hinter der Yacht herziehen.

Als sie freilich mit dem ersten Tageslicht auf der Höhe der Flut aufbrechen, stellen sie zu ihrer Verwunderung fest, dass ihr eigenes Boot nicht mehr da ist. Sollte es sich von seinem primitiven Anker losgerissen haben oder könnte die Ankerleine gebrochen sein? Sie blicken einander fragend an und zucken dann beide die Schultern. Was soll's - das Boot hat seine Schuldigkeit getan, mag es fortan als Dinghy des Fliegenden Holländers führerlos über den Atlantik driften, wen kümmert das. Von dem zu erwartenden Bergelohn werden sie sich ein angenehmes Leben machen und der Fischerei für immer entsagen können.

2. Am Ende des Fjords

„Der Name ist Kurtz, Oberst Kurtz." Der Mann am Steuer seines silbergrauen Cherokee Longitude dreht den Rückspiegel so zurecht, dass er sich selbst darin betrachten kann und gähnt einmal herzhaft. Mit dem Porträt des Mannes um die sechzig, das ihn kritisch aus dem Spiegel mustert, scheint er leidlich zufrieden. Beherrschende Kennzeichen seiner Physiognomie sind seine unangenehm stechenden grau-blauen Husky-Augen sowie die fast etwas knollig wirkende Nase. Beides würde einem Schlittenhund vermutlich gut zu Gesicht stehen. Menschen neigen dazu, den scheinbar bohrenden Blick und die Schnüffler-Nase zu meiden.

„Kurtz" dreht den Spiegel wieder zurück und checkt die Uhrzeit. Es bleiben ihm noch gut hundert Kilometer auf der spektakulären, vielfach gewundenen und wie eine Achterbahn von zahllosen steilen Serpentinen und atemberaubenden Abfahrten gekennzeichneten Panorama-Uferstraße entlang eines der längsten und schönsten norwegischen Fjorde. Er rechnet die Entfernung überschlagsmäßig in Zeit um und schüttelt ungläubig den Kopf. Auf dieser Straße zwei bis zweieinhalb Stunden Fahrt, wohlgemerkt ohne weitere Pausen wie die vor etwa einer Stunde eingelegte, im Laufe derer er sich die erste Zigarette des Tages gegönnt hat.

Zu seiner Rechten mühen sich die Strahlen der Mittagssonne redlich, die grüne Erbsensuppe des Fjordwassers zu durchdringen. Dabei müssen sie sich beeilen. In weniger als einer Stunde werden wieder die ersten Schatten der den Fjord zu beiden Seiten säumenden Gebirgszüge auf die Wasseroberfläche fallen und für schlagartig einsetzende Kühle sorgen.

Zu seiner Linken begleiten „Kurtz" abwechselnd tiefgrüne, nach frischer Heumahd duftende Wiesen von der Größe von Fußballfeldern, kleine pittoresk bemalte Gehöfte sowie die eine oder andere verschlafene Ortschaft zu Füßen steil aufragender Felswände. Fast ganzjährig schneebedeckte Gipfel schicken ihr Schmelzwasser in Form von schäumenden Katarakten hunderte, ja tausende von Metern tosend zu Tal. Eingepfercht zwischen unnachgiebigen Mauern aus Granit und Gneis, gäbe es für die Menschen hier im Falle eines gigantischen, die Fjorde der Westküste heimsuchenden Tsunamis kein Entrinnen.

Was wäre notwendig, eine solche Katastrophe auszulösen? Nicht viel, im Grunde. Ein kleineres Erdbeben würde vermutlich schon ausreichen. Ein paar Erdstöße, die einen Bergrutsch gewaltigen Ausmaßes dieser auf ewig unverrückbar wirkenden, tatsächlich jedoch unaufhörlich „wandernden" Gesteinsmassen verursachen würde. Die daraus resultierende Flutwelle könnte alle Ortschaften des Fjords von der Landkarte tilgen.

Nüchtern betrachtet, eigentlich erstaunlich, dass ein derartiges Schicksal bislang wohl noch keinen der norwegischen Fjorde ereilt zu haben scheint. Gut, die Wikinger hatten es offenbar nicht so mit dem Schreiben und Lesen, waren mit Morden, Vergewaltigen und Brandschatzen offenbar voll ausgelastet. Dennoch, eine so einschneidende Katastrophe wie ein Fjord-Tsunami hätte vermutlich in die eine oder andere, in den Fels gemeißelte Edda, Hedda oder Abba Eingang gefunden.

„Kurtz" grinst verächtlich, schiebt eine Paul Simon-CD in sein Old-School Autoradio und wiegt sich im Takt der Musik auf seinem schalenförmigen Fahrersitz: Wenn du mein Leibwächter werden willst, könnte ich Dein lange verschollener Kumpel sein. Der tiefere Sinn mancher Songtexte bleibt dem nicht bekifften Sterblichen verborgen. Gelangweilt greift „Kurtz" ins Handschuhfach, entnimmt ihm sein iPad und beginnt, mit seiner freien Rechten wie auf Aladdins Öllampe daran herum zu wischen, während er mit der Linken das Steuer hält. Der wenig befahrenen Straße schenkt er nur so viel Aufmerksamkeit, wie ihr seiner Ansicht nach zukommt. Dass er sich dabei immer mal wieder auf die linke Seite der Fahrbahn verirrt, mag seiner Unachtsamkeit geschuldet sein. Könnte allerdings auch darauf deuten, dass er aus einem Land stammt, in dem Linksverkehr angesagt ist. So oder so scheint ihm nicht bewusst, dass er hier stets mit Überlandbussen rechnen muss, die in Norwegen das Gros der landgebundenen öffentlichen Personenbeförderung bestreiten, sündhaft teuer sind und Gegenverkehr nicht wohlgesonnen sind.

Die Fjorde sind ein beliebtes Reiseziel vor allem deutscher Touristen, unter denen wiederum die passionierten Wohnmobil-Nomaden den Löwenanteil ausmachen. Gut Betuchte meiden die drangvolle Enge solch fahrbarerer Heimstätten und begeben sich stattdessen in die drangvolle Enge von Kabinen sündhaft teurer angeblicher Postdampfer, die Emails wohl noch persönlich in den Funklöchern der Fjorde abliefern.

Weiß der Himmel, was die Leute hier zu finden hoffen, denkt sich „Kurtz" und schüttelt missbilligend den Kopf. Das Land ist so schroff wie seine Bevölkerung, deren provinzielle Selbstgenügsamkeit, Hamsuneske Schwermut und weit verbreitete Xenophobie von Edvard Munchs Schrei angemessen symbolisiert werden.

Die alte Frage von Henne und Ei: wird die Mentalität der Hiesigen von der Klaustrophobie fördernden Topographie ihrer verwunschenen Fjordtäler geprägt oder üben diese wassergefüllten Erdspalten auf ohnehin depressiv veranlagte Menschen eine so unwiderstehliche Anziehungskraft aus, dass man schon von Landschaften der Seele sprechen kann?

Mit ihren weitgehend stagnierenden Gewässern und dem einseitigen Anschluss an den Ozean bilden die Fjorde im Gegensatz zu den für gewöhnlich an beiden Enden offenen Sunden ein Mittelding zwischen Flüssen und Bergseen. Wie Flüsse dienten sie dem Transport von Waren und Menschen, wie Seen vermitteln sie, je nach Wetterlage, mal ein Gefühl transzendentaler Ruhe und Geborgenheit, mal eines bedrückender Weltabgeschiedenheit.

Flüsse? Sagten Sie Flüsse? „Kurtz" lacht auf. Fjorde sind keine pulsierenden Lebensadern wie die großen Ströme dieser Erde, die ganze Landstriche formten und in Krieg und Frieden zu Schicksalsgrenzen wurden. Dazu fehlten den Fjorden vor allem ein für den kommerziellen wie kulturellen Austausch geeignetes Hinterland. Ein gravierender Mangel, der sie zu natürlichen Sackgassen machte und die Wikinger zwang, ihr Glück als Nomaden der Meere stets aufs Neue in der Fremde zu suchen und weit entfernte Völker als prekäre Partner an sich zu binden. Immerhin verhalfen sie dabei im Osten den Slawen zu den Anfängen strukturierter Staatlichkeit und begründeten im Westen die erfolgreiche Dynastie der Nord-Mannen.

„Kurtz" schnauft und blickt wieder auf seine Uhr, wischt zum x-ten Male über sein iPad, bis ihm dieses schließlich zu Willen ist und das Porträt eines Mannes Mitte zwanzig zeigt, dessen selbstzufriedene Mine unter der Matte strohblonden Haars einen durchaus ambivalenten Eindruck hinterlässt.

„Hi Olaf, wie geht's?" fragt „Kurtz", als skype er mit dem semmelblonden, blauäugigen und sommersprossigen Wikinger, der dem gängigen Klischee des skandinavischen Beaus so radikal entspricht, dass man ihn schon wieder für eine Parodie seines Typus' halten könnte.

„Kurtz" legt das iPad mit dem Foto nach oben neben sich auf den Beifahrersitz und wirft immer mal wieder einen hastigen Blick darauf, so als wolle oder müsse er sich die Züge des jungen Mannes genauestens einprägen. Wenige, hierfür besonders begabte Leute können sich selbst noch ein nur im Vorübergehen flüchtig wahrgenommene Gesicht eines Mitmenschen dauerhaft merken und mit größerer Zuverlässigkeit wiedererkennen, als jede einschlägige Software, die schon an einer das Gesicht teilweise verdeckenden Schirmmütze kläglich scheitert. „Kurtz" gehört offenbar nicht zu dieser Spezies.

Im nächsten Augenblick tritt er so hart in die Eisen, dass der Cherokee mit kreischenden Bremsen und qualmenden Reifen zum Stehen kommt. In einer Talsenke direkt vor ihm scheint sich seine Zielortschaft wohlig in der Nachmittagssonne zu aalen. Das ist sie, die typische Ortschaft am Ende des Fjords, angesichts von deren nichtssagendem Charakter die Frage erlaubt sein muss, warum man sich der Mühe, der Straße bis hierher zu folgen, überhaupt unterzogen hat. „Kurtz" jedenfalls dürfte sein Ziel etwas früher erreicht haben, als zu befürchten war. Er manövriert seinen Cherokee auf einen Wohnmobil-Stellplatz auf der Anhöhe. Dort platziert er ihn so, dass er sich zwischen zwei offensichtlich verwaisten Wohnwagen neugierigen Blicken entzieht, seinerseits aber dem Fahrer die Möglichkeit bietet, den größten Teil des Ortes zu überschauen und sofort wieder abfahrbereit zu sein, ohne erst ein Wendemanöver einleiten zu müssen. Offenbar möchte „Kurtz" die Szenerie auf sich wirken lassen, bevor er selbst ein Teil von ihr wird.

Jenseits der Straße schwappt das schmutzig grüne Wasser dieses am weitesten ins Land ragenden Fjordarmes über ein Stück grauen, steinigen Ufers. Die größeren Felsbrocken dieser Endmoräne sind von schleimigem grünlichem Tang überzogen. So weit von der offenen See entfernt, verliert die Tide jede Kraft und macht sich gleichsam nur noch der Form halber bemerkbar.

Die vor ihm liegende Ortschaft namens Svartdalen ist offensichtlich keine organisch gewachsene, traditionsreiche Gemeinde mit Holzhäusern wie jenen, die an klinkerbeplankte Langboote erinnern. Das hier ist auch nicht Bryggen mit seinen Magazinen und Werkstätten, in denen Leder zu festen Bergschuhen verarbeitet, Eisen geschmiedet oder Stuhlbeine und Bettpfosten gedrechselt wurden. Eher schon ein, alpenländischen Vorbildern abgekupfertes Disneyland mit kitschigen Souvenirläden, billigen Burger-Schuppen, Allerwelts-Restaurants und grotesk aufgeplusterten Hotels. Irgendwie hat „Kurtz" bei dem Anblick das Gefühl, die ganze falsche Pracht werde wahrscheinlich Punkt neunzehn Uhr von einem fliegenden Bautrupp abgerissen und ans Ende des nächsten Fjordarms weitergereicht werden.

Besondere Eile scheint „Kurtz" nicht zu haben. Wieder greift er ins Handschuhfach und fördert diesmal ein kleines Fernglas zutage, mit dem er aufmerksam die Schar der Touristen mustert, die gerade wie ein Trupp ältlicher Gebirgsjäger in Wanderkleidung mit Rucksack, Regenschutz und Skistöcken durch die Hauptstraße trecken. Als er sich sattgesehen hat, legt er das Fernglas wieder zurück, verstaut auch das iPad im Handschuhfach und sieht auf seine Uhr.

Der vereinbarte Zeitpunkt seines Rendezvous scheint gekommen. Er steigt aus dem Cherokee, streckt und reckt sich und verschließt die satt einrastende Tür im Weggehen mit einem Druck auf seine Fernbedienung. Dann zieht er seine halblange Lederjacke aus, unter der ein roter Jersey-Pullover mit Rollkragen zum Vorschein kommt. Er prüft mit einem Blick in die Runde, ob und wie lange er den Longitude hier unbeanstandet stehenlassen kann. Nichts deutet auf irgendwelche knappen Befristungen. Der Ort lebt von Bussen und Schiffen. Mit dem eigenen Wagen verirren sich nur wenige Touristen hierher. Halblaut vor sich hin summend spaziert er, die Lederjacke leger über die Schulter geworfen und auf dem rechten Bein leicht hinkend in die Ortschaft. Da und dort stoppt er, um die Auslagen dieses oder jenes Geschäfts zu betrachten. Dann betritt er die Terrasse eines Cafés und sieht sich nach einem freien Platz um.

Er hat Glück. Ein Pärchen, das sich schon seit einiger Zeit an seinem Tisch direkt neben der Tür vor leeren Tassen langweilt, steht auf und verlässt die Terrasse. „Kurtz" nimmt rasch den Tisch in Besitz und bestellt einen schwarzen Kaffee. Seinen Stuhl dreht er ein wenig, so dass er die Straße und den Eingang des genau gegenüberliegenden Hotels im Auge behält, ohne selbst als neugieriger Gaffer aufzufallen.

Kaum hat die blutjunge Aushilfskellnerin die Tasse Kaffee mit obligatorischem „Fußbad" vor ihm auf dem Tisch abgestellt, als ein Reisebus am Hotel zum Stehen kommt und seine rund zwei Dutzend zumeist älteren, sichtlich von Rheuma, Gicht und allerlei orthopädischen Malaisen geplagten Fahrgäste aussteigen lässt.

„Sieht so aus, als würde man bei Ihnen schneller altern," sagt er zu der Bedienung, die zeigt, dass auch sie nicht auf den Mund gefallen ist.

„Ja, da könnten Sie recht haben. Heute Morgen beim Einsteigen waren die alle taufrisch und um die dreißig. Deshalb: Vorsicht, unbedingt diesseits der Baumgrenze bleiben."

„Kurtz" lacht. Er wirkt entspannt, obwohl ihm für die Dauer dieser zeitraubenden Operation der Blick auf den Hoteleingang versperrt ist. Trotzdem entgeht ihm nicht, dass, noch bevor auch der letzte Wandergreis den Bus verlassen hat, ein strohblonder jüngerer Mann mit Schwung hinter dem Bus hervorspringt und zügig in Richtung des entgegengesetzten Ortsausgangs geht. Kein Zweifel, es handelt sich um das sommersprossige Exemplar vom iPad, vielleicht das eine oder andere Jahr älter als auf dem Foto, aber unverkennbar Olaf, der Semmelblonde.

Für die augenblicklichen Temperaturen vielleicht etwas zu sommerlich allein mit einem weißen Baumwollhemd und hellblauen Jeans sowie nagelneuen bunten Sneakers bekleidet, wird er in diesem Aufzug und zu dieser vergleichsweise späten Stunde schwerlich auf Wandertour gehen wollen. Vermutlich sucht er nur die relative Einsamkeit einer Bank im lichten Nadelgehölz, dessen erste verkrüppelte Kiefern den Ortsausgang zieren. Kein schlechter Ort für ein Rendezvous jedenfalls, so viel steht fest. In seiner Rechten hält Olaf eine leinene Einkaufstasche an ihren langen Henkeln, so dass die Tasche im Takt mit seinem festen Schritt hin und her baumelt.

„Kurtz" gibt sich dem Mann nicht zu erkennen, sondern lässt ihn passieren, verfolgt Olaf aber mit aufmerksamem Blick, bis dieser die letzten Häuser der Ortschaft erreicht hat. Dann legt er einen Zehn-Kronenschein unter seine inzwischen leere Tasse, nimmt seine über die Lehne gehängte Lederjacke wieder auf und schlendert ebenfalls in Richtung auf das Gehölz, in dem Olaf inzwischen verschwunden ist.

Lange muss „Kurtz" nicht suchen, bis er Olaf wieder auf dem Radar hat. Er ist ein ganzes Stück vom Weg abgewichen und hat sich am Rande des Fjords auf einen eben noch von der Sonne beschienenen warmen Felsbrocken gesetzt. Ein bemooster Hügel schirmt ihn vom ohnehin mäßigen Durchgangsverkehr der Straße ab, versperrt ihm aber auch die Sicht auf jeden, der sich ihm aus dieser Richtung nähert. Seine von den Sneakers befreiten nackten Füße lässt er im Wasser baumeln, während er wie geistesabwesend in einer Art Kladde blättert, deren halb zerfledderte Seiten erkennen lassen, dass das Heft schon längere Zeit mit ihm durch dick und dünn geht. Vieles spricht dafür, dass er hier bereits andere Nachmittage verbracht und sich möglicherweise mit anderen Partnern getroffen hat. Smultronstället, so nennen die benachbarten Schweden das – ein privater kleiner Rückzugsraum, ein winziges Fleckchen Erde, das uns nach dem Sündenfall vom Garten Eden geblieben ist.

„Kurtz" verlässt nun leicht hinkend ebenfalls den Weg, sieht aufmerksam nach links und rechts und pirscht durch das

Unterholz auf den bemoosten Hügel zu. Offenbar will er Olaf überraschen. Vielleicht erwartet der ihn ja auch gar nicht, jedenfalls nicht zu diesem Zeitpunkt. So geschickt „Kurtz" sich trotz seiner Behinderung durch das Gehölz windet, könnte er selbst einen aufmerksamen Jäger oder erfahrenen Waldläufer täuschen. Olaf ist ohnehin in seine Lektüre vertieft, beißt ab und zu in den Apfel, den er aus seiner Tasche geklaubt hat und hört vermutlich nur das Plätschern der sich kräuselnden Wellen vor ihm und das gelegentliche Rauschen vorüberfahrender Autos weiter hinten.

Als „Kurtz" für seine Zwecke offenbar nahe genug herangekommen ist, greift er hinter seinem Rücken unter den Pullover in den Hosengürtel und zieht eine kurzläufige Pistole hervor, die in seiner Faust fast verschwindet. Die Waffe in der Linken, macht er einen Ladegriff mit der Rechten. Das schleifende Schaben von Metall auf Metall und das schnappende Zurückschnellen des Schlittens schrecken Olaf auf. Er lässt seine Kladde sinken und wendet sich nervös um. „Kurtz" steht nur wenige Schritte hinter ihm, die Pistole im Anschlag.

„Olaf Bergström?"

Olaf antwortet nicht, lässt seine Kladde fallen, springt vom Felsblock und macht Anstalten, loszulaufen und das Gehölz zu erreichen. Aber das ist nach Lage der Dinge ein aussichtsloses Unterfangen. Mit einem raschen Schwenk seiner Rechten folgt „Kurtz" der Bewegung seines Opfers und feuert ein einziges Projektil, das Olaf an der linken Schläfe trifft und ihn ein, zwei Meter nach rechts schleudert wo er zusammenbricht und reglos liegen bleibt. Blut quillt aus seinem semmelblonden Haarschopf, als wachse Klatschmohn aus einem sommerlichen Rapsfeld.

„Kurtz" muss sich seiner Sache sehr sicher sein. Er hat keinen Schalldämpfer benutzt, doch das relativ kleine Kaliber seiner Waffe verursacht auch keinen sehr lauten Knall. Und sollte wirklich jemand dessen Echo gehört haben, sorgt die Fülle von Jägern, die hier zu allen Tages- und Nachtzeiten auf Elchpirsch gehen, für eine scheinbar offenkundige Erklärung.

„Kurtz“ steckt seine Pistole wieder in den Gürtel, ohne zu überprüfen, ob Olaf wirklich tot ist. Kopfschüttelnd hebt er dessen Kladde aus dem Wasser, wirft einen kurzen Blick darauf und legt sie neben die Leiche, so als wolle er sicherstellen, dass Olaf bei seiner Reise in den Hades nicht auf vertraute Lektüre verzichten muss. Ohne sich weiter um Spurenbeseitigung zu bemühen, geht „Kurtz“ gemessenen Schrittes zur Straße zurück und schlendert leicht hinkend und leise summend in Richtung Svartdalen.

3. Inseln im Strom

Der Mann im Cockpit seiner offensichtlich schon betagten kleinen Westerly mit den patriotischen blau-weiß-roten Streifen um den von der Sonne gegilbten GFK-Rumpf gibt das Steuerrad kurz frei und trinkt einen Schluck heißen Tee aus der zu seinen Füßen stehenden Thermosflasche. Die Yacht kommt aus Richtung St. Peter Port, dem Haupthafen der Kanalinsel Guernsey, von dem aus sie vermutlich vor etwas mehr als einer Stunde gestartet ist.

Das genau östlich des Hafens beginnende Fahrwasser gilt wegen der unleidlichen Strömungen und zahlreicher lauernder Granitfelsen als „schwierig". Doch entweder kennt der Mann sich hier bestens aus oder er vertraut blindlings seinem Glück. Für die erstere Hypothese spricht, dass er genau den richtigen Zeitpunkt für seinen Törn gewählt hat und vom dubiosen Karma dieser Gegend nicht sonderlich beeindruckt scheint.

Mit der untergehenden Sonne im Rücken profitiert er von deren warmen, weichen, fast horizontal einfallenden Strahlen, ohne von irrlichternden Reflexen auf der unruhigen Wasseroberfläche geblendet zu werden. Und optimale Sichtverhältnisse sind unverzichtbar, wenn man, wie dieser Skipper, ehrgeizig genug ist, das Nadelöhr zwischen der kleinen Insel Jethou und der noch viel kleineren Crevichon passieren zu wollen. Gute Sicht und eine zuverlässige Gezeitentafel auf dem jüngsten Stand. Die weist für den heutigen Tag aus, dass die Westerly sich bei auflaufendem Wasser momentan genau in der Mitte der Tidenphase befindet.

Zeit und Gezeit, sagt der Volksmund, warten auf keinen Sterblichen. Ein ehrlicher Blick in den Spiegel lehrt uns, dass er mit dem ersten Teil dieser Sentenz schon mal nicht so falsch liegt. Wer sich vom Wahrheitsgehalt des zweiten Teils überzeugen zu müssen glaubt, findet hier, in der weitläufigen Bucht von St. Malo, die sich in Nord-Süd-Richtung von der Pickelhaube des Mont St. Michel bis zum Cap de la Hague erstreckt, die allerbesten Voraussetzungen für interessante bis beängstigende Beobachtungen.

Geschuldet ist dies vor allem den topographischen Gegebenheiten dieser Nahtstelle zwischen Normandie und Bretagne im wilden Westen Europas. Jedes Mal, wenn die Flut gewaltige Wassermassen aus der Biscaya in diese wannenartige Bucht einströmen lässt, prallen sie unvermittelt auf die natürliche Barriere der langgezogenen, weit nach Norden ragenden Cotentin-Halbinsel und stauen sich dort erst einmal auf. Der daraus resultierende mittlere Tidenhub, definiert als arithmetisches Mittel der verzeichneten Unterschiede zwischen täglichen Hoch- und Niedrigwasserständen, erreicht Spitzen von rund zwölf Metern.

Für das halbe Dutzend bewohnter und die vielfache Anzahl unbewohnter Eilande, Inselchen und Mini-Archipele, die sich unregelmäßig über die Bucht verteilen wie von einem verkaterten Bauer blind ausgestreutes Saatgut birgt das nicht nur Vorteile.

Die unvorstellbar riesigen Mengen rüde ausgebremsten Atlantikwassers gurgeln, klatschen und rumoren vor Ungeduld, denn schließlich stehen ihnen für den weiteren langen Weg nach Nordosten nur lächerliche sechs Stunden zur Verfügung. Und ein beträchtlicher Teil dieses unablässig dem Erdtrabanten hinterherhechelnden Schwalls muss sich auch noch durch den engen Schlauch pressen, der bei uns nicht grundlos Ärmelkanal heißt.

So kann es nicht erstaunen, dass in der Bucht von St. Malo regelmäßig nicht nur beeindruckende Tidenhübe, sondern auch machtvolle Tidenströme registriert werden, die an Stromschnellen oder reißende Gebirgsbäche erinnern. Wie diese beeindrucken sie nicht nur durch ihre reine Geschwindigkeit, sondern auch durch allerlei Nebenwirkungen wie Neerströme, Strudel und tiefe „Löcher". In einigen Schluchten des Meeresbodens wird der ohnehin flott dahinrauschende Strom noch einmal zusätzlich auf zehn, elf Seemeilen pro Stunde und mehr beschleunigt. Setzt dann ein der Strömung entgegenwirkender Starkwind ein, kocht die Bucht.

Haben schon Fähren und Motorschiffe mit derlei widrigen Umständen ihre liebe Mühe und Not, sind relativ schwach motorisierte Segelyachten wie die Westerly erst recht darauf angewiesen, eine für sie günstige Konstellation abzuwarten und sich mit kürzeren Törns zufriedenzugeben – solchen, die auf den Schwingen eines einzigen mitlaufenden Tidenstroms zu bewältigen sind. Besonders kritische Passagen werden dabei von Kennern vorzugsweise während jener Phasen in Angriff genommen, die der Einheimische als mittlere Tide kennt und schätzt.

Etwa drei Stunden nach ihrem jeweiligen, praktisch übergangslosen Kentern kommt die Tide selbst in diesem ewig rumorenden Kessel einen Moment zur Ruhe, so als überlege der Atlantik kurz, ob er sich dieses unsägliche Theater ein weiteres Mal zumuten soll. Das ist der Augenblick, in dem die Gefahr der Stromversetzung am geringsten ist und der Skipper seine vor- und achterlichen Deckpeilungen überprüfen kann. Solch grobe Peilungen ergänzen in der Bucht von St. Malo bis heute Kompass, GPS und andere elektronische Hilfsmittel.

„Hoher rot-weiß gestreifter Schornstein nördlich von St. Peter Port in Deckung mit schwarz-weiß karierter Bake auf Höhe südlichem Kap von Sark“ ist zum Beispiel die Deckpeilung, mit deren Hilfe die ältliche Westerly beim augenblicklichen Tidenstand die Enge zwischen der Jethou und der Crevichon sicher passieren kann, die bei Niedrigwasser trockenen Fußes zu durchqueren ist.

Dass in unruhigen Gewässern und auf Inseln mit gemischter Vergangenheit wie diesen, böse Geister gern ihr Unwesen treiben, liegt auf der Hand. Schließlich sind Jersey, Guernsey, Alderney, Sark oder Herm alte Piratennester, die, günstig an einer der am stärksten frequentierten Handelsschifffahrtsrouten gelegen, im Verein mit befestigten, schwer einnehmbaren Häfen des benachbarten französischen Festlandes ehemals ein nordeuropäisches Pendant zur berüchtigten barbaresken Küste Nordafrikas bildeten.

Irgendwann schlug das Pendel um und man begann, Piraten, Freibeuter und Kaperer, an deren Ausbeute man nicht schlecht mitverdiente, dann doch als lästig und dem freien Handel hinderlich zu empfinden. Um Nachahmer ebenso wie heimliche Sympathisanten abzuschrecken, geschah ihre Verfolgung und Entsorgung möglichst spektakulär. Auf der steil aus dem Wasser ragenden Anhöhe von Jethou an Steuerbord zum Beispiel ragten bis vor nicht allzu langer Zeit einige grob zusammengezimmerte Galgen in die Höhe, an denen die langsam verwesenden Leichen von hingerichteten Piraten im Wind baumelten. Das entbehrte insofern nicht der vermutlich beabsichtigten Ironie, als viele der so hingerichteten Freibeuter zu ihren Lebzeiten die gemachte Beute vorzugsweise in einer der Höhlen auf eben jener Insel Jethou zu horten pflegten und sie dergestalt zur Schatzinsel machten.

Crevichon an Backbord muss, seinem Namen nach zu urteilen, irgendwann für seine Schalentiere berühmt gewesen sein. Das war vermutlich lange, bevor man das Inselchen in einen Steinbruch verwandelte und Schicht um Schicht abtrug, bis kaum noch etwas von ihr übrig war. So viel lärmendes Gehämmer hält kein Schalentier aus. Granit, wie er hier oder auf anderen Kanalinseln gewonnen wurde, diente in ganz Europa als wertvoller, weil praktisch unzerstörbarer Baustoff, sei es für die Stufen von Westminster Abbey oder die Kantsteine in den Straßen Berlins und anderer deutscher Städte.

Die Westerly passiert noch eine Bake in Form eines groben Steinhaufens, den man auf einem gerade noch aus dem Wasser lugenden Felsen aufgeschichtet und mit einem schlichten Kreuz versehen hat – nicht zum Gedenken an den Unbekannten Matrosen, sondern zur eindeutigen Identifizierung. Wenig später dreht die Yacht in den Wind und gleitet, nur mehr vom eigenen Trägheitsmoment angetrieben, in eine schmale Spalte tieferen Wassers, die auch bei extremem Springniedrigwasser noch genügend Wassertiefe aufweist, um als Reede der kleine Insel Herm zu taugen. Deren südwestlicher Strand erstreckt sich in geringem Abstand davon.

Der Skipper wirft die Genuaschot los, verlässt das Cockpit und geht zum Mast, wo er mit einem schnellen Griff ein stramm durchgesetztes Fall löst und das Großsegel an Mastrutschern in einen Lazy Bag gleiten lässt. Dann schreitet er, das rechte Bein fast unmerklich nachziehend und ohne jede erkennbare Hast weiter zum Bug, befreit den Anker von seiner Halterung und lässt ihn ins Wasser plumpsen. Während die Ankerkette der langsam achteraus treibenden Westerly laut rasselnd über die Lippe rauscht und dem Anker in die Tiefe von knapp sechs Metern folgt, birgt der Mann auch die Genua und zurrt sie mit einigen Gordings an Bugkorb und Reling fest.

Das Manöver hat nur wenige Minuten gedauert und erwiesen, dass der Mann sich auf die Bedienung seiner Yacht bestens versteht. . Nun setzt er sich ins Cockpit, zündet sich eine Zigarette an und wartet, bis er sicher sein kann, dass sein Anker sich eingegraben oder so verkeilt hat, dass er vorerst an Ort und Stelle bleiben wird. Er weiß offensichtlich: nicht der Anker hält ein Fahrzeug, sondern das Gewicht seiner meterlangen durchhängenden Kette oder Trosse, die ihrerseits vom Anker nur fixiert wird.

Wenig später schnippt er die Zigarettenkippe über Bord und verschwindet unter Deck. Die Tide ist inzwischen wieder sehr lebhaft geworden. Der Wasserpegel steigt seinem heutigen Höhepunkt entgegen, während drüben im Westen die sinkende Sonne die Kulisse von St. Peter Port in einen bizarren Schattenriss verwandelt.

Zwar nimmt die Dämmerung in diesen Breiten einen gemächlicheren Verlauf als in den Tropen, aber rabenschwarz wird die Neumondnacht auch hier irgendwann. Eine dichte Decke schwerfällig dahintreibender Wolken lässt nur da und dort vereinzelte, besonders erdnahe Himmelskörper durchscheinen. Der Mann hat auf der Westerly keine Lichter gesetzt. Schon bei Tage verirrt sich nur selten eine Yacht in diese scheidenartige Ankerbucht und die letzte Katamaran-Fähre von heute ist längst durch. Außerdem benutzt die normalerweise nicht die Reede, sondern den winzigen Hafen von Herm. In dem man bei Niedrigwasser Rumpf und Kiel seiner Yacht von Seepocken befreien oder mit einer neuen Schicht Antifouling versehen, immer vorausgesetzt, man hat ein paar der hier sehr verbreiteten „Stelzen", die das trockenfallende Boot lotrecht halten. Nachteil: wann die Yacht den Hafen wieder verlässt, bestimmt nicht der ungeduldige Skipper, sondern die gleichförmige Tide.

Für derlei Wartungsarbeiten scheint die Westerly nicht hierhergekommen. Das schabende Geräusch des hölzernen Lukendeckels am Niedergang kündigt die Rückkehr des Mannes ins Cockpit an.

Er hat sich in einen schwarzen Neoprenanzug gezwängt und das Gesicht geschwärzt, was ihn in der Dunkelheit so gut wie unsichtbar macht. In der Rechten trägt er einen wasserdichten, schwimmfähigen Rucksack. Einen Augenblick lang sieht er sich nach allen Seiten um. Die blitzenden und blinkenden Leuchtfeuer auf Guernsey, Sark und Jethou sind ihm augenscheinlich vertraute Erscheinungen. Bisweilen überlagern sich ihre Blinkphasen, dann streben sie schleunigst wieder auseinander wie Fremde in der Nacht, die einander kurz in die Augen blicken, ob was geht, um dann rasch wieder ihrer Wege zu gehen.

Auf Herm zeugen nur die beleuchteten Fenster von Rosaire und Fisherman's Cottage davon, dass sich auf dem Inselchen zurzeit überhaupt jemand aufhält. Der Mann steigt über seine Badeleiter am Heck ins wahrscheinlich zu dieser Jahreszeit noch hodenstraffend kalte Wasser. Nach Tauchen oder Fischen scheint ihm nicht der Sinn zu stehen. Mit ruhigen, gleichmäßigen Zügen überbrückt er die wenigen Meter zum Strand. Als er drüben aus dem Wasser steigt, glänzt sein nasser Neoporenanzug silbrig schwarz wie die scheinbar glatte Haut eines Hais, der sich, unbeobachtet von ahnungslosen Meeresbiologen, zu einem seiner seltenen Streifzüge an Land begeben hat. Flossen sind dabei nur hinderlich. Er bückt sich und tauscht sie gegen leichte Schuhe, die er seinem Rucksack entnimmt. Dann schiebt er die Flossen unter das karge Buschwerk am Ufer und macht sich querfeldein auf den Weg.

Im Schutze der Dunkelheit geht er gebückt und das rechte Bein nachziehend wie ein Sportler, der sich beim Start einen Wadenmuskel gezerrt hat, über die Wiesen der fast baumlosen Insel auf ein Herrenhaus zu. Dabei hält er immer wieder mal wieder inne, lugt nach links und rechts und geht erst weiter, wenn er sich vergewissert hat, dass niemand in der Nähe ist. Irgendwo schlägt ein größerer Hund an. Fahrzeuge gibt es eh keine auf Herm und die Insel umrundende nächtliche Reiter würden Gefahr laufen, ihr in ein Kaninchenloch tappendes Pferd durch Beinbruch zu verlieren. Allein einige nimmermüde Fledermäuse schwirren lautlos wie Schwalben der Nacht durch die feuchte, nach Tang und gemähtem Gras riechende und nach Salz schmeckende Luft.

Am Rosy Manor geheißenen Herrenhaus angekommen, dessen von der Dunkelheit gnädig verhüllter pinker Anstrich dem Namen nur bei Tage alle Ehre macht, atmet der am Boden kauernde Mann einige Male tief durch und nimmt den Rucksack ab. Dass er dem Rosy Manor keinen reinen Höflichkeitsbesuch abstatten möchte, wird spätestens jetzt klar, da er eine Pistole aus dem Rucksack zieht und überprüft. Er lässt das Magazin herausrutschen, checkt es auf Vollständigkeit, drückt es mit der flachen Hand bis zum Einschnappen zurück und schiebt mit entschlossenem Ladegriff eine Patrone in die Kammer.

Er bedient sich nicht des schweren bronzenen Türklopfers, um Einlass zu begehren, sondern trennt mit einem ebenfalls im Rucksack mitgeführten Glasschneider vorsichtig eine von sechs konvexen kleinen Butzenscheiben heraus, aus denen sich alle Fenster im Parterre des Hauses zusammensetzen. Dann greift er mit schlankem Arm nach innen und öffnet geräuschlos das Fenster. Er lässt den Rucksack draußen liegen und schwingt sich über das Sims. Sein lahmes rechtes Bein scheint ihn dabei nicht wesentlich zu behindern.

Das dunkle Zimmer, zu dem er sich auf diese Weise Zugang verschafft hat, entpuppt sich als die reich ausgestattete Bibliothek des Hauses, deren Folianten nach Leder und Altpapier riechen. Im Dunklen tastet sich der Mann an einem der staubigen Bücherregale entlang, das die Wand über deren ganze Breite ausfüllt. Der Eindringling benutzt keine Lampe, deren unruhiger Lichtkegel ihn verraten könnte. Dass ein neugieriger Nachbar das Haus zu diesem Zeitpunkt beobachtet, ist zwar schon deshalb unwahrscheinlich, weil es in einem größeren Umkreis um das einsam gelegene Manor keine Nachbarn gibt. Doch auf der Nachbarinsel Sark, die als Paradies für Amateurastronomen gilt, weil man auf ihr Streulichtquellen weitgehend verbannt hat, besitzt so mancher Bewohner ein potentes Fernglas oder modernes Teleskop, das nicht immer nur auf den Sternenhimmel gerichtet sein dürfte.

Als der Mann leise die Tür der Bibliothek öffnet, hört er aus dem ersten Stock laute Stimmen und gelegentliches schrilles, exaltiertes Gelächter. Ohne Eile schleicht er zum Treppenabsatz und steigt die mit einem dicken Teppich bedeckten Stufen nach oben. Im ersten Stock hält er inne und lauscht. Es scheint sich bestens aufgelegten Leutchen auf der anderen Seite einer schweren doppelflügeligen Eichentür um zwei oder drei Personen unterschiedlichen Geschlechts und Alters zu handeln: zwei jüngere Frauen und ein offenbar älterer Mann. Ein flotter Dreier in eher konventioneller Besetzung.

Die häufigen ausgelassenen Lachsalven lassen darauf schließen, dass keine der Personen noch im Vollbesitz ihrer geistigen Kräfte ist. Angetrunken und zugedröhnt trifft es wohl ziemlich genau. Die drei amüsieren sich allem Anschein nach in einem der Gäste-Schlafzimmer des Rosy Manor. Die Unbekümmertheit, mit der sie lärmen, legt nahe, dass sonst niemand im Haus ist, der Anstoß nehmen oder, im Falle eines dienstbaren Geistes, zum unliebsamen Zeugen der Party werden könnte.

Der Mann überprüft noch einmal seine Waffe, entsichert sie, drückt leise die Türklinke herunter und tritt ein wie ein körperloser Schatten. Da die drei im Doppelbett nur die seitliche Beleuchtung über den Nachtkonsolen angeknipst haben, deren Lichtkegel nicht bis zur Tür reichen, bleibt der Mann bei der Tür zunächst unbemerkt. Von hier aus kann er die Szenerie wie ein besonders dreister Spanner beobachten und seine Pupillen sich an die vergleichsweise grelle Insel des Lichts um das Doppelbett gewöhnen. Erst, als er aus der Dunkelheit ein paar Schritte nach vorne tritt und sich direkt vor dem Bett aufbaut, schreit die eine der beiden jungen Frauen erschrocken auf. Splitternackt wie ihre Kollegin, hat sie an einem ebenfalls nackten, auf dem Rücken liegenden älteren, glatzköpfigen Mann mit ansehnlicher Plauze und Schweißperlen auf der Stirn herumgemacht, bis sie den Eindringling im großen Spiegel an der Wand hinter dem Bett entdeckte. Der Dicke stößt seine beiden Gespielinnen von sich, richtet mühsam seinen Oberkörper auf und starrt den ungebetenen Gast mit glasigen Augen an. Sein verschwitztes Gesicht ist vom Alkohol und Kokain zu aufgedunsen, als dass seine Züge noch differenzierte Empfindungen wie Überraschung oder Empörung auszudrücken vermöchten.

„Was ist...Wer sind Sie?“ ruft er, auf einen Schlag ernüchtert.

Der Eindringling antwortet nicht, sondern richtet seine Waffe auf den Kopf seines jetzt auch vor Angst schwitzenden Opfers. Die beiden Frauen an seiner Seite haben sich längst zur Seite gedreht und ihre Augen mit den Händen verdeckt.

„Herbert Bertrand Lamont?“ fragt der Eindringling, ohne sich weiter um die wimmernden Frauen zu kümmern.

Der Dicke nickt verständnislos.

„Ja, aber was zum Teufel....“

Er kann en Satz nicht vollenden. Das Projektil aus der Waffe des Eindringlings trifft ihn in der Stirnmitte, genau über der Nasenwurzel und wirft ihn wie von einer Riesenfaust getroffen aufs Kissen zurück, auf dem sich sogleich Blut mit Schweiß zu vermischen beginnt. Zwei weitere Schüsse knallen dumpf durchs Zimmer, dann herrscht Totenstille.

Der Schütze tritt zur Seite und geht auf die Spiegelwand zu, aus der ihm seine eigenen, durchdringend wirkenden Husky-Augen anblinzeln. Mit wenigen Schlägen seiner Waffe zertrümmert er die Spiegel. Hinter der zersplitternden Glasfront kommt eine schmale Kammer zum Vorschein, in deren Mitte eine teure, hochauflösende Kamera angebracht ist, die vermutlich dazu dient, Sexspiele wie das gerade jäh beendete aufzuzeichnen. Der Schütze greift nach der Kamera, öffnet sie, entnimmt ihr einen Chip und wirft sie dann aufs Bett neben die Leichen. Dann durchsucht er die Handtaschen der Frauen und die über das ganze Zimmer verstreute Kleidung des Mannes. Die Pässe, die er dabei findet, verraten ihm die Namen der beiden jungen Frauen und zeigen ihm, dass sein männliches Opfer in der Tat die Person ist, hinter der er offenbar her war.

Leicht hinkend und immer noch ohne Eile, verlässt der Killer das Schlafzimmer und geht die Treppe hinunter, wobei er sich etwas zur Seite dreht, wohl, um sein rechtes Bein zu schonen. Dass der Killer es nicht für notwendig erachtet hat, einen Schalldämpfer zu benutzen, zeugt von Kaltblütigkeit. Gewiss, das Risiko, jemand könnte die Schüsse gehört oder das aufblitzende Mündungsfeuer gesehen haben, ist auf der weitgehend menschenleeren Insel gering, aber auch nicht völlig ausgeschlossen. Es scheint ihn nicht zu interessieren. Der Mann verlässt das Haus wie ein gewöhnlicher Besucher durch die Eingangstür, sammelt seinen Rucksack auf und läuft humpelnd zurück zu seiner Yacht. Als er kurz am Strand stehenbleibt, fällt ein schwacher Lichtstrahl des Guernsey-Leuchtfeuers auf sein geschwärztes Gesicht und spiegelt sich in seinen grau-blauen Husky-Augen. Die zeugen weder von Zorn, noch von Erregung, sondern manifestieren nur eiskalte Teilnahmslosigkeit.

ZWEITES KAPITEL

1. Ein Kommissar geht um

„Nehmen Sie die Hände hoch und rühren sich nicht vom Fleck!"

Der dänische Immobilienagent hatte Laura Förster bei der Übergabe der Schlüssel zu ihrem neuen Ferien-Bungalow vor Einbrechern gewarnt. „Brüche" in Sommerhäuser entlang der dänischen Riviera zwischen Helsingør im Osten und Hundested im Westen seien die Gottesgeißel dieses gerade bei gut betuchten Deutschen sehr beliebten nord-seeländischen Küstenstreifens. Laura hatte sich dennoch spontan für den Kauf des reetgedeckten Holzhauses im Weichbild der exklusiven Kommune Gilleleje entschieden. Der in einen schattigen Kiefernhain eingebettete, strandnahe Bungalow hatte sich bei der ersten Besichtigung als wesentlich geräumiger entpuppt, als es auf den Skizzen, Fotos und Plänen den Eindruck gemacht hatte. Zudem enthielt er viele der Fazilitäten, auf die Laura Wert legte, wenngleich ihr klar war, dass sie voraussichtlich weniger Zeit darin verbringen würde, als ihr lieb gewesen wäre.

Trotz ihrer verwandtschaftlichen dänischen „Seitenlinie", wie sie es nannte, hätte sie ein solches küstennahes Immobil nicht ohne weiteres erwerben können. Deshalb hatte sie sich eines gut vernetzten dänischen Mittelsmannes bedient, der seit vielen Jahren mit der Geschäftsführerin der ROLA GmbH enge freundschaftliche Beziehungen unterhielt und sich sofort zu diesem kleinen Liebesdienst bereit erklärt hatte.

Die Transaktion war vor sechs Jahren über die Bühne gegangen, kurz nach ihrer Rückkehr von Istanbul, wo sie ihren Adoptivsohn Ignace mit Hilfe ihrer Schwester Solitaire und deren Freund, dem eingeborenen Kariben-Chief Jeremy, aus den Fängen der „Schlange" hatte befreien können. Lauras ausgeprägte Affinität zu Dänemark war ohne Zweifel auf den Einfluss ihrer eigenen, früh verstorbenen dänisch-stämmigen Ziehmutter

Frederike zurückzuführen, deren Vermächtnis Laura hiermit in gewisser Weise erfüllte.

Jahrelang hatte Frederike nämlich Lauras Vater Robert zum Kauf eines Sommerhauses wie diesem gedrängt, war jedoch immer wieder an dessen herablassender Haltung gegenüber den von ihm abschätzig als „Onkel Toms Hütten" titulierten Immobilien abgeprallt – eine Spitze gegen Frederikes Bruder Lars, der aus unerfindlichen Gründen Tom genannt wurde. Als es dann endlich so aussah, als würde Robert sich doch breitschlagen lassen, war Frederike bereits an dem Brustkrebs erkrankt, der sie nicht einmal ein Jahr später das Leben kostete. Robert hatte sich nie verziehen, seiner Frau diesen einen Herzenswunsch nicht erfüllt zu haben.

Dies nun schien der Moment, in dem sich die Worte des Agenten hinsichtlich der Einbruchdiebstähle bewahrheiteten. Doch dieser Einbrecher hatte sich den falschen Bungalow zur falschen Zeit ausgesucht. Einen Tag früher und er hätte seinen Coup wahrscheinlich zu Ende bringen können. Nicht aber heute, da Laura eben erst für ein paar Tage von Hamburg herübergedüst war, wie sie es in jüngster Zeit immer häufiger zu tun pflegte. Immer dann, wenn ihr der alltägliche Wahnsinn in der ROLA wieder mal so richtig zusetzte, musste sie eine kurze Ringpause einlegen, um ihre Nerven zu beruhigen und wieder auf den Planeten Erde zurückzukehren.

Die gefühlt stundenlange Taxifahrt hierher im Anschluss an den kurzen Flug nach Kopenhagen Kastrup hatte sie ausgelaugt, als hätte sie selbst am Steuer gesessen. Deshalb hatte sie sich, mutterseelenallein im Bungalow, gar nicht erst damit aufgehalten, überall Licht zu machen, durchzulüften und die Sauna hochzufahren. Stattdessen hatte sie sich erst mal im Gästezimmer aufs Bett geworfen und im Halbschlaf vor sich hin halluziniert, so dass sie das verdächtige Rumoren aus Richtung Wohnzimmer zunächst für einen Soundeffekt ihres Traums gehalten hatte. Bis dem Einbrecher eine Vase oder ein Stück Porzellan aus der Hand geglitten und klirrend zu Boden gefallen sein musste. Da war sie jäh aus ihrem Tagtraum erwacht.

„Jetzt drehen Sie sich langsam um," befahl sie dem Einbrecher und blieb trotz ihrer ausgezeichneten Dänisch-Kenntnisse beim Englischen, da sie argwöhnte, einen auf Eigentumsdelikte aller Arten spezialisierten Osteuropäer vor sich zu haben.

„Die Hände lassen Sie besser im eigenen Interesse oben. Nur zu Ihrer Information: was ich hier auf Sie richte, ist ein Trommelrevolver vom Kaliber .44 Magnum. Nicht gerade das, was die Dame von Welt für gewöhnlich in ihrem Gauthier-Handtäschchen zur Cocktailparty mitschleppt. Doch seien Sie versichert, dass ich mit solchen Waffen umzugehen weiß. Auf diese Entfernung würde von Ihrem Kopf nicht viel übrigbleiben, also führen Sie mich bitte nicht in Versuchung."

Der Eindringling drehte langsam auf den Hacken und wandte sich ihr zu. Laura knipste die dezente Deckenbeleuchtung an, um ihr Gegenüber im weichen Dämmerlicht des lauschigen Abends genauer mustern zu können. Wie ein Einbrecher sah der Mann beim besten Willen nicht aus. Das schüttere graue Haar und sein hageres, von tiefen Falten durchzogenes Antlitz mit dem buschigen, aber durchaus gepflegten Schnurrbart ließen ihn vermutlich älter, aber auch distinguierter aussehen. Die wachen, lebhaften Augen waren die eines intelligenten, voll im Leben stehenden Mitt-Sechzigers. Seine korrekter, wenn auch etwas altmodischer Dufflecoat aus schwerem dunkelblauem Wollstoff sowie seine schwarzen Schnürschuhe hatten nichts von osteuropäischer Fallschirmseide, sondern wirkten wie auf der Savile Row erstanden. Was von den Hosenbeinen zu sehen war, trug eine wie mit der Altmetallpresse eingestanzte Bügelfalte, die auch nach einer unruhigen, verkaterten Nacht im Bett kaum ernsthaft zerknittert zum Vorschein kommen würde. Ein Gentleman-Dieb vom Schlage eines Cary Grant vielleicht, dachte Laura. Mal was anderes.

„Ohne Ihnen zu nahe treten zu wollen, wirken Ihre Garderobe auf mich leicht überzogen für den Anlass. Aber lassen wir die Modefrage mal beiseite. Wer sind Sie und was haben Sie in meinem Bungalow zu suchen? Und sagen Sie mir nicht, Sie hätten sich nicht in der Nummer getäuscht."

Der Mann räusperte sich verlegen und war drauf und dran, die rechte Hand reflexhaft vor den Mund zu halten, besann sich aber im letzten Augenblick eines Besseren.

„Mir ist durchaus bekannt, dass Sie mit Waffen umgehen können, Mrs. Förster," antwortete der Mann in ausgezeichnetem King's Englisch. Laura musste beim Klang seiner leicht fisteligen Stimme an den Amerikaner Marlon Brando denken, der in einem Bounty-Film der siebziger Jahren in der Rolle des Ersten Offiziers Fletcher Christian dieses stets etwas exaltierte Idiom derart lächerlich gemacht hatte, dass Laura ihm die Freundschaft aufgekündigt hatte, von der er sowieso nichts wusste und auf die er, egozentrisch wie er war, vermutlich keinen Wert gelegt hätte.

„Woher kennen Sie meinen Namen, er steht, soweit mir erinnerlich, weder an der Tür, noch auf dem Briefkasten?"

„Richtig," antwortete der Mann.

„Sie lieben offenbar die Diskretion. Außerdem würde ein so offensichtlich deutscher Name in dieser Umgebung ein wenig fremdeln, könnte ich mir vorstellen. Davon abgesehen, wären Sie vermutlich erstaunt zu hören, was ich sonst noch alles über Sie, Ihre Familie und Ihren, sagen wir, erstaunlich bewegten Lebenslauf weiß. Ich bin bis auf eine kleine Nagelfeile unbewaffnet und trachte Ihnen nicht nach dem Leben. Es wäre für mich deshalb eine Erleichterung, wenn Sie erwägen könnten, Ihre John Wayne-Gedächtniskanone wegzustecken. Ich bin, wie gesagt, eher harmlos und Rothäute greifen angeblich nie nach Einbruch der Dunkelheit an."

Laura lachte. Der Mann gefiel ihr. Trotzdem legte sie zweifelnd ihren Kopf schief. Eine Angewohnheit, die sie nach der häufig geäußerten Ansicht ihrer Schwester Solitaire den Hunden abgesehen haben musste. Das Englisch des Mannes war makellos und mit eben jener Prise gelassener Affektiertheit gewürzt, die englische Kolonialbeamte früherer Jahrhunderte vom Schlage eines Sanders vom Strom auszeichnete, wenn man den Büchern des Edgar Wallace Glauben schenken durfte.

Dieser sprechende britische Duffelcoat machte in der Tat keinen sonderlich gefährlichen Eindruck. Doch das konnte gerade seine teuflische Masche sein. Wie viel leichter wäre das Leben, wenn nicht nur einigen, sondern allen Mördern und Totschlägern die Boshaftigkeit ins Gesicht geschrieben wäre. Laura entschied sich für einen Kompromiss.

„Legen Sie Ihren Mantel ab und öffnen Sie das Sakko. Dann heben Sie es an und drehen Sie sich einmal langsam um die eigene Achse wie ein etwas in die Jahre gekommenes Model. Kriegen Sie das hin?"

Der Duffelcoat bejahte und tat, wie ihm geheißen. Laura war's zufrieden.

„Nun heben Sie noch die beiden Hosenbeine an."

Auch diesmal folgte der Mann der Anweisung. Er war augenscheinlich unbewaffnet, wie er behauptet hatte. Sie richtete den Lauf ihrer Redhawk nach unten und ließ den Hahn sanft aber hörbar zurückschnappen. Dann steckte sie die Waffe gesichert hinter ihrem Rücken in den Gürtel ihrer alten Hausjeans, die sie als erstes angezogen hatte, als sie im Bungalow eingetroffen war.

„Sie haben sich noch immer nicht vorgestellt."

Der augenscheinlich erleichterte Mann richtete sich zu voller Größe auf. Er war alles andere als ein Riese, überragte Laura aber um einen kurzen Kopf, wozu allerdings auch nicht viel gehörte.

„Mein Name ist Harry Colestron. Ich bin, war, Chief Superintendent der Metropolitan Police."

Laura schluckte. Soweit sie wusste, entsprach ein CS in etwa dem deutschen polizeilichen Dienstgrad eines Hauptkommissars, stand jedenfalls für einen Kripo-Beamten in leitender Funktion. Metropolitan Police war die amtliche englische Bezeichnung für das, was die übrige Welt als New Scotland Yard kannte.

„Das zu behaupten ist wohlfeil. Ausweis?"

Der angebliche CS schüttelte den Kopf.

„Da muss ich leider passen, M'am. Als pensionierter Beamter habe ich keinerlei Anspruch darauf, einen Dienstausweis zu tragen. Ich besitze nur eine Karte, die mir Zugang zur Kantine und bestimmten anderen Gemeinschaftsräumlichkeiten des Yard gibt, und die habe ich schon vor Monaten verlegt. Vom Kantinenessen muss ich Personen mit empfindlichen Geschmacksknospen sowieso eher abraten. Selbst mein Labradorrüde Parsifal knurrt nur, wenn ich ab und zu mit einem Doggybag von Resten heimkehre."

„Parsifal? Ihr Hund heißt Parsifal? Und Ihr Kater Hagen von Tronje?"

„In der Tat. Eine Katze habe ich nicht, aber Wir beide, Parsifal und ich, sind große Wagner-Liebhaber. Der Hund jault sich an langen Sommerabenden wie diesem gerne mal durch den halben Ring der Nibelungen, mein Wort darauf."

Laura seufzte und zuckte mit den Schultern.

„Gut, Mr. Coleman. Eine Leidenschaft, die ich nicht teile. Ich fand Wagner immer schon zu schwülstig. Egal, sagen wir, ich bin bereit, für den Augenblick Ihr makelloses Englisch an Ausweises statt zu akzeptieren."

Der Mann lächelte.

„Colestron. Nennen Sie mich einfach Harry, wie die halbe Londoner Unterwelt. Harry the Merry. Sie meinen, ich habe die Shibboleth-Prüfung bestanden? Dann hätten sich die Unsummen, die mein alter Herr abdrücken musste, damit ich auf einem jener exklusiven pädagogischen Privatetablissements die Schulbank drücken durfte, die wir Engländer in landesüblicher Untertreibung public schools nennen, wenigstens diese eine Mal ausgezahlt. Was sage ich, mir Angesicht in Angesicht mit Ma Baker vermutlich das Leben gerettet."

„Gut, dann bin ich Laura für Sie. Stünde dieser Bungalow nicht in Gilleleje, sondern in West Palm Beach, würde man Sie jetzt als unbefugten Eindringling wahrscheinlich gerade in einem Leichensack zur Rechtsmedizin kutschieren, um sie dort zu sezieren und die Todesursache festzustellen, die jeder blutige Laie auf den ersten Blick erkennen würde."

Laura musste trotz ihrer harschen Diktion lächeln. Harry hatte seinen Vater als alten Herrn bezeichnet. Ein altertümelnd steifer Sprachgebrauch, wie er zu den Romanen von Charles Dickens passte, die sie als Mädchen verschlungen und wegen ihres schrulligen Humors geliebt hatte.

„Na gut, dann nehmen Sie mal Platz...Harry. Hier, geben Sie mir Ihren Mantel. Woher haben Sie das Ungetüm, aus der Asservatenkammer des Yard?"

Der CS lachte.

„Ist das so offensichtlich? Der Mantel gehörte ursprünglich Peter Sutcliffe, dem Mann, der als Yorkshire Ripper traurige Berühmtheit erlangte. Er brauchte ihn nicht mehr und mir passte er wie angegossen. Sicher, die Blutspritzer seines letzten Opfers waren nicht leicht rauszukriegen, aber jetzt sieht er doch aus wie neu, dachte ich."

Laura nahm ihm das kompromittierende Beweisstück ab, wies auf die beiden Ohrensessel beim Kamin und ging hinaus auf den Flur, um dort die Manteltaschen zu filzen und das schwere Stück Stoff an die Garderobe zu hängen. CS Colestron hatte sich währenddessen noch nicht hingesetzt, sondern gewartet, bis sie wieder beim Kamin angekommen war. Gute Kinderstube, dachte Laura, während sie sich endlich beide in die Sessel plumpsen ließen. Laura hatte keine Ahnung, in welchem Alter britische Kriminalbeamte in Pension geschickt werden, aber fünfundsechzig würden zu der orthopädisch bedingen Gliedersteifheit des Mannes passen. Vermutlich hatte er in seinem Leben nicht viel Sport getrieben.

„Also? Ich bin ganz Ohr. Was hat Sie veranlasst, sich derart intensiv mit meiner Person zu beschäftigen, dass Sie es sogar für nötig hielten, bei mir einzubrechen und mein Porzellan zu zerschlagen? Vielleicht sollte ich geschmeichelt sein. Ich bin es nicht mehr gewöhnt, dass Männer mir so viel Interesse entgegenbringen. Ab vierzig wird eine Frau irgendwie unsichtbar, finden Sie nicht? Wie sind Sie eigentlich hier reingekommen?"

Der Engländer druckste einen Moment herum.

„Tut mir leid, dass ich Ihre Vase zerdeppert habe. Ich werde sie Ihnen selbstverständlich ersetzen. Davon abgesehen, wenn ich Ihnen als erfahrener Spezialist einen Rat geben darf: stellen Sie in Verhörsituationen wie dieser nie mehr als eine Frage am Stück, sonst geben Sie Ihrem Gegenüber unnötig Gelegenheit, auf Nebenschauplätze auszuweichen und sie auf falsche Fährten zu locken. Damen ab vierzig unsichtbar? Nein, finde ich nicht. Schon gar nicht, wenn ich einem so stattlichen Exemplar wie Ihnen gegenübersitze, mit Verlaub. Natürlich können Sie einwenden, dass für einen Mann in meinem Alter Frauen um die Vierzig unerfahrene junge Dinger sind, mit Verlaub. Und in Ihnen Bungalow reinzukommen war insofern kein Kunststück, als ich die Terrassentür unverschlossen vorfand. Was nach meinem Verständnis der Rechtslage aus einem potenziellen Einbruch einen bloßen Hausfriedensbruch machen dürfte."

„Gut, in Anbetracht dieser Umstände und geschmeichelt von den artigen Komplimenten des Beklagten erklärt sich die Staatsanwaltschaft bereit, die Anklage entsprechend abzumildern. Trotzdem, was hat Sie dazu veranlasst?"

Colestron überlegte einen Moment.

„Nun, die Sache ist die. Manchen Kolleginnen und Kollegen gelingt der Übergang vom aktiven Dienst zum Ruhestand reibungsloser als anderen. Ich gehöre zu Kategorie der Rastlosen und Unvollendeten, fürchte ich."

„Haben Sie sich im Laufe Ihrer, was, vierzig oder mehr Dienstjahren noch nicht genug am menschlichen Elend geweidet? Müsste doch eigentlich eine große Erleichterung für Sie sein, nicht mehr irgendwelchem Abschaum nachjagen zu müssen?"

Colestron zögerte.

„Wie man's nimmt. Nach so vielen Jahren hat man sich irgendwie im Verbrechermilieu eingerichtet. Die Banalität des Bösen, von der Hanna Arendt spricht, gilt ja nicht nur für politisch oder rassistisch motivierte Täter wie die Nazis, sondern auch für gemeine Kriminelle, die an Spießigkeit oft kaum zu übertreffen sind. Selbst, wenn Sie eines Tages einem Kindermörder gegenübersitzen, ist das ja kein behaarter Zyklop mit Pockennarben und Reißzähnen, sondern unter Umständen auch nur ein armes Schwein, das seine perversen Neigungen nicht im Griff hat. Natürlich, die dauernde Beschäftigung mit dem Verbrechen bleibt nicht in den Kleidern hängen. Manche Fälle gehen einem nicht mehr aus dem Sinn. Vor allem dann, wenn sie nach Jahren immer noch ungeklärt sind. Fälle, die man gerne selbst abgeschlossen hätte. Dieses Gefühl mangelnder Vollendung ist nicht nur Künstlern eine Qual."

„Ja, ich glaube, ich verstehe, was Sie meinen. Was aber hat das mit mir zu tun?"

Laura ließ blitzschnell ihr bisheriges virtuelles Strafregister an ihrem geistigen Auge vorüberziehen: Iwan, der erschossene Russe auf Büyük Ada, der Unbekannte Killer auf Montserrat, den sie unabsichtlich in den Abgrund befördert hatte...Das konnte Colestron nicht wissen. Der Engländer hüstelte, offenbar ein nervöser Reflex reiner Verlegenheit.

„Nun, sehen Sie, dies im Einzelnen darzulegen, ist eine etwas langwierige Angelegenheit. Länger als sie vielleicht Zeit und Geduld haben, mir zuzuhören. Ich weiß nicht, ob ich Sie damit belästigen sollte..."

„Doch, sollten Sie unbedingt. Sie machen sich keine Vorstellung davon, was für absurde und dabei alles andere als kurzweilige Geschichten ich in jüngerer Zeit schon klaglos über mich habe ergehen lassen müssen. Ich sag' Ihnen was. Wenn Sie das Holz im Kanin zum Brennen bringen, braue ich uns einen Tee. Das sollte Ihnen genügend Zeit geben, Ihre Gedanken zu ordnen und der Staatsanwaltschaft, heute vertreten durch die ehrenwerte Laura Förster, in wohlgesetzter Rede zu Protokoll geben zu können, was Sie bei mir umtreibt. Einverstanden?"

„Sie nehmen die Dinge mit Humor, das freut mich. Einverstanden. Ich mache mich sofort ans Werk. Wir Briten haben das offene Kaminfeuer ja erfunden, wie Sie wissen. Wir lieben es, mit heißem Bauch und eiskaltem Rücken artigen Teeritualen zu frönen."

Laura vergewisserte sich, dass die Streichholzdose auf dem Kaminsims lag und ließ Colestron gewähren. Im Vorübergehen sammelte sie die Scherben der Vase auf, die sie einst auf einem örtlichen Flohmarkt an einem verregneten Sonntagmorgen erstanden hatte. In der Küche musste sie sich erst einmal wieder umorientieren. Eine ältere, in Helsingør ansässige Türkin, die Laura, damals nicht ganz nüchtern und Herrin ihrer Sinne, zufällig auf der Schnapsfähre nach Schweden kennengelernt hatte, kam gegen ein kleines Entgelt mit ihrem Mann zweimal im

Monat hierher nach Gilleleje, um im Bungalow nach dem Rechten zu sehen und, soweit erforderlich, Staub zu wischen oder kleinere Reparaturen zu erledigen. Dabei ordnete sie die Küchenutensilien jedes Mal neu wie eine Tierpflegerin im Zoo die Fressnäpfe umwechselt, weil sie nicht möchte, dass die ihr anvertrauten Bonobos in Routine erstarren und vorzeitig verblöden. Durch das immer wieder leicht abgeänderte Küchenarrangement, so das augenscheinliche Räsonnement der Türkin, blieb Laura geistig sozusagen auf den Zehenspitzen. Die irritierte das zwar, aber zugleich fand sie, dass man der freundlichen Türkin diese kleine Marotte zugestehen musste, auch wenn es dazu führte, dass Laura nach manchen Dingen des alltäglichen Gebrauchs etwas länger suchte.

„Ich vergaß, Sie zu fragen. Ich hoffe, Earl Grey mit einem Schuss Ziegenmilch ist in Ordnung," rief sie, als sie wie eine erfahrene Kellnerin mit dem Tablett auf einer Handfläche balancierend, wieder ins Wohnzimmer trat.

„Ziegenmilch ist perfekt," lachte Colestron.

„Gibt dem Tee eine herbere Note. Ich sehe, Sie sind mit unseren insularen Gebräuchen bestens vertraut. In Schottland gibt es angeblich mehr Ziegen als Menschen. Ich kann das nicht bestätigen, war noch nie da. Ich verstehe die Leute nicht."

„Ich auch nicht. Davon abgesehen, werde ich nie nachvollziehen können, wie man bei klarem Verstand Milch in seinen Tee geben kann. Reine Gewohnheit, von Kindesbeinen an gepflegt, vermute ich. Persönlich ziehe ich grünen Tee vor, ohne Milch, versteht sich."

Sie lud die Tassen ab und stellte den kleinen Korb mit älterem Gebäck in die Mitte des niedrigen Beistelltisches. Der Brite hatte inzwischen das Holz soweit zum Brennen gebracht, dass die ersten längeren gelb-roten Flammen an den Scheiten empor züngelten. Sogleich begann Rauch, sich im Zimmer auszubreiten.

„Die Rauchklappe!" rief Laura.

„Sie müssen dort an der Seite die Klappe öffnen, damit der Rauch abziehen kann, sonst verwandeln wir uns im Nu in Räucherheringe."

Der Engländer sprang auf und zog am gusseisernen Hebel, der die Klappe hörbar öffnete. Dann setzte er sich wieder und nahm hustend einen Schluck Tee.

„Haben Sie schon mal von den Yarmouth Sechs gehört?"

Laura überlegte kurz und schüttelte dann den Kopf.

„Nein, nicht, dass ich wüsste. Eine Strippertruppe wie die Chippendales? Oder eine Trapeznummer, sechs Mann in enganliegender weißer Strumpfhose mit obszön ausgebeultem Schritt."

Colestron lachte.

„Heiß, ganz heiß. Aber keine Zigarre. Nein, die Yatmouth Sechs bildeten eine Bande, die meine Vorgänger im Yard während der fünfziger, sechziger und siebziger Jahre mit vielerlei schweren Straftaten in Atem hielt. Überfälle auf Banken und Geldtransporte, Einbrüche, Knacken von Safes, Drucken und Verbreiten von Blüten, Erpressung, das ganze Programm. Old School, wohlgemerkt: keine Morde, keine überschießende Brutalität, keine Drogen. Die Burschen waren gut organisiert und hatten sich in der Gewalt. Es dauerte eine Weile, bis man begriff, dass es sich um ein und dieselbe Bande handelte, die gewissermaßen asymmetrisch auftrat: mal zu zweit, mal zu viert, selten die volle Combo."

Laura nickte.

„Ja, clever, und?"

„Das Merkwürdige an der Sache: die Yarmouth Sechs, wie man sie nannte, wurden praktisch nie wirklich zur Verantwortung gezogen. Immer wieder verliefen unsere Ermittlungen im Sande, wurden Verfahren niedergeschlagen. Indizien verschwanden, wurden unauffindbar, Beweismaterial löste sich in Luft auf, Zeugen bekamen kalte Füße. Es war wie verhext. Sie selbst hielten stets eisern dicht und beschäftigten einige der besten Anwälte Londons."

„Und warum Yarmouth Sechs?"

„Das war damals schon ihr Spitzname. Die sechs Jungs hatten sich nämlich während des Krieges kennengelernt, als sie für ein Kommandounternehmen auf den von Deutschen besetzten Kanalinseln rekrutiert und bei Yarmouth, Isle of Wight, unter der Ägide der Mixed Operations Zentrale MOC auf ihren Einsatz vorbereitet worden waren. Es gibt auf der Isle of Wight ein paar steile Klippen ähnlich denen auf Sark. Das ist die Kanalinsel, auf der ihr Einsatz erfolgen sollte. Daher schien der MOZ die Isle of Wight zur Vorbereitung besonders geeignet. Außerdem war sie ja nicht weit vom Schuss, liegt praktisch den Kanalinseln genau gegenüber."

„Sark? Aber die ist doch winzig, wenn ich mich recht erinnere. Was gab's denn da militärisch zu holen?"

„Eigentlich nichts. Vermutlich hatte das militärische Oberkommando ein schlechtes Gewissen, weil man die Inseln kampflos den Deutschen überlassen hatte und wollte dies nun durch verstärkten Aktionismus kompensieren. Im Grunde war die Operation Seeleopard ein eben solcher Fehlschlag, wie viele andere Unternehmen dieser Art zuvor. Ich erspare Ihnen die Einzelheiten. Immerhin hatte sie die sechs Männer zusammengeführt, die sich nach dem Krieg wieder vereinten, allerdings unter ganz anderen Vorzeichen. Wer gelernt hat, Kommandounternehmen minutiös durchzuführen, für den ist ein simpler Bankraub auch keine Hexerei."

„Klar. Aber warum beschäftigt Sie das noch heute? Und vor allem, was hat es mit mir zu tun?"

„Es beschäftigt mich, weil die Yarmouth Sechs sich gerade wieder aus der Gruft zurückzumelden scheinen. Im Laufe der achtziger Jahre verschwanden sie nacheinander von der Bildfläche."

„Sie wurden doch noch gefasst?"

„Oh nein, sie erlagen samt und sonders merkwürdige Unfälle. Einer stürzte von der Eigernordwand, obwohl er als geübter Bergsteiger galt. Ein anderer fiel über Bord eines Kreuzfahrers, der Dritte erschoss sich versehentlich selbst beim Reinigen seiner Waffe, der Vierte kam bei einer unserer beliebten Gasexplosionen um, der Fünfte stürzte vom Pferd und brach sich das Genick."

„Sieht aus wie eine ärgerliche kleine Pechsträhne. Und der Sechste?"

„Kleine Pechsträhne? Kleines Armageddon, würde ich sagen. Der Sechste wurde bei einem Verkehrsunfall schwer verletzt, überlebte aber, wenn auch mit einer bleibenden Gehbehinderung, die ihn inzwischen an den Rollstuhl fesselt."

„Gut, aber, wie Sie selbst sagen, das ist alles eine Weile her, verjährt, könnte man sagen."

„Ja, gewiss. Obgleich uns beim Yard einige dieser Unfälle doch etwas sehr verdächtig vorgekommen waren, hatten wir die Akte Yarmouth Sechs doch bald ganz nach unten gelegt, dorthin, wo nicht einmal mehr die kalten, sondern nur die absolut tiefgefrorenen Fälle ruhen. Und dann beginnt plötzlich, vor wenigen Monaten, eine rätselhafte Mordserie, die wir, so unglaublich es klingt, der Indizienlage zufolge den Yarmouth Sechs zuordnen müssen."

„Obwohl die alle bis auf einen tot sind? Haben Sie sie exhumiert, um sicher zu gehen?"

Colestron lachte bitter.

„Wir standen kurz davor. Zunächst konnten wir uns überhaupt keinen Reim darauf machen. Die Morde fanden an ganz verschiedenen Orten der Welt statt und schienen kein klares Motiv zu haben."

„Wie sind Sie dann überhaupt darauf gekommen, dass sie zusammengehören?"

„Zunächst durch die Begehungsweise. Dann durch die Zuordnung der Opfer. Alle gehören dem weitläufigen Clan der Lamonts an."

„Der Lamont? Sir Lucas Lamont?"

„Sie kennen ihn?"

„Nicht persönlich, aber der Name hat einen gewissen Klang in meiner Welt."

„Ja, er hält Anteile an vielerlei Unternehmen. Nun, alle Opfer wurden mit verschiedenen Schusswaffen, aber alle jeweils durch nur einen einzigen Kopfschuss getötet. Keine Fehlschüsse, keine verirrten Projektile, alles Steckschüsse. Das entspricht nicht der Vorgehensweise von Auftragskillern. Die agieren eher nach dem Motto drei in den Kopf halten besser. Für einen blutigen Amateur schießt der Killer aber offensichtlich viel zu gut. Ich meine, jeder Schuss ein Treffer, und das in einer wahrscheinlich doch stressigen Situation. Das verlangt jahrelange Übung, zumal dann, wenn man nicht dauernd dieselbe Waffe verwendet."

„Militärische Ausbildung?"

„Wenn schon, dann geheimdienstliche. Das Militär schieß nicht mit einer solchen Auswahl an Pistolen oder Revolvern. Bei denen sind eher Sturmgewehre und automatische Waffen angesagt."

„Das heißt, er muss immer ziemlich nah an seine Opfer heran? Das passt doch eher zu einem Messermörder. Viele Killer benutzen Schusswaffen auch und gerade, weil sie ihren Opfern nicht in die Augen sehen wollen."

„So ist es. Aber das scheint Programm. Wir haben unsere Profiler auf den Killer angesetzt. Die sind sich einig, dass der Mann seinen Opfern nahe sein will, wenn er sie erschießt."

„Wo ist das Motiv? Hat er so etwas wie eine Todesliste?"

„Rache, vermutlich. Und ja, er dürfte so etwas wie eine Todesliste abarbeiten."

„Aber wo ist die Verbindung zu den Yarmouth Sechs?"

„Sir Lucas ist der sechste Mann, das einzig überlebende Mitglied der Bande."

Laura überlegte.

„Wenn sich die Motivation des Killers aus der Geschichte der Yarmouth Sechs speist und mit Sir Lucas zu tun hat, wieso schlägt der Killer erst jetzt zu und warum lässt er Lamont ungeschoren?"

„Di erstere Frage kann ich nicht beantworten. Wir tappen da völlig im Dunklen. Die Antwort auf Ihre letztere Frage ist einfach: Sir Lucas wird Tag und Nacht von einer kleinen Privatarmee Bodyguards bewacht, Portoricaner zumeist, die er zu seinen Leibwächtern gemacht hat. An denen vorbeizukommen, ist unmöglich."

„Portoricaner?"

„Ja. Sir Lucas hat dort ein Anwesen südöstlich von San Juan und gilt bei der örtlichen Bevölkerung als Wohltäter. Er kann sich dort fühlen, wie eine Spinne in ihrem Netz."

„Das heißt, weil er an Lamont selbst nicht herankommt, bringt der Killer ein Großteil von dessen Verwandtschaft um? Klingt weit hergeholt."

„Ja, vielleicht. Eine andere Möglichkeit sehen wir aber nicht. Seine Botschaft scheint zu sein: komm' raus und stell' dich, oder ich lösche deine ganze Sippe aus."

Laura pfiff leise durch die Zähne.

„Krasse Nummer. Aber ich verstehe immer noch nicht, was ich…"

Colestron hob beschwichtigend die Hände.

„Dazu komme ich. Bei einem der vorläufig letzten Opfer des Killers, einer jungen Dame namens Solveig, haben wir ein Notizbuch gefunden…"

„…in dem mein Name steht, richtig?"

Colestron schüttelte den Kopf.

„Nein, nicht der Ihre…"

„Sondern? Sie machen es aber reichlich spannend, mein Lieber. Spucken Sie's aus!"

Lamont hüstelte erneut.

„Nun, wir, die Kollegen, heißt das, stießen auf den eines gewissen Ignace F. Wir hatten gehofft, Sie würden uns da weiterhelfen können."

2. Der musikalische Zug

„Wie habt ihr euch eigentlich kennengelernt," hatte Laura gefragt, aber keine Antwort erhalten. Ignace war auf seinem Sessel schlichtweg eingenickt. Kein Wunder, hatte Laura gedacht, nach seiner in den vergangenen drei Tagen absolvierten kleinen Weltreise musste er ja todmüde sein. Als Laura ihn angerufen hatte, war er nicht mehr am Tampa College in Florida gewesen, wo ihm ein wichtiges Zwischenexamen bevorstand. Vielmehr hatte er sich spontan entschlossen, seine Vorbereitungen zu unterbrechen und seine Tante Solitaire auf Dominica zu besuchen. Dort wollte er offenbar ein, zwei Wochen auf seiner Heimatinsel im Kreis ihrer Familie zu verbringen, mit Bobby und Penny herumalbern und Jeremy beim Bungalowbau etwas zur Hand gehen, nur so, um den Kopf frei zu bekommen.

Abschalten, Luft schöpfen, runterkommen. Alles gut und schön, hatte Laura zugestanden und beim Gedanken an Solitaires und Jeremys beide Energieknäuel Bobby, fünf, und Penny, drei Jahre, nachsichtig gelächelt. Der Junge, ein nach seinem Großvater mütterlicherseits benannter Wildfang, konnte bereits ganz leidlich lesen und hielt mit seinen Streichen und Eskapaden nicht nur die Familie und das Dorf, Crayfish River, auf Trab. An Markttagen pflegte er auch die Hauptstadt Roseau gehörig aufzumischen.

Auf der Insel bekannt wie ein bunter Hund, war er seinen Eltern schon mehrmals ausgebüxt, im Regenwald auf der Suche nach dem freundlichen Bären Baloo und dem strengen Panther Bagheera fast unter die Räder gekommen, aber stets von verständnisvollen Mitmenschen aufgegriffen und vorübergehend einquartiert worden. Alle hier wussten zumindest genug von der Vergangenheit seiner Mutter, um es sich nicht mit ihr oder Jeremy verderben zu wollen. Dass er in nicht allzu ferner Zukunft den Mädchen der Insel den Kopf verdrehen würde, zeichnete sich bereits jetzt ab. Dass die Damen es durch die Bank schwer haben würden, bei seiner strengen Mutter Gnade zu finden, unterlag allerdings auch keinem Zweifel.

Penny, nach ihrer griechischen Großmutter benannt, kam im Vergleich fast zwangsläufig etwas introvertiert daher, füllte den Raum, den Bobby ihr ließ und interessierte sich bereits in diesem frühen Stadium für die Malerei. So tat sie es gern ihrer Mutter nach und kritzelte den lieben langen Tag Blümchen und Strichmännchen auf DIN-A4 Seiten, die im ganzen Bungalow verteilt lagen und da und dort auch an den Wänden hingen. Solitaire hatte nämlich, möglicherweise unter dem Einfluss der Erschossenen Madonna, ernsthaft zu malen begonnen. Unbeholfen zunächst, ohne viel Sinn für Struktur und Farbharmonie. Aber sie lernte schnell und hatte in Jeremys Mutter, einer altgedienten Tätowiererin, eine vorzügliche Lehrerin.

Penelope liebte ihre beiden Enkelkinder abgöttisch und wäre ihretwegen am liebsten wieder ganz in die Karibik gezogen, um ständig in ihrer Nähe zu sein. Zumal, nachdem der Doc vor zwei Jahren plötzlich verstorben war. Kaum hatte man seine besonders aggressive Form von Blutkrebs in der Universitätsklinik von Thessaloniki diagnostiziert, da ging es auch schon so rapide abwärts mit ihm, dass Laura nicht einmal mehr Zeit hatte, nach Griechenland zu reisen und sich von ihm zu verabschieden. Das stimmte sie umso trauriger, als er ihr im Laufe jener turbulenten Wochen und Monate in der Karibik und in Istanbul eine wichtige Stütze gewesen war und mit seiner liebenswerten Geschwätzigkeit immer wieder dunkle Wolken der Melancholie oder Anflüge von Depression bei Laura oder Penelope zu verscheuchen wusste. Sein Tod hatte sie beide ärmer gemacht.

Die Kangal-Aufzucht hatte Penelope auch deshalb aufgeben müssen, weil Panorama mehr und mehr „verdichtet" und gentrifiziert worden war, so dass sich die immer näher rückenden Nachbarn schließlich allzu häufig über das laute Hundegebell beschwert hatten und der Kennel weichen musste.

Den Verlust des Doc hatte Penelope dank ihrer beiden Enkelkinder dann doch relativ schnell überwunden. Außerdem kannte sie in Thessaloniki Gott und die Welt, fiel also nicht ins Bodenlose, sondern wurde vom mühsam geknüpften sozialen Netz aufgefangen. Aber langweilig war ihr schon oft genug und Solitaire hatte ihre ganze Überzeugungskraft in die Waagschale werfen müssen, um ihrer Mutter einen neuerlichen Umzug in die Karibik auszureden. Das klang vielleicht etwas herzlos, war aber nach Lage der Dinge für alle Beteiligten sicher das Beste. Dominica ist nicht Guadeloupe, nicht einmal die Saintes und Penelope hielt sich wahrscheinlich schon wieder zu lange in Europa auf, als dass sie sich, auch nicht eben jünger geworden, in einer sich wandelnden Karibik sogleich wieder hätte heimisch fühlen können.

Vom Tod seiner eben erst kennengelernten Freundin Solveig hatte Ignace noch nicht erfahren, als Laura ihn bei Solitaire angerufen hatte. Gott sei Dank, hatte Laura erleichtert gedacht. Wer weiß, was er sonst in seiner ungestümen Art alles angestellt hätte.

Gemäß Harry Colestron hatte es einige Zeit gedauert, bis der Yard herausgefunden hatte, wer sich hinter diesem Ignace F. verbarg.

„Sicher, der Vorname ist nicht ganz so häufig und deutete, jedenfalls in dieser Form, für unsere Leute auf einen Franzosen oder jemanden aus einem frankophonen Land," hatte Chief Colestron gesagt.

„Aber die sind erstens recht zahlreich und zweitens nicht gerade bevölkerungsarm. So hätten wir noch eine ganze Weile suchen müssen, wenn da nicht die Anknüpfungspunkte College und Florida gewesen wären."

Ignace in die USA zu schicken, war Lauras Idee gewesen. In seinem Alter hatte sie auf Veranlassung ihres Vaters den gleichen Weg eingeschlagen und es nach überwundenem Kulturschock auch nicht bereut, obwohl sie stets einen gewissen kritischen Abstand von Land und Leuten zu halten bemüht gewesen war.

„Ein grenzenlos offenes Land mit seltsam engstirnigen, irgendwie alttestamentarisch anmutenden Menschen," hatte Frederike, ihre Ziehmutter, oft gelästert, wenn am Mittagstisch die Rede auf die USA gekommen war. Sicher, da war etwas dran, wie Laura dann Jahre später selbst festgestellt hatte. Dennoch, dieser Rest von Pioniergeist, das mitreißende „tu's einfach" wirkten inspirierend. Und für jemand wie sie, die dazu verdammt war, irgendwann ein weltweit tätiges Unternehmen geschäftsführend zu leiten, waren die USA die härteste und beste Schule, die man sich damals überhaupt denken konnte. Frank Sinatras alte Maxime, wer's hier schafft, schafft's überall, galt uneingeschränkt für jede Form gewerblichen Unternehmertums beileibe nicht nur im Big Apple.

Ein erfolgreicher Geschäftsmann würde aus Ignace sicher nicht werden, so viel stand für Laura fest. Musste er ja auch nicht. Er hatte künstlerische und sportliche Veranlagungen, die zu fördern Laura sich leisten konnte und zu fördern bereit war. Was ihr Sorge bereitete, war sein „Killer-Gen", sprich sein unbeherrschter, oft überkochender Siegeswille. Sein ungestümes Vorpreschen und Mangel an Selbstbeherrschung würden ihn vielleicht wie Alexander zu Großem anspornen oder ihn wie Nero krachend scheitern lassen. Umso wichtiger, die zu befürchtende Kernschmelze unter möglichst kontrollierten Bedingungen ablaufen zu lassen.

Jeremy hatte ihn von Dominica nach Guadeloupe geflogen, von wo aus er den Flieger nach Paris Orly genommen hatte, ohne zu wissen, was eigentlich los war und warum seine Adoptivmutter auf seiner sofortigen Rückkehr nach Europa bestanden hatte. Erst in Hamburg hatte Laura es übers Herz gebracht, ihrem Ziehsohn zu eröffnen, dass „seine" Solveig erschossen worden war.

Ignace schien das nach anfänglich ungläubiger Sprachlosigkeit auf den ersten Blick besser zu verdauen, als sie befürchtet hatte. Doch der Mann, der glaubte, einer Laura Förster mit seinem einstudierten Pokerface etwas vormachen zu können, musste erst noch geboren werden. Wie eine leibliche Mutter spürte sie, dass es in dem Jungen kochte und brodelte. Ein falsches Wort, und der Deckel würde vom Topf fliegen.

Was die Situation erheblich komplizierte, waren die näheren Umstände, unter denen Solveig zu Tode gekommen war. Colestrons diskreter Schilderung nach zu urteilen, war sie kein Primärziel gewesen, sondern hatte sich zum falschen Zeitpunkt am falschen Ort befunden.

„Im falschen Bett, um genau zu sein," hatte der Chief hinzugefügt.

Das hatte Laura vor ein Dilemma gestellt. Sie konnte Ignace reinen Wein einschenken und ihn schonend wissen lassen, dass seine Freundin, die erste große Liebe seines Lebens, ihren Lebensunterhalt zumindest gelegentlich auch als Escort-Dame verdiente. Das wäre ein doppelter Haken, wie er selbst einen Rocky Balboa von den Beinen holen und auch die Mutter / Sohn-Beziehung wahrscheinlich nachhaltig belasten würde. Die klassische Lose-lose Situation also, denn von der Jagd auf den Mörder würde Ignace vermutlich trotzdem nicht absehen.

Oder sie verheimlichte ihm dieses wenig appetitliche Detail und hielt ihm die Steigbügel seines weißen Hengstes. Seinen eventuellen Rachefeldzug würde sie nicht verhindern, aber vielleicht steuern können. Deshalb hatte sie sich vorerst für die letztere Option entschieden.

„Wie und wo habt ihr euch kennengelernt?" hatte Laura die Frage wiederholt, als sie erkannt hatte, dass der dösende, noch unter dem Jetlag leidende Ignace vorerst sowieso nicht richtig einschlafen würde. Ignace hatte nur müde mit den Schultern gezuckt.

„Wie's halt so geht, Mom, was soll ich sagen. Die Amis sind ja aufdringlich ohne Ende und in Florida bist du ganzjährig zu Partys eingeladen, weißt du ja selbst. Außer, wenn sich gerade mal wieder ein Hurrikan der Küste nähert. Und selbst dann gibt es Irre, die am Strand weiterfeiern, bis ihnen das Barbecue um die Ohren fliegt. Krass, wie's da abgeht."

Laura hatte genickt und unwillkürlich an den Zyklon Kathrina gedacht, nach dessen Durchzug sie aufgedunsene, angenagte Wasserleichen in New Orleans bergen geholfen hatte. Tilt, Game over.

„Irgend so ein piekfeiner Golfclub mit lauter jungen Trumps. Wir waren alle schon ziemlich stramm, als einer der Burschen, so ein baumlanger Texaner, dessen Urgroßvater angeblich bei der Schlacht um Alamo gefallen war, verbale Rundumschläge zu verteilen begann. Nun ja, hohe Stiefel, silberne Gürtelschnalle, raumgreifendes Ego, du kennst den Typ. Er begann, sich über mein Aussehen lustig zu machen. Das Übliche: konntest du dich wohl nicht entscheiden, ob du Weißer oder doch lieber Neger sein wolltest und so weiter. Ich hatte schon die Fäuste geballt und vor meinem geistigen Auge die Punkte seiner Physiognomie, die ich ihm als erste verbiegen würde, mit einem virtuellen roten Marker gekennzeichnet, als eines der Mädchen ihm unvermittelt ein zur Hälfte gefülltes Glas Whisky ins Gesicht schüttet. Einfach so, locker aus dem Handgelenk, als würde sie das laufend machen. Der Typ war natürlich aufgebracht, aber öffentlich eine Frau zu schlagen, geht gar nicht, nicht einmal für einen Nachfahren von Jim Bowie."

Er hatte laut gegähnt und sich am Kopf gekratzt. Doch Laura hatte er nicht täuschen können. Sie hatte gefühlt, dass ihm die Erinnerung an diese erste Begegnung mit Solveig sehr an die Nieren ging.

„Gut, damit war der Abend für uns erst mal gelaufen. Wir sind dann noch am Strand entlanggeschlendert und haben in einer Bar bei der Marina noch ein paar Glas Bier getrunken. Nach dem zweiten oder dritten muss ich etwas Dummes gesagt haben. Jedenfalls hat sie mich plötzlich geküsst. Auf die Lippen, meine ich."

„Aber doch wohl nicht auf Zunge?"

Ignace hatte gelacht.

„Mom, du bist unmöglich."

„Ich weiß, man sagt mir das in letzter Zeit immer häufiger, muss also was dran sein. Was hast du ihr gesagt?"

„Weiß nicht mehr. Was man halt so sagt..."

„Verliebt hast du dich. Macht nichts, kommt vor. Zustand fortgeschrittener Unzurechnungsfähigkeit. Was weiter?"

„Sie erzählte mir, dass es nur so ein Reflex gewesen sei. Nicht der Kuss, das mit dem Whiskyglas. Sie sei mit einem jüngeren Cousin aufgewachsen, den sie oft handkräftig gegen stärkere Jungs habe verteidigen müssen. Die eigentliche Message war wohl, bilde dir bloß keine Schwachheiten ein, nur, weil ich dir da aus der Patsche geholfen habe. Das hätte ich für jeden anderen auch gemacht. Dass ich jünger bin als sie, hat sie sofort geschnallt, aber offenbar nicht gestört. Wir haben uns noch einige Male getroffen und, nun ja, was man so macht." Laura lachte.

„Ach ja? Erzähl' mal, was macht man denn so?"

„Hör' auf. Du warst sicher auch kein Kind von Traurigkeit."

Wenn du wüsstest, hatte Laura mit einem Anflug von Wehmut gedacht.

„Als sie nach Europa abreiste, habe ich sie noch zum Flughafen von Fort Lauderdale gebracht. Wir hatten uns für Ende August in Tampa am College verabredet. Daraus wird ja nun nichts mehr."

Sie hatten eine Weile geschwiegen. Dann hatte Laura so vorsichtig, wie sie nur konnte, nachgehakt.

„Und du willst die Geschichte wirklich nicht auf sich beruhen lassen?"

Auch jetzt war der Junge nicht etwa explodiert, sondern hatte sich ihr ganz langsam zugewandt.

„Würdest du?"

Touché, hätte der Doc gesagt.

„Die Frage, die mir nicht aus dem Kopf geht…" hatte Ignace fortgesetzt, „…ist die, wer so etwas Krankes macht, und warum."

Laura hatte genickt. Wie eine Hinrichtung, hatte Chief Colestron es charakterisiert.

„Du darfst nicht zu viel hineingeheimnissen. Sie war eine zufällige Augenzeugin, die dem Killer gefährlich werden konnte, also musste sie…aus dem Weg geräumt werden. Um den Faden zu finden, mit dessen Hilfe wir den Pulli aufdröseln, brauchen wir meines Erachtens wesentlich mehr Informationen über diese Gangstertruppe, die Yarmouth Sechs. Die sechs Typen sind offenbar der Schlüssel zum siebten Buch der Apokalypse. Und den hat offenbar jemand bei Sir Lucas hinterlegt. Ich werde mich mal ernsthaft mit ihm unterhalten müssen."

„Auf Puerto Rico?"

„Nein, fehlte noch. Obwohl…Nein, Harry, der CS a.D., teilte mir mit, dass Lamont jedes Jahr einige Tage auf Jersey verbringt. Diese Woche ist es zufälligerweise wieder soweit. Die Gelegenheit möchte ich nutzen." „Ich fahre mit!"

Das konnte Laura auf gar keinen Fall zulassen. Die Gefahr, dass Lamont sich in Bezug auf Solveig herablassend äußern würde, war viel zu groß.

„Tut mir leid, Junge, aber das möchte ich schon lieber allein durchziehen. Du bist vorläufig genug gereist. Ruh' dich aus und halt' die Stellung. Erstens weiß ich noch gar nicht, ob der Mann überhaupt bereit ist, mich zu empfangen. Und wenn, spricht es sich besser unter vier Augen. Ich denke, ich werde meinen ganzen Charme aufbieten müssen. Du würdest mich dabei ablenken. Nein, glaub' mir, alles in allem ist es besser, ich fahr' allein da hin."

So war es noch eine ganze Weile hin und her gegangen, bis Ignace schließlich klein beigegeben hatte. Vielleicht hatten ihn auch die umständlichen Reisemodalitäten letzten Endes hinreichend abgeschreckt.

Jetzt, da sie sich im Bistrowagen des TGV Paris-St. Malo an dieses Gespräch mit Ignace erinnerte und an ihrem heißen schwarzen Kaffee nippte, kam Laura ihre Mission selbst surreal vor. Wieso geriet sie immer wieder auf solche Abwege? Eigentlich hatte sie für diesen zeitraubenden Ausflug nach Jersey gar keine Zeit. Ausgerechnet jetzt, da in Hamburg der Bär steppte. Das Finanzamt würde demnächst seine Büttel in die Geschäftsräume der ROLA entsenden, um die erste umfassende Steuerprüfung seit Lauras Amtsantritt durchzuführen. Das hatte sie von einem zuverlässigen, weil fürstlich entlohnten Insider erfahren, den Robert lange vor seinem Tode in der Abteilung Körperschaftssteuer aufgetan hatte.

Damit nicht genug, hing ihr Antrag auf einen größeren Überbrückungskredit bei der Hausbank in der Schwebe. Das Geld wurde für eine Investition in Form einer feindlichen Übernahme benötigt: Wachse oder weiche war schließlich das Gesetz der des Marktes, dem sich ein global aufgestellter Player wie die ROLA nicht entziehen konnte. Angeblich hakte die Sache wegen gewisser Unstimmigkeiten bei der Bewertung bestimmter immobiler, als Bürgschaft dienender ROLA-Vermögenswerte. Tatsächlich hatte Laura das sichere Gefühl, dass jemand den Daumen gesenkt hatte. Ein wichtiger Anteilseigner der Bank vielleicht, der seinerseits in einen Konzern, ein Konglomerat eingebunden war und die ROLA nicht immer weiterwachsen sehen wollte.

Das eigentlich Missliche an dieser Situation war deren potenziell rufschädigende Außenwirkung. Wirtschaft ist auch angewandte Psychologie, gründet mit anderen Worten weniger auf Fakten, als auf Ertragserwartungen, die ganz wesentlich von Gerüchten genährt werden. Wenn bekannt wurde, dass die ROLA Gefahr lief, einen Kredit gesperrt zu bekommen, würde sich die Nachricht wie ein Buschfeuer verbreiten, das spätere berechtigte Dementis nicht mehr zu löschen in der Lage wären. Und wenn erst einmal die Liquidität eines Unternehmens in Zweifel gezogen wird, dann war's das. Zumindest schon mal für sie als leitende Geschäftsführerin, von weitergehenden Konsequenzen gar nicht erst zu reden. Eigentlich war sie also in Hamburg gerade unabkömmlich, um ihren eigenen Hintern zu retten. Stattdessen reiste sie auf die Kanalinseln, um irgendeinem Phantom in weißen Strumpfhosen nachzujagen. Manche würden das als grob fahrlässig bezeichnen.

Irgendwie berührte es sie nicht. Heinz Marquardt, ihr treuester Mitarbeiter, der ihr schon bei den ersten Gehversuchen in der schönen neuen Unternehmenswelt mit Rat und Tat zur Seite gestanden hatte und Laura in vielerlei Hinsicht besser kannte, als sie sich selbst, hatte versprochen, sich um die Sache zu kümmern. Sie mussten unbedingt herausbekommen, wer wirklich hinter der Blockade stand und welche Interessen er oder sie verfolgte. Bis dahin waren ihr sowieso die Hände gebunden.

Also war sie nach Paris geflogen und in den TGV nach St. Malo gestiegen. Eine Reise fast so lang wie nach Marseille, hatte sie bei einem Blick auf den Fahrplan erstaunt festgestellt. Sie blickte aus dem Fenster. Draußen zog die hügelige französische Küstenlandschaft vorüber. Das Klack-Klack-Klack der TGV-Stahlräder auf den blanken stählernen Gleisen mündete alsbald in einen Rhythmus, zu der sich eine Melodie gesellte – die der City of New Orleans. Einer der Lieblingssongs ihrer Jugend, vom unvergleichlichen Steve Goodman komponiert und auch gesungen, aber, wie es manchmal so geht, erst in Arlo Guthries Version weltweit bekannt geworden.

Good Morning, America / sag', kennst du mich nicht / ich bin doch der Zug mit Namen City of New Orleans… Sie summte die Melodie vor sich hin und fand, dass der Rhythmus tatsächlich zum Takt der vor sich hin ratternden Räder passte. Originelle Idee, eigentlich, einen Zug seine eigene Fahrt kommentieren zu lassen. Für Nicht-Amerikaner war der Text allerdings nicht ganz einfach nachzuvollziehen, aber das hatte einem Song ja noch nie geschadet. Bald gab sie den Versuch, sich in Gänze an ihn zu erinnern, frustriert wieder auf.

Sir Lucas Lamont war schwer zu erreichen gewesen. Marquardt hatte in Lauras Auftrag Himmel und Hölle in Bewegung setzen müssen, um für sie eine Audienz auf seinem Jersey Manor zu erwirken. Der Herr ließ sich feiern. Doch wer mochte ihm, dessen Verwandtschaft gerade dramatisch reduziert wurde, diese geringe Neigung zu Begegnungen mit Fremden ernsthaft verdenken. Zudem jetzt, da eben erst sein Bruder ermordet worden war, die Einschläge also immer näherkamen.

Eine Stunde, keine Sekunde mehr. Sie allein. Auf meinem Gut. Keine Kamera, kein Tonmitschnitt hatten seine vom Sekretär übermittelten Bedingungen gelautet.

Laura hatte sie sofort akzeptiert, was blieb ihr auch anderes übrig. Diese ganze mühsame Anreise für ein mageres Stündchen Interview? Gut, aber erstens ist die Reise angeblich das Ziel und Lamont war nun einmal Chingachgook. Niemand sonst konnte ihr Erste-Hand Informationen über den ausgelöschten Rumpf-Stamm der sechs Mohikaner geben. Diese prickelnde Authentizität war dann vielleicht doch die Reise wert.

Laura fühlte sich plötzlich beobachtet. Ein Mann zwei Tische weiter gab sich zwar alle Mühe, sein heimliches Interesse an ihr zu kaschieren, indem er so angestrengt in seiner Kaffeetasse rührte, als hoffe er, darin bald auf Goldkörnchen zu stoßen. Aber auf ihre Instinkte konnte Laura sich stets verlassen. Und die sagten ihr, dass der Mann ein Auge auf sie geworfen hatte. Ein heimlicher Verehrer oder ein Spion? Vielleicht stand Lamont selbst ebenso wie jeder, der sich ihm näherte, unter Beobachtung, durch wen auch immer.

Was heimliche Verehrer betraf, so machte sich Laura keine Illusionen. Bald würde sie feierlich in die Menopause eintreten, hatte jetzt schon gelegentlich unmotivierte Schweißausbrüche. Nein, dieser Zug war erst einmal abgefahren. Ignace würde vermutlich ihr einziges Kind bleiben. Damit konnte sie leben. Der Junge war intelligent, begabt, anhänglich und empathisch. Das war schon mehr, als viele andere Mütter über ihre leiblichen Söhne sagen konnten. Nein, gar so schlecht hatte sie es nicht angetroffen. Und ob sie es in ihrem Alter auf Dauer noch mit einem Mann würde aushalten können, der seine Socken und Unterhosen überall herumliegen ließ und im Stehen auf den Toilettensitz pinkelte, war sowieso zweifelhaft. Die psychische Altersstarre setzt bekanntlich lange vor der physischen ein. Eine Frau allein ist in schlechter Gesellschaft? Vielleicht. Daran war zumindest ein Fünkchen Wahrheit. Tatsächlich hielt sie es bei kritischer Betrachtung meist nicht sehr lange mit sich selbst aus.

Sie kümmerte sich nicht weiter um den Mann, trank ihren Kaffee aus und machte sich auf den Rückweg zu ihrem Sitz. Ignace tat ihr natürlich leid. Andererseits, so zynisch es klingen mochte, war dieses Schicksal, das niemand dem Mädchen gewünscht hätte, für ihn vielleicht leichter zu ertragen, als die Wahrheit über Solveig erfahren zu müssen. Nichts im Leben war so trostlos, als dass man nicht doch den Keim des Guten darin finden konnte. Diese Lebensweisheit hatte sie vom Doc gelernt. Sie sah auf ihre Uhr. Wenn der Zug sich keine weitere Verspätung einhandelte, sollte er in genau zwei Stunden in den Bahnhof von St. Malo einfahren.

3. Bei den Malvins

Von See aus betrachtet, wirkte St. Malo abweisend, ja furchteinflößend. Das war Programm. Der bloße Anblick dieses sich wie eine monolithische Trutzburg ins Meer schiebenden alten Stadtkerns sollte den hier ansässigen Piraten ungebetene Gäste möglichst vom Leibe halten. Laura saß mit einem Pappbecher Tee in der Hand auf dem schmalen, luftigen Achterdeck der Condor Express, einer Katamaran-Fähre nach St. Helier und betrachtete das Panorama des sich schnell entfernenden bretonischen Hafenstädtchens. Sie hatte die Nacht in einem kleinen, aber feinen Hotel verbracht, das intra-muros lag, also zur ummauerten Altstadt gehörte und sich Quic en grogne nannte. Frei übersetzt, entsprach dies offenbar dem bekannten Götz-von-Berlichingen Zitat und schien insofern prächtig zu Lauras augenblicklicher Stimmungslage zu passen. Soweit sie die Erläuterungen der bretonischen Eignerin verstanden hatte, war diese erst vor kurzem ins Hotelgewerbe eingestiegen, nachdem ihr Mann auf See umgekommen war und sie sich eine Ersatz-Einkommensquelle hatte beschaffen müssen. Laura hatte ihr versprochen, in Hamburg ordentlich Reklame für das Hotel zu machen, was bei dessen launigem Namen kein Problem darstellen würde.

Der Tell'sche Trotz, der aus dem Namen sprach, war auch in den gepflasterten Gässchen der Altstadt auf Schritt und Tritt zu spüren. Ihre bewegte Vergangenheit nahm man der nur etwa 50.000 Seelen starken Hafenstadt ohne weiteres ab, obwohl sie nach ihrer völligen Zerstörung durch alliierte Bomber von Grund auf neu hatte errichtet werden müssen. Der deutsche Kommandant der Besatzungstruppen, offenbar vom örtlichen Trotz-Virus infiziert, hatte sich so standhaft wie sinnlos zu kapitulieren geweigert und so die vernichtende Bombardierung provoziert.

Die Einwohner verstanden sich nicht als Bretonen und noch viel weniger als Franzosen, sondern betrachteten sich als lupenreine „Malvins“. Diese Bezeichnung hatte Laura insofern verblüfft, als sie an den spanischen Namen jener südatlantischen Falkland-Inseln erinnerte, um derentwillen Argentinien und

England Anfang der achtziger Jahre des letzten Jahrhunderts einen erbitterten Kurzkrieg ausgefochten hatten.

Erstbesiedelt worden waren die Malvinas, wie Laura hier erfuhr, aber nicht etwa von Spaniern, sondern von Fischern und Schafzüchtern aus St. Malo. Die hatten zwar die Kanalinseln direkt vor der Haustür, durften auf denen aber nicht schalten und walten, wie sie wollten. Also zogen sie bis fast in die Antarktis und ließen sich auf Inseln nieder, von deren Existenz sie möglicherweise durch Walfänger erfahren hatten. Walfangschiffe folgten ihren Beutetieren und gelangen so an Orte und in Gegenden, die völlig abseits eingefahrener Handelsrouten lagen.

Schließlich ragte nur noch der nadelspitze Turm des Doms über die Kimm. Laura fröstelte. Sie stand auf und torkelte im Seegang zum Restaurant. Zu dieser Jahreszeit war die Fähre alles andere als überlaufen. Vor acht Jahrzehnten hatte der Verkehr zwischen Festland und Inseln sicher noch wesentlich lebhafter ausgesehen. Viele Zivilisten aus den nördlichen Landesteilen Frankreichs waren vor den überraschend schnell herannahenden deutschen Truppen bis hierher nach St. Malo und von dort auf die Kanalinseln in der Hoffnung geflohen, das bis auf weiteres noch sichere Britannien erreichen zu können. Manche dieser Flüchtlinge, unter ihnen natürlich auch einige Juden, blieben jedoch auf den Inseln hängen, weil sie keinen rettenden Dampfer erwischten oder weil man ihnen als potenziellen Nazi-Spionen nicht über den Weg traute. Andere, wie die mehreren hundert bis dahin hier ansässigen „neutralen" Iren, die zum Teil liebend gern geblieben wären, weil sie drüben nur Arbeitslosigkeit und Elend erwartete, wurden nach England geschafft und in Internierungslager gesteckt.

Man mag über ein solch widersinniges Chaos missbilligend den Kopf schütteln, dachte Laura. Aber wenn zum Beispiel schon bei Natur- und anderen Katastrophen in Friedenszeiten verwaltungstechnische Fehlleistungen größeren Ausmaßes vorkamen, warum sollte das ausgerechnet unter den erschwerenden Bedingungen von Krieg und Besatzung anders und vor allem besser sein?

Laura hatte als Kind ihren Vater ganz kurz einmal nach Jersey und Guernsey begleiten dürfen, konnte sich aber nicht so recht an die Inseln erinnern. Nur daran, dass sie sich über die Freundlichkeit, mit der Robert Förster und Tochter dort empfangen wurden, gewundert und zugleich natürlich gefreut hatte. Trotz seines bisweilen mürrischen und schroffen Wesens hatte Robert wohl etwas von einem Menschenfischer - wenn er denn wollte. Oder besser - wenn er sich geschäftliche Vorteile davon versprach. Die Natur seiner Geschäfte hier und anderswo war Laura damals verborgen geblieben, hatte sie auch gar nicht interessiert. Heute fragte sie sich dagegen schon, was um alles in der Welt er wohl hier gesucht hatte.

Jersey, daran erinnerte sie sich allerdings, war bis hin zum morgendlichen Labber-Croissant und Milchkaffee-Wännchen dezidiert französischer geprägt als Guernsey, das wie ein britisches Urgestein wirkte, obwohl es das in Wirklichkeit ganz und gar nicht war. Später, viel später, hatte sie mit Interesse gelesen, dass alle Inseln ursprünglich den Normannen gehört hatten. Den „Nord-Mannen" war es in den Windungen ihrer geheimnisvollen Fjorde wohl auf Dauer etwas zu eintönig und kalt geworden. Bei ihren häufigen Abstechern nach Südwesten waren sie auf die Inseln mit ihrem milden, vom Golfstrom begünstigten Klima gestoßen und hatten diese ebenso in Beschlag belegt, wie das angrenzende Festland. Die genaue Bedeutung der Namen, die sie den Inseln gaben, ist heute nicht mehr zu eruieren. Sicher ist, dass die hier und anderswo auffallend häufig anzutreffende Endsilbe -ey eine Verschleifung des ur-skandinavischen Wortes öya, also Insel darstellt. Alderney zum Beispiel gehört auf diese Weise zur selben „Familie" wie Norderney.

Mit den sehr viel später gekommenen Briten hielten nicht nur deren Sprache und Gebräuche, sondern auch deren finanzielles Offshore-Gebaren Einzug: Briefkastenfirmen schossen so massiv aus dem Boden, dass ihre Zahl etwa auf der kleinen Sark deren Einwohnerzahl um das Vielfache übertrifft. Was solch dubiose Entwicklungen begünstigte, war vor allem der antiquierte und komplizierte konstitutionelle Status der Inseln, die nicht, wie zum Beispiel die Isle of Wight, zum Vereinigten Königreich gehören, noch, wie etwa die Isle of Man, als Kronkolonien daherkommen. Vielmehr sind sie unmittelbares Eigentum der augenblicklichen Regentin - genauso, wie deren Corgies oder Bentleys. Sollte Königin Elisabeth eines Tages das Zeitliche segnen, womit nach übereinstimmender Ansicht aller Experten nicht wirklich zu rechnen ist, und der jetzige Prinz of Wales den Thron besteigen, falls er dazu körperlich noch in der Lage sein sollte, würden die Inseln wie eine teure Briefmarkensammlung zu seiner stattlichen Erbmasse gehören.

Heinz Marquardt hatte am Vorabend angerufen. Es war ihm offenbar gelungen, die Sekretärin des Abteilungsleiters Gewerbliche Kredite anzubaggern, wie er es ausdrückte. Die Zeit drängte, also mussten sie alles an die Front werfen, was ging und konnten sich nicht mit moralischen Skrupeln aufhalten.

„Geduld, Laura. Gib' mir noch ein paar Tage und ich bin drin. Wie? Nein, nicht in der Dame, im System, meine ich. In der Dame war ich schon gestern Abend, mit Verlaub, um nichts anbrennen zu lassen. Was tut man nicht alles für Volk und Vaterland..."

„Lass' gut sein, Tiger. Können wir die Holländer noch so lange hinhalten?"

Mit den Holländern war das Frachtflug-Unternehmen gemeint, zu dessen Erwerb über eine Mehrheitsbeteiligung der Kredit dienen sollte. Das hatte man der Bank natürlich nicht so direkt auf die Nase gebunden, weil man Indiskretionen fürchtete. Das Ganze war wie ein Tanz auf der Rasierklinge. Lange würde das Fensterchen der Gelegenheit nicht mehr offenbleiben. Und falls der Deal ins Wasser fallen sollte, wäre das in etwa so, wie wenn Scheiße auf den Ventilator trifft.

Marquardt versprach, Laura laufend zu unterrichten. Sie hatte das Handy so laut fluchend in die Ecke ihres Hotelzimmers geworfen, dass das Zimmermädchen sich bemüßigt gefühlt hatte, an die Tür zu klopfen.

„Madame? Alles okay bei Ihnen?"

„Okay? Alles okay? Nein, beim besten Willen nicht. Habe mich selten so weit von okay entfernt gefühlt, wie in diesem Augenblick. Nein, kein Problem, lassen Sie nur. Sollte ich mich umbringen, werde ich darauf achten, keine bleibenden Flecken zu hinterlassen..."

Damit hatte sie das Zimmermädchen zwar nicht unbedingt beruhigt, sich selbst aber einen Teil der Frustration vom Leib geschimpft. Gott sei Dank hielt Marquardt wenigstens zu ihr, sonst wäre sie in diesem Haifischbecken längst in Stücke gerissen worden. Blieb nur zu hoffen, dass der oder die Killer schnell dingfest gemacht würden oder Ignace sich beruhigte. Realistisch betrachtet, schien das eine leider so aussichtslos wie das andere.

Die Fähre bremste plötzlich schlagartig ab und wurde von einer eleganten Surferin zur schwerfälligen Verdrängerin. Sie hatten St. Helier erreicht. Noch auf der Gangway schien Laura, als hätte das Schiff sie nicht die fünfunddreißig Seemeilen nach Jersey, sondern einmal quer über den Atlantik gefahren: das spürbar milde Klima, die vereinzelten Palmen, das fast mediterran anmutende Treiben jenseits der Kais schienen in keinem Verhältnis zur objektiv verifizierbaren geographischen Lage der Insel zu stehen. Kein Wunder, dass manche besonders ignorante deutsche Landser sich bei ihrer Ankunft auf Jersey oder dem benachbarten Guernsey irgendwo an der afrikanischen Küste wähnten. Einige von ihnen hatten im weiteren Verlauf des Krieges dank General Rommel Gelegenheit, ihre diesbezüglichen geographischen Wissenslücken weitgehend zu schließen und zu realisieren, wie es dort in Afrika wirklich aussah.

Noch etwas unsicher auf den Beinen, stapfte Laura zu einem der Taxis und gab dem Fahrer die Adresse des Golden Manor, in dem Sir Lucas Lamont Hof hielt, wenn er auf Jersey weilte.

Die Namen der Orte und Leute auf Jersey klangen in der Tat sehr Französisch und häufig pompös bis hart an den Rand der Lächerlichkeit. Ein gewisser Bob Le Sueur zum Beispiel war, wenn man seinem Ladenschild Glauben schenken durfte, Besitzer einer Schneiderei. „Bob der Schwitzer?", dachte sie. Wer würde sich denn von einem Typ dieses unappetitlichen Namens einen Anzug oder ein Kostüm schneidern lassen?

Saunavertreter hätte er werden sollen, das wäre dann wenigstens ein wenn auch lahmer Gag gewesen.

Auf der linken Straßenseite gefahren wurde allem französischen Einflusses zum Trotz auch hier, wie Laura feststellte. Die Deutschen hatten den Verkehr für die Dauer der Besatzungsjahre auf „kontinental" umgestellt, was in der Anfangszeit bei der Enge der Straßen, der relativen Unübersichtlichkeit des Terrains und der allgemeinen Unerfahrenheit der Chauffeure unweigerlich zu allerlei haarsträubenden Unfällen geführt hatte. Eigentlich, daran erinnerte sich Laura von ihrer denkwürdigen Fahrt zur roten Kapelle von Famagusta auf Zypern, eigentlich war die Umstellung gar nicht so schwierig. Doch in einer wirklich kritischen Situation reagiert man garantiert falsch, weil man eben so und nicht anders programmieret ist. Aus deutschen Stalags entwichene Straf- oder Kriegsgefangene wurden von ihren deutschen Verfolger oft dadurch entlarvt, dass sie von denen in der Öffentlichkeit – etwa auf der Straße, am Bahnsteig oder in der Kneipe – mit ihrem richtigen Namen angesprochen wurden, worauf die meist reflexhaft reagierten und sich damit verrieten. Fehlte nur noch, dass sie „hier!" gerufen hätten, dachte Laura. Niemand kommt gegen seine Natur an.

Das Golden Manor war allem Anschein nach ähnlich gut gesichert wie Fort Knox. Rund um die äußere Mauer aus grauem Granit patrouillierten stämmige Herren in Zivil, die Lamont wohl von der Karibikinsel mitgebracht hatte. Wie sie an Waffenscheine für ihre kurzläufigen Maschinenpistolen gekommen waren, die sie um die Schultern gehängt trugen, blieb ihr Geheimnis. Die relative Unförmigkeit ihrer Oberkörper ließ darauf schließen, dass sie unter ihren Wind- und Lederjacken schusssichere Westen trugen. Mangels einschlägiger Sprachkenntnisse würden die Bodyguards im Zweifelsfall vermutlich erst schießen und sich dann erst versuchen, sich verbal verständlich zu machen.

Der Taxifahrer hielt am gusseisernen Tor. Einer der beiden bulligen Wächter beugte sich vorsichtig zum bereits geöffneten Wagenfenster herab. Laura nannte ihren Namen, was den Mann nicht anfocht.

„Sir Lucas erwartet mich. Glaube ich."

Ein Wächter blickte aufmerksam in den Wagen, konnte aber offenbar nichts Verdächtiges entdecken. Ein anderer hielt einen

Unterbodenspiegel mit Kamera unter das Chassis, während er langsam einmal um den Wagen herumlief. Wahrscheinlich überprüfte ein weiterer Mitarbeiter die Bilder auf einem Monitor im Haus und gab den Wagen schließlich fei.

„Warten Sie bitte hier," schloss der mit der Kamera den Augenschein ab und presste den Bluetooth, über dem er mit der Zentrale verbunden war, kurz fester an sein linkes Ohr. Nach einigem hin und her, das Laura nicht verstand, weil das Gespräch in irgendeinem blumigen karibischen Patois geführt wurde, winkte der Wächter ihnen zu.

„Okay, fahren Sie bis zur Treppe."

Der Fahrer tat, wie ihm geheißen. Als er vor der Freitreppe hielt, auf deren oberem Absatz zwei weitere Posten mit Maschinenpistolen im Anschlag Wache standen, zögerte Laura. Sollte sie den Taxichauffeur bitten, auf sie zu warten? Eine Stunde verflog für sie zwar schnell, würde dem Fahrer aber möglicherweise doch zu lange dauern. Dann fiel ihr ein, dass sie vergessen hatte, sich Pfund Sterling zu besorgen. Die Inseln machten regen Gebrauch von ihrem Prägerecht und brachten eigene pittoreske Monopoly-Scheine in Umlauf, die aber nur hier und in Gotham City als Zahlungsmittel Anerkennung fanden. An dessen Erwerb war Laura natürlich nicht interessiert. Der Fahrer akzeptierte glücklicherweise auch Euros, wenngleich zu einem für ihn besonders günstigen Kurs.

Während das Taxi drehte und wieder in Richtung St. Helier davonfuhr, schritt Laura auf der Freitreppe nach oben. Einer der beiden Wächter tastete Laura gründlicher nach Waffen ab, als ihr lieb war. Der andere durchsuchte derweil ihre Tasche. Das Prozedere war Laura zwar zuwider, weil sie die körperliche Berührung verabscheute und das ganze Drumherum etwas von den Begleitumständen eines Besuchs in einer Justizvollzugsanstalt hatte. Aber sie beschloss, sich zu fügen und ausnahmsweise den Mund zu halten. Was zählte, war das Gespräch mit Lamont.

Als er sich vergewissert hatte, dass Laura unbewaffnet erschienen war, nickte der eine Bodyguard dem anderen zu, woraufhin dieser den linken Flügel der Tür öffnete und sie ins Innere des zweistöckigen Gebäudes treten ließ, dessen Fassade aus grauem Granit da und dort von Efeuranken verdeckt wurde.

„Willkommen auf Karenhall," murmelte Laura, als sie durch die Tür schritt. Hoffentlich hatte der Eigentümer des Golden Manor nicht Görings erdrückende Statur.

Im Foyer empfing sie ein Butler mit undurchdringlicher Mine, nahm ihr den Mantel und die Tasche ab und reichte beides mit spitzen Fingern wie zur umgehenden Desinfizierung an ein Dienstmädchen weiter. Dann bat der Butler sie, ihm auf den mit einem dicken Teppich belegten marmornen Treppenstufen in den ersten Stock zu folgen. Laura betrachtete interessiert die auf sie zurückstarrenden Konterfeis der großen, dunklen Gemälde von Männern und Frauen, vermutlich Vorfahren des gegenwärtigen Hausherrn, der, wenn man seinen Altersangaben im Who's Who Glauben schenken durfte, wohl auch bald hier hängen würde.

Oben auf dem Treppenabsatz standen lebensgroße Bronzestatuen der Artemis und des Apollo in ihrer jeweiligen nackten Vollkommenheit. Der Hintern Apolls schien Laura eine Spur heller zu glänzen als der Po der Artemis. War Sir Lucas möglicherweise schwul? Laura hatte vergessen, sich danach zu erkundigen und das Who's Who enthielt dazu keinerlei eindeutige Angaben. Der diskrete Butler führte sie nach rechts und öffnete die beiden Flügel einer schweren hölzernen Tür. Er kündigte den Gast so unerwartet laut an, dass Lauras Name im großzügig bemessenen Speisesaal, um den es sich allem Anschein nach handelte, mehrmals widerhallte und zog die Türflügel dann hinter sich zu.

Laura widerstand der Versuchung, das Speisesaal-Echo nach dem Namen des Herzogs von Wesel zu fragen und blickte stattdessen interessiert um sich. Sie hasste es, wie bestellt und nicht abgeholt irgendwo warten zu müssen, und sei es auch in einem vornehmen getäfelten Speisesaal. Dessen endlos langer, blitzblanker Tisch wies zwei Reihen von mindestens zehn, zwölf Stühlen mit überlangen Lehnen auf. Am Kopfende hing ein weiteres Porträt an einer getäfelten Wand. Erst, als das Porträt unvermittelt zu sprechen begann, ging Laura auf, dass es sich um den sehr klein geratenen Hausherrn handeln musste, der sie vermutlich schon mehrmals angesprochen hatte, ohne dass sie es bemerkte. Ein Zwerg mit schütterem grauem Haarkranz und dem eingefallenen, zerfurchten Gesicht eines Greises, der eigentlich schon seit Jahren in der Familiengruft ruhen sollte, sich aber krampfhaft gegen den finalen Antransport zu wehren pflegte. Beim Näherkommen erkannte Laura, dass der Alte so klein wirkte, weil er im Rollstuhl saß. Obwohl, stehend war er vermutlich nicht viel größer. Ein gebrochener, kraftlos wirkender Mann, der längst jene Schwelle überschritten hatte, jenseits derer nicht der Tod, sondern das Weiterleben dem Menschen zum Fluch wird. Aber erste Eindrücke täuschten manchmal. Vielleicht verleitete er mit dieser saft- und kraftlosen Leichenbittermiene seine Feinde, an denen bei ihm kein Mangel bestehen dürfte, ihn zu unterschätzen.

„Mrs. Förster?" rief der Alte mit leicht zitternder Stimme zum vermutlich sechsten Male.

Laura nickte.

„Guten Tag, Sir Lucas. Sorry, ich hatte Sie nicht gleich erkannt. Die Lichtverhältnisse...Vielen Dank, dass Sie bereit waren, mich zu empfangen..."

„Nicht der Rede wert," unterbrach sie der Alte krächzend und winkte sie zu sich ans Ende des Tisches, wo zwei Gedecke aufgelegt waren. Sir Lucas klemmte sich ein Monokel ins linke Auge und betrachtete Laura mit unverhohlener Neugier. Umgekehrt galt allerdings das Gleiche. Schade, dass sie kein Monokel besaß, dachte Laura. Zwei Einäugige, die einander durch grotesk vergrößerte Pupillen musterten, wären ein endkrasser Akt gewesen.

„Entschuldigen Sie, wenn ich nicht aufstehe und Ihnen entgegenkomme, wie es sich eigentlich gehört, aber meine Beine, was soll ich sagen, das Alter eben..."

„Nein, ich bin es, die um Entschuldigung bitten muss, dass ich Ihnen so kurz nach Ihrem jüngsten schmerzlichen Verlust auf den Leib rücke. Aber es handelt sich ja nicht um reine Neugier meinerseits..."

„Verlust? Was für ein...Ach so, Sie sprechen von meinem Bruder. Ich dachte schon, eines meiner Aktienpakete wäre in den Keller geplumpst. Nun, sehen Sie, was meinen Bruder betrifft, der in Wirklichkeit nur mein Halbbruder ist, so habe ich ihn immer wieder gewarnt und ihm geraten, sich Leibwächter anzuschaffen anstatt sich Tag und Nacht mit Nutten rumzutreiben. Jetzt hat er die Rechnung präsentiert bekommen. Nein, wenn mich eine menschliche Tragödie wirklich berührt hat, dann der Tod meiner beiden Schwestern."

„Schwestern? Auch erschossen?"

Lamont schüttelte mit dem Kopf.

„Nein. Ein Unfall. Ich hatte zwei prachtvolle Schwestern, Abigail und Emma. Etwas jünger als ich und fast gleichaltrig. Pflegten jedes Jahr ihre Ferien gemeinsam zu verbringen, wissen Sie. Zusammen mit ihren Männern und den vier Kindern. Hatten beide zwei Jungs. Meist mieteten sie ein Chalet irgendwo in den Schweizer Bergen, Grindelwald, glaube ich. Teures Pflaster."

„Was ist passiert?"

„Eines Tages waren ihre Männer mit den Kindern zu einer Bergwanderung aufgebrochen, während die Frauen es sich im Chalet gemütlich machen wollten. Saßen draußen auf einer Art Hollywood-Schaukel mit Metallrahmen, eines dieser quietschenden Dinger. Unterhielten sich, tranken Tequila Sunrise und beobachteten die sich in der Ferne drohend zusammenziehenden Gewitterwolken, als ein Blitz einschlug. Der sprichwörtliche Blitz aus, nun ja, fast heiterem Himmel. Ein Meteorologe sagte mir, dass solche Blitze auftreten können, lange bevor die eigentliche Gewitterfront Sie erreicht hat, wussten Sie das? Hängt von der Zusammensetzung der Luft und ein paar anderen Voraussetzungen ab. Von allen Gegenständen, in die der Blitz hätte einschlagen können, hatte er sich ausgerechnet diese metallene Hollywoodschaukel ausgesucht."

Er hielt inne, als ringe er mit der Erinnerung.

„So ähnlich wie Sie, die Sie heute in mein Leben einschlagen. Was genau erhoffen Sie sich von mir?"

„Nun ja, Sie wissen vielleicht, dass mein Ziehsohn Ignace…"

Lamont nickte.

„Ja, ich weiß. Aber ich verstehe nicht. Wollen Sie einen Privatfeldzug initiieren? Wegen einer Nutte?"

Lauras Stimme rückte plötzlich eine Oktave höher und gewann deutlich an Volumen.

„Ich muss Sie wirklich bitten, sich zu mäßigen. Solveig mag eine… Prostituierte gewesen sein, das kann ich nicht beurteilen. Aber mein Sohn liebte sie, das macht sie auch für mich besonders und ich werde nicht dulden…"

„Schon gut, schon gut. Ich verstehe und entschuldige mich für meine derbe Sprache. Aber nehmen Sie doch erst einmal Platz."

Der Butler schob ihr den Stuhl so energisch unters Hinterteil, dass Laura fast wie ein Taschenmesser zusammenklappte.

„In meinem Alter hat man ständig das Gefühl, sich in aller Form dafür entschuldigen zu müssen, dass man noch lebt. Die Blicke der Leute, Sie verstehen… Wenn ich mir selbst noch keine Kugel durch den Kopf gejagt habe, dann nur deshalb, weil ich es vorher erleben möchte, dass der Killer meiner armen Verwandtschaft für seine ruchlosen Taten büßt. Ich habe einen beachtlichen Teil meines Vermögens dafür eingesetzt, dass der Killer und gegebenenfalls seine Hintermänner gefasst werden. Ich habe in den einschlägigen Kreisen Millionen von Pfund als Kopfgeld ausgelobt, das ist vielversprechender als die Ermittlungsarbeit der Polizei zu fördern, bei allem Respekt vor der Metropolitan. Aber lassen wir das. Ich dachte, Sie würden nach der etwas beschwerlichen Anreise möglicherweise hungrig und durstig sein und habe deshalb einen kleinen Imbiss für Sie vorbereiten lassen. Ich hoffe, das ist in Ihrem Sinne. Mich müssen Sie auch in dieser Hinsicht entschuldigen, ich esse nur noch einmal am Tag, abends, und auch dann meist nur ein Gurkensandwich. Das größte Vermächtnis des britischen Weltreichs, Gurkensandwiches. Wenn demnächst auch noch die letzten Reste der alten Pracht und Herrlichkeit zu Staub werden, bleibt nur das imperiale Gurkensandwich. Es ist so etwas wie die unkaputtbare Kakerlake unter den belegten Broten und grotesk überladenen Smörrebröds, widersteht angeblich sogar nuklearem Fall-out."

Er lachte über seinen eigenen Witz.

„Und wenn ich meinem Arzt glauben darf, was ich bei Gott nicht tue, könnte jeder Schluck Alkohol mein letzter sein. Gut, nachdem dies geklärt wäre…" er klingelte mit einem kleinen Glöckchen, woraufhin sich die Tür hinter ihm öffnete und zwei Dienstmädchen Lauras Imbiss wie bei der Weihnachtsbescherung hereintrugen und unter der diskreten Anweisung des Butlers auftischten, als wüssten sie ohne dessen Hinweise nicht, wohin mit dem Zeug.

Während Laura sich an der kalten Platte und dem Salat schadlos hielt, schenkte der Butler ihr französischen Weißwein und klares stilles Wasser ein. Lamont aß und trank derweil nur mit den Augen. Er wartete eine Weile, bis Laura die ersten Bissen mit einem Schluck Wein hinuntergespült hatte und räusperte sich dann.

„Nun, ich fürchte, wir haben nicht viel Zeit. Was möchten Sie von mir hören?"

DRITTES KAPITEL

1. Rumpelstilzchen

„...so erscheint es mir noch heute als nicht nachvollziehbare Bluttat meiner Landsleute, Inseln, die sie kampflos hätten einnehmen können, rücksichtslos zu bombardieren."

Laura lehnte sich nach vorn und streckte die Arme zur Seite, als übernehme sie persönlich die volle Verantwortung für dieses Kriegsverbrechen.

„Nun, Sie werden verstehen, dass ich es nicht als meine Aufgabe erachte, Nazis zu verteidigen. In diesem einen Falle allerdings tun Sie Ihren Landleuten bei genauer Betrachtung Unrecht, Mrs. Förster. Es stimmt, die oberste britische Militärführung hatte, noch unter dem Eindruck der Katastrophe von Dünkirchen und in Erwartung einer deutschen Invasion des Mutterlandes, im Frühsommer 1940 beschloss, die Inseln zu demilitarisieren. Man könnte auch sagen, sie den deutschen Wölfen zum Fraß vorzuwerfen. Alle Truppen, Waffen und sonstiges militärisches Material wurden von den Inseln geschafft. Was durchaus Sinn machte, keine Frage. Zwar hatte man die kümmerlichen, über die Strände bei Dünkirchen verstreuten Reste unseres Expeditionskorps dank des selbstlosen Einsatzes ziviler Eigner einer kleinen Armada von Yachten und Boote jedweder Art aufsammeln und nach England zurückführen können. Aber das von ihnen in Dünkirchen zurückgelassene schwere Kriegsmaterial wurde zu Hause schmerzlich vermisst und musste eilends ersetzt werden, bevor die Hunnen, mit Verlaub, über den Kanal setzten. Der Verteidigungsbereitschaft der Heimat war alles andere unterzuordnen. Die Kanalinseln wären auf Dauer sowieso nicht zu halten gewesen, dafür standen die Rollfelder der deutschen Heinkels und Junkers ihnen viel zu nahe. Unsere von der englischen Südküste kommenden Spitfires hätten gerade mal genug Treibstoff für eine knappe Viertelstunde Luftkampf in der Bucht von St. Malo gehabt. Dann hätten sie schon wieder abdrehen und zurückkehren müssen."

Lamont trank einen Schluck Wasser und räusperte sich mehrmals, als hätte er eine größere Fliege verschluckt.

„Trotzdem: die Insulaner müssen sich doch verraten und verkauft vorgekommen sein. Gab es für dieses Vorgehen auch andere als militärische Gründe?"

„Mag sein. Müßig, über die geringe Affinität von Briten und Eseln und Kröten nachzudenken, wie man die Einwohner von Guernsey und Jersey scherzhaft nennt. Man hielt es wohl für unwahrscheinlich, dass die Deutschen auf einer Besetzung der militärisch so gut wie nutzlosen Inseln bestehen würden. Da hatte man die Rechnung aber ohne den Wirt gemacht. So gering deren strategische Bedeutung sein mochte, so hoch war der propagandistische Wert der Inseln. Einen solchen Scoop konnten sich die Nazis, Meister der Propaganda, unmöglich entgehen lassen. Stellen Sie sich mal die Radio-Sondermeldung des OKW vor: Heute Morgen setzten deutsche Soldaten erstmals ihren Fuß auf britischen Boden. Dass dieser Boden nicht wirklich britisch war, musste man den mit der komplizierten Verfassungslage der Inseln nicht vertrauten deutschen Bevölkerung ja nicht auf die Nase binden."

Wieder nippte Lamont an seinem Wasserglas.

„Der eigentliche Verrat an den Insulanern liegt anderswo, wissen Sie. Die Briten hatten nämlich vergessen, den Deutschen mitzuteilen, dass die Inseln demilitarisiert waren. Frei nach dem Rumpelstilzchen-Motto: Oh wie gut, dass niemand weiß… Weiterhin hatten sie es versäumt, die auf den Inseln verbliebenen etwa 60.000 Seelen wissen zu lassen, dass sie die Deutschen über den militärischen Status der Inseln nicht unterrichtet hatten. Manche gehen so weit zu behaupten, dass dies mit voller Absicht geschah. Eine unter diesen Umständen ansehbare Bombardierung der Inseln durch die Deutschen würde das Klima einer nachfolgenden Besatzung nachhaltig zu vergiften geeignet sein. Sollte dies tatsächlich dem Kalkül der Briten entsprochen haben, hätten wir es nicht nur mit Verrat, sondern mit einem ausgewachsenen Kriegsverbrechen zu tun. Denn hätten die Insulaner damit rechnen müssen, dass sie trotz der Demilitarisierung Gefahr liefen, angegriffen zu werden, hätten sie zum Zeichen der widerstandslosen Kapitulation vermutlich weiße Fahnen gehisst und weiße Betttücher ausgebreitet. Was Ihre Landsleute vermutlich erkannt und respektiert hätten. Niemandem wäre ein Haar gekrümmt worden."

„Aber die deutschen Aufklärer mussten doch festgestellt haben, dass nichts auf den Inseln auf irgendeine Gegenwehr deutete."

„Ja und nein. Die Aufklärer flogen in der Regel sehr hoch, um außer Reichweite der Flak zu bleiben. Da die damalige Optik sowie die Qualität des Filmmaterials mit den heutigen Pendants in puncto Auflösung nicht zu vergleichen waren, konnte man sich auf einen negativen Befund nicht unbedingt verlassen. Vielleicht hatte der Feind seine Batterien und Geschützstände nur besonders geschickt getarnt und beschlossen, die Aufklärer nicht unter Beschuss zu nehmen, um die eigenen Stellungen nicht zu verraten. Kurzum, man kann es den misstrauischen Deutschen schwerlich vorwerfen, dass sie mit der absoluten Wehrlosigkeit der Inseln nicht gerechnet hatten. Die kampflose Räumung auch nur Fußbreit eigenen Grund und Bodens lag jenseits aller Vorstellungskraft Hitlers."

Da mochte er recht haben, dachte Laura. Dass die Nazis zum Beispiel das exponierte Helgoland einfach den Briten überlassen hätten, konnte sie sich beim besten Willen nicht ausmalen.

„So nahm das Unheil seinen Lauf. Die Deutschen bombardierten vor allem die Häfen und bestrichen den Rest mit ihren Bordwaffen. Ein reines Wunder, dass hier und auf Guernsey nicht mehr als drei bis vier Dutzend Einwohner getötet wurden. Erst danach ließen die Briten über den amerikanischen Botschafter in Berlin den Deutschen ausrichten, dass sie dabei waren, offene Türen einzurennen."

„Warum hatten nicht mehr Leute die Inseln verlassen, bevor die Deutschen eintrafen?" fragte Laura.

Lamont betrachtete Laura erneut mit dem Monokel wie einen bislang unbekannten Galapagos-Käfer.

„Wie stellen Sie sich das vor? Knapp hunderttausend Menschen – Männer wie Frauen, Alte, Schwache und Kranke ebenso wie ganz junge – über einen Kanal setzen, in dem es damals bereits von deutschen U-Booten wimmelte? Womit? Wenn schon, hätte das einer sorgfältigen logistischen Planung bedurft, etwa nach dem Vorbild der Evakuierung Athens vor den heranrückenden Persern. Die Wehrmacht hatte Benelux und Frankreich unter Umgehung der Maginot-Linie so schnell überrannt, dass sie viel früher als von den Unsrigen berechnet in der Normandie und Bretagne angekommen waren. Das führte zu Panikreaktionen, nichts ging mehr seinen geregelten Gang."

Er ließ sein Monokel wieder fallen und an einer langen Kette baumeln.

„Und schließlich: wohin mit den Leuten? Die systematische Bombardierung britischer Städte als Ouvertüre zur Invasion Britanniens stand im Frühjahr 1940 unmittelbar bevor. Hunderttausend Einheimischer würden über Nacht obdachlos werden. Dazu kamen tagtäglich Flüchtlinge vom europäischen Festland herüber. Juden, vor allem, die im letzten Moment noch den Sprung über den Kanal geschafft hatten. Was man sich heute kaum vorstellen kann: viele Bewohner der Kanalinseln verstanden damals kaum Englisch, so dass sie die halbe Zeit nicht wussten, wo die Glocken hingen: an wen mussten sie sich wenden, um als Ausreisewillige registriert zu werden und einen Platz an Bord eines der wenigen Schiffe zu ergattern. Wenn ein Schiff für voll erklärt wurde, legte es ab, ohne Rücksicht darauf zu nehmen, ob Eheleute oder ganze Familien beisammengeblieben oder auseinandergerissen worden waren. Kinder wurden von ihren Eltern, Frauen von ihren Ehemännern getrennt. Drüben in England angekommen, wurden sie, nur provisorisch und lückenhaft erfasst, über das ganze Land verteilt. Menschen, die im Laufe ihres bisherigen Lebens noch nie ihre vertraute kleine Insel verlassen hatten und unter den Begriff Katastrophe am ehesten eine etwas missratene Kartoffel- oder Tomatenernte subsumiert hätten, fanden sich in dreckstarrenden Molochen voll Elend und babylonischer Laster namens Manchester oder Glasgow wieder, wo sie sich wie in den falschen Film geraten fühlen mussten."

Er seufzte und lehnte sich in seinem Stuhl zurück, als schmerze ihm der Rücken.

„Und das war leider noch nicht das Ende der Fahnenstange. Historiker und Soziologen hatten uns weisgemacht, dass kleine, isolierte und über die Jahrzehnte und Jahrhunderte zusammengeschmiedete Inselgemeinschaften wie diese einen sehr hohen Grad an Solidarität erlangt hätten, der äußerem Druck nachhaltig widerstehen würde. Das erwies sich in jenen Tagen als ausgemachter Unsinn. Innerhalb von Stunden und jedenfalls lange, bevor der erste deutsche Landser seinen Fuß auf eine der Inseln gesetzt hatte, schmolz diese angeblich so widerstandsfähige Solidarität dahin wie der sprichwörtliche Schneeball in der Hölle. Insulaner, die unbedingt nach England wollten, hatten ihren Häusern und Wohnungen kaum den Rücken gekehrt, als ihre Nachbarn die verlassenen Häuser und Wohnungen umgehend plünderten und oft auch noch verwüsteten, indem sie zum Beispiel hölzerne Wandbekleidungen oder Bodenbeläge herausrissen. Nachbarn! Menschen, die mit den Geflüchteten zusammen aufgewachsen waren und viel Freud und Leid geteilt hatten. So konnte es geschehen, dass Leute, die mit ihren wichtigsten Habseligkeiten unter dem Arm zum Hafen geeilt waren, dort aber wegen Überfüllung der Schiffe kehrt machen mussten, ihr Haus allen Mobiliars beraubt vorfanden. Wissen Sie, die Besatzung mit all ihren Beschwernissen war natürlich eine große physische wie psychische Herausforderung, aber irgendwie zu verdauen. Ebenso die fünfjährige Trennung von den Liebsten, wann und wo immer es dazu gekommen war. Selbst mit dem sicher nicht völlig aus der Luft gegriffene Vorwurf gelegentlicher Fälle von Kollaboration wusste man fertig zu werden. Wirklich zerrüttend war erst dieser Verrat an allem, was den Insulanern bis dato heilig und identitätsstiftend erschienen war. Das sitzt vielen Älteren noch heute in den Knochen."

Laura blickte auf ihre Uhr. Die gewährte Stunde war beinahe abgelaufen und sie hatte dem Alten bislang noch keinerlei wirklich sachdienliche Hinweise auf die Morde entlocken können.

„Und die Yarmouth Sechs, wo und wann kamen die ins Spiel?"

Lamont sann kurz nach, als habe er mit dieser Frage gar nicht mehr gerechnet.

„Nun, man könnte sagen, sie waren das Ergebnis kollektiver Schuldgefühle. Winston Churchill, der sich angeblich gegen die Preisgabe der Kanalinseln gewandt hatte, was ich ihm schon deshalb nicht abnehme, weil jemand wie er seinen politischen Willen sehr wohl durchzusetzen wusste, ließ vom ersten Tag der Besatzung an immer wieder kleinere und größere Kommandotrupps zusammenstellen. Im Rahmen der sogenannten Taktik der permanenten Nadelstiche sollten solche Grüppchen auf einzelnen Inseln landen, dort die feindlichen Stellungen ausspähen und so viel Schaden wie möglich anrichten. Reiner Humbug, im Grunde, eine Art militärisches Feigenblatt, das die Scham der Preisgabe kaum zu verdecken geeignet war. Anfangs trugen solche Operationen derart lupenreinen Slapstick-Charakter, als wären sie von Chaplin geplant und von den Marx Brothers durchgeführt worden. Die Jungs mussten ja im Regelfall von U-Booten oder Landungsfahrzeugen vor der betreffenden Inselküste abgesetzt werden und die letzte Meile dann in Dorys, Dinghys oder Paddelbooten zurücklegen. In einem Fall passte das vorbereitete Dinghy überraschenderweise nicht durch die enge Einstiegsluke des abfahrbereiten U-Bootes. In einem anderen Fall verfehlte das Fahrzeug Guernsey in der Dunkelheit gleich ganz, weil man den Schiffsrumpf mit einem stromführenden Elektrokabel umwickelt hatte. Der schützte zwar vor deutschen Magnetminen, beeinträchtigte aber leider auch den eigenen Magnetkompass so beträchtlich, dass man völlig vom Kurs abkam. Und wenn die Landung mal gelang, trafen die Soldaten oft auf verhuschte Insulaner, die ihnen kaum mehr als die örtliche Uhrzeit verraten konnten - oder wollten. Verständlicherweise, denn falls sie ihren Einsatz überlebten, zogen die Briten ja schnell wieder ab. Die Einheimischen hingegen mussten sich irgendwie mit den Deutschen arrangieren und hatten bei Kontaktaufnahmen mit den Briten strenge Repressalien zu fürchten. Und wenn dann schon mal ein Insulaner ausnahmsweise bereit war, weiterführende Auskünfte zu geben, dann pflegte der vielleicht als einziger Zeitzeuge einen Dialekt, den die Briten nicht verstanden. Wie gesagt, der reine Slapstick. Wenn eine südliche Brise in stillen Nächten lautes Gelächter über den Kanal nach Weymouth trug, wusste man: aha, wieder ein britisches Kommando aufgeflogen. So gesehen, waren die Deutschen vermutlich sogar enttäuscht, wenn mal längere Zeit kein Überfall erfolgte und die Landser sich stattdessen einen jener unerträglich schwülstigen Propagandafilme Leni Riefenstahls reinziehen mussten."

Er schüttelte sich in seinem Rollstuhl, als sträubten sich ihm bei der Erinnerung an all das noch jetzt die Nackenhaare.

„Auch die Deutschen konnten Slapstick. Als ein britisches Kommando nächtens auf den Casquets-Felsen, einem sehr gefährlichen Schifffahrtshindernis etwa zwölf Meilen westlich Alderneys gelegen, landeten, um den dortigen, von den Deutschen besetzten Leuchtturm zu erobern, kamen sie rasch ins Grübeln. Die deutschen Soldaten, die sie dort im Gesundheitsschlaf überraschten, trugen nämlich überwiegend Haarnetze. Haarnetze? Hatten die Briten aus Versehen das Moulin Rouge erobert? Nun, die Deutschen ergaben sich und das britische Gegenstück zum OKW feierte einen ersten großen Triumph in Sachen Nadelstiche. Dass der besagte Leuchtturm natürlich nur wenige Tage zu halten war und die Luftwaffe nur Tage später die alte Ordnung wiederhergestellt und neue Haarnetze abgeworfen hatte, verschwieg man vornehm."

Der Alte setzte sein Monokel auf und blickte auf seine schwere Rolex, die an sein dünnes Ärmchen noch zerbrechlicher erscheinen ließ.

„Wenn mich nicht alles täuscht, neigt sich unser Schäferstündchen bereits seinem Ende zu, leider, leider. Aber Sie sind mir sympathisch, wissen, was sich gehört und eine gute Zuhörerin. Vorschlag: wenn Sie möchten, dürfen Sie gerne noch etwas bleiben. Ich lasse Tee oder Kaffee im Salon nebenan auffahren, dann unterhalten wir uns dort weiter."

Laura musste nicht lange überlegen. Insgeheim hatte sie auf eine solche Fristverlängerung gehofft. Nur gut, dass sie den Taxifahrer nicht gebeten hatte zu warten.

„Das ist außerordentlich freundlich von Ihnen. Ich denke, ich nehme Ihr Angebot gern an."

Der Alte klingelte erneut. Während die Dienstmädchen den Tisch abräumten, rollte der Butler seinen Herrn in den Salon, in dem ein Kaminfeuer prasselte

Auch hier hingen allerlei Bilder an den getäfelten Wänden. Diesmal allerdings keine Porträts, sondern Fotos, die wahrscheinlich wichtige Stationen im Leben dieses Edelgangsters abbildeten. Wie war der eigentlich zu seinem Adelstitel gekommen?

„Ausgezeichnet," krächzte Lamont, als sie sich beide in den weichen Ohrensesseln eingenistet hatten. Lamont bat um einen Espresso, Laura, ihrer schlechten Erfahrungen mit britischem Kaffee eingedenk, blieb lieber beim Tee.

„Wo war ich stehengeblieben?"

„Bei den Kommandos," half ihm Laura auf die Sprünge.

„Richtig, danke. Als unsere Gruppe zusammengestellt wurde, hatte man zwar längst mehr Erfahrung mit derartigen Vorhaben gesammelt und die anfänglichen Kinderkrankheiten überwunden. Dafür hatte sich aber, und wir sprechen hier vom März, April 1943, das launische Kriegsglück so heftig zu Ungunsten der Deutschen gewendet, das sich deren Niederlage abzuzeichnen begann. Die Schlappe in Russland, die Rückschläge im U-Boot-Krieg sowie natürlich das Eintreten der Amerikaner in den Krieg waren deutliche Zeichen an der Wand. Immer mehr deutsche Städte versanken zudem in Schutt und Asche. Kurzum, 1943 war das Jahr, in dem das deutsche Kriegsgebaren aller Propaganda zum Trotz endgültig vom ursprünglichen Offensiv- auf den Defensivmodus umschaltete. Damit gewannen aufwändige Verteidigungsanlagen wie der Atlantikwall zusätzlich an Bedeutung. Das nordwestliche Ende dieser Siegried-Linie, wie wir sie nannten, wurde von den Kanalinseln gebildet. Im Gegensatz zu den meisten seiner Generäle war Hitler nämlich zutiefst davon überzeugt, dass die Briten ähnlich denken würden wie er und alles daransetzen würden, die Inseln, und sei es auch nur ob ihres Symbolwertes, um jeden Preis zurückzuerobern. Das durfte nicht passieren."

„Wobei ihm die ursprüngliche bereitwillige Preisgabe doch eine Lehre hätte sein müssen."

„Ja und nein. Ihre ursprüngliche Preisgabe, so Hitlers Räsonnement, würde durch ihre möglichst baldige Rückeroberung vergessen lassen. So entfernt die Inseln auch vom Zentrum Europas lagen, konnten sie sich doch der Entwicklung der allgemeinen Kriegskonjunktur nicht ganz entziehen. Das anfänglich passable Verhältnis der Insulaner zu den deutschen Besatzern war vor allem durch die Deportationen des Vorjahres sowie durch die Verfolgung der relativ wenigen einheimischen Juden inzwischen nachhaltig gestört. Der SS-Totenkopf schwebte über den Inseln. Immer mehr Soldaten und Arbeitskräfte, freiwillige ebenso wie zur Fron gezwungene, mussten mit ohnehin knappen Lebensmittelvorräten vorliebnehmen. Die Transformation der Inseln, insbesondere Alderneys, zu kanonenstarrenden Festungen verschlang Tausende und Abertausende Tonnen Material und band Kräfte, die bei der Verteidigung der Normandie dringend gebraucht worden wären."

Der Butler servierte Kaffee und Tee höchstpersönlich, eine große Ehre für den Gast, dachte Laura. Vielleicht sollte sie sich in Hamburg auch so einen formvollendeten englischen Pinguin halten.

„Angesichts dieser Entwicklung kam den Kommandooperationen nunmehr eine neue Bedeutung zu, die man durchaus als strategisch bezeichnen konnte. Jedes weitere Unternehmen dieser Art, egal, ob erfolgreich oder nicht, war Wasser auf Hitlers imaginäre Mühlen. Sie bestärkten ihn nämlich in seinem Wahn, die Briten würden über kurz oder lang hier landen wollen. Dieser kleine psychologische Vorteil hatte natürlich auch seinen Preis. Die Deutschen hatten nämlich längst aufgehört, über unsere Operationen zu lachen. Im Gegenteil, sie nahmen die eingebildete Invasionsgefahr so ernst, dass sie die Annäherung an die Inseln durch weitere Beobachtungstürme und jederzeit in Alarmbereitschaft befindliche Küstenbatterien zu vereiteln trachteten. Wenn es gelang, diesen Ring von Treib- und Magnetminen und Artilleriefeuer zu durchbrechen, wurde die Landung wegen flächendeckender Verminung der Brandungsstreifen und Strände sowie häufig genug auch noch der unmittelbar angrenzenden

Küstenzonen zum Himmelfahrtskommando. Mehrere unserer Männer waren bereits von Minen in Stücke gerissen worden."

Lamont nippte an seinem Kaffee.

„Hinzu kam die sich verstärkende Abwehrhaltung der Inselbewohner, die längst nicht alle bereit waren, aus dem Nichts auftauchenden britischen Soldaten Unterschlupf zu gewähren. Diese Einstellung hatte nichts Egoistisches oder Unpatriotisches. Die Entsendung solcher Kommandos auf demilitarisierte Inseln verstieß gegen das Kriegsvölkerrecht. Diese Nachricht übermittelten die Insulaner auf Umwegen in aller Form sogar dem britischen Unterhaus, in dem sie allerdings auf weitgehend taube Ohren traf. Und was die Mitglieder eines solchen Kommandos betraf, war denen durchaus klar, dass jeder, der bei solchen Sabotageunternehmen gefasst wurde, gemäß Hitlers sogenanntem Nacht-und-Nebel-Erlass standrechtlich erschossen werden würde.

„Und trotz allem..." entfuhr es Laura unwillkürlich.

„In der Tat. Wie im Krieg der Welten: auf dem Mars gibt es keine Lebewesen. Seltsam nur, dass feindlich gesinnte Marsmenschen trotzdem unablässig auf der Erde landen."

„Ziel unserer Operation Seeleopard war die Insel Sark, deren topographische Eigenheit, aus einem größeren nördlichen und einem kleineren südlichen Teil zu bestehen, ihr die Form einer auf dem Kopf stehenden Acht verlieh. Wie alle Kanalinseln hatte auch diese eine dunkle Vergangenheit als notorisches Seeräubernest, die man ihr angesichts ihrer heutigen blumigen Beschaulichkeit prächtig gepflegter Gärten und sauberer Knusperhäuschen gar nicht zutraut. Ihre Bewohner endeten nicht selten an einem der Galgen von Jethou, die von Sark aus auch ohne Fernglas deutlich zu sehen ist. Trotz vieler Gemeinsamkeiten unterschied sich Sark mindestens in einem wichtigen Punkt von ihren größeren Nachbarn Guernsey, Jersey und Alderney. Ihr sogenannter Seigneur oder Vogt, das verfassungsmäßige Oberhaupt der Insel, war eine Frau. Nicht irgendeine, sondern eine Adlige namens Hathaway, Dame Sybil Hathaway. Da die in direkter Linie von einem der gefürchtetsten Seeräuber der Gegend namens Carteret abstammte, müssen ihre Vorfahren auf reichlich verschlungenen Pfaden zu dem Adelstitel gelangt sein, der der Dame ihrerseits in die Wiege gelegt worden war."

„Wie der Ihrige," entfuhr es Laura.

Der Alte lächelte.

„Da muss ich Ihnen insoweit widersprechen, als ich nicht mit einem silbernen Löffel im Mund geboren wurde, sondern mir meinen Adelstitel, auf den ich mir übrigens nicht viel einbilde, verdienen musste. Sie kennen sicher das Bonmot von Billy Wilder: Auszeichnungen sind wie Hämorrhoiden...."

„....irgendwann kriegt sie in jeder. Adel verpflichtet aber doch auch?"

Lamont lachte.

„Ist das so? Ich fühle mich, ehrlich gesagt, zu nichts verpflichtet. Die Franzosen lagen schon ganz richtig, als sie ihren schmarotzerhaften Adel auf der Guillotine liquidierten. Aber um auf Sark zurückzukommen. Ein zweites Unterscheidungsmerkmal ist der, dass nur sehr wenige Bewohner dieser Insel bereit gewesen waren, ihre Heimat im Rahmen der Evakuierung zu verlassen. Dieses auffällige Beharrungsvermögen war dem Vernehmen nach vor allem der Überzeugungskraft Dame Hathaways geschuldet. Die Lady hatte eine erstaunliche Affinität zu deutscher Sprache, Kultur und Geisteswelt, die sie bei Besuchen im Lande erworben und gepflegt hatte. Diese spirituelle Wahlverwandtschaft brachte sie zu der felsenfesten Überzeugung, dass die deutschen Besatzer sich jedenfalls auf Sark so wohlerzogen aufführen würden, wie bei sich zuhause. Gemeinsam mit ihrem Ehemann, einem naturalisierten Amerikaner, seines Zeichens Veteran des Ersten Weltkriegs, gedachte Dame Sybil der Lage auf Sark Herrin bleiben zu können. Das mag uns heute unbeschreiblich naiv erscheinen. Doch das Merkwürdige daran – sie behielt sehr weitgehend recht. Jedenfalls bis zu dem Zeitpunkt, da ihr Gatte mit anderen, nicht auf den Inseln geborenen Bewohnern in süddeutsche Internierungslager deportiert wurde. Eine unsinnige Vergeltungsmaßnahme, die sich nicht zuletzt gegen Veteranen wie Hathaway richtete. Gegen ältere Menschen, die damit gerechnet hatten, im milden Klima der Inseln ihren Lebensabend zu verbringen."

Der Butler trat geräuschlos ein, um sich zu vergewissern, ob immer noch alles zum Besten stand und für das leibliche Wohl des Hausherrn und seines Gastes gesorgt war. Da weder Sir Lucas, noch Laura auf seine Erscheinung reagierten, legte er noch ein paar Scheite auf das Kaminfeuer und zog sich wieder geräuschlos zurück.

„Sark ist kein leichtes Terrain. Eine Reihe abweisender Steilküsten-Abschnitte gestalten sie ziemlich unzugänglich. Was den früher dort herumlungernden Piraten natürlich in die Karten spielte. Für die Zwecke eines Kommandounternehmens wie des Unsrigen stellte die Küste jedoch ein zweischneidiges Schwert dar. Einerseits ist eine Steilküste nicht so einfach lückenlos zu verminen wie ein ebener Strand. Andererseits ist sie aber auch nicht leicht zu erklimmen. Wir hatten die Qual der Wahl, ob wir zerschmettert auf einem Felsen landen oder doch lieber von einer Mine zerrissen werden wollten. So sahen wir das damals jedenfalls."

„Wer waren Ihre Kameraden und woher kamen sie?"

Lamont lächelte.

„Gute Frage. Alle bis auf meine Wenigkeit kamen aus der Verne-Zitadelle von Portland, hier gleich gegenüber, unweit vom Portland Bill, einem der gefürchtetsten Kaps an der englischen Südküste. Jugendliche Straftäter, Borstal Boys, die dazu verurteilt worden waren, beim emsigen Steine-Klopfen im nahen Admiralty-Steinbruch über den Sinn des Lebens und die Bedürfnisse der Gesellschaft nachzudenken.

Das englische Strafrecht kennt traditionell keine Kinder. Sechsjährige, die einer Dame auf der Straße ihr seidenes Schnupftuch entwendet hatten, wurden gehenkt. Solche Exzesse gibt es heute nicht mehr. Dennoch können sie in sehr jungen Jahren für sehr lange Zeit ins Gefängnis wandern. Ich bin mit den Einzelheiten des Selektionsprozesses nicht vertraut, nehme aber an, dass eine knappe Hundertschaft von Jungs auf ihre Tauglichkeit für die Operation Leeleopard gescannt worden war. Herkunft und besondere Fertigkeiten gehörten zu den wichtigsten Auswahlkriterien. Als leitenden Offizier brauchte man natürlich jemanden ohne Einträge ins Strafregister."

Er seufzte beim Gedanken an die glorreichen Tage seiner Jugend.

„Ich kam damals als blutjunger Leutnant direkt von Lakehurst und hatte mich auf einen ziemlich ruhigen Job als Radarbeobachter in der Station am Sumburgh Head auf den Shetlands kapriziert. Wann immer die deutschen Bombergeschwader von Norwegen kommend Angriffe auf Flottenstützpunkte wie Scapa Flow im Orkney-Archipel flogen, wurden sie von unserem Radar, so primitiv es damals noch war, erfasst und von unseren Spitfires vom Himmel geholt. Kennen Sie die Shetlands?"

Laura verneinte.

„Öde Gegend. Eine wilde Landschaft ohne Baum und Strauch, nichts als Felsen, Moos, Gras und Tang. Jeden zweiten Tag hüllt dich dichter Nebel ein. Die Radarstation liegt gleich neben dem Leuchtturm, der ein Nebelhorn von solcher Urgewalt besitzt, dass es von einer riesigen Pressluftanlage gespeist werden muss. Da Nebel dort oben, wie gesagt, zu den Alltagserscheinungen gehört, war die inzwischen stillgelegte Sirene auf Sumburgh Head so gut wie andauernd in Betrieb. Ein Wahnsinnslärm, der die Papageientaucher tot vom Himmel fallen lässt. Zwei Wochen auf diesem Posten und Sie hatten für den Rest Ihres Lebens Tinnitus, garantiert. Zeitvertreib? In der Hauptstadt Lerwick, die wir scherzhaft Airwick nannten, steppte nicht gerade der Bär. Die Jungs von der Batterie des Forts, einziger Sehenswürdigkeit des Ortes, machten mit ihren Kanonen Zielübungen auf die Seehunde – nur, um Ihnen zu zeigen, wie verzweifelt gelangweilt die waren. Insofern verstehen Sie vielleicht, dass ich dann doch leichten Herzens auf Sumburgh Head und die Shetlands verzichtete, als das Angebot von der MOC kam. Jemand dort war offenbar bei der Durchsicht hunderter Personalakten darauf gestoßen, dass ein gewisser Lucas Lamont auf Sark geboren und dort bis zum vierzehnten Lebensjahr verblieben war. Bingo. Mein Vater, auch ein Veteran des Ersten Weltkriegs und Kommisskopf, wie er im Buche steht, war dort bei meiner Geburt stationiert, fragen Sie mich nicht, warum und weshalb. Verbrachte wohl den größten Teil der Zeit mit Kinderzeugen. Kein Wunder, viel mehr ist auf dem verhuschten Eiland auch nicht zu unternehmen. Aber lassen wir das. Drei der sechs anderen Burschen, die ich zu befehligen haben würde, waren ebenfalls auf den Inseln geboren und aufgewachsen. Keiner jedoch wie ich auf Sark. Das machte mich konkurrenzlos."

Er hielt kurz inne.

„Bin ich Ihnen zu langatmig, möchten Sie lieber die Gelegenheit nutzen und das Weite suchen, bevor ich wirklich Betriebstemperatur erreiche?"

„Auf gar keinen Fall," rief Laura.

„Aber ich möchte Ihre Gastfreundschaft auch nicht über Gebühr strapazieren. Davon abgesehen, wenn ich gerade richtig rechne, waren Sie offenbar zu siebt, nicht zu sechst?"

„Meine Gastfreundschaft strapazieren? Wenn dem so wäre, hätte ich Sie längst hinauskomplimentiert, verlassen Sie sich drauf. Im Gegenteil. Wären Sie nicht hier, würde ich vermutlich wieder mal in Trübsal versinken und mir vielleicht doch noch die Kugel geben. Sie leisten mit Ihrer Gegenwart also eine Art

Lebenshilfe. Wie dem auch sei. Was die Zahlen anbetrifft, komme ich gleich darauf zurück. Drei der Jungs hatten von den Kanalinseln bestenfalls gehört, besaßen dafür aber Fertigkeiten, die wie für ein solches Kommandounternehmen geschaffen schienen. Wer wie ich eher Generalist war – man könnte auch sagen, von Nichts besondere Ahnung hatte – wurde angelernt und ausgebildet. So machte man mich zum Sprengstoffexperten. Bald konnte ich mit verbundenen Augen deutsche Tellerminen ausbuddeln und entschärfen und buchstäblich aus Nichts IED's basteln, improvisierte Sprengsätze, heißt das. Heißt das, je nach Bedarf. Jimmy McDuff, ein zäher kleiner Schotte aus Stornoway auf den Äußeren Hebriden, den wir Haggis nannten, war trotz seiner Jugend bereits ein über die Landesgrenzen hinaus bekannter Bergsteiger. Damals hatte er wohl den K2 auf dem Schirm, saß aber viel zu oft in Verne ein, als dass er seine ehrgeizigen Pläne hätte realisieren können. Sein Körperbau war so gestaltet, dass sein Schwerpunkt ziemlich genau in der Mitte lag, was ihm beim Bergsteigen vermutlich sehr zustatten kam. Aber ich verstehe nicht viel davon. Haggis besaß eine Menge Mutterwitz und konnte einen ganzen Pub rocken - wenn man ihn denn verstand. Sein schottischer Hebriden-Dialekt war schon arg gewohnheitsbedürftig. Er sollte uns helfen, die Steilwände der Insel zu überwinden, die wir fortan nur die Zitadelle nannten, in Anlehnung an die Verne-Jugendstrafanstalt."

Er hielt kurz inne, als müsse er seine Gedanken ordnen.

„Joe Brady, ein schlaksiger Londoner mit irischem Vater und deshalb von uns Hooch getauft, war unser trinkfester Funker. Er hatte den Morse-Code im Gefängnis von einem Mithäftling gelernt und beherrschte das Morse-Alphabet akustisch wie optisch. Das war wichtig, weil wir so nachts mit einem unserer U-Boote oder Minenräumer geräuschlos würden kommunizieren können. Außerdem wusste er jedes Funkgerät zu bedienen, konnte es auseinandernehmen, reparieren und in Rekordzeit wieder zusammensetzen. Für den Sprechfunk taugte er allerdings nur bedingt, denn sein irisch angehauchtes Cockney war mindestens so unverständlich wie das Schottisch von Haggis."

Wieder hielt er inne und lächelte, als er die Person an seinem geistigen Auge vorüberziehen ließ.

„Der schwarz gelockte Ronny Goldsmith kam aus Portsmouth und konnte seine jüdischen Vorfahren nicht verleugnen. Von Kindesbeinen an als Kike verhöhnt, gehänselt und angefeindet, hatte er in den Hafenkneipen um Nelsons Flaggschiff Victory frühzeitig gelernt, sich mit allem zur Wehr zu setzen, was ihm gerade zur Verfügung stand: Fäuste, Messer, Flaschen, Schlüssel, Telefonbücher, Billiard-Queues, das ganze Programm. Er war sozusagen unser Karate-Kid, unser Spezialist für den schmutzigen Kampf Mann gegen Mann jenseits aller Regeln des Marquess of Queensberry. Er trug als einziger keinen Spitznamen. Wohl, weil sich keiner von uns getraut hatte, ihm einen zu widmen. Scarface hätte gut zu den Spuren gepasst, die zahllose Schlägereien in seinem Gesicht hinterlassen hatten. Jemand wie ihm wollte man am liebsten nirgendwo in die Quere kommen, egal, ob am Tage oder bei Nacht. Ich habe ihn nie jemandem drohen hören. Wenn es ihm angebracht erschien, schlug er sofort zu: ein oder zwei Mal, dann war die Sache normalerweise auch schon geregelt. Nachtreten war auch nicht seine Sache. Sobald sein Gegner am Boden lag, ließ er von ihm ab. Stärkere oder geschicktere Streetfighter zu respektieren, fiel ihm umso leichter, als es nicht viele von der Sorte gab, die ihm das Wasser hätten reichen können."

Er trank einen Schluck Wasser.

„Keith Donovan, ein auf Guernsey geborener und aufgewachsener sangesfroher Waliser, jüngstens in Bristol beheimatet, war ebenfalls passionierter Bergsteiger. Nicht ganz so waghalsig und geschickt wie McDuff, dafür schlanker und größer und ebenfalls mit einem Händedruck wie ein Schraubstock versehen. Er sollte Haggis in der Steilwand unterstützen und die Logistik besorgen, die Materialliste verwalten, was halt so anfiel. Wir nannten ihn Brain, weil er nie die Ruhe verlor, sondern stets nach vernünftigen Lösungen für alles suchte."

Laura nippte an ihrem Port.

„Kenneth Langtree, den wir natürlich sofort Lily tauften, kam hier von Jersey und war vielleicht sogar über mehrere Ecken mit der berühmten Schauspielerin verwandt, wer weiß. Auf kleinen, abgeschotteten Inseln wie diesen ist Inzucht immer ein Thema, da darf man sich nichts vormachen. Lily war ein ausnehmend höflicher junger Mann, der zwar schon oft mit dem Gesetz in Konflikt geraten war, aber bei seinen Gerichtsverhandlungen stets gut aufgepasst und mancherlei Fachvokabular aufgeschnappt hatte. Er war unser Waffenmeister, wirkte aufgrund seiner gewählten Sprache und seines eher zarten Körperbaus leicht effeminiert bis tuntig. Dessen ungeachtet, konnte er aus einem Kleiderbügel, einer Matratzenfeder und einem Korkenzieher eine Maschinenpistole basteln und machte sich ein Vergnügen daraus, uns jedes Einzelteil einer Schusswaffe, die er gerade zerlegt hatte, genauestens zu erläutern. Wahnsinn, der Bursche. Schoss einer Fliege auf zehn Yards ein Auge aus."

Er schüttelte bewundernd den Kopf. Lily musste sein Lieblingskumpel gewesen sein, das war ziemlich deutlich.

„Ja, und dann war da noch Peter Collins, ein auf Guernsey geborener Wahl-Liverpooler, der sich gern als Fußballer ausgab, in Wahrheit aber ziemlich steif und ungeschickt am Ball wirkte. Er war uns anfangs ähnlich unheimlich wie Ronnie Goldsmith, allerdings mit dem Unterschied, dass er sich nie prügelte, sondern mit Messern hantierte, wie unsereiner mit Bleistiften. Er konnte sie zielsicher werfen, damit blitzschnell zustechen oder jemandem geräuschlos die Kehle durchtrennen. Wir nannten ihn Gooey, weil er uns abends in der Koje gern vortrug, wie es aussah, wenn man einem Schaf oder Schwein den Bauch aufschlitzte. Ein echter Gemütsmensch."

„Und Sie, hatten Sie keinen Spitznamen?" fragte Ignace.

Der Alte lächelte.

„Und ob. Man nannte mich Luke, Luke the Duke und ich mache keinen Hehl daraus, dass ich stolz darauf war."

„Duke, wie John Waynes berühmter Terrier?"

Der Alte nickte.

„Was heißt Terrier! Aus Wayne war irgendwann selbst der Duke geworden. Gut, also, den etwa dreißig Delinquenten, die man in der Zitadelle ausgewählt hatte, eröffnete man, dass man aus ihnen entweder Soldaten machen und sie bei der Operation Seeleopard einsetzen oder sie bis zum bitteren Ende des Krieges im Knast schmoren lassen würde. Gemäß dem Wahlspruch Besser der Teufel, den man kennt, entschieden sich viele für diese letztere Option. Die von mir genannten Kameraden zogen es vor, ihre Sträflingsgarderobe mit dem Soldatendrillich zu tauschen, übrigens, ohne zu wissen, worin die Mission im Einzelnen bestehen sollte. Ich selbst war über die Aussicht, diese harten Jungs, die nichts so hassten wie autoritäres Gebaren, ins Feld führen zu müssen, zunächst alles andere als erbaut. Leute wie Gooey und Ronny verursachten mir Gänsehaut. Aber es gelang mir, in kleinen Schrittchen kontinuierlich ihren Respekt und ihr Vertrauen zu erlangen. Vor allem dadurch, dass ich der Army allerlei Erleichterungen in Bezug auf Ausgang, Damenbesuche und andere Annehmlichkeiten für meine Leute abzuringen begann und stets hielt, was ich versprochen hatte. Dazu hatte mir ein Veteran geraten, der viele Trupps von Entbehrlichen wie unseren hatte kommen und gehen sehen. Gib ihnen Leine, hatte er mir geraten, sonst nehmen sie sich, was sie zu brauchen glauben und dann fängst du sie nicht mehr ein."

„Und warum Yarmouth?"

„Nun, zunächst einmal vermutlich aufgrund der kurzen Wege in dem, was unsere Ausbilder das Bermuda-Dreieck nannten, weil darin angeblich schon viele unserer Vorgänger verschwunden waren. Die drei Eckpunkte waren die Isle of Wight, ganz in der Nähe Portlands, des zweiten Eckpunktes, gelegen und von Sark, dem dritten Eckpunkt, auch nicht so schrecklich weit entfernt. Außerdem besitzt die Isle of Wight bei den sogenannten Needles-Felsen ein Stück Steilküste, das sich als anspruchsvolles Übungsgebiet eignete. Und schließlich stand das kleine Yarmouth nicht im Verdacht, uns durch sein reiches Angebot an Vergnügungen von unseren eigentlichen Aufgaben abzulenken. Uns gefiel es da, zumal als wir im Laufe unserer sechswöchigen Ausbildung zu so etwas wie örtlichen Helden wurden. Wir mussten klettern, Nahkampf bestreiten, Stacheldraht zerschneiden, Handfeuerwaffen jeder Art bedienen, auseinandernehmen und wieder zusammensetzen, schwimmen und tauchen. Nicht mit dem Programm heutiger

Seals zu vergleichen, aber hart genug für unseren Geschmack. Die Herzen der Insulaner hatten wir spätestens erobert, nachdem Hooch, unser bester Schwimmer, ein kleines Mädchen aus dem Wasser gefischt hatte. Das Kind hatte das am Heck der Lymington-Fähre gespielt und war über Bord gefallen, ohne dass es die anderen, zumeist am Bug stehenden Passagiere oder die Besatzung bemerkt hatten. Hooch hingegen hatte das Mädchen von Land aus beobachtet und ein ungutes Gefühl gehabt, wie er uns sagte. Offenbar schwante ihm schon, dass das nicht gutgehen würde. Er stürzte sich in das von starken und unberechenbaren Strömungen beherrschte Wasser des Western Solent zwischen Hurst Castle und Fort Albert und rettete die Kleine, die sonst im Nu auf die Shingles-Bank getrieben und ertrunken wäre."

„Und was waren Ziel und Zweck der Operation Seelöwe?"

„Seeleopard. Nun, das wurde uns damals erst eröffnet, als wir bereits an Bord des U-Boots unterwegs über den Kanal waren. So hatte niemand von uns Zeit, sich im Pub bei Prahlereien zu verplaudern oder gar vorsätzlich Verrat zu üben. Donnerwetter, die Zeit verfliegt. Wann müssen Sie wieder auf der Fähre sein?"

Laura sah ebenfalls auf ihre Uhr.

„Um halb vier. Das könnte knapp werden. Ich..."

„Sie haben doch Ihre Zahnbürste dabei?" unterbrach sie Lamont. Laura blickte ihn ein wenig entgeistert an.

„Sicher, ja, ich musste ja in St. Malo ins Hotel..."

„Gut. Ausgezeichnet. Ich schlage vor, Sie bleiben einfach über Nacht mein Gast und fahren morgen mit der ersten Fähre zurück. Was halten Sie davon?" Laura zuckte mit den Schultern.

„Nun ja, ich hatte eigentlich den Nachtzug nach Paris nehmen wollen, aber wenn Sie meinen, also, wenn es ihnen nichts ausmacht, dass ich Ihnen hier die Luft weg atme..."

Der Alte lachte.

„Tun Sie sich keinen Zwang an. Atmen wird weithin überschätzt."

Er läutete wieder nach dem Butler.

„Harold, Mrs. Förster bleibt über Nacht unser Gast. Veranlassen Sie bitte, dass das blaue Gästezimmer bezugsbereit gemacht wird. Und ein Souper brauchen wir natürlich auch. Danke, Harold, Sie sind ein Schatz."

Der Butler verzog ob des reichlich vertraulichen Lobes keine Miene.

„Sehr wohl, Sir Lucas. War das alles?"

Der Alte bejahte und wartete, bis der „Schatz" die Tür hinter sich zugezogen hatte.

„Wüsste nicht, was ich ohne den guten Harold machen sollte. Treue Seele. Jerseyman durch und durch übrigens. Normalerweise unterhalten wir uns im Patois, aber das wäre unhöflich Ihnen gegenüber. Man wird ihn mit mir im selben Sarg begraben müssen, fürchte ich, denn auch im Jenseits werde ich ohne seine Dienste schwerlich auskommen."

Wieder erklang sein krächzendes Lachen, das nahtlos in ein bellendes Husten überging. Myriaden von Zigaretten und Zigarren hatten offensichtlich ihre Schatten auf Lamonts Lunge und Bronchien hiterlassen.

„Schließlich war es dann so weit. Wir wurden im Tarnanzug und bis an die Zähne bewaffnet von den Ryde Sands nach Portsmouth übergesetzt, wo wir an Bord der Sunfish gingen, einem U-Boot der S-Klasse. Das S stand für Scheiße, mit Verlaub. Keiner von uns war je auf einem U-Boot gewesen. Und dieses hier war ein Vorkriegsmodell, das man aus dem Imperial War Museum in Lambeth geholt und reaktiviert zu haben schien. Man hatte uns zwar vorgewarnt, ohne allerdings zu spezifizieren, vor welchem Krieg es gebaut worden war. Diese Enge, der Gestank nach Schweiß, Diesel, Batteriesäure, Fäkalien und der Tag und Nacht auf dem Herd brutzelnden Bangers, Eiern und Speck, das war die Hölle. Überall brüllend heiße Rohre, an denen man sich die Extremitäten verbrühte, wenn man nicht aufpasste wie ein Schießhund und rostige, tropfende Ventile, die jeden Augenblick den Geist aufgeben konnten. Die Schotts waren hoch, oval und schmal. Die Männer von der Stammbesatzung turnten da hindurch wie eine Gruppe marodierender Schimpansen. Wir hingegen schlugen uns ständig entweder den Kopf oder das Schienbein an oder blieben mit den Zehen hängen und schlugen der

Länge nach hin. Die Kojen härter als Gefängnispritschen und schmaler als die Bahren der Sanis. Jeder musste sich eine dieser Pritschen mit jemandem anderem teilen. Während der eine auf Wache war, schlief der andere. Für uns gab es erst gar keine, wir standen, saßen oder hockten herum und waren ständig jemandem im Weg. Dauernd bellte jemand irgendwelche knappen, unverständlichen Meldungen oder Befehle durch das Boot, so dass man sich vorkam wie ein europäischer Tourist, der auf einem chinesischen Billig-Kreuzfahrer verzweifelt zu verstehen versucht, ob die gerade laufende Durchsage die Büffeteröffnung ankündigt oder zum Verlassen des sinkenden Schiffes aufruft. Ich weiß nicht, wie diese Badenutten, pardon, U-Boot-Fahrer, das wochenlang in ihren stählernen Särgen aushalten. Stunden-, ja tagelang auf Tauchfahrt, keine frische Luft, Klaustrophobie und Todesangst, gut' Nacht, Marie. Hier wurde uns wie gesagt endlich auch der Plan eröffnet, den man sich für uns ausgedacht hatte. Der sah in erstaunlicher Schlichtheit vor, dass wir an einer von Land aus so gut wie völlig unzugänglichen Stelle namens Dixcart Bay unweit der sogenannten Coupée anlanden sollten. Die Coupée ist der kurze, schmale hohe Isthmus, der die beiden Inselteile miteinander verbindet. Unter der sachkundigen Führung unserer beiden Alpinisten sollten wir die Steilwand Noir Bais erklimmen, im Dunkel der Nacht, versteht sich, denn sonst hätte es ja jeder gekonnt. Oben wahrscheinlich mehr tot als lebendig angekommen, sollten wir dann dasselbe Minenfeld durchqueren, das schon einige unserer Vorgänger auf dem Gewissen hatte. Sollten wir auch diese Prüfung wider Erwarten schaffen, hatten wir uns genauestens umzusehen, Kontakt mit Einheimischen aufzunehmen, Erkundigungen einzuziehen, ein paar Deutsche umzubringen, falls es sich gerade ergab oder sie zumindest gefangen zu nehmen und möglichst unversehrt wieder zu verschwinden: jagen, einkesseln und vernichten hieß der Vorgang bei unseren Vorgesetzten."

Lamont langte in seine Jackentasche und zog eine halb zerdrückte Packung Marlborough heraus.

„Würde es Ihnen etwas ausmachen, wenn ich…?"

Laura schüttelte den Kopf. Wer wie sie durch die täglichen Pfeifenwolken des Doc gegangen war, den würde das bisschen Zigarettenqualm nicht umbringen.

„Hat mir der Toubib natürlich streng verboten, aber das liegt in der paradoxen Natur des Alters. Jeder bemüht sich gegen Vorkasse, einem ein Leben zu verlängern, das zunehmend zur Last wird, da man doch zugleich nach und nach alles aufgeben muss, was das Leben bis dato eigentlich erst ausmachte."

Laura lächelte. Es tat ihr gut, mal wieder die Bezeichnung Toubib zu hören, die sie mit dem verstorbenen Doc verband.

„Zynisch, das Ganze. Ich meine unser Unternehmen. Über Mensch und Material stand in großen unsichtbaren Lettern Hallo, hier kommen die Entbehrlichen."

Er machte einen tiefen Lungenzug, schien den Rauch aber aus reinem Geiz nicht wieder ausstoßen zu wollen. Schon fragte Laura sich, ob der alte Mann sich etwa andere Körperöffnungen speziell für solche Gelegenheiten hatte legen lassen, als er weitersprach und dabei jedes Wort gleichsam in dünnen, durch die Lunge gefilterten Rauch hüllte wie in dünne Seide verpackte Weihnachtsgeschenke.

„Die Fahrt durch den östlichen Solent und quer über den Kanal verlief an der Oberfläche, per Dieselmotor. Die Sunfish besaß Asdic, einen Vorläufer des Sonarsystems zur Unterwasserortung, aber kein Radar. Ein x-beliebiges der regelmäßig im Kanal patrouillierenden deutschen Schnellboote hätte uns jederzeit aus dem Wasser blasen können. Als wir sozusagen in Sichtweite von Braye Harbour, Alderney, kamen, ging die Sunfish mit Elektroantrieb auf Sehrohrtiefe. Wir dachten im ersten Augenblick, das Ding säuft ab, bis man uns schonend daran erinnerte, dass U-Boote zum Tauchen geboren sind. Diesen uralten Reflex, etwas, das unter die Wasseroberfläche geht, schnellstens zu verlassen, teilen wir ja mit den Ratten und die gelten als sehr intelligente Tiere. Boote dieses Typs fuhren noch mit Magnetkompass und hatten daher Sehrohre aus Bronze, die den Schiffsmagnetismus, den sogenannten Deviationswert, nicht so in die Höhe trieben wie Stahlrohre. Aus Bronze! Das klingt schon irgendwie antik, finden Sie nicht? Da Bronze viel weicher als Stahl ist, waren diese Sehrohre erheblich kürzer gehalten, als die stählernen Pendants der deutschen Boote. Die vertrauten sich lieber Kreiselkompassen an und konnten daher auch mit ausgefahrenem Sehrohr tiefer unter Wasser bleiben. So dicht unter der Oberfläche, wie wir lagen, riskierten wir nicht nur die frühzeitige Entdeckung, sondern hatten auch weiterhin regen Anteil an den lebhaften Bewegungen des Kanals, der über eines der unangenehmsten Seegangs-Muster weltweit verfügt. Dazu gesellte sich der rasch sinkende Sauerstoffgehalt in der Luft im Boot. Es dauerte also nicht lange, bis wir Landratten, durch die geschilderten Zustände an Bord sowieso schon flau im Magen, endgültig seekrank wurden und uns nicht einmal über Bord entleeren konnten. Nur zum Kotzen auftauchen wollte der Kommandant der Sunfish verständlicherweise nicht. Ich erspare Ihnen die wenig appetitlichen Details und begnüge mich mit dem Hinweis, dass mir noch heute ganz anders wird, wenn ich die Worte Sonne und Fisch in einem Satz erwähnt höre."

„Wir rauschten durch das Alderney Race wie über die Stromschnellen des Colorado," fuhr Lamont fort und macht eine Geste mit seiner Rechten, die die Schnelligkeit und Eleganz der Bewegung veranschaulichen sollte.

„Die plötzliche Beschleunigung war selbst unter Wasser deutlich zu spüren. In etwa so, als würden Sie, von Cuba kommend, an der Küste von Florida in den Golfstrom einbiegen, nur noch viel schneller."

Er setzte sein Monokel auf, nahm einen Kuli aus seiner Westentasche und zeichnete ungeniert eine grobe Planskizze auf das gelbliche Tuch des Beistelltisches.

„Nach zwei weiteren Stunden zermürbender Schleichfahrt näherten wir uns vorsichtig den klippenverseuchten Gewässern um die Küste von Sark. Die Sunfish tauchte kurz auf wie ein nach Luft schnappender Delfin, wartete, bis wir das Schlauchboot zu Wasser gelassen und darin Platz genommen hatten und tauchte rasch wieder ab. Die Tide setzte wie berechnet, so dass wir nicht einmal paddeln mussten, sondern nur ein wenig zu steuern brauchten, um die vorgesehene Stelle zu erreichen. Die steil aufragende Insel bei der Dixcart Bay wurde in finsterer Nacht zur schier unüberwindlichen Mauer. Heute steht da übrigens ein Hotel, sehr zu empfehlen. Damals, von da unten betrachtet, erschien sie uns wie die unnahbare Eiger-Nordwand. Einen Augenblick lang dachten wir, uns im Dunklen geirrt zu haben. So etwas war schon vorgekommen. Nicht erst jetzt und sozusagen im kleinen Maßstab, sondern bereits im Ersten Weltkrieg, mit massiven Konsequenzen. Der Galipoli-Feldzug zum Beispiel war bereits daran gescheitert, dass man die australischen und neuseeländischen Anzac-Soldaten, die das Vergnügen hatten, dort das Geschäft der Briten zu besorgen, versehentlich eine Bucht zu früh angelandet hatte. Bei Tage, wohlgemerkt. Dilettantisch! Hier, in der falschen Bucht, mussten sie mit ihren vom Meerwasser durchtränkten Uniformen, Rucksäcken und vollgelaufenen Stiefeln eine riesige Düne erklimmen, an deren Hängen sie für die oben auf dem Kamm positionierten Maschinengewehre der türkischen Truppen leichte Beute wurden. Kleine Ursache, große Wirkung. Doch, so unglaublich es schien, wir hatten offenbar tatsächlich diese vermaledeite Dixcart Bay erwischt. Nur sah sie in natura noch furchterregender aus, als auf den Karten. Da und dort funkelte ein Licht auf der Höhe. Von der Wasseroberfläche aus unmöglich zu sagen, ob Lampe oder Stern. Das Geschaukel des Schlauchbootes verursachte einigen von uns neuerliche Übelkeit. Ich herrschte sie an, gefälligst lautlos zu kotzen. Können Sie das? Ich ehrlich gesagt nicht. Ich bin stets voll der Bewunderung, wenn ich im Flugzeug jemanden sehe, der sich ganz diskret in die Brechtäte erleichtert. Wenn ich mich übergeben muss, röhre ich dabei wie ein Hirsch in der Brunst, kann einfach nicht anders. In einer stillen Nacht, in dieser höhlenartig von Granitwänden umschlossenen Bucht, würde das gefühlt bis nach Guernsey herüberschallen und die Deutschen alarmieren. Dabei hatten wir alle nach menschlichem Ermessen schon keinen Krümel fester Nahrung mehr im Magen, aber der Würgereflex bleibt, so als sei der Magen etwas schwer von Begriff."

Er schüttelte sich bei dem Gedanken und steckte seinen Kugelschreiber wieder weg.

„Sie können sich also vorstellen, wie wir aussahen, als wir endlich wieder festen Boden unter den Füßen spürten. Vollgekotzt, schweißnass, orientierungslos und, dem Geruch nach zu urteilen, im einen oder anderen Falle wohl auch mit voller Hose. Sechs aschfahle Zombies, die an Land kriechen, um sich am Blut der Lebenden zu laben."

Er lachte und steckte sich eine weitere Zigarette an. Oder war das ein Joint? Laura fand den Alten auf seine Art faszinierend, wenn auch wegen seiner häufig brechenden Stimme als Erzähler ein wenig anstrengend.

„Dabei stand uns das Schlimmste ja noch bevor, nämlich der Aufstieg und das Durchqueren des Minenfeldes. Rund hundert Meter fast senkrecht in die Höhe, an einer Oberfläche entlang, die so glatt wie frisch verputzt wirkte. An die hätte sich nicht einmal ein Gecko herangewagt. Kein Wunder, dass die Deutschen auf

Bewacher an dieser Stelle verzichtet hatten. Dass jemand hier heraufkommen würde, schien völlig ausgeschlossen. Unsere beiden Alpinisten stiegen als erste in den Fels, suchten nach schmalsten Spalten und Rissen im Gestein, in die sie Kletterhaken treiben und die Taue so sichern konnten, dass wir ihnen, einer nach dem anderen, zu folgen in der Lage waren. Und sie leisteten ganze Arbeit, alle Achtung. Ohne die Hermann-Göring-Pillen, wie die Deutschen das Pervitin nannten, hätten wir anderen es allerdings dennoch nie geschafft. Das N-Methylamphetamin verlieh uns übermenschliche Kräfte. So stiegen wir durch die Wand. Die Dunkelheit war dabei nicht nur hinderlich. So konnten wir beim Blick nach unten wenigstens nicht schwindlig werden und allein schon deshalb abstürzen. Oben angelangt, mussten wir uns erst einmal eine Weile ausruhen. Die Wirkung der Pillen hält ja nicht ewig an. Schwer nach Luft ringend, lagen wir mit blutigen Fingern, abgerochenen Nägeln, wundgescheuerten Knien und wild pumpenden Lungen auf der Coupée. Die beiden Alpinisten steckten die Kraftanstrengung leichter weg und hievten derweil unsere Tommy Guns, Handgranaten und den ganzen Rest der Ausrüstung an der Felswand hoch. Für mich war das härter als alles, was ich meinem Körper bis dato hatte abverlangen müssen. Und angesichts meines gegenwärtigen Zustandes wird es dabei vermutlich auch bleiben. Der Schwerkraft folgend ins Grab plumpsen kann jeder."

Wie zur Bekräftigung nahm Lamont schnaufend einen erneuten tiefen Lungenzug und blies den Rauch diesmal quer über den Tisch.

„Dann rappelten wir uns auf und machten uns ganz vorsichtig auf den Weg durch den Minengürtel. Lily gab den Minenhund. Wir waren mit ihm durch eine Leine verbunden, genau wie eben noch mit unseren Alpinisten, und folgten im Gänsemarsch in Abständen, die so berechnet waren, dass bei einer Detonation nur jeweils einer, allerhöchstens zwei, aber nicht gleich die ganze Truppe auf einmal draufging. Wir kannten die im Handbuch der deutschen Wehrmacht vorgeschriebenen Abstände – eineinhalb Meter in Linie, ein Meter zwischen den Reihen. Das half ein wenig. Der Rest war Glück. An zweiter Position gehend, dachte ich einmal, ich hätte auf eine Mine getreten und empfahl meine Seele schon dem Herrn. Mein Herz muss mindestens fünf Schläge ausgesetzt haben. Aber es handelte sich nur um eine leere Konservendose mit deutscher Aufschrift, die irgendein Landser hier achtlos weggeworfen hatte. Labskaus, stand drauf, vergesse ich nie. Mögen Sie Labskaus? Grässliches Zeugs, wie vorverdauter Haggis, noch nach Magensäure riechender und mit leichtem Fischgeschmack versehen, absolut eklig. Aber bekömmlicher als eine Mine. Als wir sicher sein konnten, den Minengürtel überwunden zu haben, stolperten wir weiter in Richtung südliche Inselhälfte, die landseitig wie gesagt nur über die Coupée zu erreichen ist. Damals gab es die heutige schmale asphaltierte Straße mit den schützenden seitlichen Leitplanken noch nicht. Die wurde erst nach Kriegsende von deutschen Kriegsgefangenen unter britischer Aufsicht angelegt. Bis dahin hatten Kinder und manchmal auch Erwachsene gut daran getan, bei Starkwind die Coupée auf allen Vieren zu überqueren, um nicht von einer plötzlichen Bö in die See gefegt zu werden. Der Beschleunigungseffekt sich plötzlich verengender Querschnitte, durch die Gas oder Flüssigkeiten strömen, lernte damals jeder angehende Segler mit dem schönen Merksatz Bernoulli hebt den Gully. Gereimte Merksätze haben erstaunliche pädagogische Wirkung, wissen Sie. Die vergisst man sein Leben lang nicht. Es gab Zeiten, da wurden sogar ganze Handbücher in gebundener Sprache verfasst."

Laura lächelte. Das hätte Solitaire mit ihrer Leidenschaft für Schüttelreime Heinz Erhardt'scher Prägung sicher gut gefallen.

„Nun gut. In dieser Nacht hatte sich das Glück auf unsere Seite geschlagen. Kein deutscher Wachposten in Sichtweite und selbst der Wind hatte ein Einsehen. Es wehte ein laues Lüftchen, von dem sich ein Schwarm Fledermäuse im nervösen Zickzack fliegend zur Insektenjagd tragen ließen. Die Schwalben der Nacht, nenne ich sie immer. Man musste sich schon irgendwohin kneifen, um sich zu vergewissern, dass man nicht im Garten Eden war, sondern auf einer vom Feind besetzten Insel lustwandelte. Obwohl ich Sark seit Jahren nicht mehr gesehen hatte, fiel es mir nicht schwer, mich zu orientieren und die Kameraden zu dem Gebäude zu führen, in dem wir die deutsche Kommandantur auf Sark vermuteten. Wobei Kommandantur für dieses Hobbingen von Insel etwas hoch gestochen klingt. Die lebkuchen-farbeigen Häuschen mit ihren entzückenden, penibel gepflegten Gärtchen, Kieswegen und grabartigen Beeten schienen wie vom Gott des Krieges übersehen. Bei der Kommandantur handelte sich um einen alten Gasthof, Der Hirsch und das Wiesel, der sich für die Unterbringung von Wach- und Bereitschaftspersonal bestens eignete. Zu verwalten gab es auf Sark so gut wie nichts. Und wenn mal ein Sack Kartoffeln umkippte, wandten sich auch die Deutschen an Dame Sybil Hathaway, die sich als jeder Situation gewachsen erwies."

Er drückte seine nur halb gerauchte Zigarette aus und zeichnete einen primitiven Grundriss des Gasthofs.

„Wir fanden es seltsam, dass weder Hirsch noch Wiesel Wache zu stehen schien. Waren wir dabei, an die falsche Türe zu klopfen? War die Kommandantur umgezogen oder still zu Grabe getragen worden? Doch während wir noch den Gasthof zu umstellen begannen, tauchte ein deutscher Soldat aus dem Schatten des Nebenhauses auf. Er hatte sich wohl dort erleichtert, eine Zigarette geraucht oder einer einheimischen Dame einen nächtlichen Höflichkeitsbesuch abgestattet. Fraternisierung heißt das Phänomen ja etwas ungenau, denn in der Regel geht es ja weniger um die Annäherung zweier fratres, als um die zwischen fremden Männern und einheimischen Frauen, die abschätzig Jerrybags genannt wurden. Dergleichen war zwar verpönt, aber als natürliche menschliche Regung auch nicht völlig zu unterbinden. Jungs im besten Mannesalter mit viel Zeit und noch mehr Testosteron halten sich lange mit Onanieren fit, mit Verlaub. Ab und zu musste es dann aber doch mal ein hastig und atemlos im Schatten der Kapelle vollzogener Koitus sein… aber ich schweife ab. Die Vorgesetzten sahen das nicht so eng. Das Verlassen seines Postens hingegen konnte, wenn es aufflog, mit standrechtlicher Erschießung enden, bei uns ebenso wie bei den Deutschen. Der ahnungslose Mann hat uns vermutlich auch dank unserer geschwärzten Gesichter nicht bemerkt, als wir dort regungslos im Gras lagen und zu ihm aufstarrten. Rechnete sicher nicht im Entferntesten mit einem Überfall und verfluchte stattdessen sein Schicksal, wieder mal die ungeliebte Hundewache zwischen Mitternacht und vier Uhr morgens erwischt zu haben, bei der man weder vorher, noch nachher genügend Schlaf bekommt. Auch infolge unseres Besuches wurden die Deutschen später erheblich vorsichtiger. Und noch zahlreicher. Doch in diesem Moment schien ihnen ein Überfall auf Hobbingen so wahrscheinlich wie, nun ja, eine Invasion vom Mars."

Mehr als verständlich, dachte Laura. Das jahrelange Wacheschieben für die Katz stumpfte sicher ab und machte bequem.

„Gooey erledigte den Mann mit einem sauberen Kehlschnitt, wie ein gelernter Schlachter. Hooch und ich drangen als erste in das unverschlossene Haus ein, die anderen folgten nach."

Er wies auf ein schmales Viereck, das offenbar die Vordertür darstellen sollte.

„Wir schlichen den Flur entlang und lauschten an den Türen auf Schnarch-Geräusche. Soweit wir erkennen konnten, gab es im Parterre zwei Schlafsäle mit insgesamt einer großzügigen Handvoll Landsern, die wir weitgehend lautlos ausschalteten. Außer Gooey hatte noch keiner von den Jungs je einen Menschen getötet. Ich übrigens auch nicht. Hatte mich gelegentlich gefragt, wie es sich anfühlen würde, jemanden zu erschießen. Ans kaltblütige, lautlose Abstechen hatte ich nie auch nur im Traum gedacht. Das Geräusch eines in Menschenfleisch eindringenden Messers ist speziell, vergisst man sein Lebtag nicht. Manche Serienkiller werden regelrecht süchtig danach, wie es scheint."

Er hielt inne, als lausche er in sich hinein.

„Damit war ein Teil unserer Mission bereits abgehakt. Einen Deutschen hatten wir verschont, um ihn verhören und damit den zweiten Teil des Auftrags erledigen zu können. Es blieb uns nicht viel Zeit. Jeden Augenblick konnte eine Feldjägerstreife vorbeikommen und sich wundern, wo der Wachposten abgeblieben war. Vor diesen deutschen Militärpolizisten mit ihren Hundemarken auf der Brust hatten die einfachen Landser einen

Heidenrespekt. Zu Recht, denn die waren nicht zimperlich und tauchten auf, wann und wo man sie am wenigsten erwartete."

„Um jedermann dauernd auf Zehenspitzen zu halten. So etwas sollte ich vielleicht auch im Betrieb einführen," kommentierte Laura halb im Scherz.

„Kann hilfreich sein. Dann geschah jedoch etwas Merkwürdiges. Etwas, das den bis dahin planmäßigen Ablauf unserer Operation durcheinanderbrachte und unserem Leben eine entscheidende Wende geben sollte. Ich konnte einige Brocken Deutsch und hatte meinen ärmlichen Wortschatz im Rahmen des Trainings auf der Isle of Wight um allerlei zumeist militärische Begriffe erweitert. Aber den Soldaten, den wir da verhörten, verstand ich dennoch kaum. Vielleicht sprach er Dialekt und war für uns so unverständlich, wie, sagen wir, Haggis für einen Deutschen mit rudimentären Englischkenntnissen. Als wir einsahen, dass das Verhör unter diesen Umständen zu nichts führen würde, waren wir drauf und dran, den Mann ebenfalls zu liquidieren. Doch der schüttelte heftig den Kopf und wies immer nach oben. Wir dachten erst, er wollte uns daran erinnern, dass der liebe Gott noch jede Sünde sieht und ahndet. Doch er machte uns Zeichen, ihm zu folgen. Was wir schließlich auch taten. Otto, so nannten wir ihn, führte uns in den ersten Stock, in ein improvisiertes Büro, das von einem massiven Schreibtisch und einem Hitler-Bild dahinter beherrscht wurde. Wir argwöhnten natürlich eine Falle. Gooey hielt dem Mann die ganze Zeit die stets rasiermesserscharfe Klinge seines Messers an die Kehle. Otto ging zu einem Bild des Führers, salutierte. Doch, kein Scherz, er salutierte seinem Führer, nahm das Bild ab und wies auf den dahinter zum Vorschein kommenden Safe. Wir blickten einander fragend an. Nun hatte die britische Armee sieben Spezialisten nach Sark entsandt, aber an einen leidlich erfahrenen Safe-Knacker hatte niemand gedacht."

„Noch nicht. Wenn ich Ihre Vita richtig in Erinnerung habe, ist es Ihnen ja gelungen, diese Lücke im späteren Verlauf Ihrer Karriere zu schließen."

Lamont kicherte.

„In der Tat, aber damals… Nun ja, Schwamm drüber. Der Deutsche jedenfalls wollte sich offenbar mit dem Inhalt des Safes freikaufen, sein armseliges Leben retten. Er ging zum Schreibtisch und öffnete eine Schublade, der er mit fahrigen Händen einen Aktenordner entnahm. Fieberhaft darin blätternd, stieß er schließlich auf die gesuchte Kombination des Zahlenschlosses. Ordentlich wie sie sind, hatten die Deutschen die Nummer natürlich notiert. Als wir den Safe öffneten, fielen uns als erstes dicke Bündel englischer Pfundnoten entgegen. Alles Blüten, wie wir später erfuhren. Die Deutschen hatten notorische Fälscher, wahre Meister ihres Fachs, im Rahmen der Operation Bernhard im KZ Sachsenhausen zusammengelegt und sie dort Pfundnoten fälschen lassen, die millionenfach in England unter die Leute gebracht werden sollten. Ein Coup, der, wäre er gelungen wie geplant, die englische Wirtschaft ebenso nachhaltig zerrüttet hätte, wie das Vertrauen der Menschen in ihre eigene Währung. Ein kleiner Teil dieser exzellent gemachten Blüten hatte irgendwie den Weg zu den Kanalinseln gefunden. Das alles wussten wir damals noch nicht, sondern dachten schon, den Jackpot schlechthin geknackt zu haben. Und es kam noch viel besser. Unter dem Geld lagen Goldschmuck und Rohdiamanten. Und die waren echt. Unsere Augen müssen in der Dunkelheit geleuchtet haben wie die von Raubkatzen beim Anblick argloser Beute. Für einen Moment vergaßen oder verdrängten wir, dass wir den Inhalt des Safes ja gar nicht behalten durften, sondern an die Army abliefern mussten. Ich behielt als einziger einen klaren Kopf und befahl den Kameraden, alles in einen der Rucksäcke zu packen, die unten im Schlafsaal herumlagen. Das taten sie, aber als wir uns diese Episode Jahre später in Erinnerung riefen, gaben alle freimütig zu, von diesem Augenblick an nur noch darüber nachgedacht zu haben, wie sie sich den Schatz am Militär und den Kameraden vorbei unter den Nagel reißen könnten.

Lamont lächelte beim Gedanken an seine eigene damalige Gier.

„Ein Schatz, wie er einer ehemaligen Seeräuberinsel geziemte. Frage: woher kam der?"

Lamont rieb sich die Hände.

„Nun, sicher nicht von Piraten. Auch damals schon waren die Leute von Sark keineswegs arm, schwammen aber andererseits auch nicht im Geld wie zum Teil heute. Es gab mehrere denkbare Quellen. Eine davon hieß Schwarzmarkt. Die beinahe tägliche Verschlechterung der Versorgungslage mit Lebensmitteln und so gut wie allen anderen Dingen des täglichen Gebrauchs ließ den Schwarzmarkt florieren. Zahlungsmittel war alles, was irgendeinen Wert hatte. Es konnte sich bei unserem Schatz also um konfiszierte Schwarzmarkterträge handeln, die von den Deutschen sichergestellt worden waren. Das aber hätte Sand in ein Getriebe gestreut, von dessen reibungsloser Funktion die Besatzer nicht weniger profitierten als die Einheimischen. Einer der gefundenen Gegenstände, ein rotes Kreuz am Band, offenbar vom Eigentümer früher um den Hals getragen, brachte uns dann auf eine ganz andere Spur. Zunächst sah es für uns, die wir von deutschen Orden und Ehrenzeichen keine Ahnung hatten, wie eine besondere Spielart des Eisernen Kreuzes aus: die gleiche Form, andere Farbe. Vielleicht ein Orden für besonders tapfere Sanitäter, weiß der Kuckuck. Hooch hatte so ein Ding schon mal gesehen und vertrat die Ansicht, dass es sich um ein Freimaurerkreuz handele. Damit mochte er richtig liegen. Widersprechen konnten wir ihm jedenfalls nicht. Freimaurer bleiben bekanntlich gern unter ihresgleichen, wofür sich die hermetischen Strukturen von Inseln geradezu anbieten. Vor allem hier auf Jersey hatte es in Friedenszeiten von ihnen nur so gewimmelt. Nazis hassten Freimaurer, deren Umtriebe im Verein mit demjenigen von Juden und Jesuiten schon Erich Ludendorff für die deutsche Niederlage im Ersten Weltkrieg verantwortlich gemacht hatte. Die Freimaurer wurden historisch gesehen als Steigbügelhalter der Juden gesehen. Da die Söhne Zions schon Jahrhunderte vor den Nazis in vielen europäischen Städten und Fürstentümern keine öffentlichen Ämter bekleiden durften, hätten sie sich, so die Nazis, schon früh durch großzügige Zuwendungen aller Art die Gunst der Freimaurer erkauft. Da die häufig quasi das bildeten, was wir heute den tiefen Staat nennen würden, hätten die Juden sie dazu benutzt, das System von innen heraus zu unterwandern. Sicher nur eine Verschwörungstheorie von vielen, wie sie bei den Nazis gang und gäbe waren. Allerdings fällt auf, dass beiden eine ausgeprägte Christenfeindlichkeit und grundsätzlich diesseitige Orientierung gemein zu sein scheint. Und die Jesuiten haben bekanntlich häufig in ihrer Geschichte danach getrachtet, auf säkulare Zusammenhänge nachhaltigen Einfluss zu nehmen."

Der Alte schlug kraftlos die Hände zusammen.

„Und das war im vorliegenden Fall nicht der einzige auffällige Aspekt. Als die Deutschen die wenigen auf den Inseln verbliebenen Juden zu erfassen begannen, leistete ihnen die örtliche Verwaltung dabei bereitwillig bürokratische Schützenhilfe. Wiederholte Befehle Hitlers, auch der Freimaurer habhaft zu werden und deren Vermögen einzuziehen, wurden hingegen von den Einheimischen ebenso wie von den Deutschen schlicht ignoriert. Im Laufe der fünf Besatzungsjahre wurde keinem Freimaurer auf den Inseln auch nur ein Haar gekrümmt. Seltsam, nicht wahr? Der Befehlsweg von Berlin über Paris und St. Malo bis St. Helier oder St. Peter Port war zwar lang und steinig, so dass ein natürlicher Schwund unvermeidbar erschien. Dennoch, wer sich über eine Anordnung des Führers wiederholt hinwegsetzte, als ginge sie ihn nichts an, riskierte sein Leben. Weshalb sollte jemand sich für die Freimaurer soweit aus dem Fenster lehnen? Schwer vorstellbar, oder? Es sei denn…"

„Es sei denn… was?" fragte Laura.

„Nun, es fällt auf, dass mit der ersten Okkupationswelle vom Juni 1940 viele deutsche Stabsoffiziere hier eintrafen, die dem deutschen Adel angehörten oder ihm zumindest nahestanden. Gentlemen der alten Schule, denen die grobschlächtigen Nazi-Proleten im Grunde ein Dorn im Auge sein mussten. Männer, in deren Brust zwei Seelen miteinander im Widerstreit gelegen haben dürften. Nehmen Sie den Major Albrecht Lanz, als Heidelberger Doktor sowohl der Rechte, als auch der Philosophie eine fast schon faustische Gestalt. Das einzige, was der Mann paradoxerweise nicht konnte, war Englisch. Damit wollte man den Einheimischen wohl bedeuten, dass sie gut daran taten, von nun an auf Deutsch umzusatteln. Nun gut, es sei ihm verziehen, zumal er bei aller preußischen Korrektheit den Insulanern das Alltagsleben zumindest nicht schwerer machte, als unbedingt erforderlich. Wobei er sich selbst auch nicht schonte und eine stattliche Reihe von Jerrybags beglückte. Wer würde den ersten Stein werfen wollen? Wenn er in aller Herrgottsfrühe halbnackt auf seinem Hengst Satan am damals noch nicht verminten Strand von St. Helier entlang galoppierte, ruhten Dutzende verstohlener weiblicher Kennerblicke nach meiner persönlichen Einschätzung nicht nur auf den prächtigen Proportionen des Pferdes... Man darf davon ausgehen, dass die Nazis solche Leute nicht zufällig für den Job auf den Kanalinseln ausgesucht hatten. Sie wollten wohl demonstrieren, dass die Hunnen besser waren, als der ihnen vorauseilende verleumderische Ruf und dass auch die Briten jenseits des Kanals von einer deutschen Besatzung keine Gräueltaten zu erwarten hatten. In den darauffolgenden Jahren sank allerdings das Niveau des entsandten Personals bis hin zum unrühmlichen Höhepunkt, der Ankunft des SS-Totenkopfbataillons auf Alderney. Spätestens da war Schluss mit Lustig."

Laura blickte verstohlen auf ihre Uhr. Lange würde sie sich nicht mehr wachhalten können.

„Der Verdacht liegt also nahe, dass Lanz und seine Kollegen selbst Freimaurer waren und ihre Brüder auf Jersey und Guernsey durch die Missachtung von Hitlers Befehl zu schützen versuchten. Mit deren Vermögen war das allerdings noch heikler. Es völlig unangetastet zu lassen, wäre mit Sicherheit aufgefallen. Die ewig klammen Nazis waren dem Staatsbankrott ja stets nur um wenige Schritte voraus. Deshalb mussten sie genauestens darauf bedacht sein, jede noch so abenteuerliche Finanzquelle anzuzapfen, auf dass die sündhaft teure Kriegsmaschinerie nicht mangels Devisen ins Stocken geriet. Also hatte die Wehrmacht auf den Inseln vielleicht symbolisch einen Bruchteil des tatsächlichen Freimaurervermögens konfisziert und zugelassen, dass der Rest von den eigenständigen Inselparlamenten Jerseys und Guernseys zum Fiskaleigentum erklärt und damit dem Zugriff der Deutschen einstweilen entzogen wurde. Das konnte nur mit Wissen und Willen der Lanz & Co geschehen, so viel steht fest.

Wie dieser abgezweigte Schatz in den Safe der Kommandantur auf Sark geraten war, weiß Gott allein. Uns konnte es herzlich egal sein. Wir wussten, wie gesagt, nur, dass er so oder so unser Kopfgeld darstellen würde.

VIERTES KAPITEL

1. Die Höhle

„Wir fesselten und knebelten den Deutschen und ließen ihn im Büro zurück. Wie er den geknackten Safe seinen Vorgesetzten erklären würde, hätte ich gern gehört. Ich als sein Vorgesetzter hätte ihm kein Wort geglaubt und ihn an die Wand stellen lassen, nur um sicher zu gehen."

Nachdem sie zu Abend gegessen hatten, saßen Lamont und Laura wieder im Salon. Laura hatte die Gelegenheit genutzt und kurz ihr Gästezimmer in Augenschein genommen. Nicht das Ritz, aber für eine Nacht auch nicht weniger komfortabel, als das Zimmer im Quic en grogne von St. Malo.

Der Alte hatte sich einen jadegrünen seidenen Hausmantel übergestreift und sah darin aus wie eine Praline in matt glänzendem Bonbonpapier. Laura lungerte weiterhin in Räuberzivil in ihrem Ohrensessel. Sie hatte sich vom Butler ein Glas italienischen Rotwein einschenken lassen. Lamont nippte an einem in Eichenfässern gereiften rubinroten Uralt-Port. Harold hatte das Kaminfeuer aufs Neue entfacht, kurzum, die Bühne war frei für eine Fortsetzung des Dramas um die sieben Männer auf Sark.

„Dann wollten wir verschwinden wie Bankräuber, die genau wissen, dass die bereits alarmierte Polizei in wenigen Minuten am Tatort auftauchen wird. In Wirklichkeit war sie zu unserem Leidwesen bereits da. Als wir die Treppe hinunterstolperten und aus der Eingangstür traten, gerieten wir sogleich unter heftigen Beschuss. Glücklicherweise trug die Streife offenbar keine Schmeisser, sonst wären wir in diesem Augenblick erledigt gewesen. Mit ihren Flinten jedoch waren sie uns weder an Zahl, noch an Feuerkraft entscheidend überlegen."

Laura Kopf begann sich bereits beim ersten Aufeinandertreffen mit dem vollen, fruchtigen Bouquet zu drehen.

„Wir machten auf den Absätzen kehrt und lieferten uns mit den Landsern da draußen ein kürzeres Feuergefecht. Die Nacht schmolz schnell dahin und uns war klar, dass wir schleunigst verschwinden mussten, bevor es hell wurde und der Feind Verstärkung von Guernsey erhielt. Zudem riskierten wir, durch längeres Zuwarten unser Rendezvous mit der vermaledeiten Sunfish zu verpassen, die uns wieder aufsammeln und nach Portsmouth zurückbringen sollte. Wir beschlossen, alles auf eine Karte zu setzen und das Überraschungsmoment zu nutzen. Unser Ausbruchsversuch durch die Hintertür des Gebäudes gelang. Wir warfen Nebelkerzen und Handgranaten und rannten, was unsere Beine hergaben. Lily und Gooey wurden dabei angeschossen, aber darauf konnten wir vorerst keine Rücksicht nehmen."

Von diesem Rotwein musste sie umgehend einige Flaschen erwerben, sobald sie wieder nach Hamburg kam, dachte Laura.

„In der fahlen Morgendämmerung wurden Freund und Feind zu den sprichwörtlichen grauen Katzen. Alle schossen auf alles, was sich bewegte. Wir rannten um unser Leben, wieder über die Coupée, hinein ins Minenfeld, zur Dixcart Bay. Das sicherte uns einen kleinen Vorsprung, denn wir hatten die Leine, die den minenfreien Hinweg markierte, mit Steinen am Boden befestigt. Diesem Faden der Ariadne folgend, kamen wir unversehrt wieder bis zur Steilwand und konnten uns schleunigst abseilen. Das Schlauchboot lag noch da, wo wir es angebunden hatten. Wir waren bei Niedrigwasser gekommen, jetzt aber war die Flut in vollem Gange, das heißt, das Wasser drückte gegen das Land und stieg an der Inselküste empor. Um zur Sunfish zurückzukommen, die aufgetaucht ein paar Kabellängen draußen auf See wartete, mussten wir gegen den Strom um unser Leben paddeln. Das sagt sich so leicht, aber in der Hektik die Paddel links und rechts auch nur einigermaßen rhythmisch einzustechen und gleichmäßig durchzuziehen, ist schwieriger, als man glaubt. Gelingt das jedoch nicht, dreht man sich mit einem solchen Ding, das ja keinerlei Formstabilität besitzt, wie auf einer Eisscholle mehr oder weniger im Kreis und kommt gegen die Tide kaum vorwärts."

Er nippte an seinem Port, schnalzte mit der Zunge und zuckte mit den Schultern.

„Wir hatten fast alles bedacht, nicht aber, dass es uns solche Schwierigkeiten bereiten würde, zum U-Boot zurückzukommen. Inzwischen hatten natürlich auch die Deutschen längst das Minenfeld erreicht und wurden von ihrem Vorgesetzten bis zu uns hinunter hörbar hineingetrieben. Wir hatten unsere Leine aufgesammelt und mitgenommen. Zwei, drei Detonationen meldeten uns, dass der Feind gerade eine Dosis seines eigenen Giftes zu sich nehmen musste. Doch irgendwann hatten sie es bis zum Rand des Abgrundes geschafft und feuerten umso wütender auf uns los. Wir lagen wie Pappenten beim Scheibenschießen irgendwo zwischen der Küste und dem U-Boot, das die Deutschen nun auch mit ihren Gewehren unter Beschuss zu nehmen versuchten. Lily erhielt noch eine zweite Kugel, diesmal ins Bein. Die Projektile zischten über uns hinweg, klatschten dicht neben uns ins Wasser oder durchschlugen den Rumpf der Sunfish. Einige bohrten sich natürlich auch in die Kammern des Schlauchbootes, das rapide Luft verlor. Ich lag zusammengekrümmt im hinteren Teil des Bootes. Haggis und Hooch wurden ebenfalls angeschossen. Das Unternehmen drohte, wie so viele andere vor ihm zum Fiasko zu werden. Doch wenn man sich in der Bucht von St. Malo meteorologisch auf eines verlassen kann, dann auf den Nebel, der zu dieser Jahreszeit besonders häufig und heftig auftritt. Eine plötzlich wie aus dem Nichts heraneilende Nebelbank rettete uns vor den deutschen Kugeln, verbarg allerdings auch die Sunfish vor unseren Augen. Die U-Boot-Besatzung versuchte noch, uns mit Trillerpfeifen heran zu lotsen. Das Perfide am Nebel ist aber gerade, dass man nicht nur die optische, sondern weitgehend auch die akustische Orientierung verliert. Das Schlauchboot, inzwischen auf den Status eines treibenden Pfannkuchens reduziert, drehte sich in einem Strudel noch ein paar Malum sich selbst und schon wusste keiner von uns mehr mit Sicherheit zu sagen, aus welcher Richtung das Pfeifen kam. Dann hörte das Zischen der entweichenden Luft ganz auf und das Boot verlor jeden Auftrieb. Wir entledigten uns der Waffen und allen sonstigen Gepäcks - bis auf den Rucksack mit dem Freimaurerschatz, den trug Gooey auf dem Rücken."

An dieser Stelle blies er geräuschvoll Luft durch seine fast geschlossenen Lippen, wie, um seiner Zuhörerin einen möglichst lebendigen Eindruck vom Geschehen zu vermitteln. Ihn selbst schien es bei der bloßen Erinnerung zu frösteln.

„Selten in meinem Leben habe ich so gefroren. Unsere Freunde im Turm der Sunfish hatten inzwischen wohl eingesehen, dass sie uns nicht helfen konnten, sondern sich in dieser Situation selbst in Sicherheit bringen mussten und waren vermutlich bereits abgetaucht. Wir trieben mit der Tide. Wohin, wusste nur der liebe Gott. Vielleicht genau den Deutschen geradewegs in die Arme. Die hatten noch einige Male blind in den Nebel geschossen, aber dann frustriert aufgegeben. Wir klammerten uns aneinander und bildeten einen Kreis, wie wir das in der Ausbildung gelernt hatten. Schwimmwesten wären jetzt sehr willkommen gewesen, aber die hätten uns zuvor im Laufe unserer Operation stark behindert und, an der Steilwand abgelegt, beim Rückzug nur unnötig aufgehalten. Unter Stress diese vertrackten Dinger anzulegen, deren dünne Leinen sich dauernd irgendwie verhakten und verhedderten, wäre viel zu zeitraubend gewesen. Also hatten wir darauf verzichtet."

„Aber Sie konnten doch wenigstens alle schwimmen?" fragte Laura.

„Oh ja, das hatten unsere Ausbilder in Yarmouth genüsslich ausgetestet, nachdem bei einer der ersten Operationen dieser Art mehrere Leute bereits beim Landungsversuch ertrunken waren. Das, obwohl sie bei ihrer Musterung behauptet hatten, gut schwimmen zu können. Anfangs hatte man sich einfach auf solche Aussagen verlassen, ein schlimmer Fehler."

„Aber warum lügt sich jemand bei einer so wichtigen Frage in die eigene Tasche?" fragte Laura.

„Nun ja, lügen ist ein hartes Wort. Vielleicht hatten sie irgendwann mal das Seepferdchen-Diplom erworben und wollten bei der Wiedereroberung der Inseln unbedingt dabei sein. Aber im stillen Pool unter Aufsicht eine halbe Stunde mit allen Vieren paddelnd wie ein Labrador zu überleben ist eins. In der aufgewühlten See gegen Wind, Wellen und den tückischen Sog einer

Unterströmung anschwimmen zu müssen, eine ganz andere Hausnummer. Wenige Landratten machen sich eine Vorstellung von den Gefahren einer scheinbar friedlichen See."

Er hob sein Glas und blickte durch den Port mit dem rubinfarbenen, grotesk vergrößerten Monokel-Auge auf Laura.

„Seltsam, mit welchen Assoziationen das Gehirn uns überrumpelt, finden Sie nicht? In dieser verzweifelten Lage, den hässlichen Tod durch Ertrinken vor Augen, musste ich unvermittelt an die irre Odyssee eines Insulaners denken, die man sich in meiner Kindheit erzählte. Ein Fischer, nennen wir ihn Roger, sei eines Morgens mit einem kleineren Boot von St. Peter Port zum Fischen rausgefahren. Irgendwann habe sein Außenborder das getan, was Außenborder am besten können, Scherereien bereiten und den Geist aufgeben. Seines Antriebes beraubt, sei das Boot sogleich eine Beute der Tide geworden und habe zu driften begonnen. Die starke Strömung habe Roger zügig nach Norden, Richtung Alderney, geschoben. Da oben glitt er dann östlich der Insel zwar in Sichtweite, blieb aber notgedrungen außer Hörweite. Natürlich versuchte er, sich durch Winken und Rufen bemerkbar zu machen. Vergeblich. Wenn ihn überhaupt jemand bemerkte, hielt man ihn wahrscheinlich für einen freundlich winkenden Angler, der zügig zu seinen Fischgründen unterwegs war. Man muss dazu wissen, dass die Bewohner von Alderney ohnehin, nun, sagen wir, nicht als die hellsten Kerzen auf der Torte des Archipels gelten. Auch, als Roger Stunden später mit der inzwischen gekippten Tide winkend und unhörbar rufend unfreiwillig wieder nach Süden trieb, schöpfte niemand Verdacht. Warum auch? Der Mann hatte geangelt und fuhr nun wieder nach Hause. Sie ahnen, wie die Geschichte weitergeht. Die Nacht kam und wieder rauschte der arme Kerl in seinem Boot an Alderney vorüber, wobei ihn im Dunklen nun auch niemand sah. So musste der Fischer noch weitere drei- oder viermal an der Insel vorübertreiben, bis endlich jemand Verdacht schöpfte und Hilfe organisierte. Ähnlich würde es uns jetzt ergehen können, wenn wir lebendig oder eher als Leichen von der Tide herumgestoßen würden wie ein Schwarm Seehunde von einer Orca-Familie."

Laura unterdrückte diskret ein Gähnen. Ihre Lider begannen schwer zu werden und die Augen zu tränen. Und Lamont war noch nicht einmal an der Stelle angelangt, ab der es für sie beide richtig interessant zu werden versprach.

„Doch wir hatten erneut Glück im Unglück. Der Tidenstrom wurde schwächer und die Nebelbank löste sich auf. Unseren vom Salz verkrusteten Augen bot sich ein Stück Klippenküste dar, das, wie ich sofort erkannte, einen Teil der südlichen Spitze der Doppelinsel bildete. Die Tide war also ein wenig nach Südwesten geschwenkt, gerade genug, um uns hier abseits der wahrscheinlich immer noch wütend herumstreifenden Deutschen anzulanden wie eine Ladung zurückgeworfenen Beifangs. Halbtot vor Kälte, zu der sich bei vieren von uns auch noch der Blutverlust durch die Schusswunden gesellte, sahen wir ein paar schemenhafte Figuren hektisch die Küste entlanglaufen. Schwer zu sagen, ob Einheimische oder Deutsche. Aber selbst bei relativ geringem Seegang ist es auf Entfernung schon mit einem Fernglas schwierig bis unmöglich, stecknadelgroße Köpfe im Meer zu entdecken. Mit bloßen Augen schaffen das nur Seeadler. Daher die hohe Zahl über Bord Gefallener, die nur noch tot geborgen werden, obgleich man angeblich umgehend Suchaktionen eingeleitet hat. Das kam uns nun entgegen. Es gelang uns bei immer schwächer werdender Tide, ein paar Klippen zu umklammern und wie Schlammfische auf Kiemen an Land zu kriechen. Links von uns erhob sich eine rundliche kahle Felseninsel etwa zwanzig Meter in die Höhe. Ich erkannte sie. Die Einheimischen nennen sie Moie de Brennière. Die meisten solcher Landmarken tragen noch ihre alten französischen Namen, wissen Sie. Wir waren, wie es schien, erst mal in Sicherheit. Bis auf Gooey. Entweder er war ein schlechterer Schwimmer, als er auf der Isle of Wight demonstriert hatte, oder, wahrscheinlicher, der Rucksack behinderte ihn und sein Herz begann irgendwann zu stottern wie ein überhitzter Motor. Jedenfalls warf er plötzlich die Hände nach oben, als wolle er sich den Deutschen ergeben und schrie in Todesangst. Nun ja, es sah ein wenig aus wie der Schrei von Edvard Munch, das Gemälde, denn mehr als ein Krächzen kam nicht dabei heraus. Immer noch genug, um uns die Deutschen auf den Leib zu hetzen. Wir anderen saßen oder lagen völlig fertig auf den Steinen, mit den Gesichtern zur Küste, wo der Feind jeden Augenblick auftauchen konnte. Hooch war wie gesagt unser bester Schwimmer. Doch er war ebenfalls angeschossen worden und hatte viel Blut verloren. Also fiel es mir zu, mich trotz meiner physischen Erschöpfung noch mal widerwillig ins eiskalte Wasser gleiten zu lassen, um den inzwischen untergetauchten Gooey herauszufischen. Gott sei Dank war das Wasser wenigstens ziemlich klar. Weiter oben im Kanal hätte ich vor aufgewühltem Schlamm und Sediment vermutlich die Hand vor Augen nicht gesehen. Ich erinnere mich noch gut, wie erstaunt ich war, dass es so dicht an der Küste noch derart tief hinunter ging. Aber man sagt ja nicht umsonst, dass sich das Küstenrelief unter Wasser meist fortsetzt: flach bleibt flach, steil bleibt steil. Ich bekam den Rucksack zu fassen und versuchte, Gooey daran zur Oberfläche zu ziehen, aber das war mir nicht möglich. Ich meine, der Mann hatte seinen vollgesogenen Kampfanzug und die schweren Bergschuhe an, der ging auf Tiefe wie ein Stein. Zu guter Letzt hatte ich nur noch den Rucksack in der Hand, während Gooey mit ausgebreiteten Armen und einem schon irgendwie jenseitigen Blick sechs, sieben Meter auf Grund sank. Ich erkannte, dass jede weitere Hilfe für ihn zu spät kommen würde. Musste ich mir einen Vorwurf machen? Kaum. Trotzdem, sein Blick, der durch mich hindurch zu gehen schien, verfolgt mich bis heute. Als hätte er sich damals gesagt, ach, das also ist der Tod, komisch, ist ja gar nicht so schlimm, wie immer behauptet wird. So kam es mir jedenfalls vor."

„Sieben kleine Negerlein begegnen einer Hex'…," sinnierte Laura. Lamont nickte.

„…dann waren's nur noch sechs. So ist es. Viel besser als Gooey ging es uns allerdings auch nicht. Gut, wir hatten überlebt und fühlten uns sogar in gewisser Weise reich. Doch das Geld, den Schmuck und die Diamanten konnten wir nicht essen. Und exponiert, wie wir waren, würden wir entweder zugrunde gehen oder man würde uns früher oder später aufspüren, keine Frage. Wir brauchten als erstes ein Versteck, in dem wir unsere zahlreichen Wunden lecken konnten. Die scharfkantigen Klippen hatten die vom Seewasser aufgeweichte Haut meiner Hände aufgerissen. Irgendwie krochen wir weiter an Land, urzeitlichen Amphibien gleich, die gerade ihre ersten Erfahrungen mit Lungenatmung machten. Aber ich sehe, Ihr Glas ist leer. Darf ich…"

Er klingelte nach Harold, der diskret nachschenkte. Laura hatte eigentlich genug, wollte aber den Alten nicht allein trinken lassen, das wäre ihr unhöflich erschienen.

„Die Deutschen hielten uns zu diesem Zeitpunkt wohl für ertrunken, würden aber sicher weiterhin die Küste nach unseren angetriebenen Leichen absuchen. Glücklicherweise hatten sie keine Hunde. Die waren vermutlich längst in der Gulaschkanone gelandet. Viele der Insulaner, die Jersey, Guernsey und Alderney verlassen und sich nach England abgesetzt hatten, konnten ihre Haustiere nicht mitnehmen und hatten Pferde, Ziegen, Katzen, Hunde, Kaninchen, Hamster und Wellensittiche kurz vor der Abreise getötet. Der Rest wurde ein Opfer der Lebensmittelknappheit. Was auch immer noch kreuchte und fleuchte, landete in den Kasserollen der Einheimischen oder den Gulaschkanonen der Deutschen und ihrer Zwangsarbeiter. In den allerletzten Kriegsjahren aß man neben Gras und Baumrinde auch Würmer und Möwen. Können Sie sich das vorstellen? Haben Sie schon einmal Möwenfleisch gegessen? Seltsam, dass ein Tier wie dieses, das sich bei seiner Nahrungssuche so eng an den Menschen anlehnt, wie sonst eigentlich nur die Ratten, das Kompliment nicht wenigstens erwidert, indem es für Menschen genießbar ist. Abscheulich, ich sag's Ihnen."

Laura schüttelte sich beim Gedanken an Möwenbrust süßsauer.

„Aber als halbe Franzosen müssten Sie auf Jersey-Kröten doch zumindest Froschschenkel gewohnt sein. Ich dachte immer, die französische Küche verführe nach dem Motto, wenn's sich bewegt, iss' es!" Lamont lachte.

„Da ist sicher was dran. Nun, nach Einbruch der Dunkelheit hatten wir uns alle ein wenig erholt und die Schusswunden versorgt. Glücklicherweise war kein einziger Steckschuss dabei, denn ohne irgendwelche Werkzeuge, ohne Feuer und Süßwasser hätten wir wenig tun können. Hungrig und durstig beratschlagten wir, wie es weitergehen sollte. Uns den Deutschen ergeben, wäre Selbstmord gewesen. Schließlich waren wir für den Tod von acht der Ihren verantwortlich und obwohl man uns in Uniform eigentlich als Kombattanten hätte behandeln müssen, waren wir davon überzeugt, dass die Deutschen 1943 keine Gefangenen mehr machten. Das war also keine Lösung. Dass die Sunfish oder ein anderes britisches U-Boot nach uns suchen würde, schien uns ebenfalls ausgeschlossen. Unser Funkgerät lag neben den Waffen auf dem Meeresgrund und ein halbes Dutzend Männer war entbehrlicher, als ein uraltes, aber immer noch voll einsatzfähiges U-Boot. Nein, wir mussten uns verstecken und darauf hoffen, dass wir möglichst schnell irgendwo ein Boot fanden, mit dem wir unter Ausnutzung der Tide von Insel zu Insel nach Norden, in den Kanal gelangten. Wobei wir wussten, dass die Deutschen jedwede Bootsbewegung misstrauisch beäugten. Außerdem war der winzige Hafen von Sark eine regelrechte Mausefalle: nur durch einen in den Felsen gesprengten, leicht zu bewachenden und zu sperrenden kurzen Tunnel erreichbar, war er kaum zu betreten oder zu verlassen. Ringsum von Felswänden umgeben, war das Hafenbecken zudem allen Blicken verborgen, so dass man von außen nicht einmal feststellen konnte, ob sich zu einem bestimmten Zeitpunkt überhaupt ein brauchbares Boot darin befand, das einen Überfall lohnend erscheinen lassen würde. Und die englische Südküste ist von Sark gut und gern siebzig Seemeilen entfernt. Die Chancen, dort drüben lebend anzukommen, standen eins zu Tausend oder schlechter. Dennoch, eine andere Möglichkeit sahen wir nicht."

„Was geschah mit dem Schatz?"

„Verstecke waren im Prinzip kein Problem. Sowohl Sark als auch das nahe Jethou sind von Höhlen aller Größen durchlöchert wie ein Schweizer Käse. Über die Jahrmillionen lösen sowohl das Regenwasser, als auch das universell mal steigende, mal fallende Salzwasser die weicheren Gesteinsschichten auf und waschen sie aus. Das festere Gestein verliert seinen Kitt und bricht heraus.

So entstehen die Höhlen. Als Kinder hatten wir oft genug darin herumgetollt und Piraten gemimt. Daher wusste ich auch, dass uns ein längerer Aufenthalt in einer solchen Höhle vor Probleme stellen würde. Die meisten von ihnen liegen nämlich auf dem Niveau von Kartennull, also bei mittlerem Springniedrigwasser oder, je nachdem, welcher nautischen Glaubensgemeinschaft man angehört, bei der astronomisch niedrigsten Tide, und damit immer noch wenigstens teilweise unter dem Meeresspiegel. Bei Hochwasser werden sie mithin geflutet."

„Wieso astronomisch niedrigste Tide?" fragte Laura.

„Damit ist die in diesem Zusammenhang ungünstigste Konstellation von Erde, Mond und Sonne sowie anderen erdnahen Planeten gemeint, die so selten auftritt, dass die meisten von uns sie nie erleben werden. Dennoch nehmen Seekarten der britischen Admiralität sie als Bezugsgröße. So können Sie absolut sicher sein, dass Sie auch dann, wenn sich Sonne, Mond und Sterne an einem Tag allesamt gegen sie verschworen haben, mindestens mit der auf den Karten angegebenen Wassertiefen rechnen dürfen. Garantiert! Europäische Karten sind pragmatischer und präferieren stattdessen das sogenannte mittlere Springniedrigwasser als Bezugsgröße. Das ist ein aus den Beobachtungen und Messungen vieler Jahrzehnte errechneter pragmatischer Mittelwert, der in 99,9 Prozent aller Fälle ausreicht. Nun, wie dem auch sei, die meisten Höhlen von Sark waren also nur bei Niedrigwasser frei zugänglich und auch dann nicht immer trockenen Fußes. Sobald die Flut einsetzt, muss man sehen, dass man raus ins Freie kommt, sonst ist man im Nu eingeschlossen und droht zu ertrinken oder zu ersticken. Denn etwaige Luftblasen enthalten wenig Sauerstoff, der noch dazu vom porösen Gestein teilweise absorbiert wird. Im Schlaf etwa von der Flut überrascht zu werden, wäre uns schlecht bekommen."

Er nahm einen Schluck Portwein und schmatzte erneut mit der Zunge.

„Ich erinnerte mich vage an eine Höhle, die auch bei Flut weitgehend trocken blieb, aber die lag auf der anderen Seite des Kaps, an dem wir uns befanden. Zu sechst dort hinüber zu schleichen wäre auch bei Nacht riskant gewesen. Vielleicht hatten die Deutschen dieses potenziell günstige Versteck ja bereits selbst entdeckt und warteten nur darauf, dass wir es aufsuchten. Da war es besser, sich zu trennen und, jeder für sich, einen Ausweg zu suchen. Ich zögerte eine Weile, den Kameraden diesen ketzerischen Vorschlag zu unterbreiten, denn er lief ständigen Dienstanweisungen entgegen: zusammenbleiben, einander Mut zusprechen, Rückendeckung geben, das waren die bewährten Leitlinien für versprengte Kampfgruppen wie die unsrige. Gut und schön. Unsere Lage war jedoch besonders kompliziert und nahm auf das Handbuch für den britischen Landser wenig Rücksicht. Ich war davon überzeugt, dass die anderen früher oder später zum selben Schluss kommen würden."

Der Alte hob sein Wasserglas.

„Trinkwasser war das dringendste Problem. Uns klebte die Zunge am Gaumen. Nach allem, was wir in den letzten Stunden durchgemacht hatten, waren unsere Kehlen ausgedörrt und fühlten sich an wie Reibeisen. Glücklicherweise begann es bald, wie auf Bestellung zu regnen. Wir legten uns mit offenen Mäulern auf den Rücken und tranken das Regenwasser quasi tropfenweise. Die Verletzten kühlten ihre Wunden. Das half uns, ein paar Stunden zu überbrücken. Ohne Nahrung überlebt der menschliche Körper vielleicht ein oder zwei Wochen, je nach Konstitution und bereits vorhandenen Fettpolstern. Ohne Wasser sind Sie in spätestens zweiundsiebzig Stunden tot. Oder so gut wie. Es half alles nichts. Wir mussten uns trennen und uns einzeln irgendwie durchschlagen. Das war in der Tat bald jedem klar. Was aber sollte aus dem Schatz werden?"

Der Alte schien müde, schloss kurz die Augen und schreckte wieder hoch.

„Ich machte den Vorschlag, den Schatz in einer der uns unmittelbar umgebenden kleineren Höhlennischen zu verstecken und den Rucksack so mit Steinen zu beschweren, dass er nicht leicht entdeckt und auch von der Flut nicht ohne weiteres abgetrieben werden konnte. Wer sich nach dem Krieg als erster hier wieder einfand, der würde Eigentümer des Schatzes. Das sollte für uns alle Motivation genug sein, am Leben zu bleiben.

Die Kameraden zögerten. Was, wenn mehrere überlebten, die anderen aber um ein Geringes später eintrafen? Ich appellierte an den Sportsgeist der Kameraden, bei Briten immer eine sichere Karte. Im Grunde war es ganz einfach. Beim Poker gibt es schließlich auch keinen Zweiten oder Dritten, sondern nur einen einzigen Gewinner und der würde den Topf mit nach Hause nehmen."

Wieder fielen ihm die Augen kurz zu. Er gähnte.

„Bitte um Vergebung. Mein alter Körper verlangt nach Schlaf. Nur Geduld..." fügte er hinzu und klopfte sich mit der flachen Hand auf den Bauch, „...bald bekommst du mehr davon, als dir lieb sein kann. Aber dann will ich keine Klagen hören."

„Und so trennten Sie sich?" fragte Laura.

„Nicht, ohne das zu praktizieren, was zu unserem festen Ritual werden sollte. Wir fassten uns bei den Händen und bildeten einen magischen Ring. Dann schworen wir einander, dass wir alle diesem beschissenen Krieg den Rücken kehren und dem Tod ein Schnippchen schlagen würden. Sobald dann der Frieden ausbrach, würden wir uns zusammentun und das, was wir hier und auf der Isle of Wight gelernt hatten, zu unserem eigenen, privaten Nutzen einsetzen, uns an der britischen Gesellschaft schadlos halten. Kurz, die Welt würde noch von uns hören. Ja, so war es. Selten wird der Beschluss zur Gründung eines Unternehmens an einem so unwahrscheinlichen Ort wie diesem gefasst worden sein. Und doch: als ich unsere sechs Schatten an der Höhlenwand sah, begriff ich, dass dies die Geburtsstunde der Gang war, deren Namen bald in ganz England mit einer Mischung aus Respekt und Schrecken ausgesprochen werden sollte."

2. Das Verzeichnis

Laura sah schläfrig auf ihre Uhr. Halb fünf. War es ein ungewohntes Geräusch, das sie geweckt hatte oder der sich um diese Zeit gern bemerkbar machende Harndrang? An diesem Morgen gesellte sich auch noch ein typischer Rotwein-Kopfschmerz hinzu. So dauerte es eine Weile, bis sie überhaupt begriff, wo sie war.

„Das Innere des Manor ist weitgehend mit edlen Hölzern ausgekleidet, wie Sie feststellen werden," hatte Lamont ihr erläutert. „Ein lebendiger Baustoff, Holz, der irgendwie nie zur Ruhe kommt, sich ausdehnt und wieder zusammenzieht, sich wölbt, Risse bildet und so weiter. Wundern Sie sich also nicht, wenn Sie es im Laufe der Nacht knacken und knarren hören. Geister hingegen werden Sie nicht antreffen, die haben striktes Hausverbot."

Sie machte Licht und krabbelte unter der dicken Daunendecke hervor, die sich trotz ihrer angeblichen Leichtigkeit schwer wie ein Menhir anfühlte, den jemand auf ihre letzte Ruhestätte gewälzt hatte.

Sich wie in einem Hotel untergebracht wähnend, hatte sie am Abend zuvor vergessen, sich nach der Belegenheit der Toiletten zu erkundigen. Jetzt wie eine Schlafwandlerin auf den knarrenden Fluren herumzuirren, um vielleicht von einem nervösen Leibwächter versehentlich erschossen zu werden, erschien ihr als Finale eine Spur zu dramatisch.

Sie sah sich nach einem geeigneten Gefäß um, entdeckte aber unmittelbar nichts, was sich als Nachttopfersatz aufgedrängt hätte, so dass schließlich zwei Blumentöpfe mit einer Geranienart, die jetzt schon die Köpfe hängen ließ, in die engere Wahl gerieten. Blumen mit menschlichem Urin statt mit Wasser zu gießen, würde den pH-Wert ihrer Böden verändern und zum Beispiel blaue Hortensien erröten lassen, oder umgekehrt. Aber Geranien? Oder waren es doch Begonien?

Seufzend schlüpfte sie in ihre Jeans und trat leise wie eine Diebin auf den Flur. Wie hieß sie noch, die Diebin, die von Cary Grant über die Dächer von Nizza gejagt wird? Richtig, Foussard,

Danielle Foussard. Totenstille umgab Laura / Danielle. Wo würde ein Innenarchitekt des neunzehnten Jahrhunderts die Toiletten platziert haben? Wenn er daran überhaupt einen Gedanken zu verschwenden pflegte. Die Mär von den Hochhäusern und Büroburgen, die wieder abgerissen werden mussten, weil ihre Architekten die Toiletten vergessen hatten, gehörte zu den beliebtesten urbanen Legenden des zwanzigsten Jahrhunderts.

Zwei Türen weiter war noch Licht, das durch einen schmalen Spalt unten auf die Auslegeware des Korridors fiel. Möglicherweise das Zimmer des Hausherrn? Wenn er noch oder schon wieder auf den Beinen war, durfte sie ihn ja wohl ansprechen, egal, wie früh oder spät es war.

Leise klopfte sie an die Tür, um nicht das ganze Haus zu wecken. Als keine Antwort kam, versuchte sie es noch einmal etwas lauter. Wieder keine Reaktion. Nicht, dass es ihr im Laufe des Nachmittags und des Abends aufgefallen wäre, aber vielleicht hatte Lamont nicht nur Seh-, sondern auch Hörprobleme und entledigte sich seines Hörgerätes, sobald er allein war. Schließlich drückte sie die Klinke herunter und trat ein.

Der Hausherr saß mit dem Rücken zu ihr an seinem Schreibtisch, dessen Lampe die einzige Lichtquelle darstellte. Soweit Laura erkennen konnte, handelte es sich um eine Kombination von Schlaf- und Arbeitszimmer, das Lamont sich vermutlich so hatte einrichten lassen, damit der Weg vom Schreibtisch zum Bett und wieder zurück möglichst kurz geriet. Immer noch im Zuge dieser Ratio konnte auch die Toilette eigentlich nicht weit sein. Vielleicht durfte Laura sich seinen Nachttopf ausleihen.

„Verzeihen Sie, Sir Lucas," stotterte Laura, „aber ich sah, dass Sie noch Licht haben. Ich suche die Toilette, irgendeine Toilette und das schon recht dringend…"

Lamont reagierte nicht. Vielleicht war er ins Koma gefallen oder gar… Sie verscheuchte den Gedanken. Der Alte röchelte plötzlich. Sein Kopf mit dem dünnen Haarkranz rollte wie vom restlichen Körper getrennt nach links und kam seitlich auf der schmalen Schulter zu liegen. Tot schien er also nicht zu sein, der letzte Überlebende der Yarmouth Sechs, eher in einem schwer definierbaren, pharmazeutisch begünstigten Zwischenstadium, in das er möglicherweise Nacht für Nacht fiel.

Sie trat näher an den Schreibtisch und blickte um die Stuhllehne herum in Lamonts Gesicht. Der Alte saß splitternackt, aber allem Anschein nach unversehrt auf seinem Arbeitssessel. Sicher hatte er sich aus dem Bett gewälzt, weil er etwas Dringendes ordnen wollte und war darüber eingeschlafen. So viel Portwein, wie am Abend zuvor hatte er vermutlich schon lange nicht mehr am Stück getrunken. Das musste ihn mitgenommen haben. Vielleicht hatte ihm das Bemühen, diese kritische Periode seiner Vita aufleben zu lassen, psychisch wie physisch mehr abverlangt, als unmittelbar zu erkennen gewesen war.

In seiner auf die Schreibtischplatte gestützten Linken hielt der Alte einen dünnen, etwa in der Mitte aufgeschlagenen Aktenordner aus weicher Pappe, deren jetzt geöffnete Deckblätter normalerweise offenbar mit einem roten Bändchen zusammengehalten wurden. Laura wusste, dass sie kein Recht dazu hatte, konnte ihre Neugier aber wieder einmal nicht zähmen. Wenn der Mann jetzt aufwachte oder Harold eintrat, um aus irgendeinem Grunde nach seinem Herrn und Meister zu sehen, befände sie sich in einem erheblichen Erklärungsnotstand. Sei's drum, dachte sie. Neugier, nicht Wahrheitsliebe, ist die wichtigste Triebfeder aller Detektivarbeit, hatte Conan Doyle einmal gesagt. Oder war es E.A. Poe? Bisher hatten sie eigentlich nichts von Lamont erfahren, was sie auch nur in die Nähe des gesuchten Killers führen konnte. Völlig unverrichteter Dinge wieder abreisen wollte sie aber nicht, dafür war der Aufwand dann doch zu groß gewesen. Also griff sie nach einem auf der Schreibtischplatte liegenden Brieföffner und blätterte mit dessen Klinge ganz vorsichtig ein paar Seiten um. Was sie auch ohne ihre Brille auf der Nase lesen konnte, veranlasste sie, leise durch die Zähne zu pfeifen.

Ganz behutsam entwand sie den Ordner Lamonts gichtiger Hand, schloss ihn, klemmte ihn unter den Arm und macht sich lautlos aus dem Staub. Als sie allem Anschein nach unentdeckt wieder in ihrem Schlafzimmer angelangt war, legte sie sich aufs Bett, kramte ihre Gleitsichtbrille aus der Handtasche und begann, in den Unterlagen herumzustöbern, bis ihre ungeduldige Blase sie plötzlich daran erinnerte, dass sie immer noch nicht auf der Toilette gewesen war. Erneut da rauszugehen wäre riskant gewesen. Mit einem Seufzer blickte sie zu den Geranien-Begonien hinüber...

Lamonts Ordner enthielt eine sich über zwanzig Seiten erstreckendes Verzeichnis von Namen mit Geburts- und Todesdatum, regelrechten kleinen Stammbäumen, kurzen CV's, Berufsangaben sowie Post- und Mail-Adressen und Telefonnummern. Viele Personen waren mit dem charakterisiert, was im Pass oder sonstiger ID in der Rubrik besondere Kennzeichen verzeichnet stünde. Wäre Laura nicht gerade auf Jersey, sondern zum Beispiel auf Rügen, hätte sie den Ordner für Kopien alter Stasi-Akten gehalten. Alle Angaben betrafen offensichtlich die Yarmouth Sechs und deren weitläufige Verwandtschaft. Der Killer war womöglich im Besitz einer ähnlichen, allerdings auf Sir Lucas und dessen Anhang beschränkten Liste.

Das war leicht nachzuvollziehen. Blieb die Frage, was zum Teufel Lamont mit dieser Liste im Sinne hatte. Vielleicht stand der Name des Killers unerkannt unter all den anderen wie ein Joker im Wimmelbild eines Preisausschreibens?

Laura brauchte unbedingt eine Kopie der Aufstellung, die ihr mühsame eigene Recherchen ersparte. Sie griff zu ihrem Handy, stand wieder auf, legte den Ordner unter ihre Nachttischlampe und begann, wie eine Industriespionin Seite für Seite abzufotografieren. Die Qualität der Bilder würde vermutlich zu wünschen übriglassen, aber die Auflösung reichte hoffentlich für eine nachträgliche Photoshop-Bearbeitung.

Es dauerte eine halbe Stunde, bis sie die zwanzig doppelt beschriebenen Seiten im Kasten hatte. Jetzt musste sie den Ordner Lamont nur noch wieder in die Hand drücken. Was, wenn der inzwischen aufgewacht war? Frechheit siegt, dachte sie, schlüpfte in den flauschigen Morgenmantel, der außen am Kleiderschrank hing und trat wieder auf den Flur. Unten im Parterre rumorte es bereits. Vielleicht das Küchenpersonal, das erste Vorbereitungen für das Frühstück traf. Mit schnellen Trippelschritten näherte

Laura sich dem Zimmer Lamonts und hatte bereits die Türklinke in der Hand, als hinter ihr die Stimme Harolds ertönte, die hier auf dem Korridor irgendwie tiefer und voller klang.

„Kann ich irgendwie behilflich sein, Ma'm?"

Erwischt, dachte Laura. Das wäre ja auch zu viel des Anfängerglücks gewesen. Bedeutete dies schon das Ende ihrer kurzen Karriere als Mata Hari? Nicht unbedingt, dachte sie, schob ihre Hüfte vor und hielt dem verblüfften Harold strahlend den zusammengebundenen Ordner unter die Nase. Wenn der Butler nicht schwul war, würde er Lauras verführerischem Lächeln schwer widerstehen können.

„Sir Lucas hat mir das hier gestern Abend freundlicherweise zur Einsichtnahme überlassen. Würden Sie so nett sein, ihm den Vorgang bei Gelegenheit auf den Schreibtisch zu legen?"

Bevor Harold sich noch von der Charme-Attacke erholt hatte, war Laura wieder in ihrem Zimmer verschwunden.

Falls der Butler Sir Lucas über die eigenartige morgendliche Begegnung mit Laura bereits berichtet haben sollte, ließ der sich beim Frühstück nicht das Geringste anmerken, sondern plauderte aufgekratzt mit seinem Gast. Laura wusste um ihre stimulierende Wirkung auf Menschen im Allgemeinen und ältere Männer im Besonderen und fand sie hier wieder einmal bestätigt.

„Schade, dass Sie nicht noch ein paar Tage bleiben können, ich habe Ihre Gesellschaft sehr genossen," sagte Sir Lucas artig, während er auf einer Scheibe gebutterten Toasts herumkaute wie eine Kuh auf vorverdautem Heu.

„Erinnert mich immer an den Schiffszwieback, den es damals auf der Sunfish gab, wissen Sie. Schiffszwieback mit so einer Thunfischpaste, würde ich heute nicht mehr runterwürgen können. Aber was hat man damals nicht alles gegessen und getrunken. Hauptsache, der knurrende Magen gab für ein paar Stunden Ruhe."

„Schiffszwieback klingt für mich immer nach Schatzinsel und Moby Dick," kommentierte Laura entschuldigend.

„Apropos. Irgendwann müssen Sie mir das Ende der Geschichte der Yarmouth Sechs erzählen," schob sie höflich hinterher und erntete dafür einen dankbaren Blick von Lamont.

„Jetzt muss ich aber leider dringend nach Hamburg zurück, geschäftlich. Vielleicht findet sich mal eine andere Gelegenheit… Kommen Sie gelegentlich aufs Festland?"

Der Alte lachte.

„Fragte der Hummer die Qualle. Ehrlich gesagt, kaum. Die kurze Zeit, die ich hier zu verbringen pflege, sitze ich in der Regel ab wie der letzte Leuchtturmwärter Englands, während Harold das Geschäftliche für mich erledigt."

Er hielt kurz inne und legte den Rest des Schiffszwiebacks beiseite.

„Leuchtturmwärter. Das war ein Job für physisch wie psychisch besonders gefestigte Naturen, wissen Sie. Zwei, drei oder vier Wochen am Stück allein da draußen auf einem armseligen windumtosten Stück Fels wie den Casquets oder dem Fastnet. Bananenförmige Betten, in denen man sich den Rücken krumm lag. Bei wochenlangem Sturm keinerlei Versorgungsmöglichkeiten. Tagelang Haferbrei und Schiffszwieback. Wenn's ganz dumm lief, nicht einmal das. Bisweilen schlug die Gischt hoch bis zur Laterne und der ganze Turm schwankte wie ein schwer angeschlagener Boxer. Zu zweit war's besser – sollte man denken. War's aber nicht unbedingt. Was, wenn einer einen Unfall hatte und starb? Dann musste der andere die Tage und Wochen bis zum Schichtwechsel mit einer Leiche leben, denn sonst hätte er unter Mordverdacht geraten können. Zumal dann, wenn ruchbar geworden war, dass die beiden im Leuchtturm es nicht gut miteinander konnten. Und wer versteht sich schon auf Dauer gut mit jemandem, dem er vier Wochen lang nicht einen Moment aus dem Wege gehen kann? Eingedenk solcher Fälle ging man irgendwann dazu über, je drei Mann in einen Leuchtturm zu setzen. Furchterregend, finden Sie nicht? Feuerschiffe waren noch viel schlimmer, aber auf denen gab es wenigstens eine ganze Besatzung. Wenn diese Schiffe sich im Sturm vom Anker losrissen oder mit Treibeis auf Drift gingen, mussten sie ja wie ganz normale Fahrzeuge betrieben werden, mit Käpt'n, Steuermann, Maschinist und so weiter. Haben Sie schon mal eine der großen Fahrwassertonnen näher betrachtet? Haben alle große Beulen, weil die Schiffe sie als Ansteuerungspunkte benutzen und dann oft genug einfach überfahren. Den Feuerschiffen erging das ähnlich. Im Nebel wurden sie vielfach gerammt und versenkt. Beängstigend. Muss auch ohne Cannabis zu allerlei Halluzinationen Anlass gegeben haben, denke ich. Obwohl man für die keinen Leuchtturm oder Feuerschiffe braucht. Heute Nacht beispielsweise träumte ich, eine holde Fee hätte mich besucht und mir sanft über meine Hände gestreichelt."

Wenn's nur die Hände waren, dachte Laura. Hielt der Alte sie zum Narren oder bildete sie sich das aus eigenem Schuldbewusstsein nur ein?

„Würden Sie so nett sein, mir ein Taxi zu bestellen? Ich sollte die erste Fähre nach St. Malo erreichen, damit ich den TGV-Anschluss nach Paris nicht verpasse. Von dort fliege ich nach Hamburg zurück. Alles ein wenig umständlich, wenn man es so bedenkt."

„Mit Inseln ist es nach meiner Erfahrung wie mit Frauen: erst scheinen sie einem dort am Horizont so gut wie unerreichbar und bevor man sich versieht, hängt man plötzlich auf einer fest."

Laura lachte.

„Das will ich gar nicht gehört haben, Sir Lucas. Frauenfeindlich und politisch so was von unkorrekt, Sie sollten sich schämen."

Der Alte nickte verschmitzt.

„Wenn es Ihnen ein Trost ist. Ihre zugegeben etwas mühselige Rückreise ist unangenehm, aber kein Vergleich mit dem langen und rüden Transport der zwei Tausend deportierten Insulaner in die süddeutschen Internierungslager von Biberach und Bad Wurzach. Die müssen damals Tage unterwegs gewesen sein. In der Holzklasse, ohne Service und Bistro."

„Kehrten nach Kriegsende eigentlich alle wieder zurück?"

„Fast alle. Es gab einen gewissen Schwund, wie nicht anders zu erwarten. Leute, die, häufig aus amourösen Gründen, fortan ein Leben auf dem Festland vorzogen. Oft an der Seite einer deutschen Frau, seltener eines deutschen Mannes, davon gab es ja nicht mehr so viele…intakte damals. Im Großen und Ganzen ging es unseren Leuten dort sogar besser, als den Zurückgebliebenen auf den Inseln. Die Internierungslager wurden nicht von der SS geleitet, wie Auschwitz oder Bergen Belsen, sondern von der örtlichen Polizei. Und irgendwelche Nahrungsmittel gibt es auf dem Lande eigentlich immer. Man veranstaltete auch Feste und kleine Karnevalsumzüge, der ganz normale deutsche Wahnsinn, mit Verlaub. Aber die Grenzen waren dennoch fließend. Beim geringsten Fehltritt konnte man sich ruck-zuck in einem Vernichtungslager wiederfinden. Die Angst davor muss jahrelang allen die Kehle zugeschnürt haben."

Er klingelte nach Harold, der umgehend erschien.

„Ich schlage vor, Sie nehmen den blauen Bentley und fahren Mrs. Förster zum Fährterminal. Haben Sie schon ein Ticket? Nein? Harold, veranlassen Sie das bitte. Und halten Sie auf der Rückfahrt unbedingt beim Apotheker, ich brauche wieder einen Schub Antidepressiva. In einer halben Stunde, wäre Ihnen das recht?" fragte er, an Laura gerichtet. Die nickte.

„Vielen Dank, sehr freundlich von Ihnen. Eigentlich war ich gekommen, Sie nach Ihrer Meinung zu den jüngsten Morden zu fragen..."

„...und mussten stattdessen die Saga von den Yarmouth Sechs über sich ergehen lassen. Tut mir leid, aber bei Lichte betrachtet, weiß ich nicht viel mehr über die Morde zu sagen, als Sie vermutlich ohnehin schon wissen. Wir tappen alle im Dunklen. Sollte es Ihrem Ignace und Ihnen im Laufe Ihrer Recherchen gelingen, mehr Licht ins Dunkel zu bringen, wäre ich Ihnen für vertrauliche Hinweise außerordentlich verbunden."

Dass Sir Lucas so wenig wusste, wie er vorgab, nahm Laura ihm nicht ab. Nicht, nachdem sie sein Verzeichnis gefunden hatte.

„Im Grunde beginnt die Legende von den Yarmouth Sechs paradoxerweise doch gerade dort, wo Sie beschließen, auseinanderzugehen?"

Lamont lächelte.

„Sie haben recht, so habe ich es noch gar nicht gesehen."

Nach dem Frühstück packte Laura ihre wenigen Sachen, verabschiedete sich vom Hausherrn und folgte Harold an den patrouillierenden Leibwächtern vorbei die Freitreppe hinab in den bereitstehenden blauen Bentley vom R-Typ mit dem geflügelten „B" auf der Haube.

„Baujahr 1952," murmelte Harold, der sich auch mit Autos vermutlich bestens auskannte.

„Für so alt hätte ich Sie gar nicht gehalten," entgegnete Laura scherzhaft. Harold lächelte pflichtschuldigst.

„Irgendeine Chance, Sie abzuwerben?" fragte Laura ihn.

„Ich fürchte nein," entgegnete Harold.

„Sir Lucas ist ein sehr ordentlicher Arbeitgeber. Aber ich kann Ihnen ein oder zwei englische Butler-Akademien nennen, die Jahr für Jahr geeigneten Nachwuchs auf den Markt bringen."

„Aber nicht von Ihrer Klasse, das kann ich mir nicht vorstellen."

Harold lächelte geschmeichelt.

„Ma'm sind zu gütig. Nun, um ehrlich zu sein, einem Herrn wie Sir Lucas zu dienen, setzt Fähigkeiten und Fertigkeiten voraus, die man nicht unbedingt auf einer Butlerschule vermittelt bekommt. Ich bin zugleich sein Sekretär, Leibwächter und Beichtvater."

Laura lachte laut auf.

„Klingt wie eine Vollzeitbeschäftigung."

„Überstunden nicht ausgeschlossen, ja, durchaus."

Laura war drauf und dran, den Ordner Lamonts zur Sprache zu bringen, ließ es dann aber bleiben. Jede weitere Erwähnung des corpus delicti würde für Harold wie der Versuch einer Entschuldigung oder Rechtfertigung klingen. Und wenn er es nicht für nötig befand, darauf zurückzukommen, warum sollte sie es dann tun?

Als sie am Hafen eintrafen, lag die Condor Express abfahrbereit am Kai. Laura verabschiedete sich von Harold, nahm am Schalter ihre Reservierung entgegen und ging an Bord. Kaum hatte sie im Speisesaal zum zweiten Frühstück Platz genommen, als ihr Handy klingelte. Ohne ihre Brille konnte sie die Nummer nicht genau erkennen, sah aber schemenhaft, dass es mit Sicherheit weder die von Heinz Marquardt, noch die von Ignace war.

„Mrs. Förster?"

Laura erkannte die Stimme des Chief Superintendent.

„Hallo Dirty Harry, was kann ich heute für Sie tun?"

„Wo sind Sie gerade, in Hamburg?"

„Nein, auf einer Fähre von Jersey nach St. Malo. Ich fürchte, die Verbindung könnte gleich abreißen, wenn wir unweigerlich ins Funkloch fallen. Ich sag's nur, falls wir unterbrochen werden."

„Verstehe. Ich will Sie auch nicht lange aufhalten. Am besten wird sein, Sie rufen mich einfach unter dieser Nummer zurück, sobald Sie wieder eine normale Verbindung herstellen können. Gute Fahrt."

Laura dankte und legte auf. Gab es ein weiteres Mordopfer? Sie dachte wehmütig an ihr Dreckiges Dutzend zurück, die zwölf jungen Männer und Frauen ihres Think Tanks, die sie in den Anfangsjahren ihrer ROLA-Geschäftsführung in allen unternehmerischen Belangen beraten und sie im Rahmen der Entführung von Ignace auch auf die Spur der Schlange geführt hatten. Deren analytisches Brainstorming würde sie jetzt gern in Anspruch nehmen, um das Muster der Morde deuten zu können. Wieso war die Polizei dem oder den Tätern nicht längst dichter auf den Fersen?

„Der Punkt, an dem Romane und Filme am weitesten von der kriminalistischen Realität entfernt zu sein pflegen," hatte Colestron ihr anvertraut, „ist der Aspekt Zeit. Wenn Kapitalverbrechen nicht beziehungsbedingt sind, was Gott sei Dank häufig der Fall ist, können über ihre Aufklärung Jahre oder Jahrzehnte vergehen. Die berühmt-berüchtigten vierundzwanzig Stunden sind ein Mythos. Bei Beziehungstaten braucht man meist weniger, bei anderen wesentlich mehr. Bei wieder anderen muss man geduldig auf weitere Durchbrüche der Forensik warten und hoffen, dass wichtige Indizien und Spuren sich in der Zwischenzeit nicht in Luft auflösen."

Im TGV rief sie den Chief an und berichtete ihm kurz und knapp über ihren Besuch bei Lamont. Das Detail der Liste behielt sie dabei vorerst für sich.

„Ja, stimmt," entgegnete Colestron.

„Er kommt leicht ins Plaudern, wenn man ihn nicht ab und zu einbremst. Wie dem auch sei. Sie erinnern sich vielleicht an den vierfachen Mord von Barbuda? Genau, auf der Yacht das

Gerissene Luder. Mysteriöser Fall. Die Kollegen auf Antigua haben die beiden Schwarzen, die das Luder in Schlepptau genommen hatten, noch mal durch die Mangel gedreht, weil ihre Geschichte nicht wirklich plausibel klang. Die beiden hatten ja behauptet, die Yacht auf offener See leer angetroffen zu haben. Das hatte die Kriminaltechnik ihnen widerlegen können. So hatten die beiden gestanden, dass sie die vier erschossen an Bord bei Barbuda gefunden und im Meer entsorgt hatten. Eine der beiden Frauen hätten sie tödlich verletzt aber noch einige Augenblicke lebend an Land angetroffen, wodurch sie erst auf die Yacht aufmerksam geworden seien. Offenbar habe ihnen die Frau etwas sagen wollen, was auf die Spur des Täters führen sollte."

„Ja? Und? Spannen Sie mich nicht auf die Folter."

„Es waren nur zwei Worte, die so geklungen hätten wie…, nun ja, wie… der Boxer."

Laura überlegte.

„In ihrem Zustand hat die Frau vielleicht halluziniert, wer weiß?"

„Kann sein. Was allerdings auffällt, ist eine gleichlautende Notiz in der Kladde, die wir bei Olaf Bergström fanden. Das ist der Tote am Fjord, Sie erinnern sich. Der Mann war sexuell ausgesprochen aktiv und promisk. Hatte des Öfteren Blind Dates mit Personen, Männern wie Frauen, von denen er offenbar nur die Decknamen kannte, deren die sich im Netz bedient hatten. Der letzte dieser Decknamen lautete ebenfalls der Boxer. Wäre doch ein seltsamer Zufall, finden Sie nicht?

„Das heißt, die Reise war letzten Endes völlig umsonst?"

Ignace saß daheim in Hamburg am Klavier und klimperte geistesabwesend ein paar improvisierte Melodien, nachdem Laura ihm kurz über ihren Besuch bei Sir Lucas berichtet hatte.

„Das würde ich so nicht sagen," entgegnete Laura und zog die Kopie des abfotografierten Verzeichnisses hervor, die sie noch am Abend ihrer Rückkehr angefertigt hatte.

„Was ist das?" fragte Ignace mäßig interessiert.

Laura erklärte es ihm und stellte ihm die Seiten auf den Notenständer.

„Die Liste erleichtert uns den Überblick. Was auffällt, ist die schon vom Chief erwähnte Tatsache, dass keiner der ursprünglichen Yarmouth Sechs friedlich im Bett gestorben zu sein scheint. Alle kamen durch seltsame Unfälle zu Tode, die sich in gewisser Weise wie ein ironischer Kommentar zu ihren Hobbys lesen: Hooch ertrinkt in der Themse, Lily erschießt sich aus Versehen beim Waffenreinigen, Haggis fällt von einem Übungsfelsen der niedrigsten Kategorie, Ronny gerät in eine Prügelei zwischen Hells Angels und Bandidos und wird zu Tode geprügelt, Brain wird vom LKW überfahren… Ich meine, solche Zufälle gibt es doch gar nicht."

„Und was schließt du daraus?"

Laura zuckte mit den Schultern.

„Jemand hat sie liquidiert, einen nach dem anderen. Bis auf Luke the Duke, der mit schweren Verletzungen davonkam. Ich fürchte, wir müssen die Liste nach und nach abarbeiten, um tiefer in die Geheimnisse der Bande einzudringen. Unser Killer ist ein Rächer, aber wen oder was rächt er? Und wieso jetzt und nicht schon vor Jahren? Das wird für uns ein Geduldsspiel. Wirst du so lange an dich halten können?"

„Was immer notwendig ist, den Killer zur Strecke zu bringen…"

Lauras Handy klingelte. Sie nahm den Anruf entgegen und legte ihre Hand auf Ignace' Schulter.

„Hör' bitte mal mit dem Klimpern auf. Das hier ist wichtig für mich."

Dann wandte sie sich wieder dem Gespräch mit Marquardt zu, der begonnen hatte, ihr einen Abriss der jüngsten Entwicklungen in Sachen Kredit zu geben.

„Was sagst du? Lamont? Das kann ich nicht glauben! Er hätte doch während meines Besuches auf Jersey was gesagt. Gut, er hält über viele Ecken ein stattliches Aktienpaket an der Bank und die Bradshaw Logistics Inc. gehört, soweit ich weiß, zu seinem Konglomerat. Trotzdem... Wäre es denkbar, dass jemand ihn als Frontmann vorschob? Ich meine, der alte Zyniker tut zwar, als sei er völlig unbeeindruckt, hat seinen Kopf aber zurzeit vermutlich anderswo. Außerdem ist er sicher vergesslich. Vielleicht versucht jemand, die Situation auszunutzen und segelt unter falscher Flagge. Bleib' bitte dran, Heinz, es geht für mich um alles dabei, das weißt du. Ich verlass' mich auf dich."

Nicht zum ersten Mal, fügte sie in Gedanken hinzu und biss sich auf die Lippen. Marquardt hängte auf. Hätte sie das doch bloß schon vor Jersey gewusst, dann hätte sie Lamont zur Rede stellen können. Ihn jetzt anzurufen, würde wenig bringen, davon war sie überzeugt. Solche Dinge muss man unter vier Augen besprechen, von Mann zu Frau, was auch immer. Am Telefon konnte er ausweichen, sie ins Leere laufen lassen oder vertrösten. Sie brauchte mehr Informationen, einen Köder, mit dem sie Lamont aus der Reserve locken konnte. Die Liste fiel ihr ein.

„Ignace, ich laufe geschäftlich gerade über ein Bett glühender Kohlen und habe keine Zeit, mich um die Liste zu kümmern. Wie wär's, wenn du sie dir mal vornimmst, Punkt für Punkt, Name für Name. Vielleicht springt dir was in die Augen. Möglicherweise ist ja sogar jemand mit dem Spitznamen der Boxer darunter. Könnte ja sein.",„Der Boxer? Wieso?"

„Ach so, das weißt noch gar nicht."

Sie erzählte ihm von dem Telefonat, das sie mit Harry Colestron geführt hatte.

„Der Boxer?" Ignace begann wieder zu klimpern, wusste mit dieser Information offensichtlich so wenig anzufangen wie Laura.

„Knie dich da mal rein. Ermittlungen sind oft mühsame Kleinarbeit. Ich bin sicher, die Lösung steht irgendwo da drin, wir müssen sie nur erst sehen. Und dann müssen wir uns auch mal darüber unterhalten, wann du in die USA zurückfliegst. Du kannst wegen Solveigs Mörder nicht alles einfach sausen lassen, das geht nicht. Das hätte sie auch nicht gewollt, wenn ich sie richtig einschätze."

Ignace nickte und klimperte ungerührt weiter. Das war seine Art, Stress abzubauen. Laura hatte sich schon so weit daran gewöhnt, dass sie seine Etüden, wie sie es nannte, kaum noch bewusst wahrnahm. An diesem Abend war das plötzlich anders. Sie glaubte, die Melodie zu kennen, die er da wieder und wieder anklingen ließ und spielerisch variierte.

„Was ist das? Was spielst du da?"

„Ein Song von Paul Simon," entgegnete Ignace, ohne mit dem Spielen aufzuhören. Natürlich! Jetzt erkannte sie es. Das war der Boxer, einer der frühen Hits der beiden.

„Du meinst…?"

„Was? Keine Ahnung, fiel mir nur so ein," antwortete Ignace.

„Eigentlich einer der seltsamsten Songs der Popgeschichte, wie ein zu früh geschlüpftes Küken, irgendwie unausgegorenes Stückwerk. Viele Produzenten hätten den Song in dieser Form gar nicht erst angenommen."

„Wieso nicht?"

„An dem Song stimmt vorn und hinten nichts. Manche Versionen haben eine Strophe mehr als die anderen. Das erklärt sich noch am leichtesten daraus, dass die Strophe, um die es geht, kein Glanzstück darstellt und dem Ganzen nichts Wesentliches hinzufügt. In der letzten Strophe wechselt der Text unmotiviert abrupt die Perspektive und das Dekor. Für den ewig langen, provisorisch gedachten la-di-la-Teil am Ende ist Simon kein adäquater Text mehr eingefallen, so dass man es beim la-di-da beließ. Aber die Story passt zum Zeitgeist, erinnert an Harry Nilssons Midnight Cowboy oder Glen Campbells Rhinestone Cowboy aus derselben Ära. Besungen werden jeweils kaputte Typen, für die der amerikanische Traum zu wertlosen Glasmurmeln verkam.

Jetzt haben die Protagonisten keinen Pfennig auf der Naht und schlagen sich mehr schlecht als recht durchs Leben, indem sie auf das einzige setzen, was ihnen noch bleibt, ihren eigenen Körper. Der eine hält auf Rodeos seine Knochen hin, der andere verkauft sich als Strichjunge und der dritte als Fallobst im Ring, alles für diese Handvoll Murmeln, genannt Versprechen."

Laura pfiff durch die Zähne.

„Ich bin beeindruckt, Professor Ignace. Alles, was mir dazu einfällt, ist eine Kurzgeschichte von Hemingway, in der ein Boxer kurz vor einem Kampf auf seinem Bett in einer ärmlichen Absteige liegt und von dem Steak fantasiert, das er bräuchte, um wieder zu Kräften zu kommen, sich aber nicht leisten kann…"

„Hm. Wie dem auch sei. Den Songs ist gemein, dass sie aus der Sicht der Betroffenen, in der Ich-Form, gesungen werden. Das verstärkt die Wirkung der Unmittelbarkeit. So auch beim Boxer - bis eben auf die letzte Strophe, in der es plötzlich heißt, Auf der Lichtung steht der Boxer mit seiner Wut und seiner Scham… Verstehst du? Den ganzen Song über waren wir im bitter kalten winterlichen New York und blickten auf das Elend durch die Augen des Boxers. Jetzt steht der plötzlich im Wald und wir sehen ihn durch die Augen eines ungenannten Dritten. Warum die Unmittelbarkeit opfern und auf Distanz gehen? Was hat Simon damals geraucht, frage ich mich."

Laura war echt beeindruckt. Ignace hatte recht, in einem Stück Literatur könnte man sich solche Inkonsequenzen nicht ohne weiteres leisten. Perspektivenwechsel in Roman und Film empfand sie sowieso immer schon als Kapitulation. Irgendwann stößt jede Erzählform an ihre Grenzen. Dann einfach die Pferde zu wechseln, war für sie noch die dümmlichste Lösung des Problems.

„Was, wenn… der Boxer gar kein Mensch aus Fleisch und Blut ist?" dachte sie laut nach.

„Sondern?" Jetzt hörte Ignace auf zu klimpern.

„Der Song bringt mich drauf. Ja, klingt unwahrscheinlich, aber überleg' doch mal. Nehmen wir an, wir haben es mit einem leidlich musikalischen Killer zu tun, der sich mit der Figur des Boxers als eines Losers identifiziert."

„Und als singender Vagabund mordend durch die Lande zieht?“

„Quatsch. Aber vielleicht ist es eine Art Kampfsong für ihn, den er pfeift oder summt, kurz, bevor er seine Morde begeht. Das ist die Mission seines ansonsten verpfuschten Lebens. Er ist der Boxer, der das Schicksal korrigiert, die Murmeln einlöst wie die Chips eines verlorenen Lebens…“

„Mom, deine Fantasie macht mir zuweilen Angst.“

Laura zuckte mit den Schultern.

„Wieso? Du hast doch damit angefangen. Nimm' den Vierfachmord auf dem Gerissenen Luder. Ich habe ein ähnliches Szenario schon mal miterlebt, damals, an der Roten Kapelle von Famagusta.“

„Ich weiß, du hast es ja oft genug erzählt.“

„Keine Anzüglichkeiten! Stell' dir vor, du bist angeschossen und weißt, in der Sanduhr deines Lebens sind nur noch einige wenige Körnchen. Du hast einen letzten Versuch, nur einen. Was kannst du der Person, die dich zufällig findet, als Hinweis auf die Identität deines Mörders mit auf den Weg geben? Irgendetwas Unverwechselbares, das geeignet erscheint, die Person selbst oder andere letzten Endes auf die Spur des Mörders zu bringen. Damals, bei Famagusta, war es Hakan, der mir das griechische Wort für Waisenhaus zuflüstern wollte. Er schaffte es nicht ganz und ich verstand ihn nicht. Trotzdem hat uns das am Ende weitergeholfen. Ich weiß, es klingt weit hergeholt, bin aber so gut wie sicher, dass du keinen Boxer in der Liste finden wirst,“ fügte Laura hinzu.

„Versuchen kannst du's ja. Ich muss jetzt ins Bett, bin todmüde. Wir sprechen morgen früh weiter, okay?“

Sie rappelte sich vom Sofa hoch und wollte gerade den Laptop herunterfahren, als ihr ein Klingelton signalisierte, dass sie eine Mail erhalten hatte. Einen kurzen Augenblick zögerte sie, in ihre Mailbox zu gehen, weil sie Unbill witterte. Doch ihre Neugier obsiegte.

Die Mail kam von Colestron. Wie versprochen, schickte er ihr im Anhang alte Verhörprotokolle aus den siebziger Jahren. Es ging offenbar um Jimmy McDuff alias Haggis und Joey Brady alias Hooch, die im Zusammenhang mit einem Bankeinbruch Ende der siebziger Jahre in Liverpool von der Metropolitan verhört worden waren. Laura klappte ihren Laptop zu, umarmte Ignace und erklomm die Eigernordwand von Treppe zu ihrem Schlafzimmer im oberen Stockwerk.

Als sie sich abgeschminkt, geduscht und von einigen Beinhaaren befreit hatte, streckte sie sich wohlig auf ihrem Doppelbett aus, das sie nun schon seit verdächtig langer Zeit allein benutzte. Vielleicht sollte sie das so oder so ändern, denn wenn sie etwas nicht brauchte, dann war es ein ständiges Memento. Der Laptop lag auf ihrem Nachttisch und rief nach ihr wie ein hungriges Baby nach seiner Mutter. Eine Weile ignorierte sie das Baby in der Hoffnung, es würde von selbst wieder einschlafen, gab schließlich aber doch nach.

Hooch und Haggis waren anscheinend auf frischer Tat ertappt worden, wussten trotzdem natürlich von nichts, waren aber bereit, in jeder anderen Hinsicht mit dem Yard zu kooperieren - die übliche Verhörsituation bei Mitgliedern der Yarmouth Sechs. Den beiden wurde vorgeworfen, im November 1974 eine Liverpooler Filiale der Northern England Savings Bank NESB, überfallen und einige Hunderttausend Pfund „abgehoben" zu haben. Ihr Rückzug war anscheinend nicht schnell genug vonstattengegangen oder die Polizei etwas früher zur Stelle gewesen, als sich die beiden ausgerechnet hatten - jedenfalls hatte man sie aufgegriffen und einkassiert.

Die beiden hatten sich widerstandslos festnehmen lassen, was sich zu ihren Gunsten auswirkte. Außerdem hatten sie wie immer ausgezeichnete Anwälte. Was der Polizei zum vollkommenen Glück noch fehlte, war die Beute. Wie sie es geschafft hatten, diese in der Kürze der Zeit beiseite zu schaffen, war ein Rätsel von vielen, das die Yarmouth Sechs umgab. Irgendwann hatte der Chief Superintendent, der damals noch ein kleiner Inspector war, den gesprächigen Halb-Iren Hooch in seiner Zelle aufgesucht und mit ihm über die alten Zeiten geplaudert, um ihn gesprächiger zu machen. Aber auch, weil es ihn interessiert hatte.

Die Kriegsjahre, die Kameraden vom Unternehmen Seeleopard und so weiter, das war schon recht faszinierend. Die Sache hatte Colestron so eingenommen, dass er noch mehrmals zurückgekommen war, Hooch sogar Zigaretten und Schokolade mitgebracht hatte, um seine Zunge zu lösen. Was im Rückblick gar nicht nötig gewesen wäre, denn der Mann schien freudig erregt, einen dankbaren Zuhörer gewonnen zu haben, mit dem er sich die Monotonie der U-Haft ein wenig verkürzen konnte. Colestron hatte sich fleißig Notizen gemacht und später dieses Protokoll verfasst, das er eines Tages vielleicht als Rohmaterial für ein Buch über einige seiner spektakuläreren Fälle würde verwenden können. Zu dem Buch war es nie gekommen, aber das Protokoll hatte all die Jahre überlebt. Die Seiten waren vergilbt, die Schrift da und dort verschmiert, aber alles war durchweg noch gut lesbar.

Die ersten zehn Seiten überflog Laura rasch. Sie enthielten im Großen und Ganzen das, was sie bereits von Lamont erfahren hatte. Wirklich interessant wurde es von dem Augenblick an, da die Gruppe ihre Höhle auf Sark verlassen hatte, um sich einzeln durchzuschlagen.

Wir zögerten, Dukes Vorschlag zu akzeptieren, weil er unserem Gruppeninstinkt ebenso zuwiderlief, wie unseren Ausbildungsmaximen. Aber letzten Endes mussten wir ihm recht geben. Luke the Duke machte sich als erster auf den Weg. Schließlich war er mit der örtlichen Topographie und den Gepflogenheiten vertraut - und im Gegensatz zu den meisten anderen unverletzt. Ich hatte gehofft, mich ihm anschließen zu können, aber er lehnte das ab: wenn ich einzeln sage, meine ich auch einzeln, sorry, Hooch. Ein Mann allein kommt mit viel Glück vielleicht irgendwo unter, wo er ausharren kann, bis der Krieg vorbei ist. Lange wird das hier nicht dauern. Die Hunnen fahren doch sowieso schon auf den Felgen.

Laura überschlug wieder ein paar Seiten.

Gut, zu sechst hatten wir keine Chance, das war schon richtig. Aber zu zweit? Was soll's, er wollte es nicht. Getrennt marschieren, das sagt sich so leicht. Wir waren auf der kleinsten bewohnten

Kanalinsel. Wo läufst du da hin, um den Deutschen zu entgehen und nicht erneut über deine Kumpels zu stolpern? Für mich kam nur die See in Frage. Ich war ein wirklich guter Schwimmer, vielleicht nicht ganz so ausdauernd wir Gooey, aber dafür mit viel Gottvertrauen ausgestattet, dank meiner irischen Wurzeln. Meine Schusswunde im rechten Oberschenkel schmerzte und behinderte mich mehr, als die im linken Arm, aber wenn ich einen Balken oder Baumstamm zu fassen bekäme, könnte ich vielleicht die vier Uhr Tide nach St. Peter Port nehmen. Oder mich an die französische Küste treiben lassen, die war ja im Osten nicht weit.

Und ich hatte Glück. Nur ein paar Stunden, nachdem die anderen nach und nach aufgebrochen waren, sah ich diesen Baumstumpf mit Wurzeln vorübertreiben. Nach Westen, wie es schien. Das war okay. Guernsey, ich komme. Ich sprang ins Wasser und paddelte zu dem Stumpf hinüber. Der war glitschig wie ein Stück Seife. Drauf sitzen konnte ich nicht. Jedes Mal, wenn ich es versuchte, rittlings drauf zu bleiben, rutschte ich sofort wieder runter wie ein Anfänger beim Rodeo. Besser, ich hielt mich an den Wurzeln fest, die noch aus dem Stumpf herauslugten und mich hoffentlich vor den allzu neugierigen Blicken deutscher Posten verbargen. Schnell trieb ich von der Insel weg. Lange würde ich aber im kalten Wasser nicht durchhalten, das wurde mir bald klar.

Und was soll ich sagen – ich hatte zum zweiten Male Glück an diesem Tag. Ein gütiger Neerstrom trieb den Stumpf auf die westlich von Sark gelegene kleine Insel Brecqhou zu, die auf den ersten Blick weder deutsche Stellungen, noch sonst eine Menschenseele aufwies. Das schien umso merkwürdiger, als da dieses Schlösschen stand, das sich hierher ins Nirgendwo verirrt haben musste. Ich weiß nicht warum, aber man sah dem zweistöckigen Backsteingebäude im viktorianischen Stil auf den ersten Blick an, dass es unbewohnt war. Trotzdem beschloss ich, mein Glück erst einmal nicht weiter zu strapazieren. Ich ließ den Baumstumpf alleine weitertreiben und paddelte an Land, wo ich mich in einer kleinen Höhle verkroch, mich wie ein Igel zusammenrollte und einschlief. Stunden später suchte ich die Gegend nach Essbarem ab, fand aber nur ein Stück völlig zerrupfter, verlauster Wolldecke. Immerhin, damit konnte ich mich ein wenig vor der Kälte schützen.

Der Wind zog zwar nicht so herein wie drüben auf Sark, aber richtig lauschig war es hier auch nicht. Entdeckung musste ich vorerst nicht fürchten. Feuer machen konnte ich sowieso nicht, hatte weder Feuerzeug noch Streichhölzer, die ich hätte trocknen und benutzen können. Angesichts dieser Misere und meiner schmerzenden Wunden verlor die Versuchung, in das ja offenbar leerstehende Schlösschen einzudringen, an Schrecken. Was sollte schon groß passieren? Ich konnte von einem nervösen Besitzer erschossen werden. Na gut, dann hätte ich es eben hinter mir.

Ich wartete bis zum Einbruch der Dunkelheit und beobachtete aufmerksam das Gebäude. Nirgends leuchtete ein Licht. Ich beschloss, es zu wagen und schlich mich an. Je näher ich dem Gebäude kam, desto unwirklicher schien es mir. Wenn es plötzlich im Boden versunken wäre, hätte mich das vermutlich nicht im mindesten gewundert. Nie habe ich mich mit einer seltsameren Szenerie konfrontiert gesehen. Doch das Schlösschen verschwand nicht, sondern wurde im Gegenteil immer größer. An der Außentür angelangt, rüttelte ich erst vorsichtig, dann immer heftiger an der Klinke. Doch die Tür gab nicht nach. Also pirschte ich einmal ums Haus und suchte mir eine Scheibe aus, die ich mit einem Stein einschlug.

So gelangte ich ins feuchte, leicht modrig riechende finstere Innere des Schlösschens. Kein Laut, niemand hatte mein Eindringen bemerkt. Mit wild pochendem Herzen begann ich, im Parterre ein Zimmer nach dem anderen zu inspizieren. Die Luft war stickig. Kein Wunder, wer weiß, wann hier zuletzt gelüftet worden war. Was an Mobiliar noch herumstand, hatte man zum Schutz vor Staub mit Tüchern verhängt. Jeden Augenblick erwartete ich in meiner inneren Panik, dass gleich eines der Tücher wegfliegen und der untote Hausherr darunter zum Vorschein kommen würde. Als nichts dergleichen geschah, fasste ich mir ein Herz und stieg über die knarrende Treppe hinauf in den ersten Stock.

Dort dasselbe Bild: leere Zimmer, verhängtes Mobiliar. Wo zum Teufel war die Küche? Unten natürlich. Ich musste sie übersehen haben. Jetzt, da ich sicher sein konnte, dass sich niemand außer mir im Gebäude aufhielt, wurde ich mutiger, begann sogar, vor mich hin zu summen und ungeduldig nach dem virtuellen Butler zu rufen, den ich James nannte. Dann fand ich die Küche, die ich wohl deshalb übersehen hatte, weil wenig drin war, was an eine Küche erinnerte. Kaum Utensilien waren da, keine Brotkrume zu finden, nichts, was man sich zwischen die Zähne schieben konnte.

Immerhin, der Wasserhahn funktionierte, an Durst würde ich nicht zugrunde gehen. Ich suchte mir ein Zimmer gleich neben der Küche aus, befreite das Bett von seiner Schutzhülle und schlüpfte unter die Decke. Statt im Vorhof der Hölle war ich in der VIP-Lounge namens Fegefeuers gelandet. Ich muss wohl sehr bald in Schlaf gefallen sein. Geträumt, das weiß ich noch heute, geträumt habe ich der Situation angemessen von einem Dinner bei O'Leary's in Kensington: Pellkartoffeln, Lammkoteletts mit Zuckererbsen und kleinen Möhrchen, das Ganze mit einer Flasche kühlen Chablis.

Laura fielen die Augen zu. Mit diesem Traum Hoochs konnte sie sich identifizieren, auch wenn Lamm auf irisch-britische Art nicht zu ihren Leib- und Magenspeisen gehörte. Schon halb in Morpheus' Armen versunken, schaffte sie es gerade noch, den Laptop zuzuklappen, bevor sie Hooch in seinem Schlösschen auf Brecqhou zurückließ.

FÜNFTES KAPITEL

1. Der linke Arm Gittes

Es war so weit, die anstehende Steuerprüfung der ROLA nahm ihren Lauf. In aller Herrgottsfrühe war das sechsköpfige Team der Finanzbehörde angerückt und hatte sich alle Geschäftsunterlagen der letzten vier Jahre vorlegen lassen, analog und digital. Um nicht allzu offensichtlich werden zu lassen, dass die Geschäftsführung von einem aufgeschlossenen Insider bei der Finanzbehörde über den ungefähren Zeitpunkt der Aktion in Kenntnis gesetzt worden war, hatte Marquardt das Personal angewiesen, sich im Rahmen der Operation Hühnerhaufen gebührend überrascht zu zeigen und sich bei der Beibringung aller ohnehin bereitliegenden Akten Zeit zu lassen, so, als müsse man sinnbildlich erst nach dem eigenen Hintern suchen. Das montägliche Briefing mit Marquardt und allen Abteilungsleitern war dementsprechend kurz angebunden ausgefallen. Für die Dauer der Revision arbeitete die ROLA mit gebremstem Schaum. Gegen Mittag rief Laura zu Hause an, um zu checken, ob Ignace noch in der Villa saß und nicht etwa auf eigene Faust losgeprescht war. Erst, als sie in diesem Punkt beruhigt sein konnte, hatte sie Marquardt wegen des Bankkredits gelöchert und erfahren, dass es vorerst nichts Neues zu erfahren gab.

Sie hatte ihrem „Mitarbeiter des Monats", wie sie ihn häufig scherzhaft nannte, auch einen Abriss der komplizierten Geschichte von den Morden um die Yarmouth Sechs gegeben und ihm ihren Eindruck von Sir Lucas Lamont geschildert. Dass dessen Rückblick auf seine Kriegsabenteuer offenbar nur mit einer Prise Salz zu genießen waren, hatte das Colestron-Protokoll bereits jetzt offenbart. Was nichts heißen musste. Die Erinnerung spielt uns schließlich so manchen Streich, lässt Unangenehmes verblassen und gefällt sich in der Heldenpose.

Als am Nachmittag die Sonne zaghaft durch die Hamburger Wolkendecke lugte, setzte sich Laura in ihr Lieblingscafé an der Innenalster und schlug ihren Laptop auf. Hooch, so stellte sie mit Erleichterung fest, war immer noch im Schlösschen von Brecqhou in selbstgewählter Einzelhaft.

Über mehrere Tage kurierte ich meine Schussverletzungen und beobachtete vom oberen Stockwerk des Schlösschens den komplizierten Lauf der Tide, um gegebenenfalls noch einmal einen Sprung wie diesen von Sark nach Brecqhou zu wagen. Natürlich war das äußerst riskant, zumal bei den niedrigen Wassertemperaturen. Aber den Krieg wie ein moderner Robinson auf dem Schloss von Brecqhou ohne Nahrung aussitzen zu müssen, klang nicht direkt verlockend und würde sich letztlich auch nicht machen lassen. Dafür würden Krebse, Muscheln, Schalenschnecken und anderes Getier nicht reichen, wenngleich ich das nun wenigstens abkochen konnte und nicht roh herunterwürgen musste. Hunger und Kälte machten mich halluzinieren. Ich träumte, ich sei Odysseus in der komfortablen Höhle der Calypso und würde von der eifersüchtigen Nymphe gegen meinen Willen festgehalten. Schön wär's. Wenn ich nicht bald von hier wegkam, würde der alte oder neue Besitzer des Schlösschens irgendwann mein Skelett finden und sich meine Geschichte zusammenreimen müssen.

Nun, ein gütiges Schicksal, wenn man so will, befreite mich aus meiner Zwangslage. Gegen Abend des vierten Tages wurde ein amorphes Etwas etwas ans Ufer von Brecqhou gespült, das ich erst beim Näherkommen als menschliche Überreste erkennen konnte. Kein schöner Anblick, das dürfen Sie mir glauben. Erst dachte ich, es handele sich um die Leiche eines britischen Seeoffiziers. Als ich genauer nachsah, was mich einige Überwindung kostete, stellte ich anhand der Uniformabzeichen fest, dass es sich wohl um einen Marinegeistlichen im Range eines Kapitänleutnants handelte, der augenscheinlich gewaltsam zu Tode gekommen war. Aufgedunsen, wie er war, musste er bereits eine ganze Weile im Wasser getrieben sein. Scharen von Meeresbewohnern hatten an ihm herumgeknabbert. Die Augenhöhlen waren leer und in seinen Gedärmen machte sich ein Aal zu schaffen. Der rechte Arm des Mannes fehlte und das Gesicht oder was davon übrigblieb war fürchterlich verbrannt. Er musste bereits tot gewesen sein, als er ins Wasser gefallen war. Unmöglich zu sagen, auf welchem Schiff er Dienst getan hatte, als ihn der Allmächtige zu sich rief. Da Geistliche nur auf größeren Einheiten fuhren, musste es sich um etwas zwischen einer Fregatte und einem Schlachtschiff handeln. Angesichts des Zustandes, in dem sich seine Leiche befand, war davon auszugehen, dass das betreffende Fahrzeug auf dem Grund des Kanals lag.

Dann kam mir eine Idee. Ich entkleidete den armen Kerl, wobei ein Teil seiner verbrannten und vom Salzwasser aufgeweichten Haut gleich großflächig mit abblätterte und streifte ihm ebenfalls ziemlich mitgenommenen Drillich über. Eine lohnende Examensaufgabe für einen angehenden Forensiker: wie kann es angehen, dass einem Mann der Arm abgerissen wird, sein Ärmel indessen unversehrt bleibt? Richtige Antwort: er hatte den Ärmel zum Zeitpunkt, da ihm der Arm durch äußere Gewaltanwendung abhandenkam, bis oben aufgekrempelt… Immerhin war der Name des Dieners Gottes in den inneren Kragen seiner Bluse eingenäht. Es handelte sich um den Reverend Bert Calhoun, möge er in Frieden ruhen. Intakt wäre mir seine Uniform zu groß gewesen. Calhoun war ein ziemlich hoch gewachsener und kräftiger Mann. Doch so, wie mir seine blutige, versengte Uniformjacke mit nur einem Ärmel an meinem Oberkörper hing und seine ebenfalls stark mitgenommene Hose um meine Beine schlotterte, würde ich hoffentlich weniger Verdacht als Mitleid erregen. Ein Arzt würde sich vielleicht fragen, woher das viele Blut bei einer Person mit nur zwei relativ sauberen Durchschüssen rührte. Das würde ich damit erklären können, dass ich vorgab, anderen Verletzten geholfen und die letzte Ölung erteilt, mich dabei von oben bis unten mit Fremdblut beschmiert zu haben. Ohne meinen rechten Arm hätte das Ganze noch erheblich an Authentizität gewonnen, aber soweit, mir den abzuhacken, wollte ich die Dinge dann doch nicht treiben.

Laura schlürfte ihren Cappuccino und schauderte. In die Kleidung eines derart verstümmelten Toten zu schlüpfen, setzte eine Menge psychische Unempfindlichkeit voraus. Oder viel Verzweiflung. Und jedenfalls einen soliden Magen. Aber dumm war dieser Hooch gewiss nicht.

Ein Toter würde mein Ticket zurück in die Welt der Lebenden sein, wie beim Grafen von Monte Christo. Ich schleppte etwas leidlich trockenes Treibholz auf die Anhöhe der Insel und versuchte, das Holz durch Reibung zu entzünden. Das gelang mir nicht. Kein Wunder, bin ja auch nie Pfadfinder gewesen. Was soll's, dachte ich. Wenn ich hier oben am helllichten Tag lange genug entlangstolzierte wie ein Reiher, würde schon jemand auf mich aufmerksam werden.

So kam es dann auch. Keine zwei Stunden später tauchte ein deutsches Schnellboot auf. Ich hatte gerade noch Zeit, die Überreste des Reverends hinter ein paar Felsen zu schleifen, dann waren die Deutschen auch schon in Rufnähe. Zwei Matrosen wateten an Land, ihre Gewehre über den Kopf gehalten. Ich segnete sie mit dem Kruzifix in der Linken, wie ich es vom Geistlichen in der Jugendstrafanstalt gesehen hatte und nannte sie meine Söhne, was sie irgendwie besänftigte, obwohl sie mich wohl kaum verstanden. Sie führten mich an Bord ihres Schnellbootes und wir dampften von dannen.

In der Marine gibt es normalerweise so etwas wie die Kameradschaft der See, ja, ein gewisses Gefühl der Brüderlichkeit im Angesicht der Bestie, deren scheinbare Sanftmut zu jedem Zeitpunkt in brutales Wüten umschlagen kann. Das Wissen um diesen Sachverhalt schmiedet zusammen. Aber 1943 hatten die deutschen Marineangehörigen dieses innere Band längst zerschnitten. Der Schnellbootkommandant, ein Oberleutnant, wie ich an seinen beiden Kolbenringen sah, stellte mir die ersten Fragen, in ganz ordentlichem Englisch. Ich segnete alle rechts und links und tat, als sei ich noch immer völlig traumatisiert von einem schrecklichen Ereignis, dessen genaue Natur ich selbst nicht fassen konnte. Der Oberleutnant half mir ungewollt, indem er mir die wichtigsten Stichworte praktisch soufflierte. Ob ich von der Charybdis sei, fragte er. Zunächst dachte ich, er habe meine Träume von Calypso irgendwie erraten und halte mich nun zum Narren. Aber wie hätte er das wissen sollen? Ich antwortete mit dem Schluchzen und Heulen eines waidwunden Seehundes, das die Deutschen wohl als ein eindeutiges ‚ja' auslegten.

Später, viel später an Land erfuhr ich, dass der britische Leichte Kreuzer HMS Charybdis im Rahmen der Operation Tunnel wenige Tage zuvor von deutschen Schnellbooten der T-Klasse im Kanal nördlich der Inseln versenkt worden war. Ähnlich wie den Opfern der Skagerrak-Schlacht im Ersten Weltkrieg, die an den Schären der schwedischen Westküste angeschwemmt wurden, erging es jetzt und hier 21 Leichen der Charybdis, die an die Strände Guernseys und Jerseys gespült wurden. Unter ihnen jener Reverend Bert Calhoun, in dessen Haut ich buchstäblich geschlüpft war. So gesehen, war es ein Wunder und ein Zeichen, dass ausgerechnet der Bordgeistliche diese Reise mit der Tide überlebt hatte. Ich hoffte nur, die Angehörigen Calhouns in England würden nicht zufällig ein Foto ihres geliebten Bert im Guernsey Herald sehen und sich wundern, welch schreckliche Kriegserlebnisse ihn derart massiv verändert hatten. Aber das war äußerst unwahrscheinlich, gelangten die wenigen noch erscheinenden Zeitungen der Kanalinseln doch allenfalls mit der Tide nach England und waren dann nicht mal mehr geeignet, ölig panierten Fisch darin einzuwickeln.

Laura erinnerte sich an die Geschichte der Skagerrak-Schlacht, bei der auch ein gewisser, sich als Heimatdichter versuchender Matrose namens Johann Wilhelm Kinau gefallen war, der sich das bizarr klingende Pseudonym Gorch Fock zugelegt hatte. Unter diesem Autorennamen verkündete er sein küstennahes Evangelium, demgemäß Seefahrt Not tue. Womit er weniger auf die rein logistische Notwendigkeit abstellte, als vielmehr auf die erzieherische, ertüchtigende Kraft des Dienstes auf See, den lange genug zu verrichten, um den Wahrheitsgehalt seines Credo überprüfen zu können, ihm leider Gottes nicht vergönnt war. Seine an der rauen schwedischen Westküste angetriebene Leiche wie auch diejenigen seiner Kameraden auf den kahlen, harten Granitschären zu bestatten, war so gut wie unmöglich. Auch deshalb wurde Gorch Fock irgendwann von Freunden und Bewunderern heimgeholt und in weicheres heimisches Terrain umgebettet worden war.

Auf Guernsey, wo die meisten Toten angetrieben waren, hatten die Deutschen alle 21 Opfer der Charybdis bereits mit militärischen Ehren bestatten lassen und wunderten sich jetzt über diesen Nachzügler. Die Bestattung als solche war 1943 keine Selbstverständlichkeit. Schließlich zeigte die SS auch und vor allem deshalb Flagge, weil Berlin die deutschen Inselkommandanten für zu weich und nachgiebig hielt. Die Inselbevölkerung ihrerseits hatte das Begräbnis wie zu erwarten prompt in eine stumme, aber nichts desto weniger eindrucksvolle Massendemonstration gegen die Deutschen umgemünzt. In diese Gemengelage platzte ich nun wie ein Volltreffer in die Latrine. Die Deutschen waren milde gesagt nicht glücklich, weil sie fürchteten, dass meiner wundersamen Rettung eine symbolische Bedeutung beigemessen würde, die ihr noch weniger zukam, als sie ahnen konnten. Der Kriegsgott schenkte seine Gunst zunehmend dem Feind, die Versorgungslage auf den Inseln verschlechterte sich zusehends. Wenn die Soldaten gelegentlich auf Heimaturlaub gingen, stellten sie immer häufiger erschüttert fest, dass sie keine Heimat mehr hatten, weil die Alliierten die deutschen Städte systematisch auszuradieren begonnen hatten. Mehr und mehr Landser stellten sich unter diesen Umständen die Sinnfrage. Immerhin - besser hier verhungern, als an der Ostfront erfrieren. Mich hätte man eigentlich als Kriegsgefangenen behandeln müssen. Stattdessen schickten mich die Hunnen nach Alderney, in ein Arbeitslager, das sie sinnigerweise Borkum getauft hatten, wie die gleichnamige friesische Nordseeinsel. Für Uneingeweihte hatte das vermutlich den Klang von Sommerfrische und Kraft durch Freude. Dass es das nicht war, dafür bürgte Kennern der Insel allein schon der ungeliebte Name Alderney.

Ich kannte die Insel nicht. Der Duke hatte uns einiges darüber erzählt, was mich Böses ahnen ließ.

Laura blickte zur Alster hinüber, deren Oberfläche gerade von einer Bö umgewälzt wurde. Der Himmel verdunkelte sich. Die Sonne starrte noch eine Weile auf die Stadt, als wolle sie sich vergewissern, dass alles mit ihr zum Besten gestanden hatte, als sie sie verließ. Laura bestellte noch einen Capu und ein Mineralwasser.

Ganz im Norden angesiedelt, ist Alderney dem französischen Festland, sprich der Halbinsel Cotentin, näher, als den anderen Kanalinseln, mit denen sie auch sonst wenig gemein hat. Klein, ziemlich kahl, aber recht steil, bietet sie außer der Fischerei nicht viel an auskömmlicher Beschäftigung. Vielleicht hatten die Bewohner deshalb auch nicht lange überlegen müssen, als man ihnen kurz vor der Invasion durch die Deutschen angeboten hatte, nach England rüber zu machen. Nach dem Motto: etwas Besseres als diesen elenden Felsen finden wir überall. Sind nach dem Krieg übrigens auch nur sehr zögerlich wieder zurückgekommen.

Von etwa fünf hundert Menschen waren 1940 nur die achtzehn Mitglieder einer Familie geblieben, und die hieß ausgerechnet Pope. Gemahnt stark an Pitcairn Island und die Familie Smith, allesamt Nachfahren des letzten Überlebenden der Bounty-Meuterer. Achtzehn Mitglieder ein und derselben Familie, hallo? Inzest war früher vermutlich auf allen Inseln der Welt gang und gäbe. Je kleiner die Inseln, desto enger der Verwandtschaftsgrad. Hat mal jemand die genaue Korrelation errechnet? Wahrscheinlich nicht. Wie auch immer. Während die Popes vermutlich alle Hände voll damit zu tun hatten, die verlassenen Häuser der Nachbarn zu plündern, machten die Deutschen, was Deutsche am besten können - Lager bauen. Nicht weniger als vier Lager wurden auf der Insel eingerichtet, als, wie ich Jahre später erfuhr, Außenstellen des Konzentrationslagers Hamburg-Neuengamme. Eines davon hieß Borkum, die anderen drei Helgoland, Norderney und Sylt. Borkum war ein Arbeitslager mit Hunderten zumeist Freiwilligen aus verschiedenen westeuropäischen, von den Nazis besetzten Staaten wie Frankreich und Benelux. Helgoland beherbergte vor allem osteuropäische und überwiegend alles andere als freiwillige Arbeiter. Norderney war weitgehend den Juden vorbehalten. Der reine Wahnsinn übrigens: während man die wenigen Juden der Kanalinseln in Konzentrationslager auf dem Kontinent gebracht hatte, wurden hunderte kontinentaler, vor allem osteuropäischer Juden nach Alderney verschifft.

Sylt schließlich war ein Straf- und Vernichtungslager, das die Züchtigungsbedürfnisse der anderen Lager bediente. Wer hier eintraf, konnte sich genauso gut gleich selbst umbringen. Was einige auch taten. Dieser ganze irrsinnige Aufwand nur, um Alderney in eine uneinnehmbare Trutzburg zu verwandeln. Vielleicht hätte Adolf, der irgendwie auf diese Insel mit dem Code-Zeichen A fixiert war, sich mal fragen sollen, was eigentlich aus einer Festung wird, die niemand einnehmen will. Heute würde man sagen, am Bedarf vorbei gewirtschaftet.

Laura lachte, weil sie unwillkürlich an Idéfix, den Hund von Asterix, denken musste. Wieso gab es eigentlich nicht längst einen Hitler-Comic? Art Spiegelmans Maus ist ein düsterer KZ-Comic und als solcher eine schockierende Travestie der Disney-Hefte. Adolf mit Idefix statt Blondi an seiner Seite wäre doch ein echter Knüller.

Erstaunliche Gedanken für einen banalen Bankräuber, dachte Laura. Hatte er recht? Aus heutiger Sicht mehr, als er sich damals hatte vorstellen können. Die Macht der modernen Medien, die Möglichkeiten des Internets waren Dinge, die Hooch ja noch nicht auf dem Schirm haben konnte.

Unvorstellbar, was die Organisation Todt - noch so ein unwahrscheinlich klingender Name – an Dynamit, Stahl und Zement auf Geheiß Hitlers in die Insel stecken musste. Eines seiner Prestigeobjekte, die Eroberung Stalingrads, war kläglich gescheitert. Umso wichtiger, dass Alderney und die anderen Kanalinseln dem Feind nicht in die Hände fielen. Dieses armselige Stückchen vermeintlich britischen Bodens musste unter allen Umständen gegen den zu erwartenden Ansturm der englischen Truppen gehalten werden. Ein Blick in ein Geschichtsbuch hätte ihn gelehrt, dass die Kanalinseln schon einmal links liegen gelassen worden waren wie eine verschmähte Braut. Als die Schiffe der spanischen Armada nämlich im Jahre 1588 auf dem Weg zur Eroberung Englands hier an den Casquets rechts in den Kanal eingebogen waren, hatten die Bewohner Alderneys der Legende nach auf der einzigen Erhebung der Insel Feuer angezündet, die den gerade vom Bowl-Spiel zurückkehrenden britischen Kapitänen wie Drake, Frobisher und anderen die Ankunft der Armada gemeldet haben sollen. Das hat mir ein Kumpel im Lager erzählt, den wir alle nur den Professor nannten. Ein Belgier, der so gut wie alles zu wissen schien.

Nun ist zwar die unter dem Horizont liegende englische Küste von Alderney aus nicht zu sehen. Doch trägt ein stark loderndes Feuer des nachts unter Umständen auch deshalb sehr viel weiter, als man glauben möchte, weil es von der Wolkenunterseite reflektiert wird. Dessen ungeachtet, hatten die Spanier die Kanalinseln mit derselben arroganten Herablassung gestraft, die die seeschlachterprobten und mit den hiesigen Wetter- und Tidenverhältnissen vertrauten englischen Kapitäne ihnen entgegenbrachten. Nichts davon focht den irgendwie ahistorischen Ignoranten Hitler an. Alderney war in eine Festung umzuwandeln, basta. Und mir wurde das zweifelhafte Privileg zuteil, daran mitwirken zu dürfen. Immer noch besser, als standrechtlich erschossen zu werden. Dachte ich. Die kommenden Monate würden mich definitiv eines Besseren belehren und mich bisweilen wünschen lassen, ich wäre auf Brecqhou in meinem Schlösschen geblieben und dort in aller Stille, unter menschenwürdigen Umständen verschieden."

„Hallo Ignace, wie sieht's aus? Hast du irgendwas aus der Liste herauskitzeln können? Irgendeinen Hinweis?"

Der Junge klang unerwartet aufgekratzt, das war vielversprechend.

„Ich weiß nicht recht. Es ergibt noch kein klares Muster."

„Inwiefern?"

„Na ja, wir nehmen doch an, dass der Boxer selbst oder sein Auftraggeber persönliche Motive für seine Morde haben. Motive, die in der Vergangenheit der Yarmouth Sechs liegen."

„Und?"

„Nun, wenn die verdächtigen Unfälle, denen die Gangmitglieder außer Lamont zum Opfer fielen, inszeniert waren, dann hätten die Nachkommen aller fünf Grund, dem Urheber, sagen wir mal, Sir Lucas, nach dem Leben zu trachten. Wieso haben wir es dann mit nur einem Mörder zu tun? Und wieso schlägt der erst jetzt zu? Es gibt da meines Erachtens etwas Wichtiges, das wir dauernd übersehen, glaubst du nicht?"

„Scheint so. Oder unser Informationsstand ist schlicht unzureichend. Vielleicht haben wir es mit einem Nachahmer des lachenden Polizisten zu tun."

„Von was redest du?"

„Ach, nur so, fiel mir gerade ein. In meiner Jugend habe ich die Krimis von Maj Sjöwall und Per Wahlöö verschlungen, mit dem Kommissar Martin Beck als Protagonisten. Das hatte den Geruch vom Ende der sechziger Jahre: Aufbruchszeit, erste schwedische Pornos, Ingmar Bergmanns Filme und so weiter. Sjöwall und Wahlöö waren die ABBA des Kriminalromans, verkörperten die neue Epoche auch durch ihre freie Liebe, wie man das damals nannte. Zu einer Zeit, als man in Deutschland unverheiratet zusammenlebende Paare noch wegen Kuppelei belangen konnte. Egal. Die Titel ihrer Krimis waren allein schon das Geld wert. Im Lachenden Polizisten erschießt ein scheinbar Geisteskranker ein halbes Dutzend Leute in einem Bus, einfach so, scheinbar wahllos. In Wirklichkeit hat er es nur auf einen einzigen von ihnen wirklich abgesehen. Die anderen Opfer sollten das nur verschleiern, damit die Polizei nicht so schnell auf die wahren Motive und damit auf den Mörder stieß."

„Krass. Aber das scheint mir auf den Boxer nicht zuzutreffen. Nein, der arbeitet sich seelenruhig an einer Todesliste ab, bis nur noch Lamont übrig ist."

„Vermutlich hast du recht und wir übersehen etwas, obwohl es uns dauernd zublinzelt."

„Sicher, so muss es sein. Die Lösung findet sich nicht auf der Liste, sondern steht im Zusammenhang mit etwas, das die Liste uns gerade verschweigt. Bist du sicher, dass Lamont nicht weiß, dass du sein Verzeichnis kopiert hast?"

„Du meinst… er hätte sie mir absichtlich zugespielt? Das ist Unsinn, mit Verlaub. Dafür hätte er mit meinen nächtlichen Pinkelgewohnheiten vertraut sein müssen. Er konnte doch nicht wissen, wann ich auf die Suche nach einer Toilette gehen würde."

„Das meine ich auch nicht. Dieser Teil war reiner Zufall. Wärst Du nicht aufgestanden, hätte er eine andere Gelegenheit genutzt. Als sein Butler ihm berichtete, dass du sie, sagen wir, ausgeliehen hast, war Lamont das offenbar egal. Meines Erachtens muss er das Verzeichnis wochen- und monatelang durchgeforstet haben und zu dem Schluss gekommen sein, dass der Joker sich klammheimlich aus dem Wimmelbild geschlichen hat. Und er glaubte, dass du erst viel später zu dieser Erkenntnis gelangen würdest. Das war ihm alles in allem vielleicht nur recht."

Laura war noch nicht überzeugt. Sie hatte kaum aufgelegt, als das Telefon schon wieder klingelte.

„Hallo Chief Superintendent. Was gibt's diesmal, weitere Mitschriften?"

Harry Colestron seufzte.

„Schön wär's, Laura, schön wär's. Nein, wir haben einen weiteren Mordfall zu beklagen, direkt vor Ihrer Haustür diesmal. Die deutschen Kollegen haben uns, also dem Yard, heute Morgen mitgeteilt, dass sie bei Helgoland einen Toten aus dem Wasser gezogen haben."

„Tatsächlich? Bei Helgoland? Ich habe noch gar nichts davon in den Nachrichten gehört. Aber Helgoland ist ein gefährliches Pflaster. An manchen Stellen geht's steil von den Klippen -zig Meter hinunter ins Meer. Ein falscher Schritt und das war's. Aber für eine banale Wasserleiche hätte man den Yard wohl kaum benachrichtigt?"

„Nein, sicher nicht. Der Mann, Engländer, wie es scheint, hat ein kleines hässliches Loch in der Schläfe, das nicht vom Fall stammt. Kaliber neun Mill. Ein einziger Schuss..."

„Aus nächster Nähe?"

„Nein, die Kollegen sagen, mehrere Meter Abstand."

Laura überlegte. Das klang nach dem Boxer. Ein tödlicher Schuss, das war sein Markenzeichen. Vielleicht scheute er Höhen, sonst wäre er wahrscheinlich näher ran gegangen, wie es seiner Gepflogenheit entsprach.

„Wie bei Solveig?"

„Wie bei Solveig und allen anderen."

„Wie heißt das Opfer?"

„Jamie Brenson, ein Neffe Lamonts. Wollte ich Sie nur wissen lassen, damit sie die Ergebnistafel auf den jüngsten Stand bringen können."

Laura dankte dem CS und legte auf. Helgoland? Seltsamer Zufall, just, nachdem sie über das Lager dieses Namens auf Alderney gelesen hatte. Konnte es sich dabei auch um eine Botschaft an sie, Laura, handeln? Wollte jemand ihr bedeuten, dass es besser für sie war, nicht allzu tief in die Vergangenheit einzutauchen? Vielleicht. Aber wenig wahrscheinlich. Andererseits gab es zu viele solcher scheinbaren Zufälligkeiten, als dass man an das blinde Walten des Schicksals glauben konnte. Sie griff nach ihrem Laptop und suchte nach dem Text von Haggis. Vielleicht hatte der noch eine andere Version auf Lager als Hooch und Lamont. Haggis' Motiv, sich Colestron gegenüber auszubreiten, war offenbar sein Versuch, einen Mann namens Gaston Samuelsson reinzuwaschen, einem französischen Hehler mit schwedisch-jüdischen Wurzeln, zu dem Haggis angeblich vor Jahren enge Beziehungen unterhalten hatte.

Nachdem wir beschlossen hatten, uns zu trennen, wartete ich nicht lange, sondern folgte dem Duke auf dem Fuß, nicht ohne Hooch, Joe, Lily und Brain ein letztes Mal umarmt zu haben. Dann kroch ich aus der Höhle. Mein Ziel und einzige Hoffnung war der kleine Creux Harbour. Sicher, er wurde streng bewacht und selbst wenn ich irgendwie an den Deutschen vorbeikommen sollte, wusste ich nicht, was mich drinnen erwartete. Aber da ich weder besonders gut schwimmen noch fliegen konnte, blieb mir keine andere Wahl... Creux Harbour liegt an der Ostküste von Groß-Sark, jenseits der Coupée, wo wir ursprünglich gelandet waren. Der Himmel war wolkenverhangen. Ich schlich an der Küste entlang, jeden noch so unscheinbaren Laut vermeidend. Bei der Coupée angelangt, legte ich mich auf die Lauer und wartete auf die Dunkelheit.

Auf dem kurzen Isthmus schritten zwei deutsche Landser mit geschulterten Flinten nervtötend monoton auf und ab, auf und ab, wie zwei Figuren aus einer Kuckucksuhr. An denen kam ich nur vorbei, wenn ich sie umbrachte oder mich an der Felswand entlanghangelte. Ich entschied mich für letzteres. Als es endlich dunkel geworden war, ließ ich mich über die Kante gleiten und suchte mit den Füßen Halt. Normalerweise bin ich ein ausgezeichneter Freikletterer, aber eine Steilwand wie diese mit einer Schussverletzung anzugehen, war auch für mich eine neue Erfahrung. Bei jeder Bewegung schoss mir ein stechender Schmerz durch den Körper, als hätte ich ein stromführendes Kabel berührt. Als ich endlich etwas Halt gefunden hatte, begann ich, wie eine dieser Gämsen auf der Cingino-Staumauer im Piemont zur anderen Seite zu rochieren. Allerdings fehlten mir die geteilten Hufe, die diesen Tieren den atemberaubenden Zirkusakt erlauben. Und übrigens – auch Gämsen stürzen bisweilen ab.

Ziemlich genau in der Mitte der Coupée kam es dann ganz dick. Einer der beiden Deutschen musste sich erleichtern und pinkelte über den Rand der Coupée direkt auf meien Kopf und meine Schultern, ohne es zu ahnen. Ich konnte nichts machen, nur abwarten und hoffen, dass der Typ kein Diabetiker war. Diabetiker müssen dauernd trinken und pinkeln dementsprechend raue Mengen. Entdecken würde er mich wohl nicht. So dicht an die Kante heranzutreten, traut sich kaum jemand. Zu Recht, denn ein etwas heftiger Windstoß und raus-bist-du.

Es dauerte wohl den Großteil einer Stunde, bis ich, immer noch nach Fremdurin stinkend, auf der anderen Seite angelangt war und wieder nach oben klettern konnte. Gleichzeitig trieb eine der ewigen Nebelbänke von See herein. Der laue Nachtwind von Cotentin strich zärtlich wie eine Frauenhand über die kalte See und Bingo, wieder war eine Portion Nebel fällig, die mir nun allerdings sehr zustatten kam. Ich wälzte mich über den Rand und schlich weg von der Coupée. Im Nebel hätte ich die beiden Posten locker erledigen können, aber ich wusste nicht, wann sie abgelöst wurden. Die nächste Schicht würde sofort Alarm schlagen und ich hätte nicht viel gewonnen. Im Gegenteil, ich hätte zwei weitere Deutsche auf dem Gewissen, was bei deren Kameraden nicht gut angekommen wäre.

Laura fröstelte. Die Kaltblütigkeit, mit der dieser Haggis in die Steilwand gestiegen war, nötigte ihr Respekt ab. Wer immer diese Burschen für das Kommandounternehmen ausgesucht hatte, verstand sein Geschäft.

Auf dem Weg zum Hafen wäre ich fast in ein deutsches MG-Nest gestolpert. Aber der halbe Tag in der Höhle hatte meinen Geruchssinn derart geschärft, dass auch der Uringestank des Postens wenig daran zu verderben vermochte. Klingt unwahrscheinlich, ist aber so. Einige Stunden auf See und du nimmst die Landgerüche viel intensiver wahr. Als ich plötzlich Zigarettenrauch erschnupperte, wusste ich, dass hier irgendwo Deutsche lagen. Die Einheimischen hatten längst keinen Tabak mehr, sondern rauchten alle möglichen getrockneten und zerriebenen Blätter und Gräser. Anfangs hatten sie die noch in dünnes Bibelpapier gewickelt und so das Wort Gottes quasi inhaliert. Später griffen sie zu allem, was sich anzünden ließ. Wenn sie wirklich einmal echten Tabak zu fassen bekamen, dann benutzten sie den eher für Tauschgeschäfte. Tabak war nämlich die härteste Währung des Schwarzmarkts. Die Bauern hatten alle irgendwelche geheimen Vorratslager, aus denen sie Kartoffeln, Mehl, Eier,

Tomaten und sonstige Köstlichkeiten hervorkramten, sobald jemand mit Zigaretten- oder Pfeifentabak winkte. Den konnten sie dann benutzen, um Benzin oder Holz oder Zement zu erwerben oder sich die besondere Gewogenheit des korrupten Teils der deutschen Verwaltung erkaufen.

Ich war gewarnt, legte mich platt wie eine Flunder ans Ufer, bis ich die Glut der Zigaretten im Dunkel vor mir sah. Dann stand der eine der beiden am MG plötzlich auf und kam direkt auf mich zu. Ich erschrak zu Tode, dachte schon, er hätte mich entdeckt. Aber er stellte sich nur einen Meter vor mich, warf die Kippe neben mich ins Gras und knöpfte sich die Hose auf. Ich fürchtete schon das Schlimmste, aber auch er musste Gott sei Dank nur urinieren. Voll auf mich drauf natürlich, das zweite Mal in dieser Nacht. Ich nahm es als Glücksbringer und wartete, bis er den Vorgang mit einem satten Knoblauch-Furz besiegelt hatte und kroch dann rückwärts Richtung Meer, wo es nach Tang und Hering roch. Seltsam, dachte ich noch, als gäbe es in diesem Augenblick nichts Wichtigeres. Der Atlantik bei den Hebriden riecht im Winter nach Salz, im Sommer nach Tang, aber nie nach Hering. Heringe sind eigentlich geruchlos wie alle frischen Fische. Die Häfen ja, aber nicht die See. Als ich mit dem Fuß gegen etwas Hartes stieß, durchzuckte es mich wie ein Blitz. Ich fürchtete, eine Mine berührt zu haben. Doch die hätte wohl nicht so weit aus dem Sand geragt. Ganz langsam und vorsichtig drehte ich mich um, ohne meinen Fuß zu bewegen oder auch nur mit dem dicken Zeh zu wippen. Hinter mir lag keine Mine, sondern eine winzige Rettungsinsel, wie man sie gelegentlich in Lancaster-Bombern für den Fall einer Notwasserung mitzuführen pflegte. Das schützende Dach aus einer Zeltbahn war weggerissen worden und die Luft schon halb aus den Kammern entwichen. Wahrscheinlich hatte sie schon seit einiger Zeit mit oder ohne toten Piloten im Wasser getrieben und hier angeschwemmt worden. Ich überlegte nicht lange, sondern schob sie wieder zurück in die kaum mehr als plätschernde Brandung. Dann rollte ich mich hinein. Das Ding hielt tatsächlich mein Gewicht, trotz des Luftverlustes. Vielleicht hatte die Insel ja kein Loch, sondern lediglich ein undichtes Ventil oder eine zerschlissene Außenhaut. Dann würde sie möglicherweise noch eine Weile halten. Ein Paddel wäre nützlich gewesen, aber für den Augenblick war mir das schnuppe. Ich musste nur auf den richtigen Tidenstrom hoffen. Langsam wie eine kleine Eisscholle im Südpolarmeer trieb die Insel mit mir als blindem Passagier von der Küste Sarks weg. Hoffentlich sah mich niemand. Glücklicherweise war die Rettungsinsel nicht knallrot oder quittengelb wie die heutigen, sondern militärisch graugrün. Ein Kompromiss: für Such- und Rettungsaktionen unzweckmäßig, aber für den Feind eben auch fast unsichtbar und in meiner prekären Situation natürlich genau das Richtige.

Ich konnte mein Glück kaum fassen. Wie groß war die Wahrscheinlichkeit, auf eine solche Rettungsinsel gerade in dem Moment zu stoßen, da ich sie am nötigsten brauchte? Eins zu einer Milliarde? Leider enthielt sie weder Trinkwasser, noch Schiffszwieback oder andere haltbare Rationen, die einen Piloten weit draußen auf dem Atlantik oder Pazifik mindestens eine Woche lang am Leben halten würden. Aber ich wollte ja auch nicht von Dakar nach Recife, sondern nur die paar Meilen von Sark nach Guernsey.

Unter den gegebenen Umständen kam mir selbst das wie eine Weltumseglung vor, nur ohne Segel. Immer wieder schwappte Wasser über mich, so dass ich drohte, irgendwann in vielleicht halbwachem Zustand, von der Insel gewaschen zu werden. Schließlich gelang es mir, meinen Hosengürtel so um eine Schlaufe in der Inselumrandung einerseits und mein rechtes Handgelenk andererseits zu binden, dass ich nicht mehr so leicht abtreiben konnte. Die Richtung stimmte, das Meer blieb einigermaßen ruhig. Solange mich keine Küstenbatterie sah und für Zielübungen missbrauchte, konnte nicht viel passieren. Außer, dass ich an Guernsey vorbeitrieb und Kurs auf den offenen Atlantik nahm. Da draußen wollte ich jedenfalls nicht enden.

Laura lehnte sich zurück. Moderne Rettungsinseln wie die auf der Yellow Dancer hatten eine Art Zeltdach gegen die sengende Sonne, Trinkwasservorräte, Astronautennahrung und allerlei nützliche Accessoires wie Messer, Angelhaken, Nähnadel, Notraketen, Rauchbehälter oder Spiegel, mit denen man sich bemerkbar machen und Lichtmorsen konnte, wenn man das Alphabet beherrschte. Darin ließ es sich gut aushalten, solange man mit der unvermeidlichen Seekrankheit fertig wurde. Und solange die sich stets sofort einfindenden Haie dem Treiben lange genug unentschlossen zusahen.

Die Überfahrt wurde zunehmend gruselig. Ich konnte ja weder richtig liegen, noch sitzen, stehen natürlich schon gar nicht. Bei jeder höheren Welle wurde ich wieder überspült und bibberte am ganzen Körper wie ein gestresster Windhund kurz vor dem Start. So trieb ich um die Nordspitze von Sark herum auf Guernsey zu. Als es hell wurde, dümpelte ich irgendwo zwischen den Inseln. Es wurde ein sonniger Tag. Ich hatte teuflischen Durst, alle meine Glieder schmerzten, aber ich zwang mich, durchzuhalten, indem ich mir immer wieder selbst mit der Faust auf die Schusswunde schlug. Das tat höllisch weh, hinderte mich aber am wegdämmern. Und der Gedanke an den Schatz tat ein Übriges. Den würde ich mir holen, komme, was da wolle.

Laura verzog die Lippen beim Gedanken daran, wie sie sich bei der Überfahrt von St. Malo darüber mokiert hatte, dass der Kaffee zu wässrig schien. So kommt alles auf die Perspektive an.

Dann wurde es wieder dunkel und begann zu regnen. Das war gut. So konnte ich ein paar Tropfen Regenwasser erhaschen und einigermaßen sicher sein, dass kein Wind aufkommen würde. Regen schlägt Wind meist nieder. Schließlich muss ich doch eingenickt sein, denn plötzlich, so im Morgengrauen, knirschte es, die Insel spuckte mich regelrecht in die Brandung von Guernsey. Ich paddelte die paar Züge an Land und lag erst mal regungslos wie ein tot angeschwemmter Seehund im Sand. Meine verkrampften Beine waren blutleer und versagten mir vorübergehend den Dienst. Es muss mindestens eine Stunde gedauert haben, bis ich aufstehen und weitertorkeln konnte. Niemand hatte mich bemerkt. Und erneut schlich ich mit nachtwandlerischer Sicherheit durch die Minengürtel. Der liebe Gott musste etwas Besonderes mit mir vorhaben, dachte ich noch. Warum hätte er mir sonst permanent aus der Patsche geholfen? St. Peter Port lag dunkel dräuend wie eine Totenstadt rechts von mir. Solange ich mit den Resten meiner Uniform am Körper herumlief, musste ich den Kontakt mit Einheimischen meiden, von dem mit Deutschen ganz zu schweigen.

Also hastete ich über Feldwege, vorbei an langen Reihen von halbhohen Mauern und Treibhäusern, deren Tomaten noch grün waren. Ich verschlang trotzdem zwei oder drei. Tomaten, das wusste ich, brauchen viel Wasser, um zu gedeihen, also musste hier irgendwo ein Wasserhahn sein. Ich fand die Leitung und trank wohl einen halben Eimer auf einen Zug aus. Dann fühlte ich, wie mein Bauch anschwoll. Grüne Tomaten und Wasser machen sich gut auf dem Beet, nicht aber im Magen. Ich kriegte die mir an der Haut klebende nasse Hose gar nicht so schnell runter, wie der übelriechende Dünnschiss an meinen Beinen hinabrann. Ich musste mich schleunigst irgendwo waschen und neu zivil einkleiden. Viele Häuser gab es nicht im Umkreis von vielleicht einer halben Meile. Da und dort blinkte eine Funzel im Fenster. Ich suchte mir ein kleineres Häuschen aus, das abseits lag und völlig verwaist und verwahrlost aussah. Vorsichtig schlich ich mich an. Doch drinnen regte sich nichts. Die Haustür stand sperrangelweit offen. Das hätte mir eigentlich zur Warnung dienen müssen. Aber man hatte uns gesagt, dass Häuser, deren Besitzer es auf ein Schiff nach England geschafft hatten, im Handumdrehen von den Nachbarn geplündert und oft auch verwüstet worden waren. Ich trat ein und bemerkte als erstes einen penetrant süßlichen Leichengeruch. Wenn du den einmal in der Nase hattest, erkennst du ihn sofort wieder, egal, wo und wann. Du wirst quasi selbst zum Leichenspürhund. Ich rang mit meiner Übelkeit und durchsuchte das dunkle Innere des Hauses nach Brauchbarem. Im Schlafzimmer stieß ich dann auf die Quelle des Leichengeruchs. Ein Mann und eine Frau, ich nehme an, das Hausbesitzer-Ehepaar, beide wohl so um die fünfzig, lagen friedlich auf dem Bett. Ich hielt mich nicht lange mit einer ausführlichen Leichenbeschau auf, denn die beiden waren von Maden befallen. Ich nehme an, er hatte zuerst sie, dann sich selbst erschossen. Das war so etwas wie die zweite Warnung, die ich an diesem Tag ignorierte. Wie schon gesagt, man denkt nicht klar in Situationen wie dieser. Ich wusch mich notdürftig und bediente mich von dem, was den beiden noch an mottenzerfressener Kleidung im Schrank geblieben war. Wegen der Dunkelheit im Schrank musste ich mir die Sachen mehr ertasten, als dass ich sie sehen konnte. Zu guter Letzt fühlte ich noch ein dünnes, kittelartiges Mäntelchen, das ich hastig überstreifte. Zu essen hatten die beiden außer einer Scheibe steinharten, verschimmelten Brots nichts hinterlassen. Draußen wurde es nun taghell. Aber das war kein Problem mehr, denn ich war meine Uniform ja losgeworden. Treu unserem Motto Frechheit siegt, machte ich mich auf den Weg in die Stadt. Dort, in der Hafengegend, würde ich in der Menge untertauchen und irgendetwas zu essen auftreiben, dessen war ich sicher. In den Zivilklamotten würde ich nicht auffallen, solange ich mich normal verhielt. Das Straßenbild am Hafen von St. Peter Port war schon so früh am Morgen von schnell länger werdenden Schlangen nach Nahrungsmitteln oder Kleidung Anstehender beherrscht. Überall warteten vor allem Frauen und Mädchen auf Gott weiß was. Die Schlangen waren so endlos, dass die weiter hinten Stehenden vermutlich nicht einmal wussten, was es da vorn eigentlich zu holen gab. Wie im kommunistischen Moskau: nein, hier gibt's kein Fleisch, kein Brot gibt's gegenüber. Aber den Leuten hier war nicht zum Lachen zumute. Bleich wie Untote standen sie zumeist reglos da und starrten mit leeren Augen vor sich hin. Was immer dort verteilt wurde, war vermutlich sowieso wieder mal ausverkauft, bevor sie auch nur die Schwelle des Ladens erreicht hatten. Dafür sorgten regelmäßig nicht zuletzt die deutschen Soldaten, die Wartende einfach beiseitezuschieben pflegten. Ich glaube, das machte sie bei der lokalen Bevölkerung noch wesentlich unpopulärer als so manche Zwangsmaßnahme. Dabei, und machen wir uns bitte nichts vor, ist das geduldige Anstehen ein soziologischer Mythos, den wir Briten in heuchlerischer Absicht in die Welt gesetzt haben. Kaum ein anderes europäisches Volk hat so früh ein solch ausgeklügeltes, fein differenzierendes Klassensystem entwickelt, wie wir Briten. Aber an der Bushaltestelle sind wir plötzlich alle gleich? Bullshit. Egal. Als ich stehenblieb, um durch die wartenden Menschen einen Blick in den Laden werfen zu können, der besonders umworben schien, wies plötzlich ein kleines Mädchen mit dem Finger auf mich, zupfte ihre Mutter am Ärmel und rief ihr mit schriller, durchdringender Stimme zu: Sie' mal, der Mann trägt seinen Mantel ja verkehrt herum. Mir wurde tatsächlich erst jetzt bewusst, dass ich in meiner Eile und dem verständlichen Wunsch, das Totenhaus so schnell wie möglich hinter mir zu lassen, das fadenscheinige Mäntelchen auf links übergestreift hatte. Da ich es unterwegs auch nicht zugeknöpft hatte, wie das meiner Angewohnheit entsprach, war mir dieser Umstand nicht weiter aufgefallen. Nun beeilte ich mich natürlich, den Mantel abzustreifen und richtig herum wieder hineinzuschlüpfen. Um sicher zu gehen, musterte ich mich im Schaufenster des Ladens. Der bleiche junge Mann mit den eingefallenen Wangen und den im Wind verwirbelnden, von Salzwasser verkrusteten Haarsträhnen, der mich da aus der staubblinden Scheibe anblickte, wirkte vergleichsweise manierlich und leidlich gut gekleidet. Wenn etwas nicht ins Bild passen wollte, dann war es wohl der gelbe Davidstern mit dem „J" an der linken Brustseite.

Laura schob den Laptop von sich, stützte den Kopf in beide Hände und massierte sich die Schläfen. Wie viele solcher Geschichten hatte der Krieg geschrieben? Wer würde sie alle je erzählen können? Irgendwie kam sie sich schäbig vor, in den Aufzeichnungen von Haggis' Irrungen und Wirrungen zu stöbern. Das war schließlich die Quintessenz dessen, was der Mann dem Polizisten Colestron im Laufe mehrerer Tage und vielleicht auch Nächte vertraulich mitgeteilt hatte. Und jetzt stöberte sie darin herum wie in einem auf dem Flohmarkt gefundenen Fotoalbum.

Indiskretion? Ja, vielleicht. Aber erstens war der Mann schon lange tot und zweitens konnte des Rätsels Lösung irgendwo in diesen Zeilen stecken. Deshalb musste der Aspekt der nachwirkenden Vertraulichkeit bei sorgfältiger Güterabwägung hinter dem des kriminalistischen Aufklärungsinteresses zurückstehen.

Ich erspare Ihnen die Einzelheiten meiner Festnahme durch die Deutschen sowie der folgenden Verhöre durch die Gestapo, die sich anfangs sehr zurückgehalten hatte, nach 1942 aber zunehmend in den Vordergrund drängte, weil Berlin mehr und mehr Druck machte. Was sollte ich ihnen sagen? Natürlich hätte ich mich als englischer Soldat zu erkennen geben können, zumal meine Physiognomie nichts wirklich Jüdisches an sich hatte. Das Detail meiner fehlenden Beschneidung irritierte die Gestapo gewiss eine Weile. Aber der Gedanke, dass sich jemand freiwillig als Jude ausgab, ohne es auch zu sein, erschien meinen Peinigern wohl derart abwegig, dass sie alle Zweifel in den Wind streuten. Die Kriegswirren hätten vermutlich dafür gesorgt, dass meine Beschneidung irgendwie unter den Tisch gefallen sei. Oder meine Eltern hätten sie absichtlich unterlassen, damit ich mich notfalls als Arier ausgeben konnte. Opportunisten gab es angeblich auch unter den Juden.

Ich ließ sie im Glauben, ich sei der David Goldberg, dessen Leiche derweil in seinem Haus von Maden zerfressen wurde. Juden deportierte man aufs Festland und transportierte sie in die östlichen Lager. Man hätte sie eigentlich auch ins Lager Sylt oder

Norderney auf Alderney stecken können. Aber für die Deutschen musste immer alles seine Ordnung haben. Hinter diesem zwanghaften Bedürfnis stand sogar der Patriotismus zurück. Wie sagt man noch: Der Tod ist ein Meister aus Deutschland'? Wie zutreffend das war, bekam ich bald zu spüren.

Man verfrachtete mich nach Braye Harbour, Alderey, wo ich zusammen mit einigen Hundert Zwangsarbeitern, denen es fast noch schlechter ging als mir, auf einen der Seelenverkäufer getrieben wurde, die damals noch gelegentlich nach Cherbourg fuhren. Da sie selbst auf solch kurzen Strecken jederzeit von englischen Bombern oder Kampffliegern attackiert werden konnten, fuhren sie meist nachts und vorzugsweise bei haarsträubenden Wetterbedingungen. So auch die Franka, auf der ich mich befand. Im Mini-Konvoy mit einem anderen Frachter legte sie in der Dunkelheit ab, während schwere atlantische Brecher über die Hafenmauer donnerten und diese stückweise zu zerlegen drohten. Kaum hatten wir die Ausfahrt hinter uns gelassen, wurden sowohl die Franka, als auch das andere Schiff von der tobenden See auf die Felsen gedrückt. Die beiden Kähne schlugen sofort leck und saßen einen Steinwurf von der Inselküste entfernt auf den Klippen fest, sanken aber wenigstens vorläufig nicht. Der Laderaum, in den man uns gepfercht hatte, wurde halb überspült, so dass uns das Wasser auch bei Ebbe noch bis zu den Knien stand. Bei jeder Flut reichte es uns bis zum Bauch. Als das Unwetter nach mehreren Tagen nachließ, begutachteten die Deutschen die Schäden und befanden sie offenbar für reparabel.

Uns ließ man der Einfachheit halber da unten schmoren. Ab und zu warf man Speisereste zu uns herunter wie Bananen in einen Affenzwinger und spülte Süßwasser mit hohem Druck aus Schläuchen auf uns herab, das wir dann irgendwie auffangen mussten. Toiletten gab es nicht, nur Ölfässer wie die, auf denen die Schwarzen auf Trinidad und anderswo in der Karibik fetzige Steeldrum-Musik machen. Klar, dass die Fässer im Nu voll waren und überquollen. Die meisten Gefangenen hatten sowieso Dünnpfiff und kamen bei permanentem Stuhldrang meist gar nicht mehr bis zum Fass. So verlief bald alles zu einer einzigen braunen Brühe, in der wir wie in einer defekten Kläranlage herumwateten. Gottserbärmlich kalt war es obendrein. Nachts standen wir meist dicht aneinandergepresst wie die Kaiserpinguine auf King George Island, nur, um ein wenig Körperwärme zu erhaschen.

Natürlich ertranken Leute. Siech, entkräftet, übermüdet, jeder Hoffnung bar versanken sie da und dort in der Brühe und tauchten nicht wieder auf. Ab und zu machten sich die Deutschen die Mühe, die Toten mit Tauen an Deck zu hieven und wahrscheinlich sofort danach im Meer zu bestatten. Bis dahin mussten wir da unten jeweils mit den aufgedunsenen, stinkenden Leichen leben. Es war ein einziges Inferno.

Wie lange wir so da unten ausharren mussten, weiß ich nicht zu sagen. Unter solchen Bedingungen verliert man sehr schnell jedes Zeitgefühl. Irgendwann hatten die Deutschen die Franka wenigstens soweit wieder zusammengeflickt, dass wir nach Cherbourg transportiert werden konnten. Die Reihen derer, die im Laderaum umgekommen waren, wurden mit Lagerinsassen aufgefüllt. Meist Osteuropäer, die kaum ein Wort Englisch konnten und deren Sprachen wir nicht verstanden.

Das Telefon klingelte. Heinz Marquardt berichtete kurz über den bisherigen Verlauf der Revision. Er hatte dafür gesorgt, dass die Unterlagen einige kleinere „Sollbruchstellen“ und Lücken aufwiesen, die zu schließen für den Fiskus zeitraubend und letztlich nicht sehr einträglich sein würde, aber den Spürsinn der Fahnder befriedigte. Die hatten den Köder geschluckt, schien es. Solange sie damit beschäftigt waren, Mücken durchzusieben, würden sie die Elefanten vermutlich unbesehen schlucken, hoffte Laura.

„Und wie sieht's bei der Bank aus?“ fragte sie abschließend.

„Ich gehe heute Abend aufs Ganze, habe ich beschlossen. Wenn alles so läuft, wie ich es mir vorstelle, kann ich dir morgen sicher mehr sagen.“

„Das walte Gott,“ rief Laura.

„Schnapp' sie dir, Tiger. Keine Gefangenen!“

„Keine Gefangenen!“

Laura seufzte. Was die Dame von der Bank an Heinz Marquardt so erotisch fand, war ihr ein Rätsel. Der Mann musste verborgene Talente haben, die er Laura vermutlich nie offenbaren würde. Sei's drum. Hauptsache, der Kredit würde freigegeben werden, alles andere war egal. Sie wandte sich wieder dem Neu-Juden Haggis zu.

In Cherbourg angekommen, musste man uns gar nicht erst aus dem Laderaum der Franka treiben. Die meisten von uns fielen mehr tot als lebendig von selbst heraus oder wurden von der Menge mitgeschleift. Das Gros meiner bisherigen Leidensgenossen marschierte nach rechts, ich und ein paar andere nach links. Der Grund für diese Unterschiedsbehandlung wurde mir schnell klar. Als Jude rangierte ich in der Werteskala der Nazis noch unter den osteuropäischen Zwangsarbeitern und war demgemäß dazu verdammt, das Schicksal der Söhne und Töchter Zions zu teilen.

Die standen schon in Reih und Glied auf einem Gleis an den Trümmern dessen, was nach mehrmaliger Bombardierung vom hiesigen Güterbahnhof übriggeblieben war. Manche hatten ihre Judensterne noch an der Kleidung, bei anderen war er irgendwo unterwegs auf der Strecke geblieben. Auf die freundliche, mit Schlägen ihrer Gewehrkolben in den Leib und auf den Rücken unterstrichene Ermunterung zweier bulliger Wachsoldaten hin reihte ich mich schnellstens ins vordere Glied ein. Uns gegenüber stand ein schmuddeliger, arg ramponierter Zug, dessen hölzerne Waggons, wenn man seiner Nase trauen konnte, für Tiertransporte genutzt worden war, solange es noch Tiere zu verfrachten gab. Die deutschen Soldaten öffneten die Schiebetüren wie Bühnenarbeiter, die die Kulissen des letzten Aufzugs von der Bühne schieben. Es gibt Geräusche, die gehen einem ein Lebtag nicht mehr aus dem Sinn. Jedes Mal, wenn man etwas Vergleichbares hört, durchströmt einen dieses Glücksgefühl oder man zuckt wie von der Tarantel gestochen zusammen und muss sofort das Weite suchen. Zu Letzteren gehört Für mich das kreischende Schaben des gepeinigten Schiffsrumpfes der Franka auf den Granitklippen und dieses Scharren der Waggontüren, das mit einem dumpfen

Knall endet, wenn die Türen gegen ihre Begrenzungen prallen. Ich könnte nie mehr in einem Haus mit Schiebetüren wohnen.

Laura kannte das Gefühl. In ihrem Fall war es das Klappern von Briefkästen und das hohe singende Geräusch einer bestimmten Art von Aufzügen, das sie nicht ertrug. Damals, als sie Stunden auf dem Krankenhausflur vor dem Zimmer ihrer krebskranken Mutter verbracht und quasi auf deren Tod geartet hatte, war ein Lastenaufzug im Schacht direkt neben ihr mit diesem merkwürdig weinerlich klingenden, halb singenden Geräusch unablässig rauf und runter gefahren. Das hatte sich in ihr akustisches Gedächtnis eingebrannt. Nur so ein Reflex, gegen den man wenig vermochte, selbst wenn man ihn rational verarbeitet zu haben glaubte. Nicht nur mit Gerüchen, auch mit Geräuschen konnte man auf die Suche nach der verlorenen Zeit gehen.

Dann scheuchte man uns in die Waggons. Da ich ganz vorne stand, war ich auch als einer der ersten an meinem Waggon und kletterte mit Mühe hinauf. Schüsse peitschten über den Bahnhof. Einige der verzweifelten Menschen versuchten, das allgemeine Durcheinander zur Flucht zu nutzen, indem sie sich zu Boden warfen und auf allen Vieren unter den Waggons hindurchrobbten. Doch die Deutschen hatten 1943 jede Menge Erfahrung mit solchen Transporten und deshalb natürlich auch auf der anderen Seite des Zuges Soldaten postiert, die die Flüchtenden seelenruhig abknallten und in ihrem Blut liegenließen, das alsbald rote Lachen in den Resten schmutzigen Schnees bildete.

Manche von denen, die wie ich folgsam in den Zug kletterten, werden sich alsbald gewünscht haben, sie wären unter den Erschossenen. Immer mehr drängten in unseren Waggon. Sie kennen das Gefühl, wenn man zum Beispiel beim KaDeWe im Fahrstuhl steht und denkt: noch einer und der Boden gibt nach, wir stürzen alle ins Leere und landen im Parterre bei den teuren Armbanduhren. Glücklicherweise leide ich nicht an Klaustrophobie. Andere Mitreisende offenbar schon. Die begannen, hysterisch zu schreien und um sich zu schlagen. Endlich war das Soll offenbar erfüllt und die Türen wurden zugeschoben. Die Riegel rasteten geräuschvoll ein und die dicken Vorhängeschlösser klickten zu.

Die Lok pfiff zweimal durchdringend, dann ruckte der Zug auch schon an.

‚Bis wohin haben Sie reserviert?' fragte mich eine Spottdrossel von Nebenmann. Ich konnte mich kaum bewegen, drehte meinen Kopf wie ein Chamäleon gerade soweit, dass ich ihn sah. Ein kleiner Bursche, nur wenig älter als ich und in Klamotten, die wenigstens obenrum so aussahen, als seien sie ohne besondere Rücksicht auf Stil, Passform und Farbenlehre aus verschiedenen Müllhaufen aufgelesen worden. Wie er mich so mit einer deutlichen Zahnlücke angrinste, gefiel mir der Typ und ich ging auf sein Rollenspiel ein.

‚Bis Biarritz, mein Bester, und selbst?' antwortete ich. Der Typ lachte.

‚Dann habe ich leider schlechte Neuigkeiten für Sie, mein Bester. Wir halten nämlich heute ausnahmsweise nicht in Biarritz'.

‚Sind Sie sicher?' fragte ich mit gespielter Bestürzung.

‚Ich möchte bitte sofort die Fahrdienstleitung sprechen. Mein Reisebüro auf Guernsey hatte mir auf meine Nachfrage ausdrücklich zu verstehen gegeben, dass ich in Biarritz aussteigen könnte.'

Der Typ lachte erneut und stellte sich als Gaston Samuelsson vor.

‚Aber alle Welt nennt mich nach meiner Heimatstadt nur Gaston de Lyon, schon seit meiner Kindheit. Mein Familienname ist für Franzosen sperrig.'

Er schien das lustig zu finden und da sein Lachen von der ansteckenden Sorte war, lachte ich mit, ohne wirklich zu wissen, über was.

‚Ohne Ihnen zu nahe treten zu wollen, klingt er für mich nicht unbedingt sehr jüdisch', warf ich ein.

Er nickte.

‚Das machen Sie mal den Deutschen klar. Ich will's nicht beschreien, aber ich fürchte, meine Beschneidung spricht in dieser Sache gegen mich. Und die Deutschen verfahren gern nach dem Motto, besser ein Goi zu viel, als ein Jude zu wenig, wenn Sie verstehen, was ich meine. Lassen wir das. Sie?'

‚Ich? Was meinen Sie? Ich dachte, ein Goi sein ein Zierkarpfen?'

Gaston brüllte vor Lachen.

‚Nein, das verwechseln Sie mit einem Koi. Goi nennen wir die versprengte Gemeinde von Nicht-Juden.'

Ich befand mich erneut in einem Dilemma. Wenn ich mich ihm als David Rosenberg vorstellte, hätte er das als anmaßend und beleidigend empfinden können. So halluzinierend die Umstände auch waren, sollte sich ein Goi wie ich niemals als Jude ausgeben, das gehörte sich einfach nicht. Es gibt schließlich so etwas wie die Ehre im Elend. Andererseits, was wusste ich über ihn? Vielleicht stand er in den Diensten der Nazis und versuchte, seine eigene Haut zu retten, indem er anderen die ihre über die Ohren zog. Also beließ ich es dann doch erst mal bei David Goldberg.

‚Klingt für mich eigentlich auch nicht sooo jüdisch', lachte er.

Das Eis zwischen uns war erst mal gebrochen. Mein Rückgrat demnächst auch, falls ich mir nicht schnell etwas mehr Platz verschaffte. Wie Schüttgut im Bauch eines Frachters durch das Auf und Nieder des Seegangs mit der Zeit seine Lufteinschließungen verliert und auf ein kleineres Volumen schrumpft, gewannen auch wir durch die dauernden kleineren Erschütterungen des Zuges allmählich mehr Platz und konnten es uns schließlich sogar auf dem Boden, nun ja, bequem machen. Wir zogen die Beine an und pressten uns mit dem Rücken gegen die Waggonwand. Der Boden war notdürftig mit Stroh bedeckt, das die Schweine der letzten Fuhre vor Monaten, wenn nicht Jahren, zurückgelassen hatten. Juden in einem Schweinewaggon zu den Vernichtungslagern zu transportieren kam einer abgrundtiefen Erniedrigung gleich. Obwohl ich mir, ehrlich gesagt, gar nicht so sicher bin, dass den Nazis die ganze bittere Ironie des Vorgangs wirklich aufgegangen war.

Toiletten gab es auch hier keine. Alle verrichteten ihre Notdurft in einer Ecke des Waggons zwischen zwei niedrigen Ballen Stroh. Nach allem, was ich auf der Franka erlebt hatte, war das kein Problem für mich. Für die Frauen und Mädchen an Bord schon, wiewohl einige von denen auch schon ganz schön abgebrüht erschienen. Viele weinten, egal, ob Männer oder Frauen. Manche waren erst im letzten Augenblick von den Ihren getrennt worden und würden sie vielleicht nie wiedersehen. Als gläubiger Christ kann man sich mit der Aussicht darauf trösten, demnächst wieder im Kreis seiner Lieben in einer schöneren und friedvollen Welt beisammen zu sitzen. Doch viele durchaus strenggläubige Juden sind dem Gedanken eines Lebens nach dem Tod abhold. Wen Jehova liebt, den belohnt er, und zwar in diesem Leben, nicht erst im nächsten. So zu enden, im Viehwaggon zur Schlachtbank gefahren zu werden, hat folglich auch etwas von einem vernichtenden Gottesurteil und wird praktisch zur doppelten Bestrafung, das ist uns Nicht-Juden meist nicht klar.

So hatte es Laura noch nie gesehen. Dieser Haggis war in der Tat auch nicht auf den Kopf gefallen. Kein Wunder, dass diese Yarmouth Sechs eine so erfolgreiche Gangsterkarriere gemeistert hatten. In einer anderen Epoche, unter anderen Umständen, hätten die sechs erfolgreiche Unternehmer und wahre Stützen der Gesellschaft sein können.

Der Zug rollte dahin. Nicht sehr schnell, aber unaufhörlich. Die Hitze im Waggon wurde schier unerträglich, obwohl es draußen sogar ziemlich kalt sein musste. Die einzige Lüftung bestand in einem schmalen Spalt oben an der Tür. Um einen Blick nach draußen erhaschen zu können, musste ein normalwüchsiger Mann auf den Rücken eines anderen klettern. Halt gemacht wurde nur nachts und meist irgendwo in der Pampa, auf freier Strecke. Man wollte der deutschen Zivilbevölkerung, die genug mit sich selbst zu tun hatte, wohl nicht auch noch den Anblick dieser Todeszüge mit ihrem grässlichen Gestank und dem lauten Schreien und Schluchzen der unfreiwilligen Fahrgäste zumuten. Das hätte die Illusion zunichte gemacht, in die sich viele Deutsche geflüchtet hatten, die zwar ahnten, was es mit solchen Transporten auf sich hatte, es sich aber nicht selbst einzugestehen wagten. Bald würde sich die Taktik der Nazis ändern und sie würden die Landsleute zu Geiseln der totalen Vernichtungsstrategie gegenüber den Juden machen, um sie im Angesicht der drohenden Niederlage bei der Stange zu halten. Die Stopps waren rein technischer

Natur, wurden aber auch dazu genutzt, Tote aus den Waggons zu ziehen und den Überlebenden rohe Kartoffeln, Brot und etwas Wasser zuzuschieben. Dann ging's weiter. Das gleichmäßige Rattern der Räder wirkte so einschläfernd, dass wir den größten Teil der Zeit dahindämmerten wie Fieberkranke, von denen es, davon abgesehen, auch eine ganze Reihe gab. Gaston war Lehrer in Lyon gewesen, gebildeter Mann von erstaunlichem Lebensmut und zähem Durchhaltevermögen. Seine junge Frau war vor Jahren an Tbc gestorben, Kinder hatten sie keine. Die Deutschen hatten ihn erwischt, als er sich gerade einer französischen Widerstandsbewegung anschließen wollte, was, wie er versicherte, für Juden auch gar nicht so einfach war. Der Mann, der ihn angeblich rekrutieren wollte, hatte sich als Vichy-Spitzel erwiesen.

Ich beschloss, ihm reinen Wein einzuschenken und erzählte ihm meine Geschichte von den Tagen in Yarmouth über das Kommandounternehmen auf Sark und die Umstände meiner Ergreifung in St. Peter Port. Über die musste er laut lachen.

‚Ja, ja, das Leben in diesen Zeiten ist ein einziges Danaer-Geschenk, das man lieber nicht annehmen sollte, sofern man denn die Wahl hätte, richtig? Wie diese Reise ins Blaue. Irgendeine Idee, wo wir sind?'

Ich schüttelte den Kopf.

‚Keine Ahnung, irgendwo nahe der deutsch-polnischen Grenze vielleicht, wenn Ost immer noch die Generalrichtung ist.'

Gaston nickte.

‚Das denke ich auch. Dann können die Lager nicht mehr fern sein. Ich weiß nicht, wie du das siehst, mein Bester, aber ich brauche etwas frische Luft und das Essen hier, na ja, ist auch nicht das, was ich mir so erhofft hatte. Koscher zwar, wenn man so will, aber wie bei den Marx-Brothers – zu schlecht und zu wenig davon. Steigen wir um?'

Ich sah ihn entgeistert an.

‚Gern, wie?'

‚Zwei Möglichkeiten. Entweder, wir versuchen, beim nächsten Stopp das Wachpersonal zu überrumpeln. Die Erfolgsaussichten sind äußerst gering. Die Deutschen haben zu viel Routine mit solchen Transporten und all ihren Begleiterscheinungen, als dass sie sich leicht überraschen ließen.'

,Und Plan B?'

Er wies nach unten und kratzte das Heu zur Seite.

,Wir öffnen den Boden und lassen uns auf die Gleise fallen. Ich habe von Leuten gehört, denen das angeblich gelungen ist. Hatten zum Teil schlimme Narben davongetragen, aber überlebt. Äußerst riskant natürlich. Man muss warten, bis der Zug eine Anhöhe erklimmt und langsamer wird. Und selbst dann endet das zu rund siebzig, achtzig Prozent mit Tod oder hässlichen Verstümmelungen. Es genügt, etwas zu schräg auf die Gleise zu fallen oder sich nicht sofort ganz flach machen zu können und alles, alles ist vorbei. Der Trick, so scheint es, besteht darin, sich mit den Füßen bereits auf den Schwellen eine Weile mitschleifen zu lassen und erst dann die Hände von den Bodenbrettern zu lösen. Bist du dabei?'

Ich nickte. Nicht eben begeistert, aber zuversichtlich.

,Klar, was haben wir zu verlieren?'

Sogleich begannen wir, mit allem, was uns zur Verfügung stand, die Nägel aus den Bodenbrettern zu lösen. Andere, die unsere Bemühungen beobachteten, schlossen sich uns an. Einer hatte ein selbst gebasteltes Messer, das uns gut zustattenkam. Dennoch dauerte es eine kleine Ewigkeit, bis das erste Bodenbrett soweit gelockert war, dass wir es schließlich herausziehen konnten. Damit hatten wir wenigstens schon mal mehr frische Luft, doch der Blick auf die Schwellen, die in scheinbar atemberaubendem Tempo unter uns durchrauschten wie die Glieder einer endlosen Panzerkette, war furchterregend. Wir verdrängten unsere Angst und arbeiteten konzentriert weiter. Die anderen Bodenbretter lösten sich rascher. Schließlich hatten wir ein Loch geschaffen, durch das eine schlanke Person leicht schlüpfen konnte. Vollschlank bis korpulent war hier sowieso niemand.

,Wer macht den Anfang?' fragte Gaston.

Der Mann mit dem Messer Marke Eigenbau hob die Hand.

,Gut,' sagte Gaston.

,Ich schlage vor, wir warten auf eine Steigung. Sollte im Laufe der nächsten halben Stunde keine kommen, müssen wir es auch so wagen. Beim nächsten Stopp ist es zu spät. Die Deutschen werden das Loch entdecken oder jemand wird uns verraten, und sei es auch nur für eine Handvoll roher Kartoffeln. Dann sind wir tot. Die Deutschen werten das als Sabotage und da hört ihr sowieso überschaubarer Sinn für Humor auf. Denkt daran: sobald eure Füße den Boden berühren, bis fünf zählen und dann erst loslassen. Mazel tov. Wir wissen nicht, wo wir landen werden. Deshalb sollten sich die Überlebenden zusammentun, um sich gemeinsam durchzuschlagen. Falls wir wirklich in Polen sein sollten, können wir uns vielleicht zu den dortigen Partisanen durchschlagen. Die hassen die Deutschen mehr, als sie die Juden lieben. Alles eine Frage der Perspektive. Bereit?'

Er blickte auf seine Uhr.

‚Nach Mordechai…' – das war der mit dem Messer – ‚… kommt der Goi', er wies auf mich, ‚dann ich und so weiter. Die gute Nachricht am Ende: es scheint heute nicht zu regnen.'

Laura schauderte es bei dem Gedanken, nicht aus, sondern unter einen fahrenden Zug zu springen. Im Prinzip konnte das gutgehen, aber ein etwas zu tief durchhängender Bremsschlauch, irgendeine größere Unebenheit im Kiesbett zwischen den Gleisen oder die geringste Ungeschicklichkeit bei der Landung und gut' Nacht, Marie…

‚Keine fünfzehn Minuten später verlangsamte sich die Fahrt spürbar. Es ging bergauf. Nicht sehr steil, aber vielleicht gerade genug für unsere Zwecke. Gaston nickte aufmunternd. Mordechai kletterte mit den Beinen durch das Loch, hielt sich noch einen Augenblick mit den Ellbogen, während er die Füße absenkte. Dann war er plötzlich verschwunden, einfach so, lautlos, spurlos. Hatte entweder vergessen, was Gaston ihm geraten hatte oder das Gleichgewicht verloren. Zeit, lange darüber zu spekulieren, hatten wir nicht.

Als nächster war ich dran. Ich ahmte Mordechais Einstieg nach und ließ die Füße sinken. Dann verstand ich, weshalb Mordechai so plötzlich verschwunden war. Als meine Füße den Boden berührten, wurden mir von den ersten Schwellen sofort die Schuhe weggerissen und eine gewaltige Kraft zog meine Beine nach unten, während meine Fersen schmerzhaft auf die folgenden Schwellen prallten und meine Fußsohlen über den spitzen Schotter schleiften. Ich nahm die Ellbogen vom Boden und hing jetzt nur noch an den Fingerspritzen. Dann ließ ich los. Mein Hinterkopf schlug in den Schotter und zugleich war mir, als ob meine Beine mich überholen wollten. Dann fühlte ich eine Weile gar nichts mehr. Als ich die Augen wieder aufschlug, kniete Gaston über mir.

‚Willkommen in Polen, Goi. Ich hab' schon die äußere Leichenbeschau durchgeführt und keine gröbere Schäden entdeckt. Das Schussloch ist älteren Datums. Keine Brüche, nur ein blutiger Hinterkopf und vermutlich Hämatome am Rücken und Hintern. Den muss dir dann demnächst eine polnische Partisanin massieren, mein Bester, ich fühle mich für solche Liebesdienste nicht zuständig. Und jetzt sollten wir diese gastliche Stätte vielleicht schleunigst verlassen, bevor unsere Abwesenheit bemerkt wird.'

Ich fragte ihn nach Mordechai. Er schüttelte nur den Kopf.

‚Wie es aussieht, sind wir beiden allein unterwegs.'

Ich rappelte mich mit seiner Hilfe auf. Vom Zug war längst nichts mehr zu sehen oder zu hören. Wir schlugen uns in die Büsche. Es dauerte Stunden, bis wir in der menschenleeren Gegend auf eine Ortschaft stießen, deren Namnsschild mit der Aufschrift Brzezinka uns bestätigte, dass wir tatsächlich in Polen waren. Wer außer einem Polen hätte diesen Namen sonst aussprechen können?

Ich erspare Ihnen die Geschichte unseres tagelangen Im-Kreis-Laufens. Einmal wären wir um ein Haar doch noch sozusagen aus Versehen in Auschwitz gelandet, doch eine Partisanenstreife hielt uns gerade noch rechtzeitig zurück. Das wäre sonst ein Brüller für die SS geworden: springen aus dem Zug, riskieren ihr Leben und marschieren dann aus freien Stücken in Auschwitz ein - so unglaublich dämlich sind sie, die Juden.

Wir schlossen uns den Partisanen an und blieben bis zur Befreiung durch die Rote Armee bei ihnen. Als die Russen heranrückten, fühlten wir uns wie entwichene Sträflinge, die in einem Tunnel Zuflucht gesucht hatten und nun plötzlich auf den Hacken kehrt machen mussten, weil von der anderen Seite ebenfalls Häscher anrückten. Mit den primitiven Sowjets, Befreier hin, Sieger her, auch nichts zu tun haben. Viele der Polen sprachen ganz gut Deutsch. Das bisschen Polnisch habe ich längst wieder verlernt, außer Basics wie cienkuje barzo, vielen Dank. Mit Gaston habe ich in der Tat noch lange in Verbindung gestanden, ihn auch einmal in Lyon besucht. Er hatte eine Polin geheiratet und war mit ihr nach Frankreich gezogen. Die Polen sind ja traditionell sehr frankophil, bilden so eine Art sprachliche Nasalgemeinschaft, das passte. Soweit ich weiß, haben die beiden zwei Kinder, Zwillinge. Moral: nicht alle Geschichten des Krieges enden in Blut und Tränen. Sie wollten die Natur meiner Beziehungen zu Gaston erfahren? Nun, jetzt kennen Sie sie. Ein Mann wie der kommt auf zehn von eurer Sorte, glauben Sie mir.

SECHSTES KAPITEL

1. Soldaten des Heils

Lauras Hände krampften sich um die Armlehnen der Boeing 737. Gibraltar International, hatte sie unlängst in einer Fernsehsendung erfahren, zählt zu den fünf gefährlichsten Flughäfen der Welt. Der Runway auf der schmalen Landverbindung zwischen La Linea de Concepción und dem Felsen beginnt im Osten hart am Wasser des Mittelmeers und endet im Westen hart am Wasser des Atlantiks, in der Bucht von Algeceira. Als genügte das noch nicht für einen ordentlichen Nervenkitzel, wird er von einer stark befahrenen Durchgangsstraße überquert, auf der die Armee spanischer Beschäftigter der verschiedenen Dienstleistungssparten des dicht bewohnten Felsens täglich wie eine achtstündige Tide hin und her wogen. Natürlich wird die Straße bei jedem Start und jeder Landung gesperrt, aber was, wenn jemand trotzdem versuchte, wie bei einem unbeschrankten Bahnübergang im letzten Augenblick doch noch durchzuschlüpfen, während die Turbinen bereits volle Kanne Schub gaben?

Laura hatte sich am Abend zuvor mit Ignace und Marquardt in der Elbphilharmonie verabredet. Es hatte eine ganze Weile gedauert, bis sie die beiden im Gedränge des Foyers endlich aufgespürt hatte. Während Heinz Marquardt sich üppig in Schale geworfen hatte, wäre Ignace zur Not auch als Aushilfs-Platzanweiser durchgegangen. Der Junge liebte eben seine Bequemlichkeit. Zur Strafe hatte sie ihn umarmt und auf die Wangen geküsst, wobei ihr durchaus bewusst war, dass Ignace solche Liebesbekundungen in aller Öffentlichkeit nicht gerade schätzte. Aber das war ihr grundsätzlich egal, da musste er eben durch, sonst hätte er sich nicht von jemand wie Laura adoptieren lassen dürfen. Marquardts neue Flamme aus der Chefetage der Bank hatte das abendliche Rendezvous mit Marquardt abgeblasen. Laura, die in der Hamburger Konzert- und Theaterwelt bestens vernetzt war, hatte ihn ersatzweise in die Philharmonie eingeladen, um ihn, wie sich selbst übrigens auch, auf andere Gedanken zu bringen.

Seit Robert sie in den Kindheitstagen gelegentlich zu Konzerten mitgenommen hatte, war Laura regelmäßiger Gast solcher Veranstaltungen. Klassik aus der Konserve hatte sie eher langweilig gefunden. Doch Musik nicht nur zu hören, sondern in sozusagen handwerklicher Kleinarbeit entstehen zu sehen, war etwas ganz anderes, hatte etwas durchaus Faszinierendes. Aufgespielt hatte am Abend das großartige NDR Elbphilharmonie-Orchester ausnahmsweise unter der Leitung von Zubin Mehta. Laura hatte sich auf ein paar erholsame Stunden abseits von Revision, Krediten, einarmigen Leichen und einsam durch die mondlose Nacht ratternden Todeszügen gefreut.

„Was machen die Ermittlungen, Watson?" hatte sie Ignace gefragt.

„Ziehen die Füße nach," hatte der geantwortet.

„Vielleicht müssen wir einfach warten, bis auch die letzten Mitglieder der Sippe Lamonts das Zeitliche gesegnet haben und das Bild übersichtlicher wird."

„Originelle Taktik. Wenn auch nicht ganz die klassische Methode, wie von Auguste Dupin und Hercule Poireaux gelehrt und von Sherlock Holmes weiterentwickelt," hatte Marquardt klugscheißend wie immer eingewandt.

„Brain besaß offenbar eine musikalische Ader, immerhin," hatte Ignace laut nachgedacht.

Laura hatte vergessen, wer von den Sechsen das war.

„Bürgerlicher Name Keith Donovan, der Waliser," hatte Ignace sie aufgeklärt.

„War für die Logistik zuständig. Spielte damals etwas Trompete und Saxophon, aber eher auf dem Ump-ta-ta-Niveau."

Laura hatte sich schwergetan, irgendeine Verbindung zu erkennen. Bis ihr schließlich der Boxer eingefallen war. Offenbar dachte Ignace, die musikalischen Gene des Walisers hätten sich an einen Nachkommen weitervererbt. Unmöglich war das natürlich nicht. Die Vermendelung solcher Gaben ist ein langwieriger Prozess, der manchmal eine Generation oder zwei übersprang. Zum Glück, hatte sie im Gedanken an Ignace' Vater stumm hinzugefügt und nach dem Status der Donovan-Sippe gefragt.

„Es gibt eine Enkelin in Gibraltar," hatte Ignace ihr erläutert. „Hat dort ein kleines Vermögen in Immobilien gemacht und sich mit vierzig zur Ruhe gesetzt. Das wäre auch was für mich."

Laura hatte ihn gebeten, mit der Dame Kontakt aufzunehmen. Was der Junge auch getan und sogar erreicht hatte, dass sie sich bereit erklärte, die beiden zu empfangen.

„Aber es eilt. Übermorgen bin ich in Marokko, besitze ein kleines Anwesen bei Marrakesch," hatte sie hinzugefügt.

Man war übereingekommen, sich gegen Mittag des folgenden Tages in einem indischen Restaurant der Marina unweit des südlichen Stadttores und historischen Friedhofs zu treffen.

Lauras Magen machte einen Sprung. Die Boeing sackte durch als sei sie in ein Luftloch geraten und knallte regelrecht auf die Landebahn. Dann kam sie schneller zum Stehen, als Lauras Magen. Ignace tätschelte ihr die Hand.

„Alles wird gut, Mom, die Bremsen haben gefasst, kannst die Augen wieder aufmachen."

Das Taxi schlängelte sich mühsam durch den mittäglichen Verkehr zwischen Affenfelsen und Bucht. Ohne das Hotel- und Gaststättengewerbe Gibraltars wären vor allem junge Spanier der Orte zwischen Algeceira und Malaga in noch höherem Maße arbeitslos. Die tägliche Pendelei mit stinkenden und lärmenden Motorrollern war der Preis, den Einwohner und Touristen gleichermaßen für deren mannigfaltige Dienstleistungen entrichteten.

Gillian Donovan erwartete sie bereits im India Star der ziemlich verwaist wirkenden Marina. Das Gros der Atlantiküberquerer war, nur wenige Wochen vom theoretischen Beginn der Hurrikan-Saison, längst unterwegs oder bereits auf der anderen Seite angekommen. Die in der Gegenrichtung segelnden Yachten hatten sich ihrerseits längst über das Mittelmeer verstreut.

Gillian präsentierte sich als resolute End-Vierzigerin, die sich nicht so schnell ängstigte, das erkannte Laura auf den ersten Blick. Sonst hätte sie sich als Frau im beinharten Immobiliengeschäft wohl auch nicht so erfolgreich schlagen können. Mittelgroß, vollschlank, sehr gepflegte Erscheinung, robust, mit Killerblick, dachte Laura. Sie erhob sich und winkte nicht gerade diskret, als sie eine Frau und einen etwas seltsam aussehenden jungen Mann erblickte, von denen sie annehmen durfte, dass es sich um Laura und Ignace Förster handelte.

Nach einer kurzen Begrüßung und ein paar Strophen Small Talk kam Gillian gleich zur Sache, wie man das von einer patenten, anpackenden Frau wie sie eine war, erwarten konnte.

„Was möchten Sie von mir wissen?“ fragte sie, als Laura und Ignace dem Kellner ihre Lunch-Bestellungen genannt hatten.

Laura berichtete ihr in wenigen Worten über das Motiv ihrer Beschäftigung mit den Yarmouth Sechs. Ihr Gespräch mit Lamont auf Jersey erwähnte sie dabei ebenso wenig, wie den allgemeinen Stand ihrer bisherigen "Ermittlungen. Das fiel ihr umso leichter, als im Hinblick auf Letzteres so viel ja auch nicht zu berichten war.

„Ich weiß nicht, ob ich Ihnen da weiterhelfen kann,“ zog Gillian ihre Stirn in Falten.

„Die Leute von Scotland Yard sind schon mehrmals an mich herangetreten, aber was sollte ich denen erzählen? Ich habe nicht die geringste Ahnung, wer sich da als Serienkiller geriert und warum. Er mag Sir Lucas nicht, so viel steht fest. Aber weshalb... Irgendwann wird er in der Maske des Roten Todes den ewigen Ball Lamonts sprengen und den Mann in die ewigen Jagdgründe schicken, fürchte ich. Seinem Schicksal entrinnt keiner. Sie kennen die Geschichte vom Tod in Samaria? Nun, Lamont kommt mir vor wie ein moderner...Ali, der den Tod auf Jersey gesehen hat und auf dem schnellsten Hengst nach Puerto Rico reitet, um dem Sensenmann auf das Geheiß des Kalifen ein Schnippchen zu schlagen. Bei seiner Ankunft wird er natürlich festzustellen, dass der Tod längst dort auf ihn wartet. Schließlich stand in seinem Terminkalender seit Wochen die Notiz: Exitus Sir Lucas Lamont, San Juan de Puerto Rico, Datum und Uhrzeit.“

„Schöne Parabel,“ pflichtete Laura bei.

„Oder Hyperbel?“ lachte Ignace.

„Egal. Obwohl ich persönlich kein Fan orientalischer Märchen bin,“ fügte Laura hinzu, die freche Bemerkung ihres Ziehsohnes ignorierend.

„Hört sich nur so an," korrigierte Gillian sie.

„Tatsächlich ist es eine Kurzgeschichte von Somerset Maugham, vielleicht nach einem orientalischen Vorbild, wer weiß. Aber ich schweife ab. Was wollen Sie wissen?"

„Wir konnten Brain, also Ihren Großvater Keith gewissermaßen bis zur Höhle von Sark verfolgen. Wissen Sie, was danach aus ihm geworden ist?"

„Nicht direkt. Ich meine, nicht aus seinem eigenen Mund, dazu war ich noch zu klein, als er starb. Aber er hatte seiner ältesten Tochter, meiner Mutter, eine Menge Briefe geschrieben. Machte man damals noch, Briefe schreiben. Die fielen mir dann irgendwann in den Schoß, als meine Mutter nach einem Schlaganfall pflegebedürftig geworden war und ich ihre Dinge ordnen musste."

Sie unterbrach sich und wartete, bis der Kellner das Essen serviert hatte. Sie selbst begnügte sich mit einem flüssigen Lunch in Form eines Glases Chablis.

„Ich habe die Briefe gelesen und aufbewahrt. Nach der Höhle, sagen Sie? Nun, das sollte er Ihnen eigentlich am besten selbst erzählen. Aber so, wie die Dinge liegen, wird es dazu wohl nicht mehr kommen und Sie müssen stattdessen mit mir Vorlieb nehmen. Soweit ich mich erinnere, machte er sich zusammen mit Kenny Langley auf den Weg."

„Lily?"

Gillian lachte.

„Exakt. Lily's Brain, so nannte Keith das in den Briefen. Die beiden waren unzertrennlich, eine Art Seelenverwandtschaft, was soll ich Ihnen sagen. Sie müssen eine Weile unschlüssig dort auf dem südlichen Teil der Insel herumgeschlichen sein. Wussten nicht, wie sie sich, auch noch mit ihren Verletzungen belastet, nach Guernsey durchschlagen sollten, um dann vielleicht von dort aus irgendwie aufs Festland zu gelangen. Versteckten sich in irgendeiner Scheune oder einem Stall, wo sie ein paar Brocken Tierfutter zu essen fanden und sich ein wenig ausruhen konnten. Dort entdeckte sie irgendwann der Bauer, dem das winzige Gehöft gehörte. Die beiden befürchteten schon das Schlimmste, denn eigentlich standen die Einheimischen solchen Kommandounternehmen ja durchaus feindselig gegenüber und boten Leuten wie meinem Großvater und Lily keinerlei Hilfe an. Denn irgendwie kam das immer raus und hatte dann unter Umständen böse Konsequenzen. Geheimnisse aller Art haben eine schockierend kurze Halbwertzeit in solch kleinkarierten Gemeinden."

Sie erhob ihr Glas und stieß mit Laura und Ignace an.

„Auf ein langes glückliches Leben... Wo war ich? Der Bauer. Nun, er erwies sich zum Glück als Ausnahme und versteckte die beiden im Haus. Seine Frau hatte ihn offenbar schon vor Jahren verlassen und war nach England zurückgezogen, von wo sie ursprünglich hergekommen war. Kinder hatten sie keine. So hielten sich die beiden, Brain und Lily, etwa eine Woche dort auf, bis sie einigermaßen zu Kräften gekommen waren. Dann wurde es Zeit, den Staub der Insel von den Füßen zu schütteln. Aber wie, das war die Gretchenfrage."

Sie nahm einen ordentlichen Schluck Chablis und ließ den Wein im Mund herumschwappen. Laura fürchtete schon, sie würde gleich auch damit gurgeln.

„Mein Großvater war in einem Kleiderschrank auf zwei halb verpackte schwarze Uniformen gestoßen, die er im ersten Augenblick erschrocken für SS-Uniformen gehalten hatte. Der Bauer erzählte ihm, dass seine Frau und er selbst Mitglieder der SA gewesen seien. SA? Man muss es meinem Großvater nachsehen, wenn er an dieser Stelle noch verwirrter war. Bis der Bauer lachend erläuterte, dass es sich bei dieser SA um die Salvation Army handele, also die Heilsarmee, und sie, seine Frau und er, die Uniformen zu festlichen Anlässen und Aufmärschen getragen hätten. Da in der Regel einige Zeit zwischen solchen Highlights verstrich, pflegten sie die Uniformen zum Schutz vor Staub verpackt in den Schrank zu hängen."

Laura lächelte bei dem Gedanken an das Verwirrspiel.

„Es stellte sich heraus, dass der Bauer und seine Frau nicht nur einfache Soldaten des Herrn waren, sondern zur Blaskapelle des Korps gehört hatten. Und das Beste: es stand gerade ein Aufmarsch der SA-Kapelle durch St. Peter Port bevor, und zwar aus Anlass des Geburts- oder Todestages des Gründers der Bewegung, eines gewissen William Booth."

„Und die Deutschen ließen sie gewähren?"

„Oh ja, damit hatten die Krauts keine Probleme. Was sollte schon passieren? Die Heilsarmee trug schließlich keine Waffen und wiegelte auch nur zum Kampf gegen Armut und Elend auf. Und gegen alles Alkoholische. Das kam den Nazis sogar entgegen, denn die verstanden sich ja als Nationalisten mit sozialem Gewissen. Und schwarze Uniformen, na ja, die kamen ihnen nur zu bekannt vor, auch wenn diese hier nur ein einzelnes S im roten Sechseck auf den Revers trugen. Wer von beiden, Lily oder Brain, die verrückte Idee hatte, sich dieser Uniformen zu bedienen, weiß ich nicht, habe aber meinen Großvater im Verdacht. Schließlich spielte er Trompete und würde sich im schlichten Rave der Heilsarmee schnell zurechtfinden. Lily konnte die verwaiste Uniform der Frau des Bauern tragen und zusammen würden sie so in das Boot steigen, das am darauffolgenden Tag planmäßig noch drei weitere SA-Soldaten auf Sark abholen und nach St. Peter Port transportieren sollte. Die Fuhre war von den Deutschen genehmigt und insofern halbwegs gefahrlos. Gesagt, getan. Am bewussten Festtag, ich glaube, es war ein Mittwoch, schlüpften die beiden in die Uniformen der Heilsarmee. Lilys Jacke war ein wenig weit geschnitten und die Hose meines abgemagerten Großvaters musste mit Trägern zusätzlich gesichert werden, damit sie ihm nicht dauernd auf die Knöchel fiel, aber sonst war offenbar alles bestens. Der Bauer hatte seine Trompete zur Verfügung gestellt, während Lily sich der Querflöte seiner Frau bemächtigte. Der hätte er zwar keinen geraden Ton entlocken können, aber das wussten die Krauts ja nicht. So stolzierten sie unbelästigt, wenn auch sicher mit wild pochendem Herzen an den Wachen vorbei zum Creux Harbour, wo sie auf die anderen drei Soldaten des Herrn stießen. Das war ein kritischer Moment. Hätten die anderen sie verraten oder auch nur ihrer Überraschung allzu deutlich Ausdruck verliehen, wäre das Manöver schnell aufgeflogen. Doch die anderen Heilsarmisten hoben wohl nur leicht die Augenbrauen und verhielten sich ansonsten, als sei man bereits ein halbes Leben in dieser Zusammensetzung aufgetreten. Übrigens, wenn ich Sie so herzhaft essen sehe, bekomme ich auch Hunger," unterbrach sich Gillian.

Laura begann zu verstehen, warum die Enkelin des die Trompete spielenden Brain bei strenger Betrachtungsweise für ihr geschätztes Alter schon etwas zu rundlich um die Hüften war. Gillian winkte den Kellner heran und bestellte sich ein nicht sonderlich kalorienarmes Dessert.

„Die Überfahrt muss wohl glatt verlaufen sein. Aber in St. Peter Port wartete zum Entsetzen der beiden ein SS-Offizier mit Papieren am Kai und musterte die fünf Heilsarmisten mit dem seiner Spezies offenbar angeborenen Misstrauen. Wahrscheinlich spürte er, dass etwas nicht stimmte, konnte aber den Finger nicht auf die Wunde legen. Er fragte alle nach ihrem Namen, die er mit denen in seiner Liste verglich. Mein Großvater gab den des Bauern von Sark an. Lily stand natürlich nicht auf der Liste. Mein Großvater war schon drauf und dran, zum Zeichen der Kapitulation seine Trompete auszuhändigen und sich in sein Schicksal zu fügen. Lily hingegen hatte sich glücklicherweise für einen Fall wie diesen insgeheim eine Geschichte zurechtgelegt. Er gab an, die Gattin des Bauern habe sich von ihrem Mann getrennt und sei nach England zurückgefahren, was ja der Wahrheit entsprach. Die Dame, die sie in der Blaskapelle zu ersetzen pflegte, sei, unterernährt und schwächlich, wie sie war, unlängst an Tbc gestorben. Er, Lily, sei für die Zwecke der anstehenden Parade eingesprungen, habe aber in der Eile und Aufregung seinen Ausweis auf Sark vergessen – man reise ja in jüngerer Zeit nur noch sehr selten. Personalausweise hatten die Hunnen als eine ihrer ersten Maßnahmen 1940 eingeführt. Wer ohne erwischt wurde, wanderte mindestens ein halbes Jahr in den Bau. In jedem anderen Fall hätte der SS-Mann den Verdächtigen vermutlich sogleich festgesetzt. Doch wie es scheint, waren sie auf einen deutschen Bewunderer der unvergleichlichen Schauspielerin und Kurtisane gestoßen.

‚Kenneth...Langtree?' fragte der SS-Mann.

‚Doch nicht etwa verwandt oder verschwägert mit der Jersey Lilie?'

‚Aber ja doch,' bestätigte Lily dreist im Bewusstsein, dass sich eine solche Verwandtschaft ohne weiteres etablieren ließe, würde man nur auf den Stammbäumen weit genug nach oben klettern.

‚Meine Großtante mütterlicherseits. Wenn es Sie interessiert, zeige ich Ihnen gerne mal meine Sammlung von Fotos und anderen Memorabilien drüben auf Sark.' Stellen Sie sich vor, der Typ hatte glatt angebissen, obwohl er eigentlich penibel auf Abstand bedacht gewesen sein musste. Zu große Nähe zu den Einheimischen hätte seinem Ruf unter seinen Kollegen von der Totenkopf-Innung geschadet. Er erteilte Lily einen strengen Verweis wegen der fehlenden Papiere, ließ aber zugleich durchblicken, dass er die Einladung nach Sark sehr zu schätzen wisse und ihr bei Gelegenheit nachkommen werde."

Laura hatte Bilder von der Jersey Lily gesehen und sie für eine auch nach heutigen Maßstäben außergewöhnlich schöne Frau gehalten. Soweit konnte sie dem SS-Mann in St. Peter Port verstehen.

„Dann machten sich die fünf Heilsarmisten von Sark auf zur Kirche, wo sie sich mit denen anderer Inseln trafen und zum einem festlichen Umzug formierten. Im Verlauf der Kriegsjahre und in jedem Fall seit der Besetzung 1940 war der Austausch zwischen den einzelnen Sektionen natürlich ausgedünnt. Deshalb fielen mein Großvater und Lily als Fremdkörper nicht sonderlich auf. Lily tat so, als habe er sich auf der Überfahrt die Hand bei einem Sturz verstaucht und könne die Flöte nur halten, aber nicht spielen, weil ihm die Fingerfertigkeit vorübergehend abhandengekommen war. Eine Flöte mehr oder weniger, was soll's, der Allmächtige wird's überlebt haben. Lily erfuhr vom Leutnant der Truppe, er solle einfach mitlaufen und so tun, als spiele er… auf Teufel komm raus. Würde sowieso kein Mensch merken. Womit er übrigens Recht haben sollte. Cheers."

Wieder stießen sie an. Laura fragte sich, ob das auch für ein Konzert gelte. Gut, der Dirigent eines Orchesters würde vermutlich schon merken, dass ihm eine Flöte fehlte, aber das Auditorium?

„So verlief die Parade zu aller Zufriedenheit, auch wenn die Heilsarmee an diesem Tag keine neuen Rekruten gewonnen haben dürfte. Nach dem Umzug hatten mein Großvater und Lily eigentlich auf einen kleinen Umtrunk gehofft - ausgerechnet bei der Heilsarmee, die das Teufelswerk Alkohol bekämpft, wo immer sie es antrifft. Nicht auf konventionelle Art, indem sie den Alkohol hinter die Binde kippt, sondern indem sie ihn denaturiert oder auf sonstige Weise vernichtet. Als Lily und Brain das endlich gedämmert hatte, verabschiedeten sie sich ziemlich hastig und suchten erst mal das Weite. Im Hafen von St. Sampson, etwas weiter nördlich, so hatte man ihnen gesagt, warte ein Dampfer auf das Einsetzen des Ebbstroms, um vermutlich mit einer Ladung neuer Insassen für das Pariser Cherche-Midi Gefängnis oder den Knast von Caen Richtung St. Malo abzulegen. Das war ihr Ticket. Sie mussten nur noch einen Weg finden, unentdeckt an Bord zu kommen. Dazu hatte mein Großvater wieder eine geniale Idee. Wollen Sie sie hören oder soll ich lieber den Mund halten?“

„Unterstehen Sie sich," lachte Laura, die diese Gillian zunehmend an Solitaire erinnerte. Minus die Körperfülle, verssteht sich. Wenn das alles erst vorüber war, musste sie Gillian unbedingt mal in Marrakesch besuchen.

„Jetzt, da Sie uns angefixt haben, können Sie uns doch nicht so einfach hängen lassen, eh, Ignace, was sagst du?"

„Unbedingt weitererzählen," rief der wie aus der Pistole geschossen, wiewohl seine müden Lider eine ganz andere Botschaft vermittelten.

„Also gut. Widerstrebend, versteht sich, sonst halten Sie mich noch für eine heillose Schwätzerin. Nun, die Sache war die: mein Großvater hatte während des Gesprächs zwischen Lily und dem SS-Mann versonnen beider Uniform genauer betrachtet und war auf verblüffende Übereinstimmungen gestoßen. Klar, die schwarze Farbe und das S- beziehungsweise SS-Emblem stachen jedem in die Augen. Als sie endlich außer Hörweite der Deutschen waren, eröffnete er Lily seinen inzwischen gefassten, einigermaßen tollkühnen Plan. Mein Großvater würde sich in seiner mit ein paar gekonnten Handgriffen angepassten Uniform als hohe SS-Charge in geheimer Mission ausgeben, der einen gefährlichen verwundeten Spion, Lily, höchstpersönlich nach Paris geleitete, damit ihm unterwegs nichts zustieß. Dort angekommen, würde der Mann in den Kellern des Cherche-Midi Gefängnisses von SS-Folterknechtendem unterzogen werden, was die Himmler und Co. Sonderbehandlung zu nennen pflegten. Wie sich leicht denken lässt, war Lily, milde gesagt, nicht sofort Feuer und Flamme. Sein Gegenvorschlag: er, Lily würde den SS-Schergen geben und mein Großvater den Spion. Das war aus seiner Sicht genial, übersah allerdings den wichtigen Umstand, dass Lily kein Wort Deutsch konnte, während mein Großvater die Sprache Goethes wenigstens leidlich genug beherrschte, um notfalls wie ein SS-Mann Befehle zu bellen. Er war nämlich in einem Viertel mit vielen schon vor dem Krieg emigrierten deutschen Juden aufgewachsen, mit deren Kindern er oft Fußball gespielt hatte und in deren

Familien er wie ein Maskottchen ein und ausgegangen war. 1943 setzte sich die SS ja im Übrigen längst nicht mehr nur aus Deutschen zusammen, sondern zählte auch Balten, Polen, Ukrainer und Angehörige anderer Nationen mit tatsächlichen oder imaginären deutschen Vorfahren in ihren Reihen. Solche sogenannten Volksdeutschen sprachen in der Regel ganz ordentlich, aber bei weitem nicht völlig akzentfrei Deutsch. Ihr Vokabular beschränkte sich für gewöhnlich auf den Militär- und Verwaltungsjargon und umfasste den geläufigen Thesaurus unflätiger Schimpfworte wie Judensau oder dreckiger Untermensch. Das gelinde gesagt etwas holprige Deutsch meines Großvaters würde daher vermutlich kaum Anstoß erregen. Jedenfalls nicht, solange er nicht zum Beispiel einem SS-Kollegen Mazel tov wünschte. Solche Ausdrücke waren ihm aus seiner Kindheit vertraut, ohne dass er deren genaue Bedeutung je hinterfragt hätte. Schließlich ließ Lily sich überreden. Sie machten sich auf den Weg nach St. Sampson und suchten unterwegs nach einer jener Schneiderwerkstätten, die praktisch ausschließlich für die Deutschen arbeiteten und auf das Flicken von Uniformen spezialisiert waren. Das erhöhte Reparaturbedürfnis hatte seinen Grund nicht allein in soldatischer Putzsucht. 1943 erreichten nämlich nur noch zweierlei Arten von Nachschub die Inseln: Zement und Zwangsarbeiter. Viel mehr kam nicht mehr aus dem Laderaum der Schiffe. Was unter anderem zu einem allmählichen Verfall der Uniformen führte, von denen die meisten Landser und Offiziere nur eine einzige Garnitur besaßen. Die blanken Hosenböden wurden durchgesessen, Knöpfe machten als harte Währung zunehmend dem Tabak Konkurrenz. Der allgemeine Lebensmittelmangel ließ die Leute, Einheimische wie Besatzer, zudem allmählich bis auf die Knochen abmagern, so dass Uniformen immer wieder gerafft und eingenäht werden mussten, damit sie den Männern beim ersten Windstoß nicht wie Burnusse um den Körper flatterten. Deshalb hinkten die Schneider permanent hinter ihrer Auftragslage her. Der Besitzer der Schneiderei, die sie in einer Nebenstraße fanden, schüttelte zunächst ungläubig den Kopf, als die beiden ihm von ihrem Plan erzählten. Dessen Durchführbarkeit hing ganz wesentlich von den kleinen Retuschen ab, die meinem Großvater vorschwebten. Der Schneider sollte die roten Abzeichen auf dem Revers provisorisch schwärzen und aus den vier einzelnen S der beiden Uniformen zwei Embleme mit jeweils gedoppeltem S machen. Das Heilsarmee-S hatte zwar wenig Ähnlichkeit mit den stilisierten Blitzen der Originale, aber bei flüchtigem Hinsehen in der Dämmerung, die bald einsetzen würde, konnte man sie mit viel gutem Willen als verwechslungsfähig betrachten. Das Motto der Heilsarmee, Blut und Feuer, konnte man sogar in dieser Form lassen, klang es doch irgendwie authentischer als der etwas lahme SS-Wahlspruch Meine Ehre ist Treue, was auch bestens zu einem Dackelzüchterverein gepasst hätte. Außerdem hatten die deutschen Landser größtenteils inzwischen so viele Monate und Jahre hier in der Isolation der Inseln verbracht, dass sie unmöglich über die jüngsten modischen Entwicklungen in puncto Uniformen auf dem Laufenden sein konnten, die Hugo Boss und die Seinen sich in der Heimat mit viel patriotischer Hingabe und leicht schwulem Touch einfallen ließen. Dass die Beziehungen zwischen Wehrmacht einerseits und SA oder SS andererseits traditionell gespannt waren, spielte den beiden weiter in die Karten. Die einzigen, denen die beiden halluzinierenden Heilsarmisten demnach unter gar keinen Umständen über den Weg laufen durften, waren Mitglieder der ‚richtigen' SS. Was sie unbedingt noch brauchten, um die Tarnung meines Großvaters zu vervollständigen, war eine passende Mütze, am besten mit Totenkopf, sowie ein Paar Knobelbecher und einen jener schick taillierten, rauschenden Nosferatu-Mäntel. Also klapperten die beiden in dem Räuberzivil, das der Schneider ihnen als Interimslösung geliehen hatte, die Hafenpubs ab, bis sie auf eine Kneipe stießen, die vorzugsweise von Deutschen und darunter nicht wenigen SS-Leuten frequentiert wurde. Aus gutem Grund: die Kneipe führte nämlich noch echtes Bier aus irgendwelchen eisernen Reserven, während sich anderswo allerlei abenteuerliche Plörre aus den Hähnen quälte. Kaum waren die beiden eingetreten, erscholl auch schon ein gelalltes Hierher, Lily Langtree! Im schummrigen Licht der Kneipe erkannten sie mit Mühe den

SS-Mann vom Hafen. Sie bewegten sich vorsichtig zu seinem Tisch hinüber und ließen sich den anderen SS-Leuten vorstellen wie zwei halb abgeschminkte Clowns einer Abend für Abend durchgenudelten Zirkusnummer. Der Typ vom Hafenkai, kann mich nicht mehr an seinen Namen erinnern, war so etwas wie der Wortführer und erläuterte den Kameraden ausführlich die Natur der angeblichen verwandtschaftlichen Beziehungen zwischen der Edel-Kurtisane, die später auf Schauspielerin umgeschult hatte, und deren Vita insofern derjenigen der Holländerin Mata Hari glich. So kamen Lily und mein Großvater doch noch zu ihrem Schluck Bier. Als die SS-Leute sie fragten, ob sie nicht auch etwas Ordentliches zu Essen haben wollten, entfuhr meinem Großvater unwillkürlich die Bestellung gefillte Fisch. Ausgerechnet! Womöglich hatte er davon schon seit Tagen halluziniert und konnte die Bestellung in diesem fatalen Augenblick so wenig zurückhalten, wie einen vorzeitigen Samenerguss nach längerem Zölibat. Es war das klassische Sabbat-Essen vieler jüdischer Familien gewesen, in denen er verkehrt hatte und war nach und nach auch zu seinem Lieblingsgericht mutiert.

Eine kleine Ewigkeit lang herrschte so totale Stille in dem Pub, dass man die berühmte Nadel hätte fallen hören. Dann begann der SS-Mann vom Hafen laut zu lachen. Die anderen stimmten ein, bis die ganze Bande sich hysterisch schenkelklopfend wegwarf. Jedes Mal, wenn das Gelächter ein wenig abebbte, brüllte jemand gefillte Fisch und schon begann das Gelächter aufs Neue. Lily hatte sich derweil vor Schreck eingenässt und musste dringend zum Hosenwechsel. Bei ihrem Abgang ließen die beiden vorgeblichen Heilsarmisten SS-Mütze und Mantel in etwa der richtigen Größe von der Garderobe mitgehen. Vom Klauen verstanden die beiden ja einiges. Der Schneider hatten inzwischen die Retuschen vorgenommen, fehlten noch die Knobelbecher. Was für die Uniformen galt, traf auch auf das durchgelaufene Schuhwerk zu, das sich mit durchlöcherten Sohlen und schiefen Hacken in den Regalen der örtlichen Flickschuster stapelte. Mein Großvater versprach, nach dem Krieg zurückzukommen, um die Schneiderrechnung zu bezahlen. Der Mann winkte nur ab. Ihm reichte die Genugtuung, den inzwischen auch hier arg verhassten Hunnen dieses Schnippchen geschlagen zu haben. Er gab den beiden noch die Adresse eines Schusters, den er für zuverlässig hielt und entließ sie damit in die Nacht, die sich inzwischen weitgehend unbemerkt über den Hafen herabgesenkt hatte. Sie fanden den Schuster und klingelten ihn aus seinem abendlichen Schlummer. Man ging früh schlafen damals, sehr früh sogar. Was sollte man auch sonst machen: alle Radios waren von den Deutschen konfisziert worden, bei elektrischem Licht lesen durfte man nicht, wegen der Verdunkelungspflicht und Kinos und Theater waren dauerhaft geschlossen. Blieben nur lustlos-lautloser Geschlechtsverkehr oder das Lauschen an jemandes knurrendem Magen. Also ging man ins Bett, rollte sich in seine verfilzte Decke und träumte zum x-ten Male von einer raschen Befreiung der Inseln. Der Schuster zündete eine Kerze an, in deren mattem Schein mein Großvater sich ein paar halbwegs manierlich wirkende Stiefel ungefähr seiner Schuhgröße aussuchte. Diebstähle waren angesichts der Mangelwirtschaft auf den Inseln an der Tagesordnung, denn der florierende Schwarzmarkt brauchte schließlich permanenten Nachschub. Genau wie wir. Ich sehe, ihre Gläser sind schon wieder leer. Kellner!"

Laura fühlte sich leicht beschwipst, ließ Gillian jedoch gewähren. Diese Frau war heute so wenig zu stoppen, wie ihr Großvater damals.

„Endlich hatten sie ihr Kostüm beisammen und konnten zum Kai von St. Sampson hinunterstapfen, wo die Besatzung des Gefangenentransporters im Begriff war, die letzten Vorbereitungen zum Ablegen zu treffen. Die Bewachung der grauen, gespenstisch abgemagerten und nur notdürftig bekleideten Gefangenen setzte sich aus müden Wehrmachtsangehörigen zusammen, die von einigen wenigen gelangweilt zusehenden Offizieren befehligt wurden. Unter deren Anleitung scheuchten sie die verängstigten Zwangsarbeiter mit viel Geschrei und Kolbenstößen in die Laderäume. Dort befanden sie sich unterhalb der Wasserlinie und hatten im Havariefall oder bei einer Bombardierung respektive Torpedierung so gut wie keine Chance, lebend aus dem sinkenden Sarg herauszukommen. Mein Großvater, der unterwegs einen Tampen aufgelesen und Lily damit die Hände hinter dem Rücken gebunden hatte, wurde vom Wachsoldaten an der Gangway angehalten und nach seinen Papieren gefragt. Darauf war der natürlich vorbereitet gewesen und hatte sich einen wortreichen Anschiss zurechtgelegt, der für einen neutralen Beobachter die berühmte ‚Paprikaschnitzel'-Tirade von Charly Chaplins Diktator vorweggenommen haben dürfte. Apropos. Hitlers eigenes Deutsch muss in Ihren Ohren heutzutage doch auch ziemlich merkwürdig klingen oder?"

Laura nickte.

„Tut es. Der Mann war Österreicher, so was wie der ältliche Falco auf Speed, wenn Ihnen das was sagt. Abgesehen vom heute befremdlichen Pathos, das dem Zeitgeist geschuldet ist, sind Adolfs Reden nicht vom Gebrauch interessanter rhetorischer Figuren gekennzeichnet, sondern bevorzugen die Holzhammer-Methode mit dauernden Wiederholungen und eher ärmlichem Vokabular. Gelegentlich vergriff er sich bei den die Präpositionen. Und das fürchterliche gerollte R, das wohl wie Donnergrollen klingen sollte, hatte er vermutlich vor dem Spiegel einstudiert. An dem Mann war ja bis auf das alberne Bärtchen so gut wie nichts authentisch. Ein Banause, der es irgendwie zu etwas gebracht hatte, wie die ganze kümmerliche Garde der Nazi-Größen."

„Na ja, wie auch immer. Die Philippika meines Großvaters mag unverständlich gewesen sein, aber sie hinterließ offenbar Eindruck. Was er sich denn wohl einbilde – dies hier sei eine geheime Nacht-und-Nebel-Aktion, für die man schon deshalb keine Papiere brauche, weil sie bei einer Havarie des Schiffes dem Feind in die Hände fallen konnten und wo überhaupt sein fauler Sack von Vorgesetztem stecke. Der kam, vom plötzlichen Lärm hochgeschreckt, auch schon die Gangway herab. Bei Hochwasser lag die in etwa waagerecht. Bei Ebbe jedoch, wie in jenem Moment dort am Kai, weist sie dann ein so schroffes Gefälle auf, dass man, von oben kommend, schon höllisch aufpassen muss, nicht wie auf einer Rutsche hinab zu poltern und sich den Hals zu brechen. Daher tat sich mein Großvater leicht, den ihm entgegenfallenden Offizier zur Seite zu schieben, bevor der noch zu einer Replik ansetzen konnte. Ob er lieber demnächst den Sowjets in Sibirien beim Eisenbahnbau behilflich sein wollte, erkundigte sich mein Großvater fürsorglich, während der Mann sich am Ende der Gangway gerade wieder aufrappelte und den Staub von seiner Uniform klopfte. Doch wohl eher nicht! Und so weiter und so fort. Ab und zu verabreichte er dabei Lily grundlos ein paar schallende Ohrfeigen, um seinen markigen Worten gebührenden Nachdruck zu verleihen. Was soll ich sagen. Die Wehrmachtsleute reagierten auf meinen SS-Großvater wie erhofft mit Strammstehen und Salutieren, vergaßen die Sache mit den Papieren und überließen meinem Opa eine der eigentlich den Offizieren der Wachmannschaft vorbehaltenen Kabinen, in die sich mein Großvater umgehend mit Lily einschloss. Die Ohrfeigen waren noch Jahre danach gelegentlich Gegenstand hitziger Erörterungen zwischen Lily und meinem Großvater, der steif und fest behauptete, dass es ohne nicht halb so überzeugend gewirkt hätte. Hoch die Tassen!“

Die drei stießen erneut an. Sicherlich waren die Ohrfeigen erniedrigend und wahrscheinlich auch schmerzhaft gewesen, doch eine glaubhafte Grundlage für Jahrzehnte später einsetzende Racheaktionen bis hin zum Mord gaben sie ja wohl kaum ab, dachte Laura, die auch diesen Teil des Gesamtwerkes für insgesamt eher unergiebig zu halten begann. Aber das musste sie ja nicht daran hindern, ein paar feuchtfröhliche Stunden mit Gillian und Ignace in Gibraltar zu verbringen. Wenn sie schon mal hier war…

„Die Überfahrt nach St. Malo wurde stürmischer, als es auf Guernsey noch den Anschein gehabt hatte. Den Deutschen kamen solche Witterungsbedingungen entgegen, denn bei unruhiger See und eingeschränkter Sicht verringerte sich das Risiko, von heimkehrenden Lancaster-Bombern entdeckt und beschossen zu werden. Kurz vor Erreichen der britischen Küste entledigten die sich nämlich ganz gern der Last noch übriggebliebener Bomben, die bei einer etwaigen Bruchlandung in England detonieren konnten. Im Durcheinander der in St. Malo aus den Laderäumen auf den Kai getriebenen Zwangsarbeiter gelang es meinem Großvater, mit seinem Gefangenen abzutauchen. Er entledigte sich der Uniform und gemeinsam verbargen sie sich bei einem Fischer, fast wie auf Sark, bis sie Kontakt mit der Résistance bekamen und sich den Franzosen anschlossen. Meine Großmutter war übrigens Französin," fügte Gillian stolz hinzu.

Daher also ihr Temperament, dachte Laura.

„Das war mehr, als wir von Ihnen zu hören gehofft hatten," bedankte sie sich artig, wenn auch nicht ganz ehrlich. Weniger, als wir gebraucht hätten, um uns weiterzubringen, dachte sie und beschloss, abschließend das Thema zu wechseln.

„Ist es nicht sehr stressig, hier auf dem Felsen den sicher knappen Wohnraum unter die Leute zu bringen?"

Gillian lachte.

„Stressig vielleicht. Einträglich sicher. Je knapper das Angebot, desto höher die Preise. Je höher die Preise, desto ansehnlicher die Provision. Sie kennen das ja. Aber im Ernst: wenn Sie sich hier niederlassen wollen, sagen wir mal, wegen des bekömmlichen Körperschafts- und Einkommenssteuer-Klimas, dann hätte ich noch ein paar erstklassige Locations frei."

„Wo? Unter der Erde?"

„Sie werden lachen, auch da. Die Briten haben den Felsen während des Krieges so ausgiebig untertunnelt, dass man schon fast von einer Stadt unter der Stadt sprechen kann. Müssen Sie mal besichtigen, wenn Sie mehr Zeit haben. Magazine, Stellungen, ganze Lazarette, alles miteinander durch Tunnel verbunden. Die Briten rechneten täglich mit der Ankunft der deutschen Truppen, die fälschlich davon ausgegangen waren, dass Franco sie durchwinken würde. Was der nicht tat, weil er seinerseits darauf spekulierte, dass die Briten ihm nach dem Krieg diese gute Tat mit der Rückgabe von Gibraltar vergelten würden, was die aber nun nicht taten. Wenn der britische Löwe irgendwo seine Pranke auf den Boden gesetzt hat, gibt er ihn nicht mehr her."

„So verlässt sich einer auf den anderen und den Letzten beißen die Hunde, im Krieg wie im Frieden," bilanzierte Laura.

„Amen," fügte Gillian hinzu und leerte ihr Glas.

„Wieder eine Niete," sagte Laura resignierend auf dem Heimflug von Gibraltar.

„Ich weiß nicht, wie es dir geht, aber ich verliere allmählich meine Zuversicht, dass wir doch noch irgendwie Licht ins Dunkel bringen können. Ich meine, wir haben alles versucht und sind einer Lösung keinen Schritt nähergekommen."

Ignace hatte die Liste Lamonts vor sich auf den Knien liegen, schien aber durch sie hindurch zu blicken.

„Das stimmt so nicht, glaube ich. Meines Erachtens sind wir dem Killer sogar ziemlich dicht auf den Fersen, merken es nur nicht, weil wir dauernd in die falsche Richtung blicken. Wenn wir nicht aufpassen, werden wir für den Mörder eine echte Gefahr, ohne uns selbst darüber im Klaren zu sein. Dann wird's erst richtig heikel."

Laura konnte dieser Logik nicht folgen.

„Wie meinst du das?"

Ignace schüttelte den Kopf.

„Ich weiß nicht. Mir ist, als folgten wir einer Schlange ins Unterholz. Die Schlange weiß nicht, dass wir sie noch gar nicht gesehen haben, fühlt sich aber von uns zunehmend bedroht. Irgendwann kann sie nicht mehr weiter, stoppt, dreht sich um und beißt zu."

„Wenigstens wissen wir dann, wer es war..."

„... sind aber wahrscheinlich zu tot, um davon noch profitieren zu können."

„Das Verzeichnis..."

„Eben. Vielleicht sollten wir uns weniger auf die Liste konzentrieren, als auf etwas, das nicht darauf steht."

Laura lachte.

„Das ist so, als würde ein Astronom Himmelskörper studieren, die er nicht sehen kann. Obwohl, jetzt, wo ich's sage..."

„Genau. Ein schwarzes Loch siehst du ja auch nicht. Aber aus plötzlich auftretenden geringfügigen Anomalien im Verhalten eines Planeten in seiner Nähe kannst du ziemlich sicher auf seine Existenz, Position und Größe schließen."

„Du meinst also, der Mörder ist einerseits irgendwie mit den Yarmouth Sechs verbandelt, hat aber nichts mit den Personen auf der Liste zu tun, sondern…"

„…ist unser schwarzes Loch. Einen kleinen Vorteil haben wir: seine Existenz ist uns bereits bekannt. Nun müssen wir nur noch die entscheidende Abweichung in der Bahn eines der sechs Planeten finden, die uns sein Azimut und seine Höhe über dem Himmelshorizont der Yarmouth Galaxie verrät."

Laura schnalzte mit der Zunge.

„Klingt abgefahren, sehr abgefahren. Abgeleitete Beweisführung, wenig wissenschaftlich, eher empirisch. Aber was soll's. Einen Schuss haben wir noch. Diesen geborenen Einzelkämpfer, den Achill der Bande…"

„Ronny Goldsmith, aus Portsmouth."

Er wies mit dem Finger auf eine Stelle der Liste, die nur sehr wenige Einträge aufwies.

„Problem: er hinterlässt niemand. Hatte einen Sohn, der in den achtziger Jahren im australischen Outback verschwand…"

„… wahrscheinlich von einem Krokodil erwischt, von einem Känguru-Huf aufgeschlitzt, einem großen weißen Hai verschlungen oder von einer der unzähligen Giftschlangen gebissen. Kannst du dir in Australien alles aussuchen. Ein Kontinent zum Schöner Sterben. Was ich mich frage: wie kann man dort leben kann?"

„Geschenkt. Die Sippe der Goldsmiths wird's vermutlich nicht mehr lange machen, fürchte ich. Wenn sie nicht schon ausgestorben ist. Der einzige Enkel, von dem Lamont offenbar weiß, lebte auf Martinique."

„Lebte klingt nicht gut."

„Ist es auch nicht. Er wurde bei einer Schießerei zwischen Drogengangs in Fort-de-France erschossen, vor ziemlich genau einem Jahr schon. Den brauchen wir also gar nicht erst zu suchen."

„Aber was, wenn ausgerechnet er des Rätsels Lösung in der Hand hatte, vielleicht, ohne es zu wissen?"

„Dann hat er die Lösung wohl mit ins Grab genommen."

Laura dachte eine Weile nach.

„Weißt du was, ich setze Sol darauf an. Vielleicht bringt es nichts, aber er ist unsere vorläufig letzte Chance. Was ist mit der Frau des Australiers?"

„Er war Brite, nie verheiratet, kluger Mann. Der Sohn, also der Enkel auf Martinique, ist außerehelich."

„Wie alt?"

„Wer jetzt?"

„Der Enkel, Dummerchen, der Enkel."

„Fünfundzwanzig zum Zeitpunkt seines Todes."

„Dann hatte er vielleicht eine Freundin oder jemand, dem er dort drüben nahestand."

„Und dem oder der er die Geschichte seines faustkämpfenden Opas erzählt hat?"

„Mach' dich nur lustig."

Sie formte einen Kelch mit beiden Handflächen und legte sie um Nase und Mund, so dass sie wie der schwer atmende Darth Vader klang.

„Ich bin ja nur deine Mutter." Ignace lachte.

„Okay, sorry. Aber was versprichst du dir von Sol?"

„Keine Ahnung. In ihrer Not klammert sich die Ertrinkende noch an eine Schlange. Bildlich gesprochen, versteht sich. Nicht dass du meinst, ich wollte Sol verunglimpfen. Was ich weiß: falls der Enkel… wie hieß er gleich?"

„Jean-Baptiste Renard, genannt Le Crapaud."

„Echt jetzt? Die Kröte? Nicht La Crapule?"

„Nein, Le Crapaud. So nennt man doch auch…"

„…die Bewohner von Jersey, ja. Vielleicht gibt es da eine Verbindung. Wie auch immer. Falls die Kröte außer Schleim irgendwas hinterlassen hat, dann werden Sols Leute das aufspüren, kannst du Gift drauf nehmen. Muss deswegen gar nicht mal selbst hinfliegen. Sie kennt sicher noch ein paar Jungs aus dem dortigen Pègre, der Drogenszene von Fort-de-France. Heißes Pflaster, le Chabin, verdammt heißes Pflaster."

Mit Chabin durfte nur sie ihn anreden und selbst das nur, wenn er bei Laune war, das wusste sie. Sie lehnte sich zu Ignace hinüber und packte ihn am Arm.

„Aber das ist die letzte Patrone, mein Freund. Sollte die ebenfalls im Ofen landen, bist du am Tag darauf wieder in den Staaten. Hast du mich verstanden? Lies' meine Lippen: in… den…. Staaten. Hat ja keinen Zweck, deine Karriere den Bach runtergehen zu lassen. Manche Verbrechen werden erst nach Jahrzehnten aufgeklärt, weil sich bestimmte forensische Analysetechniken inzwischen verfeinert haben oder jemand auf dem Totenbett plötzlich sein Gewissen erleichtern zu müssen glaubt, damit er im Jenseits mit einer Bewährungsstrafe davonkommt. So lange kannst du nicht warten. Im Ernst, versprich' mir das. Ich habe die Liste gutgläubig mit dir abgearbeitet, mehr können wir für Solveig nicht tun und das Leben, so banal es klingt, geht nun mal weiter."

„Schon gut," murmelte Ignace und schlug in die ausgestreckte Hand ein. Laura beobachtete ihn weiterhin misstrauisch aus den Augenwinkeln. Überzeugt fühlte sich irgendwie anders an.

Vom Hamburger Büro aus telefonierte sie mit Dominica. Nachdem die Schwestern sich ausgiebig über Jerry, Solitaires Mann und ihre beiden Kinder, Bobby und Penny, ausgetauscht hatten, schilderte ihr Laura knapp den Verlauf ihrer bisherigen Schritte in Sachen Solveig - von „Ermittlungen" zu sprechen, wäre ihr übertrieben vorgekommen.

„Verstehe, Schwesterherz, aber was erwartest du von mir?"

Laura berichtete ihr von Jean-Baptiste, der Kröte von Martinique.

„Kann sein, dass ich mich da in etwas verrenne, aber Menschen verschwinden nicht so einfach von der Bildfläche, ohne irgendjemand oder irgendetwas zu hinterlassen, und sei es auch nur der berühmte Fußabdruck."

Solitaire lachte.

„Doch, tun sie. Frag' mal in Tijuana nach. Wenn die Spics jemanden verschwinden lassen wollen, dann ist der aber so was von weg… Gut, ich seh' mal, was ich für euch tun kann und geb' dir Bescheid. Sehen wir uns demnächst mal? Penny hat Sehnsucht nach ihrer Tante."

„Und Bobby?"

„Hat zu viel um die Ohren. Hängt ständig in irgendwelchen Palmgipfeln und hilft den Nachbarn bei der Kokosnuss-Ernte. Der und Ignace, die sind in sechs, acht Jahren der eigentliche Terror der Karibik."

Laura lachte.

„Da könntest du Recht haben. Davon abgesehen, habe ich demnächst vielleicht sehr viel Zeit für ausgedehnte Reisen und längere Besuche."

„Wie das?"

Sie skizzierte ihrer Schwester die kritischen Verhandlungen mit der Bank und deren Rückwirkungen auf ihre Position der Geschäftsführerin.

„Dann solltest du's lieber sehen, dass du's nicht vermasselst. Aber uns bist du jederzeit willkommen, das weißt du hoffentlich. Jerry bringt dir das Fliegen bei, dann kannst du

von Insel zu Insel hüpfen und für Theo den Drogenkurier spielen."

„Theo? Lebt der noch?"

Solitaire lachte.

„Es gibt hier ernst zu nehmende Leute, die ihn erst kürzlich noch gesehen haben wollen. Sein Abo ist wohl noch nicht abgelaufen. Aber er kommt in die Jahre, fliegt nicht mehr so oft nach Kingston Town zu Brigitte."

„Hat er eigentlich Ti Martins Grab auf seiner Hazienda je entdeckt?"

„Keine Ahnung. Erwähnt hat er es jedenfalls nie. Er ist eben ein Mann von Welt, den auch ein plötzlich auf seinem Grund und Boden auftauchendes frisches Grab nicht zum Anlass nimmt, irgendwelche hochnotpeinlichen Nachforschungen anstellen zu lassen. Und es ist ja auch ein sehr diskretes Grab, das sich harmonisch in die Landschaft einpasst. So, ich muss nach Bobby sehen, bevor der die nächste Liane in die Stadt nimmt. Wie gesagt, ich lass' von mir hören. Küsse von allen, und passt auf euch auf."

Laura beendete das Gespräch nur ungern, war in Gedanken schon wieder ganz auf Dominica. Sorglos war das Leben dort drüben bei weitem auch nicht gerade. Aber die Probleme hatten eine andere, greifbarere Qualität, das machte sie irgendwie erträglicher.

Wie aufs Stichwort trat Heinz Marquardt ein, ohne zu klopfen. Das durfte ungestraft nur er und da er sein Privileg wertschätzte, praktizierte er es auch regelmäßig.

„Was gibt's, Tiger?"

„Hallo Laura, gut, dass du wieder im Lande bist. Ich hab' alles versucht, ehrlich, meinen geballten Charme rücksichtslos eingesetzt, aber so kommen wir einfach nicht weiter. Ich fürchte, du musst noch mal mit Sir Lucas sprechen. In der Bank tun sie so, als könnten sie kein Wässerchen trüben. Alles starrt auf Lamont."

„Einschließlich des Killers."

„Wie?""

„Ach, nichts weiter. Wie sieht's mit den Holländern aus?"

„Tun, was Holländer am liebsten tun, schrauben dauernd weiter am Preis. Klar, würde ich auch an ihrer Stelle. Das ist für uns der Double Whammy: unsere Vermögenswerte, der ganze Goodwill, wird systematisch unterbewertet – und fällt deshalb demnächst auch tatsächlich im Wert – deren Goodwill dagegen wird schamlos hochgejazzt. Wie gesagt, um das Vier-Augen-Gespräch mit Lamont wirst du nicht herumkommen. Vielleicht sogar…"

Er stockte. Laura blickte von ihren Unterlagen auf, nahm ihre Brille ab und tat so, als wüsste sie nicht, was ihm auf der Zunge lag.

„Ja? Du hattest einen originellen Vorschlag?"

Marquardt zuckte mit den Schultern und grinste linkisch.

„Nun, ich bin mit meinem Charme am Ende. Vielleicht ist es jetzt an der Zeit, dass du den deinigen mobilisierst…?"

Laura schüttelte missbilligend den Kopf.

„Heinz, du enttäuschst mich. Der Mann ist um die neunzig. Eine ordentliche Dosis Viagra und ich rittlings auf dem Greis, da braucht sich der Boxer gar nicht mehr zu bemühen. Und nackt unter einem eben erst Verblichenen zu liegen, der schon zu seinen Lebzeiten nicht besonders gut roch, entspricht irgendwie nicht meiner Vorstellung von einem gelungenen Wochenende, sorry, Heinz. Ich hoffe, du kannst das nachvollziehen."

Kaum war Marquardt gegangen, klingelt Lauras Handy.
„Sol? Hast du was vergessen?“
„Nein, nicht, dass ich wüsste.“ Es war die Stimme des Chief Superintendent.
„Hallo Laura. Ich nehme an, Sie haben gerade mit Ihrer Schwester gesprochen? Richtig, geht mich nichts an. Es scheint, als habe Sie jemand auf Gibraltar mit Gillian…Donovan zusammen gesehen. Darf ich fragen, was bei Ihrem Gespräch herausgekommen ist?“
„Dürfen Sie. Nichts, was uns oder Sie weiterbringen würde. Davon abgesehen, eine sehr sympathische Person, diese Gillian.“
Colestron schwieg eine Weile. Laura beschlich ein ungutes Gefühl.
„Ist was mit Ihnen? Oder mit ihr? Sie wollten mir doch wohl nicht schonend mitteilen, dass…“
Der Chief Superintendent räusperte sich.
„Wir wissen nur, dass sie kurz nach dem Treffen mit Ihnen die Fähre nach Casablanca genommen hat, dort aber bislang nicht angekommen ist. In jedem anderen Fall würden wir uns wahrscheinlich noch keine Sorgen machen, aber bei dieser Vorgeschichte…“
Laura war wie gelähmt. Sie erinnerte sich an die Parabel vom Tod in Samaria und ihr wurde schlecht bei dem Gedanken, dass der Sensenmann in Casablanca oder auf dem Wege dorthin auf Gillian gewartet haben könnte. Die Straße von Gibraltar mit ihrer Öffnung zum Atlantik ist wegen ihrer komplizierten Strömungsverhältnisse berüchtigt. Wer dort über Bord geht, hatte kaum eine Überlebenschance, schon gar nicht Stunden später. Weswegen man sie auch den größten marokkanischen Friedhof nennt.
„Tut mir leid, Ihnen das mitteilen zu müssen. Haben Sie mir jetzt etwas zu sagen,“ fragte Colestron.
Lauras Hand krampfte sich um das Handy.
„Nein, Harry, habe ich nicht. Außer, dass die Sache auch für mich gerade noch ein Eckchen persönlicher geworden ist.“
„Das kann ich verstehen. Trotzdem, Sie sollten mehr Abstand von der Bahnsteigkante halten und uns, meinen Kolleginnen und

Kollegen, die Arbeit überlassen. Es kann sich ja auch um einen dummen Zufall handeln oder, wer weiß, Gillian hat die Fähre verpasst und taucht demnächst in Tanger wieder auf."

Laura wusste, dass das wenig wahrscheinlich war. Die CC-Kameras im Hafen hätten das aufgezeichnet.

„Ihr Wort in Gottes Ohr, Harry. Aber wenn Sie den Killer lebend fassen wollen, müssen Sie sich beeilen. Denn sollten Ihnen die Förster Sisters zuvorkommen, wird dem Mann auch ein Anwalt vom Schlage eines Perry Mason nicht mehr helfen können. Dann gehört sein Hintern uns."

SIEBTES KAPITEL

1. Betty Boop

Das Päckchen aus Dominica traf wenige Tage später per Luftpost ein. Solitaire hatte Wort gehalten und weder Kosten noch Mühen gescheut, ihre Leute im Hafenviertel von Fort-de-France herumstöbern zu lassen. Keine Sache der Polizei, die vermutlich wenig Bereitschaft gezeigt hätte, sich mit Durchsuchungsanordnungen und sonstigen Formalitäten aufzuhalten. Nein, solche Dinge erledigte man in der Szene auf dem ganz kurzen Dienstweg.

Die „Kröte" hatte in einem jener schäbigen Holzhütten am Rande der Stadt gehaust, deren vier Wände und Dach schon lange keine frische Farbe mehr gesehen hatten und deren Inneres man sich auch nur ungern ausmalen wollte: ein paar durchgelegene, fleckige und da und dort aufgerissene Matratzen, Fixerbestecke, ein paar benutzte Spritzen, leere Pizza- und Burger-Verpackungen. Zigarettenkippen und Dutzende verbeulter Bierdosen und leerer Rumflaschen. Was von Wert sollte man hier noch finden, wo selbst ein räudiger Straßenköter alsbald gefremdelt hätte?

Doch siehe da - in einer der Matratzen fanden Sols Leute, denen kein Versteck so leicht entging, neben ein paar Dollars als eiserne Reserve tatsächlich ein Buch. Obwohl…, eher ein bescheidenes Schulheft, dessen Deckblatt fehlte und dessen Seiten von der karibischen Sonne vergilbt und durch zahllosen verschüttete und umgestoßene Getränkebecher derart marmoriert waren, dass man die eng aneinandergepressten Zeilen winziger Handschrift kaum noch entziffern konnte. Erst bei genauerer Prüfung war Solitaire, der man das Heft zugeschickt hatte, aufgegangen, welches Kleinod sie da in Händen hielt. Es handelte sich um nichts Geringeres als ein primitives, von Ronny Goldsmith verfasstes Manuskript, in dem dieser in ungelenker Schrift und sehr einfacher Sprache seine Kriegsmemoiren festzuhalten versucht hatte. Mit welchem Ziel, war ebenso wenig zu eruieren, wie die Art und Weise, in der das Heft in die Hände der „Kröte" gelangt war und welche Gründe dafürgesprochen hatten, es bis zu seinem Tode aufzubewahren. Merkantiles Interesse bestand nicht. Für Dritte waren die Aufzeichnungen wertlos und selbst ein am Thema der Kanalinseln unter deutscher Besatzung arbeitender Historiker hätte vermutlich nicht viel dafür gegeben. Für Laura und Ignace hingegen konnten sie unersetzbar sein, das würde sich erweisen.

Laura bat ihre Sekretärin, die Seiten alle zu scannen, damit sie sie downloaden und beliebig vergrößern konnte. Ronny hatte eine erstaunlich kleine, schnörkellose Kinderklaue ohne besondere Macken. Seine Diktion war schlicht, aber durchaus präzise und unprätentiös. Falls es je so etwas wie ein Vorwort gegeben hatte, war dies unwiederbringlich verschollen, denn es fehlten einige der vorderen Seiten, die man wahrscheinlich herausgerissen und für andere Zwecke verwendet hatte. Auch hier musste Laura sich erst wieder bis zu jenem Augenblick durchblättern, in dem das Unternehmen Seeleopard als gescheitert betrachtet werden durfte. Was dann folgte, war allerdings umso interessanter.

Nachdem das Schlauchboot unter unseren Hintern weggesackt war, trieben wir eine Weile im eiskalten Wasser. Der plötzlich aufziehende Nebel verbarg uns zwar vor den Deutschen, aber wärmen konnte er uns nicht. Wir waren alle fast starr vor Kälte. Hätte die Tide uns nicht so schnell auf die Felsen getrieben, wir hätten keine zehn Minuten länger ausgehalten. Eher weniger. Als wir an Land krochen, blickte ich mich nach dem Duke um. Er paddelte auf die Klippen zu. Ich streckte die Hand nach ihm aus, um ihn zu uns heranzuziehen. In diesem Augenblick erkannten wir beide, dass Gooey dabei war, abzusaufen. Er rief um Hilfe, geriet aber immer wieder mit dem Mund unter Wasser, so dass kaum mehr als ein lautes Gurgeln zu hören war. Das konnte immerhin reichen, uns die Deutschen auf den Leib zu hetzen. Gooey war der beste Schwimmer von uns, aber der Beutel auf seinem Rücken zog ihn zusätzlich unter Wasser. Vielleicht hatte er's auch am Herzen, wer weiß.

Laura nahm ihre Lesebrille ab, putzte sie und vergrößerte die Schrift noch um ein paar Stufen.

Ich wollte schon wieder runter von den Felsen, um Gooey zu helfen, doch der Duke winkte ab und drehte selbst noch einmal um. Dann paddelte er fast wie ein Hund zurück zu Gooey, der nur wenige Meter von ihm entfernt war. Der Nebel begann sich zu lichten, aber reichlich dunstig war es noch immer. Deshalb könnte ich es zwar nicht auf meinen Eid nehmen, hatte aber den Eindruck, dass der Duke Gooey nicht wirklich nach oben zog. Ich mag ihm Unecht tun, aber für mich sah es so aus, als tue er alles, Gooey unter Wasser zu halten. Dazu würde nicht viel gehören. Gooey muss am Ende seiner Kräfte gewesen sein. So oder so hatte der Duke plötzlich Gooeys Rucksack in der Rechten und paddelte zu uns und den Klippen zurück. Ich wandte mich um. Die anderen lagen alle ausgelaugt und steif vor Kälte auf den Felsen, und zwar mit dem Gesicht zum Land. Das heißt, wenn es wirklich etwas Ungeheuerliches zu beobachten gegeben hatte, dann war ich sehr wahrscheinlich der einzige, der es gesehen hatte. Und da nicht einmal ich selbst mir sicher bin, hat niemand es gesehen.

Laura ließ sich einen Kaffee bringen und starrte auf den Bildschirm. Das konnte sie sein, jene Anomalie in der Umlaufbahn der sechs Planeten, nach der sie gesucht hatten. Ronnys halb eingestandene Wahrnehmung konnte, wenn sie zutraf, ein völlig neues Licht auf die Legende der Yarmouth Sechs werfen. Wie oft musste dieser Ronny im späteren Leben versucht haben, jedes Einzelbild dieser Szenenfolge wie in einer Super-Slomo vor seinem geistigen Auge Revue passieren zu lassen, um sich zu vergewissern, dass er das alles nicht etwa geträumt hatte.

Totschlag kann auch durch Unterlassung begangen werden. Und vielleicht hatte Lamont nachgeholfen? Dann wäre es vermutlich sogar Mord. Gut, Gooey wäre vielleicht auch so ertrunken. Außerdem konnte er uns durch seine halb erstickten Hilferufe die Deutschen auf den Leib hetzen. Die Deutschen suchten ja noch intensiv nach uns. Mir wurde sofort klar, dass sich der Duke später jederzeit herausreden konnte, falls man ihn vor ein Militärgericht stellen würde. Ich war der einzige Augenzeuge. Würde man mir glauben oder ihm? Wort würde gegen Wort stehen und im Zweifel würde das Gericht wahrscheinlich zu seinen Gunsten entscheiden. Ich weiß, es klingt vielleicht seltsam, aber all das schoss mir in diesen Augenblicken durch den Kopf. Ich erkannte, dass ich besser damit fahren würde, so zu tun, als hätte ich nichts Auffälliges wahrgenommen. In unserer ohnehin verzweifelten Situation die Gruppe durch eine falsche Bezichtigung zu spalten, wäre unverantwortlich gewesen. Doch zugleich beschloss ich, in Zukunft die Nähe des Dukes zu meiden und mich vor ihm zu hüten. Ich war ein wüster Schläger, aber er möglicherweise ein eiskalter, skrupelloser Killer.

Es folgten Notizen über die Diskussionen zur Streitfrage zusammenbleiben oder sich trennen. Ronny hatte sich offenbar von Lamont heimlich beobachtet gefühlt. Der schlaue Jerseyman wollte wohl wissen, wieviel Ronny gesehen hatte und ob er ihn gegebenenfalls nach ihrer Heimkehr verpfeifen würde. Damit musste er rechnen, dachte Laura, egal, wie unauffällig und scheinbar nichtsahnend Ronny sich verhielt.

Ich verließ die Höhle nach dem Duke, aber vor den anderen. In der Nacht, wie ein gewöhnlicher Dieb, kam ich an der Coupée an. Dort herrschte helle Aufregung, keine Ahnung, warum. Vielleicht hatte man Spuren entdeckt, die darauf schließen ließen, dass sich jemand auch hier an den Wachen vorbeigeschlichen hatte. Wenn das jemand schaffte, dann eigentlich nur Haggis. Ich hingegen würde diesen Engpass auf absehbare Zeit nicht überqueren können, das wurde mir sofort klar. Dafür war das Aufgebot an Deutschen von nun an zu groß. Außerdem fürchtete ich, dass sie weitere Minen auslegen würden, um künftigen Operationen dieser Art auf Sark endgültig einen Riegel vorzuschieben. Ich schlich also zum Dorf zurück und legte mich nahe einem Gewächshaus hinter ein Gebüsch. Die Deutschen liefen eine Weile aufgeregt hin und her, ständig von irgendwelchen laut brüllenden Offizieren angetrieben. Doch irgendwann beruhigten sich alle wieder und ich konnte sogar ein wenig vor mich hindösen. Bei Tage beobachtete ich weiter das einstöckige Gebäude, zu dem das Gewächshaus gehörte. Es schien nur von einer Person bewohnt, von einer Frau so um die Dreißig, ziemlich rustikalen

Zuschnitts, aber keineswegs hässlich. Als ich mich vergewissert hatte, dass keine Deutschen bei ihr einquartiert waren, pirschte ich mich an das Haus heran. Erst, als ich plötzlich die Spitzen einer Mistgabel in meinem Rücken spürte, wurde mir schlagartig klar, dass ich die Wachsamkeit der Dame unterschätzt hatte. Wie sich bald herausstellte, hatte sie mich bereits beim Treibhaus entdeckt, sich aber nichts anmerken lassen. Vielleicht in der Hoffnung, ich würde bald von selbst wieder verschwinden. Als ich ihr diesen Gefallen nicht tat, sondern ihr im Gegenteil sogar noch dichter auf den Leib rückte, hatte sie sich gezwungen gesehen, etwas unternehmen.

Laura lächelte. Die Episode erinnerte sie an die Begegnung mit Harry Colestron im Sommerhaus von Gilleleje. Eine Mistgabel stand ihr dort allerdings nicht zur Verfügung.

Ich erklärte der Dame, wer ich war und woher ich kam und was es mit meinem Aufenthalt hier auf sich hatte. Sie muss mir geglaubt haben, denn sie ließ die Mistgabel sinken und bat mich ins Haus wie einen buckligen Verwandten, der gerade mit der Fähre zu einem Höflichkeitsbesuch angekommen ist. Eine wirkliche Lady, trotz der Mistgabel. Sie versteckte mich im Haus, gab mir eine Scheibe Brot, etwas selbst angebautes Gemüse und ein paar Kartoffeln. Dann wies sie mir ein Sofa als Schlafplatz zu, das allerdings selbst für mich Sitzriesen ein ganzes Stück zu kurz war, so dass ich mich wie ein Kater zusammenrollen musste. Dennoch war die erste Nacht darauf nach allem, was ich inzwischen durchgemacht hatte, himmlisch.

Lauras Handy klingelte. Ignace wollte sich mit ihr zum Essen verabreden, doch Laura war zu gespannt darauf, Ronnys restliche Geschichte zu lesen.

„Du hattest Recht. Der Schlüssel liegt bei jemand, der nicht auf der Liste steht. Die verräterische Unregelmäßigkeit in der Bahn eines der Planeten, du erinnerst dich. Ich glaube, ich habe sie gefunden. Wir diskutieren das heute Abend, okay?“

Ignace wäre am liebsten gleich ins Büro gekommen, aber Laura zog es vor, allein weiterzulesen. Der Junge würde alles noch früh genug erfahren.

Wir gewöhnten uns schnell aneinander und führten eine Art häuslicher Routine ein. Tagsüber blieb ich nach Möglichkeit unsichtbar und nachts half ich Betty, so hieß sie, im Haus wie im Gemüsegarten. Draußen bewegte ich mich nur nach Einbruch der Dunkelheit, immer allein und meist in einigen von Bettys Klamotten, so dass neugierige Nachbarn mich bei Nacht auf einigen Abstand für sie halten mussten. Auch sonst kamen wir uns näher. Bald brauchte ich nicht mehr auf der Couch zu schlafen, sondern konnte mich im Doppelbett an ihren gut gebauten Körper schmiegen. Ihr Sex war ländlich geprägt, könnte man sagen. Keine unnötigen Eskapaden, wie sie die Französinnen an den Tag oder besser die Nacht legten, deren gelegentliche, von der Army arrangierten Besuche wir auf der Isle of Wight zu schätzen gelernt hatten. Aber das machte nichts. Dafür war die Kommunikation zwischen uns leichter. Ihr genaues Alter verriet Betty Boop, wie ich sie nannte, nicht. Aber dass sie ein ganzes Stück älter war als ich, konnte sie bei ihrem Faltenwurf schwer verhehlen. Trotz des Altersunterschieds schienen wir geradezu wie für einander geschaffen.

Dachte ich jedenfalls. Bis die Deutschen eines frühen Morgens das Haus umstellt hatten und mich eindringlich aufforderten, mit erhobenen Armen herauszukommen. Was ich natürlich auch tat. Sinnlos, eine Schießerei zu riskieren, für die ich ja auch gar nicht gewappnet war. Eine Zeitlang dachte ich, irgendein Nachbar hätte mich trotz meiner Vorsichtsmaßnahmen gesehen und an die Deutschen verraten, um daraus selbst Profit zu schlagen. Das kam vor, klar. Warum sollten die Leute auf den Inseln besser sein, als die Bevölkerung auf dem Festland?

Je länger ich jedoch darüber nachdachte, desto mehr verfestigte sich meine Überzeugung, dass Betty selbst mich an die Deutschen verkauft hatte. Zu welchem Preis, konnte ich nie in Erfahrung bringen. Vielleicht war sie in Wahrheit verheiratet und fürchtete, ihr Mann, wo immer der auch Dienst tat, könnte plötzlich auftauchen oder vom Techtelmechtel seiner Betty erfahren. Aber das hätte sie mir ja sagen können. Keine Ahnung, typisch Frau. Nach dem Krieg wollte ich sie besuchen und zur Rede stellen.

Schließlich hätte ihr Verrat mein Todesurteil sein können. Aber dann verzichtete ich darauf. Schnee von gestern. Warum sollte ich sie beschämen und in Schwierigkeiten bringen? Wem war damit geholfen?

Als mich die Deutschen zusammenschlugen und wie einen bei der Treibjagd erlegten Eber an allen Vieren gefesselt nach St. Peter Port schafften, dachte ich freilich noch ganz anders darüber. Ich hatte gerade soeben Zeit gehabt, meine Uniformlumpen überzustreifen. So konnte ich wenigstens eine Behandlung als Kriegsgefangener verlangen. Das erwies sich bald als ziemlich naiv. Auch ohne Hitlers Nacht-und-Nebel Erlass waren die Deutschen nicht gewillt, den britischen tollwütigen Hund, für den sie mich hielten, Kombattantenstatus zu gewähren. Warum sie mich nicht einfach am Wegesrand erschossen, wie Hitlers Erlass dies ja vorsah, weiß ich bis heute nicht. Zum einen war Berlin weit weg und zum anderen dachten sie wohl, ein Exekutionskommando oder der Galgen seien zu milde. Dann schon lieber ein langsames Verrecken im Lager Sylt auf Alderney. Und eins muss man ihnen lassen: viel hat nicht gefehlt und sie hätten damit Recht behalten.

Nach und nach, dachte Laura beim Lesen, hatte dieser Ronny zu einem flüssigeren, eleganteren Stil gefunden. Die Sätze wurden bisweilen länger, ohne an Klarheit einzubüßen, das Vokabular reichhaltiger. Es musste einige Zeit zwischen den einzelnen Aufzeichnungen verstrichen sein, die Ronny nutzbringend verbracht hatte.

Nicht nur Sark, sondern auch Alderney kann einige auffällige Alleinstellungsmerkmale im Archipel der Kanalinseln für sich beanspruchen. Da ist einmal seine Lage näher dem französischen Festland als der nächstgelegenen Nachbarinsel. Guernsey, Jersey oder Sark zeigt sie gleichsam die kalte Schulter. Ihre Form im Verein mit ihrer Kargheit sowie der drei gefürchteten, sie Tag und Nacht umspülenden „Stromschnellen“, den Swinge im Norden, den Screech im Süden und das Race im Osten, lassen sie weniger als eine Insel, denn als ein Schiff erscheinen, das bei ablaufendem Wasser mit voller Fahrt voraus nach Cherbourg oder bei auflaufender Tide zu den Casquets unterwegs ist.

Egal, wo man sich auf dem leicht überschaubaren Eiland aufhält, lässt einen die eifersüchtige See nie aus den Augen. Auch dieser Umstand gibt einem das Gefühl, sich auf Alderney an Deck eines etwas seltsam möblierten Schiffs aufzuhalten. Kein Wunder daher, dass viele der russischen Zwangsarbeiter, die irgendwo von den Höhen des Ural oder aus den unergründlichen Weiten Sibiriens, vielleicht auch den Jurten der kasachischen Steppe oder Gott weiß woher kamen und noch nie das Meer gesehen hatten, bei ihrem Eintreffen auf Alderney glaubten, sie seien von einem Seelenverkäufer auf den anderen verladen worden. Zumal Braye Harbour einen sehr provisorischen, wenig Geborgenheit vermittelnden Eindruck macht und allein durch seinen prekären, ewig langen Wellenbrecher von der tonnenschweren Wucht der atlantischen Brecher abgeschirmt wird, die hier pausenlos ans Tor hämmern. Wen erstaunt es, dass dieser Wellenbrecher, noch von einem viktorianischen Ingenieur konzipiert und unter großem Aufwand errichtet, andauernd bröckelt, da und dort einstürzt und alle paar Jahre repariert werden muss.

Einer der Guernseymen, die ich im Lager Sylt traf, wohin man sie wegen angeblicher Sabotageakte oder einfach wegen unterstellter Arbeitsscheue verbannt hatte, erzählte mir von Segelanweisungen, die man ihnen als junge Fischer gegeben hatte. Das war vor der Zeit des Radars, als man bei dem hier häufigen, urplötzlich auftretenden Nebel praktisch wie mit verbundenen Augen durch die Gegend tappte. Der Laie macht sich keinen Begriff davon, sagte er. Du fährst auf eine Insel oder auf eine ganze Küste zu, hörst vielleicht sogar schon typische Geräusche wie das Hupen von Autos, das Bimmeln einer Eisenbahnschranke oder Glockengeläut, was weiß ich, siehst aber entweder gar nichts oder nur Schemen. Es gibt nichts Unheimlicheres auf See als Nebel. Allenfalls Gewitter. Und Wind auf Strom. Und… aber lassen wir das. Nun, auf dem Weg von, sagen wir, Guernsey, zu den Fischgründen im Kanal müsste man bei einem Blick auf die Karte Alderney leicht umgehen können. Was die Karte aber nicht zeigt, ist das komplexe Geflecht von Haupt- und Neerströmen, die dich jederzeit unkontrolliert in jede beliebige Richtung versetzen, dich ansaugen oder abstoßen können. Und von den gefährlichen Wirbeln habe ich noch gar nicht gesprochen. Man riet mir damals, von Guernsey kommend, bei Nebel stur auf Nordostkurs zu bleiben, bis irgendwann die Silhouette eines riesigen Schiffsrumpfs aus dem Nebel hervortreten werde. Dann sollte ich scharf nach Steuerbord abbiegen, denn das sei kein Schiff, sondern Alderney.

Ich hing geradezu an den Lippen des Guernseyman. Wenn er Recht hatte, dann befanden wir uns gleichsam auf einem Totenschiff. Wie wir sehr viel später aus den Zeitungen erfuhren, hatte Hitler wohl gegen die Empfehlungen des eigenen Generalstabs, den er für so unfähig hielt, wie sie ihn, den einsamen Beschluss gefasst, die Kanalinseln, allen voran Alderney, durch den forcierten Bau von Batterien, Magazinen, Flakstellungen, Bunkern, MG-Nestern, Drachenzähnen und multifunktionalen Tunnelsystemen in schier uneinnehmbare Festungen zu verwandeln. Seine Generäle ahnten, dass sich das insofern als völlig unnötig erweisen würde, als die Alliierten ganz Europa zurückerobern konnten, ohne an die Kanalinseln auch nur einen Gedanken zu verschwenden, geschweige denn, auf ihnen zu landen. Warum auch? Nach einer erfolgreichen Invasion irgendwo an der französischen Küste würden sich die Inseln für die dort stationierten deutschen Wehrmachtssoldaten schlagartig in selbstgewählte Kriegsgefangenenlager verwandeln. Klar, den darbenden

Einheimischen würde das nicht unbedingt behagen, aber die hatten sich an Missachtung bereits gewöhnt und würden sicher gern ein paar weitere Wochen ausharren, bis man auch sie schließlich befreite.

Als hätten sich die Deutschen der eigenartigen AmbivalenzAlderneys auch nicht ganz entziehen können, platzierten sie vor allem solche Kanonen auf der Insel, die sie von eroberten und abgewrackten feindlichen Schiffen abmontiert und durch halb Europa hierhergeschleppt hatten. Das größte Einzelgeschütz auf Alderney zum Beispiel war eine russische Schiffskanone des panzerbrechenden Kalibers 305 mm. Nicht irgendeine Kanone. Das Ungetüm, nennen wir es den Irren Iwan, hatte damals schon eine ganze Odyssee hinter sich, die auf ihre Weise den ganzen Aberwitz des Krieges illustriert. Ursprünglich stammte der Irre Iwan nämlich von einem russischen Linienschiff, das die Deutschen im Ersten Weltkrieg erbeutet und den Osmanen in Smyrna / Izmir zum Geschenk gemacht hatten. Irgendwie gelangte die Kanone nach dem Zusammenbruch des Osmanischen Reichs von dort an die Weißrussen, denen sie wenig später von den Franzosen entwendet wurde. Die parkten den Irren Iwan in einem tunesischen Hafen der früheren barbaresken Mittelmeerküste. Solche Resterampe-Geschütze hatten im kriegerischen zwanzigsten Jahrhundert stets Konjunktur. Bei Ausbruch des Zweiten Weltkrieges verspürten sowohl Finnland, als auch Norwegen Bedarf, den sie mangels eigener nicht selbst decken konnten. Karlskoga im schwedischen Värmland mit seiner weltberühmten Bofors-Waffenschmiede lag zwar nebendran, konnte aber nicht liefern, weil Schweden sich für neutral erklärt hatte. Abgesehen davon war Bofors eher auf das Schnellfeuerkanonen-Segment kleinen bis mittleren Kalibers spezialisiert, die im mobilen Gefecht Schiff-Schiff oder Schiff-Flugzeug punkten konnten, während ihre skandinavischen Nachbarn großkalibrige, weitreichende Ungetüme wir den Irren Iwan brauchten, um sie in stationären Küstenbatterien einsetzen zu können.

Die für Finnland gedachten Kanonen gelangten auf französischen Schiffen wohlbehalten zum Adressaten. Was dazu führte, dass die Russen bei ihrem Angriff auf Karelien von Küstenfestungen aus beschossen wurden, die sie einst selbst errichtet hatten - mit Kanonen, deren Klang ihnen bekannt vorgekommen sein musste, stammten die Dinger doch von ihren eigenen Schiffen.

Der Frachter mit vier für Norwegen vorgesehenen Geschützen, darunter der Irre Iwan, wurde hingegen von den Deutschen aufgebracht und die erbeuteten Kanonen auf den Kanalinseln installiert, wo sie nie zum Ernstfall-Einsatz kommen sollten.

Zur Durchführung der umfangreichen Befestigungsarbeiten auf Alderney hatten die Krauts nicht weniger als vier Lager eingerichtet, die nach beliebten Nordseeinseln benannt worden waren: Borkum, Norderney, Helgoland und Sylt. So vergleichbar die primitive Struktur und karge Ausstattung der Lager, so unterschiedlich ihre präferierten Zielgruppen.

Kamst du, Fremder, ins Lager Borkum, dann berichte daheim, du hättest das große Los gezogen. Hier hausten nämlich vor allem Angehörige westeuropäischer, von den Nazis besetzter Staaten wie Holländer, Belgier, Franzosen zusammen mit spanischen Franco-Gegnern und anderen, die sich freiwillig für die zwar schlecht, aber immerhin bezahlte Arbeit verdingt hatten. Es gab freilich auch solche, die wegen relativ geringfügiger, ‚unpolitischer' Delikte hierher auf Sommerfrische verschickt worden waren. Leicht hatten sie es nicht, aber Borkum konntest du überleben. Dazu brauchtest du im Lager Norderney schon mehr Glück. Dort befanden sich überwiegend Osteuropäer, die auf der Nazi-Werteskala als Menschen zweiter oder dritter Kategorie galten. Es gibt da die berühmte Sequenz eines Dokumentarfilms, in der Himmler russische und andere osteuropäische Kriegsgefangene vorgeführt werden, als handele es sich um kleine grüne Marsmännlein. Allein schon, sich mit den Osteuropäern zu verständigen war schwierig. Sie bildeten so etwas wie ethnische Mini-Ghettos - Russen hielten sich an Russen, Ukrainer verkehrten mit Ukrainern, Polen mit Polen und so weiter. Wobei die auch untereinander wieder Abstufungen kannten, die für Außenstehende undurchschaubar waren. Solche geschlossenen Strukturen konnte man auch deshalb kaum aufbrechen, weil sich über alles und jeden fest verwurzeltes Misstrauen und die ständige Angst vor Denunziation und Diffamierung wie weißgrauer Zementstaub legte, der jedem von uns so tief in den Poren saß, dass man uns nur die Zementmenschen nannte.

Im Lager Helgoland wurde noch zügiger gestorben, denn hier hausten vor allem osteuropäische Juden, die in der Nazi-Skala der Verachtung noch unter den nicht-jüdischen Osteuropäern rangierten. Osteuropäische Juden bildeten den Bodensatz, tiefer konntest du nicht sinken.

Oder vielleicht doch. Denn es gab ja noch Sylt. Im Lager Sylt starbst du nicht, sondern du warst bereits tot, hattest es nur noch nicht begriffen. Die hiesige Belegschaft war gemischt. Nationalität und Religionszugehörigkeit spielten eine untergeordnete Rolle. Während Borkum, Norderney und Helgoland immer noch nützliches logistisches Beiwerk eines und sei es auch noch so hanebüchenen Bauvorhabens darstellten, diente Sylt nur dem einen subsidiären Zweck, Menschen, derer man sich aus welchen Gründen auch immer zeitnah entledigen wollte, zu vernichten. Deshalb unterstand dieses Lager auch nach einer kurzen Einführungsphase als einziges der vier nicht der Wehrmacht, sondern dem SS-Totenkopfbataillon. Was Sylt von ‚klassischen' Vernichtungslagern wie Auschwitz oder Bergen-Belsen unterschied, war das Fehlen von Gaskammern und Verbrennungsöfen. Hier wurden die Menschen nicht ruck-zuck vergast, sondern durch stetige physische Überforderung bei gleichzeitiger chronischer Unterernährung und Verweigerung jedweder medizinischen Fürsorge langsamer, aber ebenso wirksam umgebracht. Wenn selbst solcherlei Strapazen bei besonders widerstandsfähigen Naturen nicht sogleich fruchteten, prügelte man mit peitschenartigen Stöcken so lange auf die Menschen ein, bis sie kaum noch einen heilen Knochen im Leib hatten und ihr Körper ein einziger großer Bluterguss war. Krematorien brauchte man erst recht nicht. Die täglich anfallenden Toten wurden bei Niedrigwasser im Sand verscharrt oder später auch einfach nur ins Meer gekippt. Solch rustikale Seebestattungen waren allerdings keine Erfindung der Nazis, sondern hatten im ganzen Einzugsbereich der Nordsee und des Kanals eine lange eigenständige Tradition. An vielen dazu besonders geeigneten Küstenabschnitten machte man sich nämlich von alters her die mahlende Bewegung der Tidenströme zunutze, Leichen rasch im Treibsand auf Nimmerwiedersehen verschwinden zu lassen. Seitdem ich diese Praxis auf Alderney mit eigenen Augen fast täglich mitansehen musste, esse ich selten Fisch und niemals Aale.

Wer aber waren die unglücklichen Insassen von Sylt? Nun, die Nazis würden sagen Abschaum, der reine Abschaum. Tatsächlich handelte es sich allgemein um besonders missliebige Individuen, die als aufsässig galten. Oft auch um ehemalige Insassen anderer Lager, die als angebliche Faulenzer und notorisch Arbeitsscheue das Missfallen der Wächter erregt hatten. Das machte aus Sylt eine Art Menetekel: wenn du nicht spurst und reinhaust, alles gibst, endest du in Sylt. Die bloße Erwähnung des Namens reichte meist als wirksame Motivationshilfe.

Daneben gab es zahlreiche allgemeine Kriminelle und politische Straftäter, die vielleicht in ihrer Heimat Flugblätter mit nazifeindlichen Parolen verbreitet, sich wehrkraftzersetzend geäußert oder Sabotageakte verübt hatten. Solche Delikte waren im Widerstreit mit allen strafrechtlichen Gepflogenheiten so allumfassend definiert, dass Humpty-Dumpty hätte Richter sein können: wenn ich ein Wort benutze, bedeutet es genau das, was ich will, das es bedeute. So kann man etwa die Entwendung einer Büroklammer als Sabotage qualifizieren und dementsprechend bestrafen. Recht, das sich mit der Hure Macht paart, gebiert Willkür.

Aus dieser Konstellation resultierte der, wenn man so will, einzige winzige Vorteil von Sylt: man traf hier gelegentlich auf sehr gebildete Leute, mit denen man kommunizieren und eine ganze Menge lernen konnte. Das war nebendran, bei den Juden vom Lager Helgoland, sicher ähnlich, aber die blieben ja nach dem Willen der Nazis unter ihresgleichen.

Würde mich jemand auffordern, die Situation im Lager Sylt zu beschreiben, ich wüsste nicht, mit welchem himmelschreienden Missstand ich beginnen sollte: mit der menschenunwürdigen

Unterbringung, der lebensgefährlichen Knochenarbeit, der systematischen Unterernährung, den häufig grassierenden Seuchen, der quälenden Parasitenplage oder den regelmäßigen Prügelexzessen? Ich bin nicht wortgewaltig genug, um das alltägliche Grauen dieses Infernos anschaulich vermitteln zu können. Weshalb ich auch viel Verständnis für die Wortkargheit oder gar Sprachlosigkeit mancher ehemaliger KZ-Insassen habe, die in Gerichten oder TV-Studios über ihre Qualen berichten sollen. Du blickst in erwartungsvolle Augen, mitfühlende Mienen und spürst instinktiv: egal, was du sagst, diese Menschen erreichst du nicht. Wer die Hölle nicht selbst durchlebt hat, wird das ganze Ausmaß des Grauens nicht erfassen können.

Jeder unbeschreiblich graue Tag der Hoffnungslosigkeit verläuft wie der vorherige. Die ganze Nacht hindurch hat der Wind durch die Ritzen zwischen den Brettern der grob zusammengeschusterten Baracken gepfiffen. Du kannst dir die vor Dreck und Ungeziefer starrende dünne Wolldecke noch so fest um den bis aufs Skelett abgemagerten Leib wickeln, sie spendet dir so gut wie keine Wärme. Nun wirst du in aller Herrgottsfrühe aus der Bretterkoje gescheucht, winters im Stockfinstern, sommers im fadenscheinigen Morgengrauen. Manchmal gibt es einen Kanten altes Brot mit wässrigem Ersatzkaffee, manchmal auch nur eine Tracht Prügel. Du blickst in die eingefallenen, grauen Gesichter mit ihren gierig auf deine dürftigen Brotkrumen starrenden toten Augen und hast das Gefühl, eben erst ihren Gräbern entstiegenen Vampiren gegenüberzusitzen. Diesen Eindruck unterstreicht auch ihre graue, aus alten Zementsäcken zusammengeflickte Kleidung, an der noch die Lehmklumpen der Graberde zu haften scheinen. Die Untoten haben Glück: auch heute wird es allem Anschein nach kein Sonnenstrahl schaffen, die dichte Wolkendecke über dem Kanal zu durchdringen. Damit können die Vampire sicher sein, dass sie nicht bei der ersten Berührung mit dem Sonnenlicht zu Staub zerfallen. Heute nicht.

Was diesen Vampiren allerdings fehlt, um wirklich furchterregend zu sein, sind Zähne, die sie in die Hälse ihrer Peiniger schlagen und sie bis auf den letzten Blutstropfen leersaugen könnten. So tot die Augen, so zahnlos die Mundhöhlen und so eingefallen die Wangen. Zähne, die nicht dem Skorbut zum Opfer fielen, wurden von den Wärtern ausgeschlagen. Das waren übrigens nicht nur Deutsche, sondern meist sogar andere Strafgefangene, gern Ukrainer zum Beispiel, die sich besonders hervortaten und wie folgsame Hunde von ihren Herren auf unsereinen gehetzt wurden.

Dann folgt der Marsch zu einer der unzähligen Baustellen. So kurz der Weg auf der kleinen Insel sein mochte, geriet er den meisten von uns zur Pein, weil kaum jemand Schuhe an den Füßen hatte. Russen, Ukrainer, Kasachen, Mongolen und andere waren gewohnt, selbst im Winter auf ihren seltsamen, mit Stroh gefütterten Fußlappen durch die Landschaft zu tappen. Wir mussten erst mühsam lernen, wie man die Dinger wickelt, damit sie nicht sofort wieder abfallen und wie man sie mit etwas Gras ausstaffiert, damit sie die Wärme leidlich halten. Kein Wunder, dass unsere Füße zumal anfangs wie rohe Fleischstücke aussahen. Einziger Trost: es vertreibt den Fußschweiß, nicht aber den Fußpilz, der sich unbehandelt mehr oder weniger über den ganzen Körper ausbreitet. Wer unterwegs schlappmacht, wird geprügelt, bis er wieder aufsteht oder für immer liegenbleibt, egal, ob jetzt und hier oder wenig später am Arbeitsplatz, den du ja erst mal erreichen musst.

Gebuddelt, gesprengt und gebaut wurde hier überall. Wir Sylter hatten ein Abonnement für die gefährlichsten Baustellen, meist Tunnels oder unterirdische Bunker und Magazine. Die mussten irgendwie ins Granitgestein gegraben werden. Sprengungen waren daher an der Tagesordnung. Die alles entscheidende Überlebensfrage war dann, wo und wann die nächste Ladung hochgehen würde. Die Deutschen bewiesen die ihnen eigene Form von Humor, die sie Schadenfreude nennen, indem sie uns entweder gar nicht oder häufig erst sehr spät vor der unmittelbar bevorstehenden Detonation warnten. Und selbst dann ließen sie uns über die genaue Lage und Stärke der Sprengladung im Unklaren. Wir fanden das weit weniger lustig, zumal die Deutschen sich auch keinerlei Mühe machten, etwa auf Englisch die Richtung anzugeben. Dafür hätten sie ausnahmslos genug von der Fremdsprache gekonnt. Und wenn sie gestikulierten, wussten wir meist nicht, was sie meinten – die Richtung, aus der gleich die Gesteinsbrocken auf uns zufliegen würden, oder die Richtung, in die wir laufen sollten, damit das nicht passierte. Unzureichend abgestützte Tunneldecken brachen immer mal wieder ein und begruben Arbeiter unter sich. Der Abraum wurde mangels anderer Behältnisse in leere Zementsäcke gefüllt, so dass die spitzen Steine sich in unsere Haut auf Schultern und Rücken pressten und die Säcke immer wieder zerrissen. Die Luft in den kaum mannshohen Tunnels wurde mit wachsender Tiefe so sauerstoffarm, dass wir oft nur noch schwer keuchend auf allen Vieren kriechen konnten.

Atemschutzmasken gab es nicht. Wer mit Zement hantiert, atmete das Zeug zwangsläufig ein und holte sich über kurz oder lang eine Staublunge. Das war insofern kein Beinbruch, als die meisten von uns sowieso an Unterernährung starben, lange bevor die Staublunge von ihrem Optionsrecht Gebrauch machen konnte. Ging es etwa um die Errichtung von Beobachtungstürmen, also Hoch- statt Tiefbau, waren die vom Kran nach oben zu hievenden Bauteile und Gerätschaften oft nur schlampig gesichert, so dass manch einer von herabfallenden Balken, Blöcken, Pfeilern oder schweren Betonplatten erschlagen wurde.

Mittagspausen gab es. Deren Funktion schien aber weniger darin zu bestehen, den Arbeitern Gelegenheit zum Essen zu geben, als vielmehr darin, sie über die harte Arbeit nicht ihren Hunger vergessen zu lassen. Diesen Eindruck musste man haben, wenn man vor dem Napf saß und in das dünne Wassersüppchen blickte, die uns regelmäßig angeboten wurde.

Abends spät ging's zurück ins Lager. Erneut brechen dabei Männer zusammen und werden halbtot geschlagen. Immerhin: wenn sie's überleben, bleibt ihnen so die Nacht, sich ein wenig zu erholen und so weit wieder zu Kräften zu kommen, dass sie am nächsten Morgen zur Arbeit gehen können. Denn wer sich morgens nicht mehr von seinem Lager erhebt, ist abends nicht mehr da.

Die Etagenkojen waren wie alles andere aus billigem Bauholz zusammengezimmert und sahen aus wie überlange Apfelsinenkisten Jeder Sarg ist vermutlich bequemer. Keine Matratzen, nur grobe Wolldecken, die einem oft auch noch geklaut wurden. Beschwerte man sich darüber bei den Wächtern, fragten die nur ironisch, ob man denn vergessen habe, seinen Namen einzusticken. Wenn es eine Gattung Lebewesen gibt, die sich an Sylt stets mit besonderer Wehmut erinnern werden, dann die Flöhe. Wir alle waren von Kopf bis Fuß zerbissen. Ganze Herden dieser lästigen Parasiten begrüßten uns jeden Abend quasi schwanzwedelnd in den Betten. Sie wussten wohl, dass wir einfach zu erschöpft waren, uns gegen die durstigen Plagegeister zur Wehr zu setzen.

Apropos Plagegeister. Keiner Schicksalsgemeinschaft gleich welcher Art kann es je materiell so schlecht ergehen, als dass Besitzstreitigkeiten und Eigentumsdelikte mangels Masse von vornherein ausscheiden. Das sagte mir mein Untermann in der Etagenkoje eines nachts. Kluger Mann, Holländer, war viele Jahre als Landarzt in Flandern tätig gewesen und von den Deutschen hierher deportiert, weil er angeblich Kühe vergiftet hatte. Die Gier nach Besitz, fuhr der Holländer fort, ist die stärkste Triebfeder menschlichen Handelns nach dem unstillbaren Drang, sich fortzupflanzen. Wobei Sexualität und materielle Gier einander ergänzen. Wenn man erfolgreichen Geschäftsleuten glauben darf, ist nichts ist so aufgeilend wie ein vorteilhafter Abschluss. Im Angesicht unserer Mitmenschen, sagte er, ist nichts so wertlos, als dass es sich nicht lohnen würde, es in seinen Besitz zu bringen: ein Eckchen steinhartes Brot, Fußlappen, Kleidungsfetzen, Wolldecken, zerrupfte Bürsten, völlig egal, Hauptsache meins. Wenn Besitz Diebstahl ist, sagte er, verschaffe ich als Dieb im Grunde einem höheren Recht Geltung und bestrafe den Besitzer für seine asoziale Haltung. Alles eine Frage der Perspektive.

Dinge, denen im normalen Leben keiner von uns auch nur einen Blick schenken würde, gewinnen unter Umständen wie diesen so grotesk an Wert, dass viele bereit sind, dafür zu morden. Zumal dann, wenn, wie im Lager Sylt, das menschliche Leben sowieso nichts mehr zu zählen scheint. Und das Beste: bei meinen

Mithäftlingen handelte es sich vielfach um Kommunisten, denen Privatbesitz schon aus ideologischen Gründen Anathema sein solle. Und doch stahlen auch sie wie die Raben und keineswegs immer aus purer Not.

Wie weltfremd oder verblendet muss dieser Karl Marx gewesen sein, dass er übersehen konnte, dass sich der Mensch vor allem über seinen Besitz definiert. Nimmst du ihm diese Triebfeder, so jedenfalls meine Erfahrung vom Deck des Totenschiffs Alderney, wird er zum Zombie.

„Und wie haben die sechs nach dem Krieg eigentlich wieder zusammengefunden?“ fragte Ignace nach einer Weile stummen Staunens. Er brauchte offensichtlich eine Weile, um das, was Laura ihm am Abend zuhause in geraffter Form über Ronny und dessen Aufenthalt im Lager Sylt berichtet hatte, einigermaßen zu verdauen. Kein Wunder, ging es doch auch Laura gehörig unter die Haut.

„Nun, wie es aussieht, hat Lamont sie einen nach dem anderen aufgespürt und wieder zusammengeführt. Das mag uns heute seltsam erscheinen, aber damals, zur Stunde null, als die Welt in Trümmern lag und sich fast schon der nächste Krieg am Horizont abzeichnete, war so mancher vermutlich froh, im Nachkriegschaos von einer mehr oder weniger fest gefügten Gruppe aufgefangen zu werden. Keiner der sechs hatte ja zu diesem Zeitpunkt Frau oder Familie. Doch, ich kann das durchaus nachvollziehen.“

„Aber sie hatten doch längst nichts mehr gemein.“

„Das würde ich so nicht sagen. Selbst wenn es zutrifft, was man sagt, dass jedes Kriegsjahr für die beteiligten Menschen doppelt zählt, waren sie ja nicht so schrecklich lange voneinander getrennt gewesen. Und, wie gesagt, ohne eigenen Anhang konnten sie neu durchstarten, mussten auf niemanden Rücksicht nehmen. Sie hatten wohl das Gefühl, die Gesellschaft schulde ihnen etwas und waren entschlossen, diesen Wechsel einzulösen. Wobei ihnen die während des Krieges gemachten schrecklichen Erfahrungen in gewisser Weise nun zugutekamen.“

„Sechs Rambos?“

Laura lachte.

„Ja, kann man so sehen. Der erste Rambo, wohlgemerkt, der dazu getrieben wird, den gnadenlosen Guerillakrieg Vietnams in das verschlafene Städtchen Hope zu tragen. Mach' kaputt, was dich kaputt macht, lautete eine Losung der sechziger Jahre. Und dann war da noch der Schatz. Den hatten sie ja in der Höhle zurückgelassen. Da keiner vom Verbleib der anderen wusste und nicht einmal sicher sein konnte, dass außer ihm selbst irgendein anderes Mitglied der Gang den Krieg überlebt hatte, kehrte nach

1945 jeder umgehend dorthin zurück. Merkwürdig, dass keiner dem anderen da bereits über den Weg gelaufen zu sein scheint."

„Werden sich wohl eher bedeckt gehalten haben. Außerdem waren da vermutlich noch deutsche Kriegsgefangene und ihre britischen Bewacher. Aber lass' mich raten: der Schatz war nicht mehr da."

„So ist es. Alle kamen sie mit leeren Händen zurück. Das leistete allerlei Gerüchten Vorschub. Natürlich konnte ein Einheimischer, zum Beispiel ein Fischer oder auch spielende Kinder, die zufällig in die Höhle geraten waren, den Rucksack mit dem Geld und den Preziosen gefunden und mitgenommen haben."

„Oder, wer weiß, vielleicht auch ein gegen Kriegsende desertierter Deutscher, der sich dort verborgen hielt, bis alles vorüber war."

Laura schüttelte den Kopf.

„Sehr unwahrscheinlich. Es hat lange gedauert, bis sich die Deutschen auf den Kanalinseln endlich dem Kapitulationsbefehl des Admirals Dönitz fügten. So lange hätte es vermutlich niemand in der Höhle ausgehalten. Die deutschen Feldjäger wurden gerade bei Kriegsende noch mal so richtig aktiv und knüpften Deserteure gleich im Dutzend am Wegesrand auf."

„Dann bleibt nur noch eine Möglichkeit."

„Nämlich?"

„Jemand hat den Rucksack damals schon unbemerkt mitgehen lassen."

„Und wer, mein lieber Watson, soll das gewesen sein?"

„Lamont. Er wäre mein Favorit."

„Wie das? Der ging doch als erster, wenn ich ihn richtig verstanden habe."

Schon. Aber wohin?"

„Er kam nicht mehr dazu, mir das im Einzelnen zu erzählen und ich hatte, ehrlich gesagt, auch ein wenig das Interesse an seiner Saga verloren."

„Was, wenn er wenig später wiederkam, als er sicher sein konnte, dass niemand mehr in der Höhle zurückgeblieben war? Nach allem, was Ronny über den Duke schreibt, ist meine Theorie die, dass Lamont gar nicht erst abgehauen ist, sondern irgendwo in einem Versteck in der Nähe blieb, von wo aus er die Höhle im Auge behalten konnte. Als alle seine Kameraden ausgeflogen waren, schlich er zurück und nahm den Rucksack an sich."

„Möglich. Aber wozu? Er musste doch damit rechnen, von den Deutschen erwischt zu werden und dann wäre der schöne Schatz nicht nur futsch gewesen, sondern hätte ihn noch tiefer in die Scheiße geritten, sorry."

„Es sei denn, er versteckte den Rucksack an einem anderen Ort, den fortan nur er kannte und stellte sich dann erst den Deutschen. Die werden ihn vermutlich verhört und brutal misshandelt haben. Aber bevor sie ihn totprügelten, aufknüpften oder erschossen, hat er dem befehlshabenden Offizier vielleicht ein Angebot gemacht, das der nur schlecht ablehnen konnte."

„Du meinst, er hat sich mit dem Schatz von den Deutschen genauso freigekauft, wie der deutsche Landser sich zuvor von den Yarmouth Sechs? Wie soll er das gemacht haben? Die Deutschen hätten ihm doch den Schatz einfach abgenommen und ihn als Mitwisser erst recht umgebracht."

„Lamont ist ein gerissener Hund. Vielleicht ging es so über die Bühne: er schlug zum Beispiel dem leitenden Offizier vor, ihn gegen die Preisgabe des neuen Verstecks entweder des ganzen Schatzes oder, wahrscheinlicher, eines Teils desselben, nach Guernsey zu verfrachten. Angeblich, um dort als Gefangener bei der Kommandantur abgeliefert zu werden. So hatte der Deutsche eine gewisse Garantie, denn Lamont war für ihn auch auf Guernsey ja immer noch relativ leicht greifbar. Die Garantie für den Briten könnte darin gelegen haben, dass der deutsche Offizier sich schwergetan hätte, seinen Vorgesetzten zu erklären, wie und warum Lamont nach Guernsey gelangt war."

Laura lachte erneut laut.

„Nicht schlecht, Watson. Erinnere mich daran, dass wir demnächst zusammen ein Ding drehen, wenn es mit dem Kredit nicht wie gewünscht laufen sollte."

„Meine väterlichen Gene. Was kann ich dafür."

„Alles entschuldigen die aber auch nicht. Gut. Nehmen wir an, es habe sich so oder so ähnlich abgespielt. Wenn er aber ein solch falscher Fuffziger war, warum sollte er dann nach dem Krieg die Yarmouth Sechs wieder zusammentrommeln?"

Ignace zuckte mit den Schultern.

„Dafür lassen sich mindestens zwei Gründe denken, Mrs. Holmes. Zum einen wollte er vermutlich nicht den Rest seines Lebens über die Schulter blicken und darauf warten müssen, dass der eine oder andere seiner ehemaligen Kameraden ihn aufspürte und umbrachte. Zum zweiten war er, ist er, ein Berufsverbrecher, der wie ein kluger Politiker stets alle sich ihm bietenden Optionen abwägt, das ist das ABC des Verbrechens wie auch der Politik. Zur Verwirklichung seiner Pläne brauchte er in jedem Falle zuverlässige Mitarbeiter. Die sind in diesem Milieu nicht so leicht zu bekommen, wem sage ich das. Die fünf ehemaligen Kumpel Lamonts waren erste Wahl: allesamt jung, anhanglos, skrupellos, mittellos. Jeder ein Spezialist auf Gebieten, die man auch für gewisse illegitime zivile Zwecke gebrauchen kann…"

„Aber er musste doch fürchten, dass ihm jeder von denen bei erstbester Gelegenheit an den Kragen gehen würde."

„Nicht unbedingt. Wenn sie ihn umbrachten, hatten sie gar nichts außer der Genugtuung, Rache geübt zu haben. Davon konnten sie nicht leben. Zweitens hast du ja selbst geschildert, über welchen Charme und welches Charisma der Mann noch im hohen Alter verfügt. Er hat die silberne Zunge, die Gabe, sich aus einer fest geschlossenen Papiertüte herauszureden, ohne sie zu zerreißen. Und, nicht zu vergessen, er besaß die nötige Entschlusskraft und Skrupellosigkeit, das hatte er ja schon in der kritischen Situation mit dem ertrinkenden Gooey bewiesen. Kurzum, er verfügte über alle Eigenschaften eines geborenen Anführers. Das spürten seine ehemaligen Kameraden in ihren Knochen und wussten, zusammen und an seiner Seite würden sie es zu etwas bringen. Wenn die Yarmouth Sechs eine Verbrecherkarriere machen wollten, und viel Anderes kam ja für jemand, der sehr schnell sehr reich werden will, nicht in Frage, dann war Lamont ihr Mann. Ronnys Protokoll einer ihrer ersten Zusammenkünfte scheint mir diesbezüglich bezeichnend. Wo ist das noch gleich?"

Laura setzte ihre Brille auf, fand den Text, den Ignace meinte und überflog ihn. Inzwischen konnte sie Ronnys schlimme Klaue ganz gut entziffern.

Wir trafen uns in einer Kneipe im Schatten der Tower Bridge. Der Fuchs und das Frettchen, so hieß dieser jamaikanisch angehauchte Bums, sollte in den folgenden Jahren zu einer unserer Stammkneipen werden. Der Duke hielt es für besser, in unregelmäßiger Folge zwischen mehreren Pubs zu wechseln, um es den Cops der Metropolitan nicht zu leicht zu machen, uns zu beschatten und abzuhören. Als ich eintrat, saß der Duke schon da, gegenüber dem Eingang, mit dem Rücken gegen die Wand, wie ein Profi das halt so macht. Er blickte mich lächelnd an, als könne er kein Wässerchen trüben. Ich war sicher, dass er unter dem Tisch eine Kanone auf mich gerichtet hielt und bewegte mich dementsprechend gemessen, die Hände immer etwas vom Körper abgespreizt.

Einen Moment lang hatte ich befürchtet, er würde aufstehen und mir einen Judaskuss verpassen, doch das blieb mir erspart. Ich sah mich vorsichtig um, was er natürlich sofort bemerkte und zum Anlass nahm, den Beleidigten zu spielen. Ich würde noch oft Gelegenheit haben, zu bewundern wie schnell und sicher er einen öffentlichen, von Menschen wimmelnden Raum, den er betrat, auf Ungeziefer screenen konnte. Auf seinen Instinkt war absolut Verlass. Wenn du ihn irgendwo sitzen oder stehen sahst, draußen oder drinnen, und er den Kragen seiner Jacke oder seines Mantels wie beiläufig hochschlug, dann wusstest du: beidrehen, zurückpaddeln. Aber das war später. Jetzt und hier saß er nur da, lächelte mich selig an und deutete auf den Stuhl zu seiner Rechten. Ich legte ab, setzte mich zu ihm und bestellte ein Guinness.

Das nun folgende Gespräch war eines der merkwürdigsten, die ich überhaupt je geführt habe. Wir standen beide unter Strom. Ich hatte mir eine Reihe von Fragen zurechtgelegt, die er, wie mir jetzt klar wurde, vermutlich antizipiert und im Vorgriff beantwortet hatte. Die konnte ich mir also gleich mal sparen. Stattdessen unterhielten wir uns zwar nicht über das Wetter, aber über allerlei andere Belanglosigkeiten, als hätten wir uns ein paar

Tage nicht gesehen und würden kurz irgendwelche, uns persönlich kaum tangierende Alltäglichkeiten Revue passieren lassen, die sich in der Zwischenzeit in der Nachbarschaft ereignet hatten. Gespenstisch, wenn ich daran denke. Aber er hatte diese irgendwie sedierende Wirkung auf Menschen, wie Heroin auf zwei Beinen.

Als nächster trudelte Hooch ein. Ich hätte ihn fast nicht erkannt, so abgemagert und abgerissen kam er daher. Erst, als er den Mund aufmachte, konnten wir sicher sein, dass er es war und nicht etwa sein Zwillingsbruder, von dem er uns nichts erzählt hatte. Er hatte sich kaum zu uns gesetzt, als er auch schon in den Chor einstimmte und uns ein paar seiner Iren-Witze unterjubelte. Ich kam mir vor wie in einer Paviankolonie bei der gegenseitigen Fellpflege. Bloß nicht an Dinge rühren, die Staub aufwirbeln und die Gespenster der Vergangenheit wecken konnten. So hielten es auch die vier anderen, die nacheinander eintrafen. Schnee von gestern, war das unausgesprochene Motto. Lasst uns die alten Geschichten zu Grabe tragen und einen Neuanfang machen. Der Duke war vermutlich eine Ratte, aber eine, die wusste, wo's zum kalten Büffet ging.

Ich erinnerte mich unwillkürlich daran, wie ich damals im Lager Sylt die Mitgefangenen gemustert hatte. Die Jungs sahen auch nicht viel besser aus, waren hager und aschfahl, nach allem, was sie so durchgemacht hatten. Was uns von den Sträflingen auf Alderney unterschied, außer den Zähnen und der Kleidung, so ärmlich unsere jetzige auch aussah, war vor allem dieses Fünkchen Hoffnung in aller Augen. Wir alle spürten, dass es von nun an mit uns aufwärtsgehen würde, dass niemand die Yarmouth Sechs aufhalten würde.

Der Schatz kam seltsamerweise so gut wie nie zur Sprache. Warum auch? Der Duke trug keinerlei Anzeichen materiellen Reichtums zur Schau. Er mochte den Schatz entwendet haben, wohlhabend war er durch ihn offensichtlich nicht geworden. Das genügte uns irgendwie. Nein, er hat es geschafft, uns um den Finger zu wickeln. Was ihm dabei zweifellos geholfen hat, war das Fehlen eines moralischen Koordinatensystems. Die Nazis hatten den Krieg verloren, sicher. Doch mit etwas Abstand betrachtet, hatten sie es geschafft, uns allen die Brüchigkeit, die elementare Labilität der bis dahin als unverbrüchlich gepriesenen humanitären Wertvorstellungen vor Augen zu führen. Niemand, absolut niemand überlebt einen solch gnadenlosen, auf die totale Vernichtung der Menschen gerichteten Krieg wie diesen, ohne seinen besten Freund verraten zu haben oder von ihm verraten worden zu sein. Das zeigte nicht zuletzt die paradoxe Ambivalenz der Nürnberger Prozesse. Das war keine echte Dichotomie von Gut und Böse im Sinne von: weiße Dame schlägt schwarzen Turm. Nein, es war ein Festival der Siegerjustiz. Hier die Nazis auf dem Armsünderbänkchen, dort die Vertreter der Anklage und der Richter. Wieviel hatte denn am Ende gefehlt, fragte Göring sinngemäß in seiner Wortmeldung, damit das gleiche Schauspiel mit umgekehrter Rollenverteilung stattfinden würde? Nicht viel mehr, als ein paar Panzer und das eine oder andere Regiment der Waffen-SS mehr auf den Höhen der normannischen Küste. Wenn dem so war, wie sollten wir, die wir alle irgendeinen Dreck am Stecken hatten, Lamont den Prozess machen? Hätte auch nur einer von uns einen Stein aufgelesen, um ihn auf den Duke zu werfen, es wäre darunter Ungeziefer zum Vorschein gekommen, das uns hätte schaudern lassen. Damals, im Fuchs und Frettchen, hätte ich das noch nicht so klar und deutlich formulieren können, aber zumindest unterbewusst war es mir schon gewärtig. Hitler und seine Clique hatten nicht nur den Bewohnern der Kanalinseln, sondern der ganzen Menschheit ihre ungeschminkte Fratze im Spiegel gezeigt. Und als er sich im Führerbunker die Kugel gab, mag es ihm zur Genugtuung gereicht haben zu wissen, dass diese eine virtuelle Errungenschaft die tausend Jahre Bestand haben würde, die seinem materiellen Imperium nicht vergönnt gewesen waren.

An jenem Abend planten wir unseren ersten gemeinsamen Überfall. Die Zeit forderte uns regelrecht dazu heraus. Überall in London fanden Aufräumungsarbeiten statt. Alles war in Bewegung, viele suchten nach Angehörigen, niemand hatte den Überblick. Aber Banken müssen trotzdem immer funktionieren. Einige

Geldinstitute hatten den Krieg mehr oder minder unversehrt überlebt und das englische Pfund wurde, so kurz nach Bretton Woods, neben dem amerikanischen Dollar zum weltweit akzeptierten Goldstandard.

Andererseits erschwerte uns das allgemeine Verkehrschaos die Logistik. Anfahrts- und Fluchtwege musste man schon parat haben, sonst riskierte man, beim haarsträubenden Zickzack um die Trümmerhaufen und durch die Hinterhöfe, vorbei an ellenlangen Warteschlangen, die von Frauen und Kindern gezogenen, hoffnungslos überladenen Karren, umgestürzten LKWs und ohne Treibstoff oder mit defektem Motor liegengebliebenen PKWs eingekeilt zu werden. Wenn ich allein an die Verfolgungsjagden durch Trümmergrundstücke denke! Da und dort strömte Gas aus geborstenen Leitungen. Wilde Schusswechsel hätten den ganzen Rest des Hauses in die Luft gejagt. Es waren die verrückten Jahre der Gründerzeit der Yarmouth Sechs im neuen Look der erfolgreichen Gangsterbande.

Doch was heißt Gangsterbande? Mit zunehmendem Wohlstand stiegen wir auch im Ansehen und wurden praktisch zu Gesellschaftern einer x-beliebigen GmbH & Co KG mit Lamont als unserem Geschäftsführer. Manche unserer insgesamt eher seltenen Zusammenkünfte, die der Bestandsaufnahme dienten, glichen zunehmend den Rechenschaftsberichten des Vorstands an die ehrenwerten Anteilseigner. Türen, von denen man uns früher mit Hunden verjagt hätte, öffneten sich plötzlich und Lakaien, die uns früher bestenfalls einen Fußtritt versetzt hätten, leckten uns nun, bildlich gesprochen, die Stiefel. Nichts ist so erfolgreich wie der Erfolg, pflegte der Duke immer zu sagen.

‚Im Felde' agierten wir nur anfangs wirklich gemeinsam, dann aber zunehmend asymmetrisch: mal führten drei von uns einen Überfall durch, dann machten zwei andere einen Bruch, vier taten sich zusammen, um einen Geldtransport zu überfallen und so weiter. Die jeweilige Beute - wir sprachen lieber von Geschäftserlösen - wanderte in den gemeinsamen Topf. Das klappte erstaunlich reibungslos. Keiner monierte je, er hätte doch viel mehr geleistet als dieser oder jener und insofern Anspruch auf einen größeren Anteil und so weiter. Dazu war unsere Gemeinschaft einfach zu gereift, zu abgeklärt. Wenn jemand wirklich ungewöhnliche Aufwendungen geltend machen konnte, wurden ihm diese anstandslos erstattet. Ging jemand der Polizei ins Netz, trat ein Heer von Anwälten in Aktion. Wenn selbst die mal wenig ausrichten konnten, taten wir alles, den Betroffenen den zumeist nur kurzen Aufenthalt im ‚Sanatorium', wie wir zu sagen pflegten, so komfortabel wie nur irgend möglich zu gestalten. Für Angehörige wurde sowieso stets gesorgt, das war Ehrensache. Alles in allem eine gut geölte Maschine, die leise brummend in Gang blieb.

„Alles gut und schön," sagte Ignace.

„Aber was sagt uns das im Hinblick auf die Morde? Wo ist das schwarze Loch, von dem du am Telefon sprachst? Bei so viel eitel Sonnenschein…?"

Laura lächelte.

„Es starrt dir gerade ins Gesicht, mein Lieber. Du hast doch selbst gesagt, dass die Lösung nicht in der Liste zu finden sei, sondern in etwas, das sich quasi auf ihrer Rückseite der befindet."

„Ja, und?"

„Damit hattest du Recht. Ich hätte von Anfang an auf dich hören sollen. Das schwarze Loch hat einen Namen und der lautet… Gooey."

ACHTES KAPITEL

1. Der Deal

„Gooey? Sie sprechen von Peter Collins? Wie kommen Sie darauf? Der ist doch bei dem Unternehmen ertrunken."

Der Chief Superintendent außer Dienst war ganz offensichtlich verblüfft, was Laura als Zeichen dafür nahm, dass dem Yard die genauen Umstände des Ablebens Gooeys unbekannt waren. Nicht nur Lamont, sondern auch seine fünf Kameraden hatten augenscheinlich all die Jahre dichtgehalten. Umso erstaunlicher, dass der Boxer vom wahren Sachverhalt Wind bekommen haben musste. Auf welche Weise und, vor allem, warum erst so spät? Das waren Fragen, die vermutlich nur er beantworten konnte. Wenn man seiner denn lebend habhaft werden würde, was keineswegs ausgemacht war.

„Falls Sie mehr wissen, als wir, müssen Sie es uns sagen, Laura, sonst machen Sie sich unter Umständen der Behinderung der Justiz schuldig und das ist eine Straftat."

Laura lachte.

„So weit kommt's. Ich bin seit etwa einem Monat an der Sache dran und weiß, was ich weiß. Der Yard knabbert seit mehreren Jahrzehnten an dem Fall, was sage ich, seit einem halben Jahrhundert. Zeit genug, seinen umfangreichen Apparat effektiv einzusetzen. Sollte es daran liegen, dass er andere Dinge regelmäßig für wichtiger gehalten hat? Kein Wunder, dass bis heute nicht beeindruckend viel bei Ihrer Ermittlungsarbeit herausgekommen ist, mit Verlaub. Versuchen Sie nicht, jetzt, da Ihnen eine blutige Anfängerin den Donner zu stehlen droht, mir Angst einzujagen, Harry, daran sind schon ganz andere gescheitert."

Einen Augenblick lang herrschte verlegenes Schweigen. Dann begann Colestron, sanft zurück zu rudern.

„Gut, Laura, ich glaube, Sie gehen da etwas zu streng mit uns ins Gericht. Dessen ungeachtet, entschuldige ich mich für den dienstlichen Ton, zumal der mir als Rentner gar nicht gut ansteht.

Die Macht der Gewohnheit, sorry. Um auf diesen Collins alias Gooey zurückzukommen, so haben wir uns in der Tat nie sehr intensiv mit ihm befasst. Warum hätten wir das auch tun sollen?"

„Ja, das verstehe ich. Ignace und ich ignorierten ihn anfangs ebenfalls, bis er vor kurzem überraschend auf unserem Schirm aufblippte. Von dem Augenblick überdachten wir die Sache noch einmal neu und wandten die Sherlock Holmes-Methode der Elimination an: wenn kein Nachkomme der sechs auf der Liste als Mörder in Frage kam, musste es sich, so verwunderlich es klingt, um jemand handeln, der selbst nicht auf der Liste stand, aber dessen Schatten die ganze Zeit auf sie fiel. Hätten wir uns etwas früher die Mühe gemacht… Aber lassen wir das. Von mir aus trösten Sie sich mit dem Gedanken, dass nur eine typisch deutsche Pedantin auf dieses schmale Brett kommen konnte. Außerdem kann sich ja auch die sehr bald wieder in Luft auflösen. Ist Ihnen bekannt, ob Collins Nachkommen hatte, Kinder, die zum Zeitpunkt seines scheinbaren Todes bereits existierten oder unterwegs waren?"

„Vage. Letzteres, soweit ich mich erinnere. Seine Witwe bezog… Doch, jetzt, wo Sie es sagen, fällt es mir wieder ein. Die Witwe war damals schwanger, stand kurz vor der Niederkunft. Tragische Sache. In Friedenszeiten wären die Gazetten voll davon gewesen, aber im Krieg, mein Gott, im Krieg gab es schließlich Tausende solcher Schicksale. Collins unterhielt offenbar Beziehungen zu einer Frau, die etwas älter war, als er. Sie hat das Kind vermutlich hinter seinem Rücken geplant, wie man so sagt. Das kam öfter vor in jenen Jahren. Die Frauen wussten ja nie, ob sie ihre Männer nach deren jeweils jüngstem Heimaturlaub wiedersehen würden. Und in Gooeys Fall erwies sich dieses Vorgehen dann auch als angebracht. So sah es damals jedenfalls aus."

„Und das Kind?"

„Erblickte nur Wochen nach Collins' Tod das Licht der Welt. Ein Junge, wenn mich nicht alles täuscht."

„Wissen Sie, was aus dem Knaben geworden ist?"

„Mutter und Kind kamen zwei oder drei Jahre später bei einem Verkehrsunfall ums Leben, wenn mich nicht alles täuscht. Ich verifiziere das noch mal für Sie. Auch deshalb rückte Gooey sehr bald ganz aus unserem Blickfeld. Mit ihm galt seine Sippe als ausgelöscht. Was versprechen Sie sich davon, ihn jetzt zu exhumieren?"

Laura überlegte kurz.

„Unter uns, Harry, nicht das Geringste," log sie.

„Ich hätte diese ganze Geschichte sowieso längst zu den Akten gelegt, wo ich doch, weiß Gott, andere, dringlichere Vorgänge auf dem Schreibtisch liegen habe. Aber Ignace ist wie ein Schmerz... Sie wissen schon, wo. Lässt mir keine Ruhe. Solange wir nicht jedes Steinchen am Wegesrand umgedreht haben, lässt er nicht locker. Bemerkenswert, seine Beharrlichkeit, aber irgendwann auch ziemlich lästig. Deshalb meine Bitte: tun Sie mir den Gefallen, klemmen Sie Ihr Kantinenkärtchen unter den Arm und entstauben Sie noch einmal ein paar Akten. Ihnen stehen in London andere Möglichkeiten zur Verfügung, als mir hier in Hamburg. Ich stünde tief in Ihrer Schuld. Wie geht's eigentlich Parsifal?"

Laura war, als könnte sie am anderen Ende den Chief Superintendent schnurren hören.

„Mach' ich, Laura, weil Sie's sind. Parsifal heult sich in jüngster Zeit in die Moderne. Gestern Abend beim Gassigehen klang das für mich wie Frank Sinatra. Sonst alles okay bei Ihnen?"

„Sinatra, eh? Der Musikgeschmack von Hunden, was soll man machen. Ist alles okay mit mir? Aber so was von. Der Kredit steckt immer noch in einer anscheinend verstopften Pipeline, die Rechnung vom Finanzamt ist überraschend gesalzen....Alles , bestens, Monsieur le Marquis."

„Dann wünsche ich Ihnen alles Gute. Ich melde mich, sobald ich etwas in Erfahrung gebracht habe."

Laura dankte und verabschiedete sich. Dann rief sie Marquardt an.

„Wie sieht's aus, Heinz?"

Marquardt schien eher pessimistisch gestimmt, was ihm schlecht zu Gesicht stand.

„Ich gebe uns, dir, noch diese eine, vor uns liegende Woche, dann ist der Drops gelutscht und die Chinesen erhalten vermutlich den Zuschlag. Oder die Araber. Oder die Klingonier."

„Klingonen, Heinz, Klingonen. So viel Zeit muss sein."

Laura dachte einen Augenblick nach.

„Gut, hör zu. Ich denke, ich habe noch ein As im Ärmel, um den Royal Flush voll zu machen. Die Karte spiele ich noch aus. Geht das schief, bin ich blank wie ein Babypo, verstehst du, blitzeblank. Dann kannst nicht einmal du mir mehr helfen, fürchte ich. Aber danke für deine fortgesetzte Unterstützung. Du hast getan, was du konntest. Jetzt muss ich die Hosen runterlassen."

Marquardt lachte. Zumindest hatte sie ihn wieder aufgeheitert.

„Da will ich aber dabei sein." Laura lachte ebenfalls.

„Und wenn du denkst, du hast das Glück… Im Ernst, ich werde noch mal mit Lamont sprechen und darauf hoffen müssen, dass er meinen Köder schluckt. Ich halte dich auf dem Laufenden."

Wenig später bat sie Brigitte, ihr eine Verbindung mit Lamont herzustellen, der inzwischen das Anwesen auf Jersey wieder mit seiner Hazienda auf Puerto Rico getauscht hatte. Das Herstellen der Verbindung dauerte eine Weile. Vermutlich versuchte sein Assistent, Brigitte abzuwimmeln, ohne zu wissen, welchen Blutegel er da an der Strippe hatte. Brigitte war vor vielen Jahren nicht ohne Grund die letzte Überlebende eines mörderischen Sekretärinnen-Castings gewesen, das Laura veranstaltet hatte. Diese Frau loswerden zu wollen, war ein ziemlich hoffnungsloses Unterfangen. Wie sie das in ihrem Privatleben handhabte, darüber wollte Laura gar nicht nachdenken.

Endlich stellte sie durch. Laura hörte ein Grummeln von Männerstimmen im Hintergrund, dann war unverkennbar Lamont am Apparat.

„Mrs. Förster, ich hoffe, Sie haben etwas anzubieten, das wichtig genug ist, mich um diese Zeit aus meinem Schlummer zu reißen."

Laura sah auf ihre Uhr. Auf Puerto Rico war es fast Mittag.

„Heißt es nicht, im Alter brauche man weniger Schlaf?"

„Es geht nicht um die absolute Dauer, sondern um die richtige Dosierung des Tiefschlafs, Mrs. Förster, Laura. REM und so, schon mal gehört? Aber das werden Sie irgendwann auch noch feststellen. Kommen wir vielleicht lieber zur Sache?"

„Gern, Sir Lucas. Sie sind doch eine Spielernatur, richtig? Eben. Ich möchte Ihnen eine Partie vorschlagen. Eigentlich mehr einen Deal. Er betrifft einen gewissen Peter Collins."

Schweigen. Lamont musste offenbar erst den Film seines Lebens zurückspulen. Dann räusperte er sich.

„Meinen Sie unseren Peter Collins? Gooey? Dessen Knochen bleichen seit langem auf dem Grund der Bucht von St. Malo. Mit etwas Glück treffe ich seinen Geist demnächst in einer anderen, angeblich besseren Welt."

Laura lachte. Kein fröhliches Lachen, eher eines von der aggressiven Sorte, bei der sie zugleich die Zähne fletschte, was Lamont natürlich nicht sehen konnte.

„An Ihrer Stelle würde ich nicht drauf zählen, Sir Lucas. Ich vermute mal, das Bild des vor Ihren Augen ertrinkenden Gooey erscheint ihnen immer wieder in Ihren Alpträumen. REM eben. Vielleicht ist es das, was Ihnen den Schlaf raubt, den Sie dann im Laufe der Vormittage nachholen müssen."

Wieder trat eine Weile Stille ein. Laura hörte, wie Lamont seinen Butler aus dem Zimmer schickte.

„Nehmen wir an, es wäre so. Was hat das mit Ihnen und mir zu tun?"

„Nun, sagen wir, Gooeys Geist hat auch mich im Traum heimgesucht und mir die beunruhigende Neuigkeit ins Ohr geflüstert, dass er nicht ertrunken, sondern von Ihnen ertränkt worden sei. Ein kleiner, aber feiner Unterschied, den das Strafrecht durchaus zu würdigen weiß. Sie hätten ihn unter Wasser gedrückt, bis er jämmerlich ersoffen sei."

„Und um mir diese Unterstellung zu übermitteln, lassen Sie mich wecken und ans Telefon rufen? Ich bitte um Nachsicht. Wer sagt Ihnen, dass Gooeys Version der Wahrheit entspricht? Geister lügen nicht? Aber spielen wir es ruhig mal durch. Welchen Grund sollte ich damals gehabt haben, ihn umzubringen?"

„Jedenfalls nicht den, dass die Deutschen ihn womöglich gehört hätten, wie Sie behaupteten. Vermutlich befanden Sie sich da längst außer Hörweite und außerdem war Gooey zu erfahren, um selbst unter diesen Umständen, in Todesangst, einfach loszubrüllen. Nein, Sie haben ihn umgebracht, weil Sie von Natur aus gierig und geizig sind und den Schatz lieber durch sechs, als durch sieben Personen teilen wollten. Außerdem: je weniger Leute von der Existenz des Rucksacks wussten, desto geringer das Risiko, dass jemand sich verplappern würde. Deswegen musste Gooey dran glauben."

Lamonts Atmung beschleunigte sich hörbar.

„Okay, Laura Förster, nehmen wir an, ich unterstreiche, nehmen wir an, Sie hätten Recht mit dem, was Sie behaupten. Was weiter? In einem Verfahren stünde Ihr Wort gegen meins. Die haltlose Bezichtigung durch eine Deutsche, eine Nachfahrin der ehemaligen Besatzer und Sklaventreiber der Lager von Alderney, gegen das Ehrenwort eines tapferen britischen Veteranen und sozialen Wohltäters. Ich frage Sie: wem würden englische Geschworenen Ihrer Ansicht nach wohl Glauben schenken?"

Laura schluckte. Damit hatte er zweifellos Recht. Darin steckten Glanz und Elend von Geschworenenverfahren. Wie sollen Menschen, die nachweislich auf so gut wie jedes fadenscheinige Politikergeschwätz hereinfielen, die manipulativen Manöver von Staatsanwaltschaft und Verteidigung durchschauen?

„Und selbst wenn sich wider Erwarten die Wahrheit durchsetzen würde, was hätten Sie ganz persönlich davon? Sie machen auf mich nicht den Eindruck einer naiven Idealistin, sondern eher den einer gewieften Geschäftsfrau, die weiß, auf welcher Seite ihres Sandwiches sich der Aufschnitt befindet, wie wir sagen."

Laura wurde ungeduldig.

„Geschenkt, Sir Lucas. Obwohl ich zu wissen glaube, dass es im englischen Strafrecht keine Verjährung gibt, so dass man Leute wie Sie auch noch nach Jahrzehnten zum Beispiel für Totschlag zur Verantwortung ziehen könnte. Was, nebenbei gesagt, bei uns leider nicht möglich ist. Aber lassen wir das. Wissen Sie, Anwältin war damals meine eigentliche Priorität bei der Berufswahl. Obwohl mir schwarze Robe und weiße Perücke irgendwie nicht gut zu Gesichte standen. Ich habe mich dann meinem Vater zuliebe für BWL entschieden. Und da Sie die Geschäftsfrau in mir angesprochen haben. Sie wissen, dass ich schon vor Wochen meine

Hausbank um einen größeren Kredit gebeten habe, um eine wichtige Erweiterungsinvestition finanzieren und damit chinesischen und arabischen Interessenten zuvorzukommen. Und obwohl ich den Forderungen der Bank entsprechende Bürgschaften geboten habe, bleibt der Kredit blockiert. Angeblich wegen gewisser Unstimmigkeiten bei der Bewertung immobiler Vermögenswerte. Bullshit! Der Kredit wird durch die beharrliche Wühlarbeit von Seiten eines Konkurrenzunternehmens blockiert, das seit Wochen verleumderische Gerüchte bezüglich unserer Liquidität streut."

Lamont lachte. Das Thema lag ihm sichtlich näher.

„Bedauerlich, gewiss, aber nicht völlig unerhört im harten Geschäftsleben. Was hat das mit mir zu tun?"

„Das Unternehmen, um das es geht, gehört zu Ihrer Gruppe, Ihrem Konglomerat. Ein Wort von Ihnen und das Nachtgespenst löst sich in Luft auf."

Lamont kicherte.

„Schmeichlerin. Aber ich fürchte, da überschätzen Sie meine Möglichkeiten bei weitem. Eine Galionsfigur steht selten am Steuer. Doch wie auch immer. Mal unterstellt, ich könnte dieses Machtwort tatsächlich sprechen und würde damit sogar Gehör finden, warum sollte ich Ihnen diesen Gefallen tun? Ich darf doch annehmen, Sie haben mir etwas mehr zu bieten, als die bloße Drohung, mich vor Gericht und ans Licht der Öffentlichkeit zu zerren wie einen jener armseligen KZ-Aufseher, die jahrzehntelang Beamtenrente beziehen, um im hohen Alter durch einen dummen Zufall doch noch vom Arm des Gesetzes erreicht zu werden."

Laura zögerte. Jetzt musste sie Farbe bekennen, ihre letzte Karte ausspielen.

„Zuerst muss ich wissen, ob Sie dieses Gespräch aufzeichnen."

Lamont klang, als sei dies nun wirklich das Allerletzte, an das er gedacht hätte.

„Aufzeichnen? Sie meinen, ich speichere meine Gespräche mit Hinz und Kunz? Warum sollte ich? Nein, ich kann Ihnen versichern, dass alles, was Sie mir zu sagen haben, unter uns bleibt. Ich würde Ihnen darauf sogar mein Ehrenwort geben, wenn ich nicht argwöhnte, dass Sie dem keine Bedeutung beimessen."

„Da haben Sie Recht. Gut, ich schlage Ihnen, wie gesagt, einen Deal vor."

„Sie machen mich neugierig," sagte Lamont und gähnte.

„Ihnen ist bekannt, dass ich zusammen mit meinem Sohn Ignace seit Wochen mehr oder minder intensiv hinter dem Mörder Solveigs her bin, die sein erster jugendlicher Schwarm war. Wir jagen den Killer, der dabei ist, ihre Sippe auszulöschen. Habe ich Ihre ganze Aufmerksamkeit?"

„Davon dürfen sie getrost ausgehen."

„Gut. Dann hören Sie jetzt gut zu: dank jüngster Entwicklungen in dieser Sache bin ich der festen Überzeugung, den Mörder demnächst stellen zu können. Wo der Killer dann endet, bei der Polizei und vor Gericht oder bei Ihren in Puerto Rico zu Tode gefoltert und in irgendein Säurefass gesteckt, ist mir persönlich erschreckend egal. Deshalb mein Angebot: ich liefere Ihnen den Killer frei Haus und Sie sorgen dafür, dass ich meinen Kredit bekomme, quasi als Kopfgeld. Deal?"

Lamont räusperte sich.

„Respekt, meine Liebe. Sie ziehen alle Register. Wissen Sie, wir, die Yarmouth Sechs, haben gelegentlich darüber nachgedacht, ob wir nicht auch mal eine Frau in unsere Gang aufnehmen sollten, und sei es auch nur als Geste politischer Correctness. Diesen Begriff gab es damals noch nicht, aber das Konzept machte schon die Runde. Leider hat sich eine solche bahnbrechende personalpolitische Initiative wohl auch deshalb nie durchgesetzt, weil uns keine geeignete Kandidatin über den Weg lief. Hätte es Sie damals schon gegeben und wir wären über Sie gestolpert, die Yarmouth Sechs ein halb wären vermutlich zustande gekommen."

„Das wäre ein grober Fehler gewesen. Mit mir in der Gang hätten Sie Ihre Führungsrolle bald eingebüßt. Deal?"

Lamont lachte.

„Deal, Laura Förster. Bringen Sie mir das Schwein tot oder lebendig und ich füttere Ihre Pranke mit ein paar Silberlingen."

Laura hatte kaum den Hörer aufgelegt, da wurde ihr auch schon mulmig. Woher bezog sie ihre unerschütterliche Zuversicht, dem Boxer in naher Zukunft Auge in Auge gegenüber zu stehen? Der Schuss ins Dunkle konnte gefährliche Querschläger produzieren. Was sie jetzt unbedingt brauchte, war ein geeignetes Lockmittel für den Killer.

Am späten Nachmittag hatte sie Colestron wieder am Telefon.

„Viel ist es nicht, Laura, aber es kommt sozusagen von Herzen."

„Nur zu, jeder kleine Fingerzeig wird dankend entgegengenommen."

„Nun denn. Ich hatte Recht, Mutter und Sohn starben im Juli 1950 bei einem Verkehrsunfall. Gooeys Leiche wurde nie gefunden, was bei der Natur der Gewässer um die Inseln nichts bedeuten muss."

Er hielt inne.

„Ja, wie Sie schon sagten, viel ist es wirklich nicht. Trotzdem, vielen Dank für die Mühe."

„Ich war noch nicht fertig. Da man bei Unfällen im Umfeld der Yarmouth Sechs schon damals misstrauisch war, hatte man eine pro-forma Ermittlung durchgeführt, die aber im Sande verlief. Die wenigen im Rahmen dieser Ermittlungen asservierten persönlichen Gegenstände von Mutter und Kind Collins überlebten seltsamerweise jahrzehntelang auf irgendeinem Regal in den hintersten Katakomben des alten Yards. Niemand fühlte sich zuständig, also rührte auch niemand daran. Als sich gegen Ende der achtziger, Anfang der neunziger Jahre die Technik des DNA-Abgleichs zu verfeinern begann, brauchte man Testmaterial in Hülle und Fülle und durchforstete die Asservatenkammern nach Beweismitteln, die einerseits nicht allzu kontaminiert waren, um noch brauchbar zu sein, andererseits aber auch nicht mehr Gegenstand von laufenden Ermittlungen waren. Man wollte einfach mal sehen, wie weit man mit Hilfe dieser Technik zurückgehen konnte, bis die Zell-Qualität des Testmaterials so gering war, dass die Ergebnisse der Untersuchungen nicht mehr zuverlässig genug sein würden. Dabei muss man unter anderem an eine Haarbürste aus den fünfziger Jahren geraten sein, die der Geliebten Gooeys gehört hatte und neben deren Haaren auch Proben Gooeys und des kleinen Jungen aufwies."

Er hielt wieder inne.

„Ja und? Wollen Sie mir sagen, Gooey sei nicht der leibliche Vater gewesen?" Colestron lachte.

„Doch, doch, war er. Aber jetzt kommt's. Am Tatort eines der jüngsten Mordfälle, dem auf dem Gerissenen Luder, fand man Hautzellen, deren DNA weder einem der Opfer, noch einem der beiden angeblichen Finder zuzuordnen waren. Man steckte die DNA in den Computerabgleich und, was soll ich Ihnen sagen, landete einen unglaublichen Treffer. Unglaublich im wahrsten Sinne des Wortes."

Wieder hielt er inne. Laura wurde es allmählich zu bunt.

„Ja, und was weiter? Lassen Sie sich doch nicht jedes Wort aus der Nase ziehen."

Doch der Chief war entschlossen, seinen kleinen Triumph weidlich auszukosten.

„Die DNA-Probe legte nahe, dass es sich bei dem Killer um Gooeys Sohn handelt."

Der Haken hatte gesessen. Laura verstand die Welt nicht mehr und schwieg erst mal eine Weile.

„Wie soll das angehen?" fragte sie schließlich eher sich selbst als den CS.

„Jemand muss sich geirrt haben. Die Proben wurden verwechselt?"

Colestron schnaufte.

„Das haben die sich im Yard auch zunächst gesagt und den Test wiederholen lassen. Mit demselben Ergebnis. Die Wissenschaftler sagen uns, die DNA lüge nie. Aber Sie haben recht, es hat schon absurde Fälle gegeben, die man lieber unter der Decke hält."

„Wie den der Suche nach einer mordenden, stehlenden und raubenden Frau, die ganz Deutschland zu durchstreifen und mit unterschiedlichsten Straftaten zu überziehen schien: mal ein Einbruch in eine Gartenlaube, dann Mord, dann ein Raub und so weiter. Widersprach allen kriminalistischen Erfahrungswerten, denen gemäß Täter ihrer Sparte treu zu bleiben pflegen: Einbrecher morden selten, Mörder werden nicht zu Taschendieben. Bis man draufkam, dass die Q-Tipps, mit denen die Spurensicherer arbeiten, bei der Herstellung mit der DANN einer Arbeiterin des Unternehmens kontaminiert worden waren."

„Richtig. Solche Ausreißer hat es immer wieder mal gegeben. Wie dem auch sei: hier scheint die Spur ins Nichts zu führen. Oder ins Grab, wenn Ihnen das lieber ist."

Laura überlegte.

„Gooeys Leiche wurde nie gefunden, sagen Sie. Soweit ich weiß, gibt die See ihre Opfer stets irgendwann wieder heraus, es sei denn, sie lägen in mehr als siebzig Meter Tiefe. Irgendwann hätte ein Fischer Gooeys Leiche also im Netz haben müssen oder seine von Fischen angeknabberten sterblichen Überreste wären irgendwo an einen Strand getrieben."

„Nicht unbedingt. Nicht in diesen Gewässern. Aber woran denken Sie?"

„An unseren, Ihren, Sherlock, Watson, an Sherlock. Was wäre, wenn der Killer, so haarsträubend es auch klingen mag, tatsächlich ein Nachkomme Gooeys wäre? Er müsste ihn lange nach seinem Tod gezeugt haben. Heutzutage wäre so etwas durchaus denkbar, mit Spermienbanken und so weiter. Die hatte man damals aber noch nicht. Was nur eine einzige Schlussfolgerung zulässt: Gooey ist nicht ertrunken, sondern hat wenigstens lange genug überlebt, um noch einen Nachkommen zeugen zu können."

„Lamont hat ihn sterben sehen…"

„Er hat ich auf den Grund sinken sehen, das ist nicht dasselbe. Ich weiß, alles ziemlich krass. Ich krieg's ja auch nicht zusammen. Aber wenn wir konsequent auf diesem Gleis bleiben und annehmen, dass Gooey damals allem Anschein zum Trotz nicht ertrunken ist, stellt sich die Frage, wann und wo ihn das Meer ausspie."

„Dafür kommt nur Sark in Frage. In jedem anderen Fall wäre er erfroren."

„Sie meinen, er hat als einziger der sieben Aufrechten Sark nie verlassen?"

„Nie ist ein großes Wort, weiß ich nicht. Aber wenn, dann muss er dort eine ganze Weile gelebt haben."

„Die Höhle! Es hat ihn möglicherweise in die Höhle vertrieben, von der Lamont erzählte. Auf der anderen Seite des Kaps, auf dessen Felsen sich die sechs Kameraden gerettet hatten. Die Höhle dort war auch bei Hochwasser weitgehend trocken, so dass Lamont kurz erwogen hatte, sich mit den anderen dorthin zu begeben. Das verwarfen sie dann aber, weil sie sich sowieso trennen wollten und die ‚trockene' Höhle vielleicht ein allzu offensichtliches Versteck gewesen wäre."

„Offensichtlich für wen?"

„Nicht für die Deutschen, die waren mit den örtlichen Gegebenheiten nicht vertraut genug. Die Einheimischen hingegen hätten dort vermutlich irgendwann nachgesehen. Nehmen wir an, ein Insulaner machte sich Stunden oder Tage später auf die Suche, so aus reiner Neugier, und fand den halbtoten Gooey. Was dann?"

„Angesichts der Furcht der Einheimischen vor Repressalien hätte es nahegelegen, Gooey an die Deutschen auszuliefern."

„Exakt. So kann's aber nicht gewesen sein. Wer immer Gooey fand, muss ein Herz besessen haben, das weich genug war, ihn nicht auszuliefern, sondern irgendwie nach Hause zu transportieren und dort zu verstecken."

„Sie denken an…"

„…eine Frau, in der Tat. Der Gedanke ist auch deshalb naheliegend, weil sich nach der zweiten Deportationsaktion kaum noch Männer auf Sark befunden haben dürften. Frauen und Mädchen schwärmten regelmäßig aus, um an nicht verminten Küstenabschnitten, also vor allem am Fuß steiler Felsen und in Höhlen, nach Essbarem zu suchen: Napfschnecken, Miesmuscheln, Krabben, Hummern, was weiß ich."

„Und so fand Calypso ihren Odysseus? Interessante Theorie, zu Herzen gehend."

„Die einzig mögliche, wenn Sie mich fragen."

„Weshalb hat er sich dann in der Folge nie bemerkbar gemacht? Zumal die Yarmouth Sechs auch noch allesamt, einer nach dem anderen, auf die Insel zurückkamen, um nach dem Schatz zu suchen. Die hätten doch über Gooey stolpern müssen, so klein, wie der südliche Sark-Appendix ist?"

„Nicht unbedingt. Er war lange unter Wasser gewesen. Das kann zu Gehirnschäden geführt haben, die entweder irreversibel waren oder nur schwer und langsam ausheilten. Abgestorbene Hirnzellen, deren Funktionen nach und nach von anderen übernommen wurden. Amnesie ist eine reale Möglichkeit. Vielleicht hat ihm seine barmherzige Samariterin jahrzehntelang vorgegaukelt, der Krieg sei noch nicht beendet und sie würde sich nicht trauen, ihn gehen zu lassen. Aber selbst, wenn er alles unversehrt und bei klarem Verstand überstanden haben sollte, was sehr unwahrscheinlich sein dürfte, hatte er ja die betrübliche Erfahrung gemacht, dass ihm zumindest Lamont nach dem Leben trachtete. Wenn der Duke jetzt erkannte, dass sein erster Versuch fehlgeschlagen war, würde er vielleicht schleunigst nachlegen, um das Werk zu vollenden und nicht verpfiffen zu werden."

„Alle Achtung, Laura. An Ihnen ist eine Detektivin verlorengegangen. Und was nun?"

„Vielleicht noch nicht. Verlorengegangen, meine ich. Was jetzt? Nun, ich denke, das liegt auf der Hand. Ich werde Sark einen Besuch abstatten müssen."

„Um was dort zu finden?"

„Weiß ich erst, wenn ich's sehe. Gooeys Grab vielleicht, oder das seiner Frau, irgendeinen Hinweis, was auch immer."

„Sollte ich nicht besser mitkommen? Was Sie vorhaben, klingt bei den bisherigen Erfahrungen mit dem Killer für mich wie ein Himmelfahrtskommando und da möchte ich eigentlich ganz gern dabei sein."

Laura dachte nach. Falls ihr der Killer auf Sark über den Weg lief, wäre Colestron hinderlich. Er würde nicht zulassen, dass sie den Kopf des Mannes kühl verpackt nach Puerto Rico befördern ließ. Andererseits würde sie den Chief nur schwer abschütteln können. Wenn er selbst nicht mitkam, würde er sie vom Yard beschatten lassen oder ein SEK vorbeischicken, das wäre schlimmer.

„Okay. Machen Sie sich reisefertig, ich hole Sie ab. Weiß noch nicht genau wann, wo und mit was, aber das wird sich finden.

Und bringen Sie eine Waffe mit, ich kann nicht dauernd auf Sie aufpassen, werde vermutlich schon mit Ignace alle Hände voll zu tun haben."

Der Chief lachte.

„Den Jungen wollen Sie doch wohl nicht mitnehmen?"

„Von Wollen kann keine Rede sein. Ich fürchte, ich werde ihn nicht davon abhalten können."

„Ihre Sache. Was mich anbetrifft, vergessen Sie, dass ich zehn Jahre lang bei der Sweeney war und mich dabei mit dem einen oder anderen Schwerverbrecher auseinandersetzen musste. Sie sind also nicht die Einzige mit Kerben auf dem Revolvergriff."

„Wieso eigentlich Sweeney?"

„Der Name, meinen Sie? Das ist gereimter Slang, eine etwas esoterische Eigenheit der Londoner Cockneys. Eigentlich heißt die Einheit Flying Squad, also mobiles Einsatzkommando. Die Cockneys fanden heraus, dass sich das auf Sweeney Todd reimte, den legendären Barbier, der im neunzehnten Jahrhundert seinen Kunden die Kehlen durchtrennte, damit seine Frau ihr Fleisch in Pasteten verarbeiten konnte. Gemütsmenschen, die beiden. Nun ja, und so wurde aus Flying Squad nach und nach Sweeney Todd und schließlich nur noch Sweeney. Davon abgesehen, eine gefürchtete Truppe, die dauernd in der Stadt auf Achse war und daher meist als erste an den Tatorten eintraf und dort häufig mit fliehenden Gangstern in Schießereien verwickelt wurden."

„Gut, gut, Sweeney Colestron. Wir werden sehen, was Sie draufhaben."

Laura legte auf und streckte seufzend ihre Beine aus. Mit dieser Wendung hatte sie nicht gerechnet. Sie wusste nicht, wer oder was sie auf Sark erwarten würde. Doch eins war klar: wenn der Killer die Insel als Ruhe- und Rückzugsraum benutzte, dann würden sie ihn mit ihrem Besuch aufstöbern. Im beunruhigenden Gefühl, erstmals in die Verteidigung gedrängt zu sein, würde er vielleicht überhastet reagieren und sich verraten.

„Wer war dran?" fragte Ignace, der oben in seinem Zimmer gesessen und Videospielen nachgegangen war, bei denen es deutlich hörbar um die Vernichtung des Dunklen Planeten oder

Teilen von Rommels Afrikakorps gegangen war. Jetzt kam er neugierig die Treppe heruntergeschlendert. Laura seufzte erneut. Sie sah das zweite komplizierte Gespräch dieses Abends auf sich zukommen.

„Harry Colestron. Er will mich unbedingt nach Sark begleiten."

„Nach Sark? Wozu?"

Laura gab ihm eine Kurzfassung der These, auf die sich festgelegt hatte.

„Wow! Ich bin dabei! Wann fliegen wir?"

„Wir fliegen erst mal gar nicht. Die Sache ist brandgefährlich und nach all den Scherereien, die ich ehedem mit deiner Adoption hatte, möchte ich dich nicht im Leichensack nach Hamburg überführen lassen müssen."

„Ich kann mit Schusswaffen umgehen."

„Genau die Worte, die auf vielen Grabsteinen junger, hoffnungsvoller Burschen wie dir eingemeißelt stehen. Lass' dir gesagt sein, es ist eines, auf einem Schießstand in Miami oder Tampa auf Scheiben oder von mir aus auch bewegliche Puppen zu schießen, etwas ganz anderes, die Waffe auf einen Menschen zu richten und kaltblütig abzudrücken. Es gibt da diesen sehr guten Western, Der Lawman, in dem Burt Lancaster als alternder Marshal steckbrieflich gesuchten Verbrechern hinterherjagt und sie zur Strecke bringt. Eines Abends trifft er unterwegs in der Wildnis auf einen jungen, angehenden Revolverhelden, der sich damit brüstet, schneller zu sein als alle anderen und schneller als Lancaster allemal. Der Marshal ist, wie gesagt, nicht mehr der Jüngste und zieht den Revolver in der Tat meist um ein Geringes langsamer, als seine jeweiligen Gegner. Was also hat er ihnen voraus, dass er in solchen Duellen dennoch immer wieder Sieger bleibt?"

„Keine Ahnung. Den Umstand, dass er mit dem Leben bereits abgeschlossen hat?"

„Das vielleicht auch. Aber nein. Zum einen handelt er in der Gewissheit, dass er dem Gesetz Geltung verschafft. Er wird also nicht von moralischen Skrupeln geplagt. In seinen eigenen

Worten: wenn das, was ich mache, falsch ist, dann ist das Gesetz falsch. Und zum zweiten hat er, wenn er nach der Waffe greift, den absoluten Tötungswillen. Er mag um diese Zehntelsekunde langsamer sein, aber die holt er locker wieder rein, weil er nicht zögert. Seine Hand zittert nicht beim Gedanken, gleich einem weiteren jungen Menschen das Leben zu nehmen. Solveigs Killer ist ein ähnlicher Typ. Nur, dass er sich sein eigenes Gesetz macht. Daher auch seine Vorliebe für den einen letalen Schuss. Er mordet nicht, jedenfalls nicht in seiner Vorstellungswelt. Er richtet hin, exekutiert, spielt den Vollstrecker. Das gibt ihm moralischen Halt und lässt ihn kalt und methodisch vorgehen. Auch seine Hand zittert nicht. Deine aber schon, denn du handelst aus Emotion und Erregung, voller Zorn und Rachsucht. Glaub' mir, ich habe das selbst durchgespielt."

Ignace schwieg eine Weile. Hatte sie ihn überzeugt? Wohl kaum. Solitaire hätte ihn wahrscheinlich eher erreicht. Oder auch nicht. Sol war eine geborene Killerin, die keinen Lernprozess brauchte und keine Skrupel überwinden musste. Jemand wie sie konnte man niemandem als Vorbild vermitteln.

„Du vergisst meine Gene, Mom. Ich bin der Sohn meines Vaters, eines der gefürchtetsten Killer der Karibik. Ich sprach neulich mit einem Arzt in Tampa. Ich brauchte ein Belastungs-EKG, um an einem Marathonlauf teilnehmen zu dürfen. Wir plauderten über dies und das, während ich in die Pedalen trat - auch über Bluthochdruck und den plötzlichen Herztod Roberts. Der Arzt sagte, egal, wieviel Sport ich treiben und wie gesund ich leben würde, altersbedingtem Bluthochdruck, der etwa in meinen Genen vorprogrammiert war, würde ich trotzdem nicht entgehen."

„Möglich. Und?"

„Na ja. Mein Vater litt vielleicht nicht an Bluthochruck, aber er war offenbar ein gemeingefährlicher Soziopath. Und wenn es stimmt, dass Gene sich irgendwann früher oder später durchsetzen, egal, wie stark du dagegen ankämpfst, dann können noch so viele Jahre der Sozialisierung in Elternhaus, Schule und Universität das Risiko plötzlich ins Soziopathische abgleitenden Verhaltens bestenfalls mindern, nicht aber völlig eliminieren. Mit anderen Worten, auch in mir schlummert ein Killer. Das spürte ich erstmals in dem Moment, als der Kommilitone mich auf der Party beleidigte. Ich war wütend, aber zugleich völlig kalt und beherrscht dabei. Wäre Solveig nicht eingeschritten, hätte ich den Burschen vielleicht mit bloßen Fäusten umgebracht. Da und dort oder auch später. Und meine Hände hätten nicht gezittert."

Laura schwieg. Das Plädoyer ihres Ziehsohnes war leidenschaftlich und von nicht zu leugnender Überzeugungskraft, wenn auch insgesamt verstörend.

„Ich glaube nicht, dass Solveig von dir verlangt hätte, dass du sie rächst. Ganz und gar nicht. Sie hätte von dir erwartet, dass du für sie weiterlebst, lernst, Erfolg hast, nicht, dass du für sie stirbst."

Ignace ließ die Hände sinken. Sie hatte einen Wirkungstreffer gelandet, wenn auch vielleicht ein paar Zentimeter unter der Gürtellinie.

„Ja, mag sein, dass du Recht hast. Aber sie hat sich instinktiv dazwischengeworfen, als es mir an den Kragen zu gehen schien. Manche Dinge diskutiert man nicht, man tut sie einfach. Abgesehen davon, habe ich nicht vor, mich umbringen zu lassen."

Laura seufzte.

„Na gut, William Bonney. Dann lass' mal sehen, was du kannst."

Sie stand auf und ging zum Tisch, an dem Ignace Platz genommen hatte. Dann nahm sie ihren Seidenschal ab, den sie aus reiner Gewohnheit oft auch im Haus trug, und band ihn Ignace so um Stirn und Augen, dass er nichts mehr sah.

„Moment, rühr dich nicht vom Fleck."

Sie ging zum Wandschrank und zog eine Waffe aus einer der oberen Schubladen. Sie ging zum Tisch zurück und legte die Waffe auf die Platte.

„Vor dir liegt eine Pistole, die Munition ist scharf. Ich halte den Prügel stets griffbereit für den Fall, dass lebensmüde Einbrecher den Fehler machen, während meiner Anwesenheit hier eindringen zu wollen. Ich möchte, dass du die Waffe auseinandernimmst, wieder zusammensetzt und mir dann sagst, um welche

Marke es sich handelt, welches Kaliber und wieviel Schuss. Ich stoppe deine Zeit. Auf drei!"

Ignace hatte noch keine fünf Bewegungen ausgeführt, da hatte Laura bereits realisiert, dass der Junge nicht bloß prahlte, wenn er behauptete, sich mit Schusswaffen auszukennen.

„Eine Minute fünfundvierzig. Nicht schlecht, Herr Specht. Um was handelt es sich?"

„Walther PPK Kaliber neun Millimeter, Halbautomatik, sechs Schuss Munition im Magazin, eine Patrone in der Kammer, durchgeladen und gesichert."

Laura war beeindruckt.

„Okay, Billy, willkommen in der Gang der Deputies. Aber vergiss' nicht, was ich dir gesagt habe. Schnelligkeit ist beileibe nicht alles."

Ignace nahm den Schal von den Augen.

„Nein, vielleicht nicht. Aber ohne Schnelligkeit ist schnell alles nichts."

3. Jedem das Seine

Laura blickte auf ihre Armbanduhr und geriet in milde Panik. In wenig mehr als einer Stunde würde die Prince of Wales von St. Sampson Harbour ablegen, hatte man ihr gesagt. In aller Eile hatte sie daraufhin alles an Kleidung, Utensilien und Dokumenten zusammengerafft, was ihr unverzichtbar erschien. Nicht einmal die Hälfte davon passte jedoch in das kleine, altmodische Kinderköfferchen, das ihr als einziges zur Verfügung stand. Also musste sie vieles von dem zurücklassen, was ihr bisheriges Leben ausgemacht hatte.

Nachdem sie den Koffer mit großer Mühe geschlossen hatte, indem sie sich mit einiger Wucht draufsetzte, die Beine spreizte und die Schlösser so lange mit beiden Händen traktierte, bis sie endlich einschnappten, sprang sie die engen Treppen hinab und stürzte aus dem Haus.

Auf den wenigen Sträßchen der kleinen Hafenstadt herrschte ein wildes Gerenne, rücksichtsloses Geschubse und rüdes Geschiebe wie im Warschauer Ghetto kurz vor dem Aufstand, dachte sie. Alles drängte zum Kai auf der gegenüberliegenden Seite des Hafenbeckens, wo die Prince of Wales vertäut lag. Sie war ein abgewirtschaftetes, von der britischen Regierung für diesen spezifischen Pendelverkehr gechartertes Trampschiff, dessen Verlust durch einen deutschen Torpedo als Kollateralschaden leicht zu verschmerzen sein würde. Seine Festmacher waren nicht straff gespannt, sondern hingen lose durch in weiten Buchten, damit sein Rumpf von der einkommenden Tide wie in einer Schleuse unmerklich Stück für Stück angehoben werden konnte, ohne dass die Trossen unter dem wachsenden Druck zu brechen drohten.

Eingeklemmt zwischen zwei Familien, die mit Kind und Kegel, Sack und Pack schreiend und gestikulierend ihre Ellbogen nach links und rechts ausfuhren, um sich Platz zu schaffen, strebte Laura dem Hafenbecken entgegen. Wie eine große Herde Schafe, die im nahen Gehölz ein Rudel hungriger Wölfe heulen hörten, dachte sie, während sie ebenfalls unwillkürlich Stöße und Tritte austeilte, um nicht über ihre eigenen Beine zu stolpern. Wer hier hinfiel, lief

Gefahr, im Nu zertrampelt zu werden. Auch die meisten anderen Flüchtenden hatten, wie Laura mit flüchtigen Seitenblicken feststellte, jeweils nur ein, zwei kleine Koffer uralter Machart. Manche nicht einmal das. Einige trugen ihre Habe in Bettlaken gewickelt auf dem Rücken wie Weihnachtsmänner auf dem Weg zur Bescherung ihre mit Geschenken gefüllten Säcke. Der lärmend übers Kopfsteinpflaster hoppelnde Rollkoffer, die Gottesgeißel modernen Nomadentums, schien noch nicht erfunden. Niemand hier war auch nur halbwegs für längere Reisen ausgerüstet, so viel stand fest.

Wieso sollten sie auch? Der eingeborene Insulaner verlässt sein Eiland nur ungern und jedenfalls nicht länger, als absolut unabdingbar, hatte der Doc ihr damals auf den Saintes schon erläutert. Sicher, nicht alles, was für die Karibik galt, ließ sich eins zu eins auf Europa und die Kanalinseln übertragen. Doch eine gewisse mentale Verzwergung, wie der Doc das damals genannt hatte, war auch hier zu beobachten. Schon die Nachbarinsel ein und desselben Archipels wurde als alloplanetares Neuland empfunden: anderer Dialekt, andere Mentalität, andere, und wenn's sich eben machen ließ, noch ein wenig schrulligere Rechtsordnung und Selbstverwaltung.

Vom Strom der lärmenden, um sich schlagenden und blindlings vorwärtshastenden Menschen nach und nach an den Rand der Straße gedrängt, wo sie an den Häuserwänden zerquetscht zu werden drohte, presste sich Laura schließlich durch die halb geöffnete Tür eines mit rosa Plüsch ausgeschlagenen Etablissements. Erschöpft und zerschlagen ließ sie sich kraftlos auf einem Barhocker nieder. Eines der beiden Schlösser ihres Koffers hatte dem Druck nachgegeben und war abgesprungen. Für die ganze Last nunmehr allein verantwortlich, würde das andere wohl ebenfalls bald kapitulieren.

„Geht doch nichts über eine wohl organisierte Evakuierung," hörte sie plötzlich eine eher dünne sarkastische Männerstimme vom hinteren, dunklen Teil des Foyers, das sie für menschenleer und verlassen gehalten hatte. Sie blinzelte ins Halbdunkel und wandte der Person, die Deutsch gesprochen hatte, ihr Gesicht zu. Es dauerte eine Weile, bis sich ihre katzenhaft weit geöffneten

Pupillen an die schwülen Lichtverhältnisse gewöhnt hatten. Soweit sie erkennen konnte, saß dort ein Mann in der schwarzen Uniform eines Offiziers der Waffen-SS auf einem Sofa, die Arme um je eine halbnackte Prostituierte geschlungen. Waffen-SS. Eine Bezeichnung, die sie immer schon für äußerst merkwürdig gehalten hatte, schien sie doch zu suggerieren, dass der Rest der SS unbewaffnet und überwiegend in humanitärer Mission unterwegs war. Mit der Rechten hielt der Offizier, vermutlich ein Major, ein hohes Bierglas, dessen Fassungsvermögen irgendwo im metrischen Niemandsland zwischen einem halben und einem ganzen Liter goldgelber Flüssigkeit zuhause war. Halb hielt er das Glas, halb stützte er es auf die nackte Schulter der Dame zu seiner Rechten. Seine Uniformmütze mit dem charakteristischen silbernen Totenkopf wurde von der anderen, sich in lasziv seinen Armen räkelnden Dame getragen. Was dem Totenkopf fehlte, waren die gekreuzten Oberschenkelknochen, dachte Laura. So wirkte er wie ein Piratenanwärter, der sich erst noch seine Sporen, oder besser gesagt, Knochen, verdienen musste. Davon abgesehen, stellten sich Laura zwei verwirrende Frage. Wie würde sie aus dem Bordell schnellstens wieder verschwinden können und wieso wurde die Insel weiterhin hektisch evakuiert, wenn die Deutschen offensichtlich sowieso schon vor Ort waren? Der Mann schien ihre Gedanken zu erraten.

„Eine Vorausabteilung," sagte er lakonisch und gleichsam entschuldigend auf sich selbst zeigend. Dann scheuchte er die beiden Prostituierten davon und bemächtigte sich wieder seiner Mütze. Er stand auf und kam zu Laura herüber. Jetzt, da ihre Augen sich adaptiert hatten und sie den Offizier näher betrachten konnte, erschrak Laura. Die Physiognomie des Mannes wies eine verblüffende Ähnlichkeit mit derjenigen Heinrich Himmlers auf, wie sie sie von Fotos und alten verwackelten Schwarzweiß-Filmen kannte. Dieselbe Stirnpartie, sein an den Seiten brutal abrasierte und oben glatt nach hinten gekämmte Haar, die von einer zerbrechlich wirkenden Nickelbrille nur leicht vergrößert wirkenden, aufmerksam bis leicht spöttisch wirkenden Augen über dem angedeuteten Schnurrbart. Mit Bart wäre er zur Not auch als Leo Trotzki durchgegangen, dachte Laura. Zogen totalitäre Ideologien Männer seines Schlages mit solch nichtssagenden Physiognomien magisch an oder formten die sich erst unter dem Einfluss ihrer Allmachtsfantasien so? Im Vergleich zum urigen Georgier Stalin mit seinem klaren Bekenntnis zum buschigen Oberlippendschungel wirkten die Nazis mit ihren verrutschten Schnurrbärtchen seltsam verhuscht und schmallippig: blond wie Adolf, schnellfüßig wie Göbbels, schlank wie Göring, mit Adleraugen wie Himmler. Wer hatte das noch mal gesagt?

„Ich… ich glaube, ich sollte mich beeilen," stotterte Laura, die nicht recht wusste, wie sie sich ihm gegenüber verhalten sollte.

„Warum wollen Sie die Insel überhaupt verlassen, jetzt, wo's hier gerade erst interessant zu werden verspricht?" entgegnete der SS-Offizier.

„Sie sind doch offensichtlich Deutsche, Arierin, nehme ich an."

Er kicherte wie ein Schulbub, der gerade wieder einen Witz auf Kosten des verhassten jüdisch-stämmigen Klassenbesten gerissen hat. Laura wurde mulmig zumute.

„Ich… habe Verwandte drüben, in England, war nur auf Besuch hier, deshalb, Sie verstehen."

Himmler sah auf seine Uhr und strich sich das Haar glatt.

„Hm. Ich habe mich noch gar nicht vorgestellt. Von Achenbüttel, Major der Waffen-SS. Darf ich Sie vorher noch zu einem Gläschen einladen? Der Laden hier hat einen ausgezeichneten Weinkeller. Ich kann leider auch nicht allzu lange bleiben, wissen Sie, bin eigentlich auf dem Weg nach Osten."

„An die Front?"

Himmler kicherte nur und schüttelte den Kopf.

„Nicht direkt. Aber seit unserer Machtübernehme ist ja eigentlich überall Front, könnte man sagen. Davon abgesehen, nein, nur bis Posen. Ich soll dort meinem Chef ein oder zwei Reden übergeben. Ist ihm eigentlich ein Gräuel, so in den Fokus zu rücken und Reden zu halten. Für gewöhnlich überlässt er das Joseph."

„Stalin?"

Achenbüttel stutzte einen Augenblick, als überlege er, ob Laura wirklich so begriffsstutzig war oder ihn zum Narren halten wollte. Dann schüttete er sich regelrecht aus vor Lachen, oder besser Kichern.

„Der war gut. Den muss ich dem Führer bei nächster Gelegenheit unterjubeln. Nein, Reden überlassen wir dem Führer selbst oder unserem ureigenen Propmin Joseph Goebbels. Seltsamer Name, finden Sie nicht, Frau Förster?"

„Propmin? Ja, schon...irgendwie."

„Nein, Goebbels. Goe-be-be-bels," zog er den Namen quasi genüsslich wie einen Kaugummi in die Länge, als entlarve der dadurch dessen Ursprung und Herkunft.

„Nein, finde ich eigentlich nicht," entgegnete Laura.

„Bildet vielmehr einen irgendwie angenehmen Gegensatz zur eintönigen Gattung zu Familiennamen gewordener banaler deutscher Berufsbezeichnungen wie Müller, Meier, Bäcker..."

„...Hitler?"

Laura erschrak. Da hatte sie sich vermutlich auf das falsche Terrain gewagt.

„...Hitler, ja. Was macht eigentlich ein Hitler von Berufs wegen? Ich meine, ich weiß, wozu ich einen Klempner brauche, aber wer braucht einen Hitler, für was?"

Himmler drohte ihr mit dem Zeigefinger.

„Vorsicht, meine Liebe, Sie tanzen ihre semantischen Pirouetten auf dünnem Eis, seeeehr dünnem Eis. Hitler, Hiedler, Hüttler – wahrscheinlich irgend so ein umherziehender alpenländischer Ziegenhirt, den der Bauer für ein paar Groschen zu beschäftigen pflegte und die Bäuerin abends als Wärmflasche mit ins Bett nahm. Aber das haben Sie jetzt nicht von mir. Adolf Schicklgruber wäre ja nicht gut gekommen, oder? Heil Schicklgruber? Da wirft sich das Ghetto ja weg vor Lachen, ich bitte Sie. Nein, nein. Goebbels. Was ist das, ein Goebbels, woher kommt das? Meine bisherige Erfahrung: wenn Sie nur tief genug graben, stoßen Sie früher oder später auf einen Juden."

Kunststück, dachte Laura. Wer tief genug landet, landet eben zwangsläufig irgendwann bei Noah. Aber war der jetzt ein Jude? Das Alte Testament war langweilig konzipiert: rigide Chronologie, seitenlange Genealogien, das brauchte kein Mensch. Um wieviel cooler das Neue Testament: ein und dieselbe Geschichte aus verschiedenen Perspektiven, richtig modern, polyvalent. Ein filmreifes Script, das die Herren Markus, Lukas, Matthäus und Johannes da in Co-Produktion auf die Beine gestellt hatten.

„Vielen Dank für das Angebot, Major Aschenputtel…"

„Achenbüttel. Generalmajor. Welches Angebot?"

„Verzeihung, Achenbüttel. Aber ich muss jetzt wirklich…"

Der Mann war ihr im Laufe des Gesprächs immer näher gerückt und griff nun nach ihrem Arm.

„Der gemeine Jude ist ein verschlagenes Wesen," fuhr er eindringlich fort.

„Verbirgt seine wahre Identität nur zu gern auch mal hinter einer Fassade angeblich antisemitischer Gesinnung. Eine bessere Tarnung kann es doch gar nicht geben, was sagen Sie dazu?"

Laura wurde es allmählich zu bunt. Ihr Schiff legte in einer halben Stunde ab und das Gespräch mit Himmler drohte zu degenerieren. Sie ließ sich vom Barhocker rutschen, griff nach ihrem Koffer und strebte der Tür zu.

„Goeb-bels…" hörte sie Himmler gerade noch versonnen murmeln, dann hatte der Überlebenskampf der Straße sie wieder.

Am liebsten hätte sie sich auf ein Fass oder ein Podest geschwungen und laut gerufen: Hört auf zu rennen, es lohnt sich nicht, die Deutschen sind bereits da. Aber genauso gut hätte sie einem Rudel reißender Wölfe zurufen können, dass zu viel Schaffleisch den Cholesterinspiegel gefährlich in die Höhe treibt. Also lief sie im Strom mit, fiel auf die Knie, rappelte sich mühsam wieder hoch, schlug mit dem Koffer nach allen Seiten um sich, bis irgendwann dessen verbliebenes Schloss ebenfalls absprang und sich der Inhalt des Koffers auf das Kopfsteinpflaster ergoss. Sofort wurden Kleider und Dokumente wie von den Hufen einer durchgehenden Büffelherde zertrampelt, zerfleddert und in alle Winde verstreut.

Laura ließ den nutzlos gewordenen leeren Koffer fallen und bog auf die Zielgerade. Der breite Menschenstrom kam plötzlich ins Stocken, da er sich etwa hundert Meter weiter vorn durch das Nadelöhr der allmählich immer steileren Gangway pressen musste. Alte und Schwache, Frauen und Kinder fielen zu Boden und wurden zertrampelt. Dem Rand dunkler Köpfe mit und ohne Mützen nach zu urteilen, der sich bereits über alle Decks erstreckt hatte und sich auf die Reling lehnte, musste die Prince of Wales zu diesem Zeitpunkt von Passagieren und Gepäck längst überquellen. Aber darauf schien niemand Rücksicht zu nehmen. Laura erinnerte sich mit Grausen an die spektakulären Havarien überladener Fähren, meist in irgendwelchen indonesischen Gewässern, gelegentlich aber auch vor der eigenen Haustür, in Nordsee, Ostsee und im Mittelmeer.

Endlich war sie an Bord und wurde sogleich über mehrere rostige Niedergänge mit blitzblanken Handläufen den riesigen Laderaum hinunter gescheucht, in dem Hunderte von Menschen bereits so dicht an dicht standen, dass wenigstens niemand mehr umfallen konnte. Es stank bestialisch nach Urin und Fäkalien, mit einem süßlichen Gär-Aroma, das Laura zunächst nicht zu identifizieren wusste. Dann erkannte sie es: Bier. Zuletzt, vor nicht allzu langer Zeit, musste die Prince of Wales Bierfässer transportiert haben.

Laura wühlte sich bis zur kalten Bordwand durch, die sich wegen des kondensierenden Schweißes und Atems all dieser Leute von innen mindestens ebenso feucht anfühlte, wie von außen. Aber das war ihr längst egal. So konnte sie sich wenigstens anlehnen und ihre schmerzenden Füße und Beine entlasten.

Plötzlich erzitterte die Bordwand wie der Panzer eines urzeitlichen Sauriers, der aus seinem, Jahrtausende währenden Winterschlaf erwacht war und sich nun auf programmierte Partnersuche begab. Die Prince of Wales nahm Fahrt auf.

Wie lange die Passage gedauert hatte, wusste Laura zunächst nicht zu sagen. Während sie dem Rauschen und Klatschen der See an die Bordwand lauschte und ihren Brechreiz zu unterdrücken suchte, musste sie wohl vorübergehend eingenickt sein. Als sie nun hochschreckte, lag das Schiff allem Anschein nach bereits wieder im Hafen. Ihr Mantel war verschwunden und auch ihre Armbanduhr hatte offenbar einen unbekannten neuen Besitzer gefunden.

Zu allem Überfluss begann es auch noch, durch die weit geöffneten Luken in den Laderaum hineinzuregnen. Sie fror wie ein Schneider und hatte großen Durst, schloss sich aber schleunigst der bandwurmartigen Menge an, die auf den rostigen Niedergängen wie auf Hühnerleitern wieder nach oben kletterte. Als Laura ziemlich zerzaust und immer noch durstig das Oberdeck erreichte, blickte sie erstaunt in die Runde. Die Besatzungsmitglieder, die in St. Peter Port noch die Einschiffung mehr schlecht als recht organisiert hatten, waren inzwischen von schwer bewaffneten deutschen Feldjägern abgelöst worden, die ab sofort das Kommando übernahmen. Zwar regnete es unaufhörlich weiter, während dünne Nebelschwaden langsam über baumlose Hügel waberten, aber nach englischer Küste sah das trotzdem nicht aus, eher nach einer neuerlichen Inseltopographie. Der Hafen wirkte weitaus kleiner und primitiver als St. Peter Port. Im Wesentlichen bestand er aus einem schmucklosen Hafenbecken, das von nicht enden wollenden Wellenbrechern leidlich vor den Atlantikbrechern geschützt wurde. Die Wogen hämmerten mit Urgewalt gegen diese sich ihnen da plötzlich entgegenstemmende, kaum mehr als mannshohe Mauer, als begehrten sie wütend und frustriert Einlass.

Die Gangway stand nun fast waagerecht, was wohl bedeutete, dass die kurze Periode der mittleren Tide angebrochen war. Die ganze Fahrt konnte folglich höchstens drei Stunden gedauert haben. Viel zu kurz, mit anderen Worten, um Weymouth, Portsmouth, Southampton oder irgendeinen anderen Hafen an der englischen Südküste erreicht zu haben. Zumal dieser Uralt-Frachter sich mit kaum mehr als zehn, elf Knoten fortbewegt haben dürfte, sonst wäre er bei diesen Vibrationen vermutlich auseinandergefallen. Und nach Cherbourg, das Laura ganz gut kannte, sah es hier gewiss auch nicht aus. Bevor sie aber noch Gelegenheit hatte, mit einem der auf dem Kai Maulaffen feilhaltenden örtlichen Fischer Kontakt aufzunehmen, war sie, erneut im Strom der bedauernswerten Flüchtlinge eingekeilt und von den Feldjägern mit ihren Schmeisser-Maschinenpistolen vor der Brust schon wieder auf Trab gebracht worden.

Alle Passagiere mussten sich in Viererreihen aufstellen - Männer, Frauen, größere Kinder mit und ohne Eltern. Die kleineren, vielfach weinenden Kinder wurden von ihren Müttern getragen und so gut es ging getröstet. Alle waren mit Sicherheit ähnlich durstig und hungrig wie Laura. Viele mussten sich nach der Fahrt wahrscheinlich dringend erleichtern, doch es war weit und breit keine Toilette zu sehen. Führten die Nazis auch gegen Toiletten Krieg?

Auf der Landseite des Hafenbeckens wurden die verschüchterten und desorientierten Menschen von den Brüllaffen dazu aufgefordert, ihr Gepäck, soweit sie denn welches hatten, abzustellen und den Anweisungen der Männer mit den „Hundemarken" unverzüglich und widerspruchslos Folge zu leisten. Dann teilte man sie in vier große Gruppen ein. Nach und nach versammelten sich die Gruppen um eines der von den Feldjägern hochgehaltenen Schilder unterschiedlicher Farbe, genau wie die Passagiere eines Kreuzfahrtschiffes, die sich anschickten, unter der kundigen Führung einer Hostess die Sehenswürdigkeiten der als nächster auf dem Tour-Programm stehenden Stadt zu besichtigen. Ohne ihre Brille, die in der Tasche ihres abhanden gekommenen Mantels steckte, konnte Laura die schwarze Schrift auf dem gelben Schild ihrer Gruppe nur schwer entziffern. Ihr kam es jedoch so vor, als stünde S-Y-L-T darauf.

Als sich die Gruppen endlich gebildet hatten, trieb man sie wie Schafherden einen glitschigen, morastigen Hügel hinauf. Die Menschen rutschten aus, rollten meterweit den Hügel wieder hinab und kamen unter den Drohungen und Flüchen der Feldjäger wieder auf die Beine. Andere blieben mit ihren Schuhen im Schlamm stecken und wurden weitergestoßen, bevor sie Zeit hatten, das Schuhwerk wieder aufzusammeln. Alle sahen aus, wie eben erst gerettete und etwas rüde an Land gesetzte Schiffbrüchige: die klatschnassen Haare hingen Frauen und Männern in langen Strähnen über Stirn, Gesicht und Hals herab. Die durchweichte Kleidung schmiegte sich wie eine zweite, klebrige Haut an die Konturen der zumeist spindeldürren, skelettartigen Figuren. Wer noch Schuhe an den Füßen hatte, dem quoll bei jedem Schritt ein schwarzbraunes Gemisch aus Erde und Wasser aus dem kurz vor der Selbstauflösung stehenden Schuhwerk. Zumindest gab es keine Probleme mit den Toiletten mehr: alle ließen die Notdurft unter sich, das machte bei diesen Bedingungen auch keinen nennenswerten Unterschied mehr.

Lauras Gruppe war offenbar privilegiert. Anstatt ebenfalls den Hügel hinaufzukraxeln, durften ihre Mitglieder eine Art Güterzug besteigen. Laura hielt den Zug für ein gutes Zeichen, denn eine Bahn von geringer Reichweite oder für den reinen Werksverkehr eingesetzt, wäre vermutlich als Schmalspurbahn dahergekommen. Diese Schienen aber hatten normale Spurbreite, soweit sie das beurteilen konnte.

Doch diesmal lag sie falsch. Kaum hatten sich die Schiebetüren der wenigen Waggons geschlossen, kam der Zug nach nur wenigen Kilometern auch schon wieder zum Stehen. Allem Anschein nach waren sie nur mal eben ums Eck gefahren. Da sie das Rauschen des Meeres die ganze Zeit begleitet hatte, musste der Zug an der Küste entlanggefahren sein.

Die Schiebetüren öffneten sich wieder. Alle mussten aussteigen und sich in Zweierreihen aufstellen.

Lauras Nachbar in Reih und Glied, der sich für die Jahreszeit ungewöhnlich dick angezogen hatte, wohl, wohl, weil er auf diese Weise seine gesamte verbliebene Habe am Leibe tragen konnte, zupfte sie am Ärmel und fragte etwas, das Laura nicht verstand. Sie nahm an, dem Mann ginge es wie ihr und habe folglich keine Ahnung, wo er sich befand.

„Alderney," entgegnete sie auf gut Glück. Hätte sie stattdessen in Auschwitz gesagt, der aschfahle Gesichtsausdruck des Mannes hätte kaum konsternierter wirken können.

Laura verstand die Welt nicht mehr. Hatte sie in St. Peter Port das falsche Schiff bestiegen? Unmöglich war das nicht. Es hatten mehrere heruntergekommene Frachter gleicher Machart am Kai gelegen und sie war entgegen ihrer sonstigen Gewohnheit einfach der Menge gefolgt, hatte es versäumt, sich zu vergewissern, ob sie damit überhaupt richtig lag.

Wieder setzte sich die Karawane in Marsch wie manche Schlangenarten, die sich fortbewegen, indem sie zunächst Kopf und „Hals“ in rhythmische Schwingungen versetzen, die dann wie Schockwellen über den ganzen Körper bis hin zum Schwanz laufen und der Schlange den gewünschten Vortrieb geben. Jetzt, da sie keinen Mantel mehr hatte, pfiff Laura der Wind regelrecht durch die Rippen. Ihre Schuhe blieben im erstbesten Schlammloch stecken, so dass sie den Rest des Weges barfuß über Stock und Stein balancieren musste. Fluchend vor Zorn über sich selbst und weinend vor Schmerz stolperte sie weiter.

Nach einer gefühlten Ewigkeit hatten sie offenbar ihr Ziel erreicht. Ein rostiger Stacheldrahtzaun tauchte aus dem Nebel auf. Eine Weile liefen sie an dessen bewehrten Drähten entlang, immer darauf bedacht, nicht mit der Kleidung an den giftig wirkenden eisernen Stacheln hängenzubleiben. Dann standen sie mit einem Male vor einem primitiv zusammengezimmerten hölzernen Torbogen.

„Willkommen im Lager Sylt,“ ertönte eine Stimme, die ihr sogleich bekannt vorkam.

„Unser hiesiges Motto lautet Jedem das Seine. Ich hoffe, Sie werden das verinnerlichen und das Ihre bei uns finden. Zeit genug, danach zu suchen, werden Sie bekommen, das glaube ich, Ihnen verbindlich in Aussicht stellen zu können.“

Wieder setzte sich die Gruppe in Bewegung. Als Laura am Tor ankam, erkannte sie Aschenputtel, den SS-Mann aus dem Bordell von St. Peter Port. Er trug zwar ein Regencape mit Kapuze, aber seine vom Regen und der Atemluft leicht beschlagene Nickelbrille war unverkennbar. Er seinerseits schien sie ebenfalls in der Menge Vorübergehender entdeckt zu haben und hielt sie an.

„Ich hatte Ihnen doch dazu geraten, auf Guernsey zu bleiben, Frau Förster,“ sagte er vorwurfsvoll.

„Sie hätten einfach auf mich hören sollen.“

„Jedem das Seine?“ fragte Laura.

Aschenputtel winkte ab.

„Eine von Reinhards Schnapsideen, Gott hab‘ ihn selig. Obwohl… Aber lassen wir das. Immer noch ehrlicher und weniger zynisch als Arbeit macht frei, finden Sie nicht? Wann hätte je ein Sterblicher durch seiner Hände Arbeit seine Freiheit erlangt?

Wenn Sie es recht bedenken, ist der Mikrokosmos eines Konzentrationslagers auch nicht viel weniger als ein getreues Abbild unserer Welt. Brutaler, direkter, unmittelbarer, ja, ohne Zweifel. Doch ein armes Schwein wird von unserem erbarmungslosen Alltag so zuverlässig vernichtet, wie der Insasse eines KZs, nur etwas langsamer, gesamtgesellschaftlich verträglicher, finden Sie nicht?"

Nein, fand sie nicht. Aber während sie noch über den tieferen Unsinn dieser zynischen Botschaft für Neuankömmlinge wie sie nachdachte und den Regen achtlos an sich herablaufen ließ, rüttelte jemand wieder und wieder an ihrer Schulter, wohl, um sie zum Weitergehen aufzufordern.

Widerwillig schlug sie die Augen auf. Ignace hatte sich über sie gelehnt und durch das Rütteln geweckt.

„Sorry, bin wohl kurz weggeknackt," murmelte sie und setzte sich mit Ignace' Hilfe auf.

„Kurz ist gut," lachte Ignace.

„Marquardt hat angerufen. Er hat eine Propellermaschine für uns gechartert. Wir starten morgen früh um acht, holen den Chief Superintendent im Londoner City Airport ab und fliegen weiter nach St. Peter Port."

„Mit was," fragte Laura, „einer Messerschmitt?"

Ignace lachte erneut.

„Nein, die waren alle schon vergeben. Auch Junkers und Heinkels waren aus. Aber die zweimotorige Piper Seminole müsste reichen. In St. Peter Port nehmen wir die Fähre nach Creux Harbour. Meine Sachen sind schon gepackt. Und versuche ja nicht, mir KO-Tropfen in den Tee zu schütten und dich ohne mich davonzustehlen, Mrs. Förster. Ich habe den Schlaf eines Hundes."

Und den tödlichen Biss eines Karpfens, dachte Laura bei sich, küsste den Jungen auf die Stirn und ging zu Bett.

NEUNTES KAPITEL

1. Das siebte Negerlein

„Nichts für ungut, Männer, aber mit Sol an meiner Seite wäre mir schon ein wenig wohler."

Laura atmete tief durch und lockerte ihren Schal. Die kleine Travel Trident-Personenfähre hatte bei ruhiger See und wenig Wind nur eine halbe Stunde für die rund zwölf Meilen von St. Peter Port nach Creux Harbour, dem verwunschenen Häfchen der Insel Sark, gebraucht. Nach dem wegen zahlreicher Turbulenzen im Küstenbereich etwas ruppig verlaufenen Flug von Hamburg über London nach Guernsey war dieser kurze Törn im prallen Sonnenschein fast schon erholsam.

Die Bucht von St. Malo aus dem Flugzeug betrachten zu können, hatte durchaus seinen Reiz. Aber dann Laura plötzlich dunkel die Kollision zweier kleinerer Propellermaschinen über Grandville eingefallen. Die Maschinen waren nicht etwa im Nebel zusammengestoßen, sondern bei klarem Wetter und optimalen Sichtverhältnissen. Es hatte infolgedessen eine ganze Weile gedauert, bis die zuständigen Behörden die wahrscheinliche Unfallursache hatten rekonstruieren können. Die einmotorige Cessna eines französischen Geschäftsmannes war kurz vor ihrem Landeanflug mit Erlaubnis des Tower vom ursprünglich vorgegebenen Kurs abgewichen, weil der Pilot ein Auge auf eine gerade in vollem Gang befindliche Segelschiffsparade nach Art der Kieler Woche hatte werfen wollen. In der langgezogenen Linkskurve war seine Cessna so stark über den Flügel gekippt, dass ihr Pilot den Kollisionsgegner durch die relativ kleinen, ziemlich hoch angebrachten Cockpitscheiben nicht wahrgenommen hatte. Für den Piloten der anderen Maschine jedoch befand sich die von rechts hinten heranfliegende Cessna in seinem toten Winkel. So präsentierte sich der für beide Parteien tödlich verlaufene Unfall als unglückseliges Zusammentreffen menschlichen Versagens und konstruktiv bedingter Fehleranfälligkeit.

Das hatte ihnen mit der satt schnurrenden Piper Seminole vermutlich schon deshalb nicht passieren können, weil die genau auf Kurs geblieben und ihr Pilot nicht irgendwelchen plötzlichen Eingebungen gefolgt war. Was sie andererseits nicht unbedingt vor abenteuerlich agierenden Amateurpiloten geschützt hätte. Doch es war alles gut gegangen. Auf dem City Airport von London war Harry Colestron zugestiegen. Die Zwischenlandung mitten im Londoner Häusermeer war spektakulär gewesen und hatte Laura an frühere Ankünfte auf dem inzwischen geschlossenen Berliner Flughafen Tempelhof erinnert. Gemeinsam waren die drei auf Guernsey zum Hafen von St. Peter Port gefahren und hatten dort die Fähre bestiegen.

„Wie haben Sie sich den Verlauf der Operation vorgestellt?" hatte der Chief Laura gefragt, kaum, dass er im Flugzeug angeschnallt war. „Möglichst unkompliziert," hatte Laura geantwortet.

„Wir kommen an, spüren die Mutter des Killers auf, falls die noch lebt, und holen aus ihr raus, was geht. Vielleicht haben wir Glück und Sohnemann ist gerade bei ihr, zurück von Norderney, wo er seinen letzten Coup gelandet haben dürfte. Klappe zu, Affe tot. Nein, im Ernst. Ich denke, wir sollten von zwei Seiten an die Sache herangehen, die ich der Einfachheit halber die säkulare und die sakrale nennen möchte."

Sie hatte sich kurz das Lippenrouge nachgezogen und ihre beiden Zuhörer in der Luft hängen lassen.

„Ich schlage vor, Harry geht zur Seigneurie und hört sich dort um. Sie müssen ja nicht gleich durchblicken lassen, dass Sie bereits pensioniert sind. Lassen Sie Ihre natürliche Autorität spielen. Die Leute hier erhalten nicht jeden Tag Besuch vom Yard und sind dementsprechend leichter zu beeindrucken – hoffe ich."

„Einverstanden, obwohl das für meine Ohren nicht sehr säkular klingt."

Laura hatte gelacht. „Seigneur" war nicht nur der Titel des obersten Würdenträgers auf Sark, sondern auch eine französische Bezeichnung für den Allmächtigen.

„Natürlich wäre es besser gewesen, mit dem Seigneur einen Termin auszumachen, aber der liebe Gott hat damals, als er von

Moses nach den Spielregeln befragt worden war, auch nicht erst seinen Terminkalender konsultiert und den Mann gebeten, am nächsten Morgen zur Geschäftszeit wiederzukommen. Wie dem auch sei. Ignace und ich werden bei der Kirche herumlungern und gegebenenfalls auch den Friedhof durchstöbern. Wer etwas über die Lebenden erfahren will, tut gut daran, erst mal bei den Toten nachzusehen."

„Deutsches Sprichwort?"

„Laura Försters Gesammelte Gemeinplätze, Band Eins. Egal, wir bleiben telefonisch in Verbindung und sobald einer von uns etwas in Erfahrung gebracht hat, sprechen wir uns wegen dem weiteren Vorgehen ab."

Der Chief hatte genickt.

„Klingt wie die Skizze eines Vorentwurfs von Plan."

Dann war er ernst geworden.

„Sie beide kennen Sark noch nicht. Deshalb ein Wort der Warnung. Lassen Sie sich bloß nicht von der putzigen Hobbit-Atmosphäre einlullen. Bleiben Sie jederzeit fokussiert, denn der Killer, sollte er auf der Insel sein, wird uns vielleicht schon im Fadenkreuz haben. Sie sind bewaffnet, nehme ich an?"

Laura und Ignace hatten stumm und grimmig genickt.

„Passen Sie selbst gut auf sich auf," hatte Laura entgegnet.

„Ich habe Ignace, der mir Rückendeckung gibt. Sie sind vorübergehend allein auf weiter Flur..."

Der Chief hatte gelächelt.

„Ich weiß Ihre Fürsorge zu schätzen. Aber ich bin nicht seit gestern in diesem Metier und werde mich zu behaupten wissen. Ich hoffe, der Killer hat keine Komplizen in der Bevölkerung. Dann könnte es eng für uns werden."

Die Travel Trident lag vertäut am kurzen Kai. Viel Wasser hatte sie nicht unter den Auslegern - beim Blick über die Reling konnte Laura auf den Grund des winzigen Hafenbeckens sehen. Zusammen mit einer Handvoll Touristen stolperte sie über die Gangway und folgte den anderen durch den kleinen, niedrigen Tunnel auf die Harbour Hill Road, die den Hafen mit der schon von weitem sichtbaren St. Peter's Church verbindet.

Jetzt verstand Laura auch, was der Chief mit seiner Warnung gemeint hatte. Sie fühlte sich wie der schiffbrüchige Odysseus auf der Insel der Phäaken, über deren genaue Lokalisierung vielerlei Theorien miteinander wetteifern. Nicht Korfu, sondern Sark, die Insel der Morgenröte, musste die Heimstatt der verspielten, gastfreundlichen Phäaken sein. Wohin sie auch blickte, so grünte und blühte es hier geradezu paradiesisch. Kein Häuschen ohne penibel gepflegten Garten und sorgsam gestutzte Hecken. Das Verbrechen schien einen Bogen um diese Insel der Glückseligen zu machen.

„Habe ich zu viel versprochen?" fragte der leicht kurzatmige Colestron.

„Der reinste Garten Eden, oder? Doch, wie gesagt, auch dort gab es eine bedauerliche Beziehungstat zu beklagen, wie wir wissen, also Augen auf!"

Laura nickte begeistert.

„Ja, wunderschön. Erinnert mich an die Karibik. Aber die Luft dort ist würziger, feuchter, aufregender. Und die Landschaft nicht ganz so aufgeräumt wie hier. Aber lassen Sie mal einen Hurrikan über Sark hinweg toben, dann sieht Sark sicher auch ein Stück zerzauster aus, möchte ich wetten."

Der Chief pflichtete ihr bei.

„Ja. Dieses Spektakel steht uns angesichts der globalen Erwärmung demnächst vielleicht sogar ins Haus, wer weiß."

Nach wenigen Minuten Fußmarsch waren sie an der Kirche angelangt. Ein anglikanischer Traum in viktorianischer Gotik aus rötlichem und grauem Granit realisiert, wie er auf den Inseln fast überall gewonnen wurde. Ursprünglich, das konnte man noch leicht erkennen, ein schlichter rechteckiger Bau von grob zwanzig mal zehn Metern Grundfläche und fünf, sechs Metern Höhe. Nicht gerade die ambitiösen Dimensionen eines Doms, eher die einer der zahlreichen „churches", sprich Sekten-Gemeindehäuser zum Beispiel auf Antigua. Der Glockenturm war offensichtlich später hinzugefügt worden, schmiegte sich aber durchaus einfühlsam an das Kirchenschiff. Apropos Kirchenschiff, dachte Laura. In den ersten Jahren seiner Existenz hatte der Glockenturm wie seine Brüder entlang den Festlandsküsten auch säkularen Zwecken gedient und bei Havarien nahe Sark Alarm gegeben.

„Hier trennen sich unsere Wege," sagte Laura.

„Uhrenvergleich. Harry, wir sprechen uns spätestens in zwei Stunden. Ignace bleibt etwas zurück und verschmilzt mit dem Dekor, verliert mich aber bitte nie aus den Augen, verstanden? Mein Leben könnte davon abhängen, also reiß' dich zusammen und bleib fokussiert."

Während Colestron auf dem Weg Richtung Seigneurie weitermarschierte, trat Laura durch das niedrige Eisentor auf den da und dort von Unkraut überwachsenen gewalzten Friedhofspfad. Langsam schritt sie die Reihe der zum Teil uralten Gräber ab, deren Steine hier und da eine bedenkliche Schieflage aufwiesen und umzukippen drohten. In Hamburg würde die kommunale Friedhofsverordnung das zu Recht so nicht dulden, dachte sie noch, als sie Schritte hinter sich hörte.

„Ich hatte dich doch gebeten…" rief sie in der Annahme, Ignace sei ihr entgegen der Absprache auf dem Fuß gefolgt. Doch als sie sich umwandte, stand da nicht ihr Sohn, sondern ein Geistlicher in anglikanischem Gewand vor ihr, das sich etwa von demjenigen deutscher Protestanten kaum zu unterscheiden schien. Bis auf dieses violette Leibchen, das dem sonst eher tristen Ensemble ein wenig Panache verlieh, ohne ungebührlich modisch zu wirken. Die Anglikaner waren keine farbenfrohen Katholiken, aber offensichtlich auch keine verdrucksten Hamisch, für die schon Knöpfe einem Ausdruck von Hochmut gleichkamen.

„Kann ich Ihnen irgendwie behilflich sein? Wie es aussieht, sind Sie auf der Suche nach einem Mitglied unserer kleinen Gemeinde? Jemand aus Ihrer Familie?"

Die Stimme des Mannes war so angenehm einschmeichelnd und aufgeräumt wie seine Miene und restliche Physiognomie. Einen Kopf größer als Laura, irgendwo zwischen fünfzig und sechzig, wirkte er von natürlicher, nicht aufgesetzter Zuvorkommenheit. Sein pechschwarzes Haar war sicher gefärbt, wie auch seine gleichfarbigen Brauen. Das verriet ein Maß an Eitelkeit, wie es sich bei einem Mann Gottes nicht unbedingt geziemte, dachte sie.

Seine graublauen Augen waren stechend wie die eines Huskies und musterten Laura mit einer aufmerksamen Distanziertheit, die für Männer seiner Profession wohl zur Gewohnheit geworden war. Was den günstigen Gesamteindruck etwas störte, war die Breite seiner Nase, die dem ansonsten feingliedrigen Gesicht einen Hauch von Klobigkeit verlieh. Niemand außer George Clooney war eben perfekt. Und selbst der, wenn sie sich ihn nackt vorstellte…

„Hall… eh, Hochwürden," entgegnete Laura, die nicht recht wusste, wie man Anglikaner ansprach.

„Danke, ich seh' mich nur mal um," war alles, was ihr gerade einfiel. Wie in der Damenunterwäsche-Abteilung von Harrod's, dachte sie sogleich und biss sich auf die Lippen.

„Ich… ich weiß eigentlich nicht wirklich was ich suche, eh, was ich suche… Ich laufe einfach gern mal über Friedhöfe, wissen Sie, eine Art Hobby von mir…"

„… eines, das Sie mit vielen Menschen teilen, die ich kenne." pflichtete der Mann ihr bei.

„Ich nehme an, es drängt uns ab und zu danach, uns einen kleinen Vorschuss auf die Ewigkeit zu genehmigen. Und wo könnte man das besser tun als auf einem Friedhof, im Kreis der bereits heimgegangenen Seelen."

Der Geistliche lächelte gewinnend, als halte er ein Sonderangebot in der Hinterhand.

„Schön gesagt," erwiderte Laura.

„Nun, was mich betrifft, halte ich es noch eine Weile im weniger friedlichen Diesseits aus, Hochwürden, ich meine, Reverend…"

„Brown. Ich bin der hiesige PD. Und mit wem habe ich die Ehre?"

Laura musste grinsen. In Frankreich hätte diese kompromittierende Abkürzung den Mann als den örtlichen Pädophilen charakterisiert.

„Brown? Im Ernst jetzt? Mein Name ist Förster, Laura Förster. Was ist ein PD?"

„Enchanté," sagte der Diakon und nahm die entgegengestreckte Hand an, versagte sich aber den Handkuss, den Laura halb erwartet hatte.

„Deutsche, nehme ich an? Das ist interessant. Es gab mal eine Zeit, schon länger her, da kamen Deutsche zuhauf hierher, um die Orte wiederzusehen, an denen sie während des Krieges als Mitglieder der Wehrmacht stationiert gewesen waren. Kriegstourismus. Ganze Küstenabschnitte drüben auf dem französischen Festland leben ja bis heute davon. Arrowmanche, Caen, Bayeux, wie sie alle heißen. Nun, die haben natürlich dort nicht nur die Deutschen zu Gast, sondern auch die Alliierten, die uns so schmählich ignorierten, damals, beim D-Day. Mir persönlich ist es, ehrlich gesagt, so auch viel lieber. Stellen Sie sich mal vor, Sark würde während der Sommerferien von Tausenden Touristen heimgesucht. Davon würde sich die Insel nie mehr erholen."

„Dann schon lieber die Invasion der Briefkastenfirmen, ich verstehe. PD?"

Father Brown lachte.

„Exakt. Die sind geräuschlos und pflegeleicht. PD ist die Abkürzung für den permanent hier angesiedelten Diakon, im Gegensatz zum ambulanten. Darf ich fragen, was Sie hier bei uns zu finden hoffen? Oder brauchen auch Sie lediglich einen Briefkasten?"

Laura lachte.

„Wie bei der Mafia: eine Beschwerdebriefkasten von zwei Meter Länge und einem Meter Breite? Nein, ich bin freiberufliche Journalistin und Autorin und arbeite gerade an einem Buch über die deutsche Besatzung der Kanalinseln."

„Gibt es davon nicht schon genug?"

„Englische vielleicht. Aber die Deutschen... Als die ersten Landser auf den Kanalinseln abgesetzt wurden, dachten die angesichts des milden Klimas und der exotischen Flora, sie seien irgendwo an der afrikanischen Küste gelandet, heißt es. An dieser grundsätzlichen Ignoranz bezüglich der Kanalinseln hat sich bei den Deutschen bis heute nicht viel geändert. Der gierige Blick meiner Landsleute geht eher in Richtung Balearen oder Kanaren. Wenige Deutschen, so argwöhne ich, wissen mit dem Namen Kanalinseln etwas Konkretes zu verbinden. Und dass sie fünf Jahre unter deutscher Besatzung standen, ist erst recht so gut wie unbekannt."

„Ich verstehe. Und diese Wissenslücke sind Sie zu schließen angetreten? Um was geht es in Ihrem Buch genau?"

„Nun, ich brauche natürlich eine Art Aufhänger, wissen Sie, etwas, das geeignet ist, die Inseln zu differenzieren und ihre Bevölkerung zu individualisieren, denn ich schreibe ja kein Sachbuch. Bei meinen diesbezüglichen Recherchen stieß ich auf eine britische militärische Operation von geradezu epochaler Sinnlosigkeit… Ein verrücktes Kommandounternehmen aus dem Jahre 1943, hier, auf Sark."

In diesem Augenblick begann wie aufs Stichwort die Kirchenglocke zu läuten, so dass Laura ihr eigenes Wort nicht mehr verstand.

Diakon Brown nahm sie sanft zur Seite und ging mit ihr ein paar Schritt weiter weg vom Glockenturm, an dessen Fuß sie gestanden hatten.

„Entschuldigen Sie, keine böse Absicht. Die Glocke ist übrigens aus zwei eingeschmolzenen Sechspfünder-Kanonen gegossen und hat sich offenbar gewisse aggressive Gene bewahrt. Meist läutet sie nämlich wie jetzt, zur Unzeit."

„Sechspfünder?"

„Wie? Ach so. Ja, vor der Erfindung gezogener Kanonenrohre hat man die Geschütze mit ihren blanken Rohren ohne Züge nach dem Gewicht ihrer Geschosse klassifiziert. Das Kaliber als Maßeinheit kam erst im neunzehnten Jahrhundert auf, als man von Kugeln zu Granaten überging, die weiter flogen, genauer trafen und nicht allein durch ihr Gewicht und die kinetische Energie, sondern durch ihre Sprengkraft Tod und Verderben über den Feind brachten. Aber wir sind vom Thema abgekommen. Sie erwähnten eine Ihnen sinnlos erscheinende militärische Operation auf Sark? Deren gab es mehrere. Was nicht überrascht. Die Geschichte der Kriege von der Antike bis heute wimmelt nur so von völlig unsinnigen Unternehmen, denen das Leben hunderter, tausender junger Männer geopfert wurden. Stellt sich die Frage, wer dafür die Hauptverantwortung trägt: die militärischen Strategen oder die ihnen immer wieder in die Parade fahrenden bornierten Staatsmänner? Was denken Sie?"

Laura zuckte mit den Schultern.

„Vielleicht eine unglückliche Mischung von beidem. Wie dem auch sei - die Operation, um die es mir geht, wurde von sechs jungen Männern, den sogenannten… Yarmouth Sechs, durchgeführt."

Laura hatte den Namen nach einer winzigen Atempause mitten im Satz fallenlassen wie einen Pferdeapfel und beobachtete die Reaktion des Diakons aufmerksam. Er schien wenig beeindruckt.

„Sechs Männer, sagen Sie? Und? Wie viele haben überlebt?"

„Da liegt des Pudels Kern begraben, wie wir sagen. Es waren nach meinen bisherigen Recherchen nämlich nicht sechs, sondern sieben Männer beteiligt. Und ja, einiges spricht dafür, dass sie alle überlebt haben."

„Man ist nicht sicher?"

„Doch, bei sechsen von ihnen weiß man genau, dass sie überlebt haben. Die Unsicherheit verbindet sich mit dem siebten Negerlein. Er schien ertrunken, könnte aber stattdessen unbemerkt von seinen Kameraden an Land gespült worden sein und irgendwo auf Sark Aufnahme gefunden haben."

„Hm. Interessante These. Kennen Sie den Namen dieses siebten…Negerleins?"

„Ja, es handelt sich um einen gewissen… Peter Collins."

Erneut machte Laura eine kleine Pause, bevor sie den Namen nannte. Doch auch diesmal sah sie keinerlei Reaktion im Gesicht des Diakons.

„Hm. Peter… Collins, sagen Sie?"

„Ja. Sein Spitzname lautete Gooey. Ein gebürtiger Guernseyman, aber in London aufgewachsen."

Der Diakon überlegte angestrengt.

„Nun, weder der Name, noch der Spitzname sagen mir das Geringste, wenn ich ehrlich sein soll. Aber während Sie sprachen, drängte sich mir die Erinnerung an eine alte Geschichte auf, so als ob sie die ganze Zeit in meinem Hinterkopf geduldig ausgeharrt hätte."

„Was meinen Sie?"

Der Diakon zog die linke Schulter hoch.

„Nun, die Insel ist winzig, wie Sie bereits festgestellt haben dürften und ihre rund fünf hundert Bewohner für ihre Neugier bekannt. Jede noch so unbedeutende Neuigkeit macht sofort die Runde. Ich kann mich dunkel daran erinnern, dass man vor Jahren, nein, das muss schon ein paar Jahrzehnte her sein, da und dort munkelte, eine auf der Südinsel ansässige Frau hätte während des Krieges einen britischen Soldaten bei sich aufgenommen und vor den Deutschen versteckt. Der Mann soll geistig behindert gewesen sein und unter Gedächtnisverlust gelitten haben. Traurige Geschichte. Jetzt, wo Sie's sagen, glaube ich sogar, dass man von einem gemeinsamen Kind munkelte."

Lauras Hände begannen zu zittern. Sie fühlte förmlich, wie sie der Beute näherkam.

„Warum auch nicht? Insofern, als seine geistige Behinderung kriegsbedingt und nicht in seinen Genen verankert war, hätte er meines Erachtens durchaus gesunde, normale Kinder zeugen können. Wissen Sie, was aus der Frau geworden ist?"

„Sie stehen gerade mit dem linken Fuß auf ihr."

Laura zuckte zusammen und wich einen großen Schritt nach rechts. Zu ihren Füßen ragte ein kleiner Grabstein aus rötlichem Granit aus dem Boden. Die Inschrift zitierte Geburts- und Todesdatum einer Frau.

„Rose…McAllister?"

Der Diakon nickte.

„In der Tat, das ist sie. Nun, da wir sie nicht selbst fragen können, müssen wir notgedrungen einen Blick in unsere Gemeindeurkunden werfen… falls Sie möchten."

Laura war jetzt Feuer und Flamme.

„Natürlich, wenn das möglich wäre."

„Gut, dann folgen Sie mir bitte. Wir bewahren alle Urkunden in einer Art geheimem Safe, zu dem nur der jeweilige Diakon und der amtierende Seigneur Zugang haben."

Er ging voran und kramte in seiner Hosentasche. Laura bemerkte, dass der Diakon das rechte Bein fast unmerklich nachzog. Die Begegnung mit der Deutschen schien ihn in beste Stimmung versetzt zu haben. Jedenfalls begann er, halblaut vor sich hinzusummen, als wolle er in den Chor der lauthals zwitschernden Vögel des Friedhofs einstimmen. Doch weder Amseln, noch Finken, noch Stare, deren Gesang Laura beim Gehen im Unterbewusstsein registrierte, kannten den Text des Liedes von Paul Simon, das von einem sich von aller Welt verlassenen und verachteten Boxer handelt. Dem Diakon hingegen schien jedes Wort geläufig…

Laura öffnete die Augen und stöhnte. Sie lag gefesselt auf dem kalten Steinboden einer Art Gewölbe, das von einem einzigen dicken, stark rußenden Kerzenstumpf beleuchtet wurde, den jemand wie eine Nachttischlampe auf einen primitiven Schemel dicht neben sie gestellt hatte. Dumpfe Schmerzwellen pulsierten durch ihr Gehirn. Der Knebel zwang sie, hektisch durch die Nase zu atmen und sich zu zwingen, nicht an den qualvollen Erstickungstod zu denken, den einige Entführungsopfer erlitten hatten, weil ihre Kidnapper ihnen versehentlich die Atemwege mit Klebstreifen weitgehend blockiert hatten.

Was war eigentlich passiert? Als der offenkundig falsche Diakon sich durch das leise Absingen der Boxer-Melodie verriet, hatte Laura einen Moment gezögert. Vielleicht war ihr die Vorstellung, der Serienkiller hätte sich als anglikanischer Geistlicher verkleidet, ein wenig zu grotesk erschienen. Doch dann hatte sie aus den Augenwinkeln bemerkt, dass ein Gärtner, der eben noch mit Grabpflege beschäftigt gewesen schien, sich plötzlich in Luft aufgelöst hatte. Da läuteten mit einem Male nicht nur die Kirchen-, sondern alle Alarmglocken. Aber ihr Griff nach der Waffe war zu spät gekommen. Jemand, vermutlich der Gärtner, hatte ihr von hinten einen mit Chloroform getränkten Wattebausch gegen die Nase gepresst und sie gleichzeitig mit seinem freien linken Arm wie mit einem Schraubstock umklammert. Dann hatte sie das Bewusstsein verloren.

Wo war Ignace abgeblieben? Hatte er sie trotz ihrer ausdrücklichen Ermahnung kurz aus den Augen verloren? Tadeln mochte sie ihn nicht dafür. Wer konnte schon mit einer solch perfiden List rechnen? Immerhin hatte der Boxer sie nicht gleich erschossen. Die Gelegenheit dazu hätte er natürlich gehabt, noch bevor er sich ihr vorgestellt hatte. Und eine Leiche mehr oder weniger macht auf einem Friedhof keinen großen Unterschied. Sicher, Laura stand vermutlich nicht auf seiner Todesliste, aber sie war eine unerbittliche Ermittlerin und lästige Zeugin. Vielleicht wollte er überprüfen, wieviel sie bereits wusste, bevor er sich gegebenenfalls entschloss, sie umzubringen.

Hinter ihr drehte sich ein Schlüssel in einem offenbar sehr alten und großen Schloss. Eine Tür öffnete sich und eine Taschenlampe warf ihr grelles Licht in das Gewölbe und auf Laura. Jemand trat hinter sie und durchschnitt ihre Fesseln.

„Tut mir leid, Sie derart rüde behandelt zu haben, aber Joe, der Friedhofsgärtner, ist als Angehöriger einer wenig zimperlichen Berufsgruppe kein Mensch der sensibleren Sorte. Pietätvoll durchaus, aber sensibel? Da seine Kunden meist tot sind, muss er im Alltag nicht unbedingt Rücksichtnahme üben. Hier, lassen Sie mich ihnen helfen."

Der Boxer, immer noch im Gewande eines anglikanischen Diakons, in dem er sich offenbar gefiel und das ihm, wie Laura neidlos anerkannt hätte, auch ganz gut stand, packte Laura unter den Armen, löschte die Kerze, wischte sie beiseite und half Laura, sich auf den Schemel zu setzen. Laura atmete tief durch, als sie fühlte, wie das Blut in ihre fast abgestorbenen Glieder fuhr.

„Wo bin ich hier?"

„In einer geheimen unterirdischen Kammer von St. Peter. Multifunktionaler Ort, würde man heutzutage wohl sagen. Früher hat man hier gelegentlich Kleinodien versteckt, damit sie nicht in die Hände von Räubern oder korrupten Gesetzeshütern fielen, was eine Zeitlang so ziemlich das Gleiche war. Die Freibeuter haben sich erstaunlich lange auf den Inseln gehalten, wissen Sie. Unter stillschweigender Duldung durch die Krone, die daran mitverdiente. Solange die Piraten den traditionellen Zehntel ihrer Beute als Steuer abführten, ließ London sie weitgehend gewähren. Paris übrigens ebenfalls. Die Staatskassen waren damals schon chronisch klamm. Tja, und jetzt sind Sie hier unerwartet zu einem Kurzaufenthalt eingetroffen."

„Und was wird jetzt weiter?"

Der Boxer räusperte sich.

„Das hängt zu einem Großteil von Ihnen ab, würde ich meinen."

„Wie das?" Der Boxer zögerte.

„Nun, lassen Sie es mich so sagen. Sie könnten meine Testamentsvollstreckerin werden, mein Vermächtnis umsetzen."

Laura lachte.

„Ich hatte eher den Eindruck, dass ich es sei, die jetzt gut daran täte, ihr Testament zu verfassen."

„Nicht, wenn Sie Ihre Karten richtig ausspielen. Sehen Sie, es gibt unzählige Theorien zur psychischen Verfassung von Serienkillern. Als solchen bezeichnet man mich ja. Eine dieser Theorien besagt, dass wir nach einer Weile euphorisierter Hochstimmung immer häufiger in tiefe Depressionen verfallen und im Grunde darum betteln, bald erwischt zu werden, damit die unerträgliche Last der Lust endlich von uns abfallen möge. Daher seien wir sogar gelegentlich bereit, uns einem banalen, grundanständigen und pedantischen Kommissar anzuvertrauen, Sie verstehen, das leidige Raskolnikow-Syndrom. Mag sein. Ich will das nicht in Abrede stellen. Mein Fall ist nur etwas anders gelagert. Ich weiß, das behaupten alle. Aber Tatsache ist, dass ich aus einer gewissen Notwendigkeit heraus zum Serientäter geworden bin, man könnte auch sagen, gemacht wurde. Eigentlich ging es mir immer nur um den ehrenwerten Sir Lucas Lamont. Aber da ich an den nie herankam, beschloss ich, subsidiär seine Verwandtschaft so weit zu reduzieren, bis er irgendwann aufgeben und sich mir stellen oder als Letzter seiner Sippe schließlich an Altersschwäche sterben würde."

Laura atmete schwer. Es hab nicht genug Sauerstoff für zwei im Gewölbe.

„Warum dieser Hass, diese Unversöhnlichkeit?"

Der Boxer zog eine kleine Thermosflasche aus der Jackentasche, schraubte den Stöpsel ab und goss ein wenig der dampfenden Flüssigkeit in den nun als Tasse dienenden Deckel, den er Laura reichte. Doch die zögerte. Der Boxer lachte.

„Nehmen Sie und trinken Sie einen Schluck. Ich bin gerade mitten in der Abfassung meines Testaments, da wäre es schon ein wenig unsinnig, Sie als meine Zeugin einschläfern oder gar umbringen zu wollen, bevor Sie meinen letzten Willen gehört haben. Hier!"

Er setzte den Becher an die eigenen Lippen und trank einen kleinen Schluck. Dann reichte er ihn erneut Laura, die ihn diesmal akzeptierte.

„Wo war ich stehengeblieben? Bei Sir Lucas, Luke the Duke. Alle Achtung übrigens für Ihre bisherigen Ermittlungsergebnisse. Sie hatten Recht mit Ihrem Verdacht, der Mann, den seine Kameraden Gooey nannten, sei damals nicht ertrunken, sondern habe überlebt. Wie, weiß Gott allein. Ich bin kein Mediziner, glaube aber gelesen zu haben, dass zum Beispiel Kleinkinder quasi sofort ertrinken, weil sie nicht gelernt haben, die Luft anzuhalten. Daher die vielen Dramen um Ein-, Zwei- oder Dreijährige, die in einem unbeobachteten Augenblick in den Pool fallen. Andererseits haben ins Eis des Dorftümpels eingebrochene Kinder ganze zehn Minuten unter Wasser gelegen und überlebt. Allerdings wohl um den Preis von Gehirnschädigungen. Das Wasser in der Bucht von St. Malo muss zum fraglichen Zeitpunkt ebenfalls ziemlich kalt gewesen sein. Vielleicht hat ihn das gerettet. Als Rose McAllister ihn fand, hielt sie ihn zunächst auch für tot. In jenen Tagen waren ja gerade viele Leichen des von den Deutschen versenkten Kreuzers Charybdis auf den Inseln angetrieben worden. Von dem Kommandounternehmen hatte Rose nichts mitbekommen, schwerhörig wie sie war."

„Was hatte sie am Strand zu suchen? Die Küste war doch vermint?"

„Richtig. Deshalb war sie auch nicht am Strand, sondern balancierte über die Klippen, dort, wo Minen schwer anzubringen und leichter zu entdecken sind. Sie hatte nach Muscheln und Hummern gesucht und war dabei auf Gooey gestoßen. Als sie feststellte, dass der Mann noch Puls hatte, zog sie ihn ganz an Land und überlegte eine Weile, was sie mit ihrem Fund anfangen sollte. Vor nicht allzu langer Zeit gehörte es an den besonders gefährlichen, klippenverseuchten europäischen Küsten wie Cornwall oder die westschwedischen Schären zum Alltag, angeschwemmte Schiffbrüchige zu filzen und auszurauben. Das klingt grässlich und herzlos und ist es wohl auch. Aber vergessen wir nicht, dass die Bevölkerung solcher Küstenregionen bettelarm war und häufig am Hungertuch nagte. Wenn dann der launische Hering mal ein Jahr oder länger einfach ausblieb, waren ganze Gemeinden zum Tode verurteilt, wenn sie nicht andere Quellen fanden.

Deshalb stellten Havarien für sie Glücksfälle dar. Und wenn mal seit langer Zeit kein Schiff mehr aufgelaufen und gesunken war, nun, dann half man eben mit falschen Leuchtfeuern ein wenig nach. Und sollte ein angeschwemmter Schiffbrüchiger noch atmen, dann zog man ihm rasch eins mit der Axt über den Kopf. Das war traditionell die Aufgabe der älteren, vom Leben gezeichneten und äußerst hartgesottenen Frauen, die an Land blieben, während ihre Männer auf See dem Fischfang nachgingen. Frauen, die im Laufe ihres Lebens so viel Elend und Not gesehen hatten und denen so viele eigene Kinder unter der Hand gestorben waren, dass auch das letzte bisschen Mitgefühl aus ihren Herzen gewichen war. Als Handwerkszeug trugen sie in der Regel eine kleine Axt am Gürtel, ähnlich dem Tomahawk der Indianer. Solche Mordinstrumente fanden da und dort sogar Eingang in die folkloristische Trachtenkleidung. Freche Kinder warnte man an solchen Küsten nicht vor dem schwarzen Mann, sondern vor der Alten mit dem Hackebeilchen."

Laura atmete weiterhin schwer.

„Ich weiß, es dringt nicht sehr viel Sauerstoff bis hier durch, aber was ich zu sagen habe, dauert nicht lange. Vieles von dem mag Rose damals durch den Kopf gegangen sein. Dass es sich bei Gooey um einen britischen Soldaten im Einsatz handelte, wird sie an seiner Uniform erkannt haben. Dass er in irgendein Kommandounternehmen verwickelt war, erhellt aus seiner Schussverletzung. Und dass er keinerlei Schätze bei sich trug, wird sie bei einer eingehenden Untersuchung schnell festgestellt haben. Eigentlich hätte sie ihn also gleich den Deutschen melden können, melden müssen. Doch irgendwo in den hintersten Synapsen ihres kleinen, ungeübten Gehirns, dürfte alsbald ein ganz anderer Plan erste Konturen angenommen haben. Rose war eine junge Witwe von vierundzwanzig. Auf Guernsey geboren, war sie wenige Jahre zuvor ihrem frisch angetrauten Ehemann Bill McAllister nach Sark gefolgt. Wenig später war der mit seinem kleinen Fischkutter auf See geblieben, wie man euphemistisch zu sagen pflegt, als gäbe es da draußen einen Ort, an dem sich die toten Fischer bis zum Jüngsten Gericht aufhielten. Seitdem saß Rose ohne jeden Anhang hoch und trocken auf diesem Inselchen, auf dem Männerbekanntschaften schon mangels Masse nur schwer anzubahnen waren. Warum also nicht den Versuch wagen, diesen halbtoten Soldaten mit nach Hause zu schaffen und ihn dort, soweit möglich, zu domestizieren? Sie hatte zwar keine Ahnung von Erster Hilfe im Allgemeinen, aber wie man halb Ertrunkene wiederbelebt, hatte sie schon oft an den Küsten Sarks durch kundigere Helfer praktiziert gesehen. Sie legte Gooey mit dem Magen über ihr Knie und den Oberschenkel, als wollte sie ihm den Hintern versohlen und wippte mit dem angewinkelten Bein, bis Gooey das verschluckte Seewasser im hohen Bogen ausspuckte und seine Lungen befreit hatte. Der Mann muss nicht schlecht gestaunt haben, als er erwachte, obwohl… doch dazu komme ich gleich."

„Wie hat sie es geschafft, ihn unbemerkt wegzuschaffen?"

Der Boxer nickte.

„Das war ihr erstes und schwierigstes Problem. Sie musste warten, bis es dunkel wurde und sie brauchte ein Gefährt. Kräftig gebaut, wie sie war, hätte sie Gooey vielleicht wie ein erlegtes Reh über ihre Schulter hängen und hundert Meter tragen können, aber ihr Häuschen war fast eine Landmeile entfernt. Und obgleich sie nicht auf den Kopf gefallen war, hätte sie sich wohl schwergetan, einem zufällig des Weges kommenden Nachbarn zu erläutern, was sie mit einem scheinbar toten Mann über der Schulter anzufangen gedachte. Kannibalismus? Nein, das war keine Option."

Laura trank einen weiteren Schluck Tee. Das Atmen bereitete ihr mehr und mehr Mühe.

„Also bettete sie Gooey, so gut es ging, auf die Felsen, damit er inzwischen nicht von der Flut geholt würde und eilte heim, wo sie sich vom Nachbarn einen Handwagen auslieh. Größere Karren standen kaum zur Verfügung und hätten unerwünschtes Aufsehen erregt. Im Dunkel der Nacht ging sie zurück zu den Klippen, wo Gooey immer noch sanft ruhte, und zog den schweren Körper hoch auf den Weg. Dann legte sie ihn auf das Wägelchen, dessen Räder ob des Gewichtes ganz schön gestöhnt haben müssen. Soweit, so gut. Doch wenn sie auf Deutsche getroffen wäre, hätten die kurzen Prozess mit beiden gemacht. Deshalb entkleidete sie den Mann, beseitigte seine zerrissene Uniform und faltete den armen, kraftlosen und wahrscheinlich wieder ohnmächtigen Gooey, der sowieso nur Haut und Knochen war, so geschickt zusammen, dass er in den Karren passte. Dann deckte sie ihn mit einer alten Plane zu, die noch vom Kutter ihres umgekommenen Mannes stammte, und rumpelte mit ihm durch die sternenklare Nacht nach Hause."

Laura stöhnte.

„Entschuldigen Sie, aber ich brauche unbedingt etwas frische Luft, sonst kotze ich Ihnen gleich vor die Füße wie Gooey Ihrer Rose."

Der Boxer hielt inne und zuckte mit den Schultern.

„Gut. Wenn Sie mir versprechen, sich nicht von der Stelle zu rühren, gehe ich nach oben und sehe, was ich tun kann, damit etwas mehr Luft ihren Weg nach unten findet."

Laura lächelte dankbar.

„Das wäre prachtvoll. Ich habe heute Vormittag keine weiteren Termine, insofern werden Sie mich bei Ihrer Rückkehr vermutlich noch hier antreffen."

Der Boxer verschwand durch die Tür, die er hinter sich abschloss. Laura hörte ihn eine offenbar steinerne Treppe hinauf hasten. Dann war es eine Weile still. Hätte er doch bloß seine Taschenlampe hiergelassen, dachte sie. So saß sie im stockdunklen Gewölbe. Was, wenn dem Boxer da oben etwas zustieß? Hier unten würde sie vermutlich niemand um Hilfe rufen hören.

Unsinn! Positiv denken!

Noch keine Minute konnte vergangen sein, da hörte Laura wieder Bewegung auf der Treppe. Keine Schritte, wie eben noch, sondern eine Mischung aus stolpern, fallen und rollen. Dann flog die Tür regelrecht auf, knallte gegen die rückwärtige Wand und schlug fast wieder zu. Der Diakon fiel mehr in das Verlies, als er es betreten hätte. Auf seiner Stirn klaffte eine blutende Wunde. Hinter ihm tauchte das wutverzerrte Gesicht von Ignace auf, der den Mann wohl mit seiner Waffe niedergeschlagen und ihn mit

Fußtritten traktiert hatte. Das Licht der Taschenlampe blendete Laura, so dass sie ihre Hände schützend vors Gesicht hielt.

„Hallo Mom, bist du okay?“ hörte sie die Ignace rufen.

Laura seufzte erleichtert.

„Ja, kann man so sagen. Welchen Teil von Lass’ mich bitte nicht aus den Augen hattest du nicht verstanden?“

„Darf ich fragen, welches Interesse Sie an meinem Fall haben? Ich meine, Sie sind doch nicht wirklich Journalistin?"

Der Boxer saß leicht vorübergebeugt auf dem Armsünder-Schemel, auf den zuvor Laura gehockt hatte. Er tupfte sich das Blut mit einem Taschentuch von der Stirn, das Laura ihm gegeben hatte. Ignace, immer noch wutschnaubend, hielt den Killer mit seiner Waffe in Schach, während Laura im Licht der Taschenlampe die Glock inspizierte, die sie dem falschen Diakon abgenommen hatte.

„So wenig, wie Sie Geistlicher, nehme ich an. Unser Interesse ist persönlicher Natur. Unter Ihren Opfern befindet sich eine junge Dame, mit der mein Sohn Ignace, das ist der Jüngling, der Sie oben in der Kirche überrascht hat und gerade seine Smith & Wesson Kaliber .38 auf Sie richtet, eng befreundet war. Sie müssen seine etwas ungestüme Art entschuldigen. In seinen Adern fließt Karibenblut. Sein Vater war der wohl berüchtigste Auftragskiller der Kleinen Antillen, gegen den Sie auf mich wie ein gestörter Messdiener wirken. Wenn Sie also im Text fortfahren möchten, kann ich Ihnen nur raten, Ihre Worte sehr sorgfältig zu wählen."

Der Boxer stutzte einen Moment.

„Wie hieß die Dame gleich, die ich ermordet haben soll?"

„Solveig, du Schweinehund," presste Ignace durch die fast geschlossenen Zähne.

„Solveig? Oh, ich verstehe, Sie meinen die…"

Er hielt mitten im Satz inne. Vielleicht, weil er instinktiv spürte, dass sein Leben in diesem Moment an einem ganz dünnen Faden hing.

„Ja, ich bin untröstlich. Die… junge Dame, von deren Gegenwart ich nichts ahnte, stand plötzlich im Türrahmen und ich muss wohl reflexartig reagiert haben. Tut mir aufrichtig leid, zumal sie ja mit der Lamont-Sippe weiter nichts zu tun hatte, wie ich annehme, sondern dort auf Herm wohl nur eine Freundin besuchte. Solche… Kollateralschäden musste ich bisweilen in Kauf nehmen. Wie auf Barbuda, als…"

„Ja, das interessiert mich," unterbrach ihn Laura, froh, von Solveig und ihrem Ende wegzukommen.

„Wie haben Sie die vier Leute auf der Gerissenes Luder… beseitigt?"

Der Boxer zuckte mit den Schultern.

„Eigentlich war ich auch dort nur auf einen Mann aus, einen gewissen Brian Hillman. Die drei anderen… nun, wie gesagt, Kollateralschaden."

„Aber wie kamen Sie an Bord und wieder weg von der Insel?"

„Nun, ich hatte erfahren, dass dieser Hillman zusammen mit seiner Frau und einem befreundeten Ehepaar die Yacht von Guernsey nach Antigua überführen wollten, wo sie einem Kaufinteressenten übergeben werden sollte. Das war ein riskantes Unternehmen, denn die Hurrikan-Saison beginnt jedes Jahr ein wenig früher. Ich flog also nach Antigua, verbrachte dort eine sehr angenehme Woche, trotz des Hurrikans und wartete auf das Eintreffen der Yacht, die dem Wirbelsturm durch ihren sehr weit südlichen Kurs gerade noch mal entkommen war. Der Käufer hatte sich einen Tag verspätet, vielleicht auch kalte Füße bekommen. Das gab mir Gelegenheit, mich beim Eintreffen des Gerissenen Luders für ihn auszugeben und die Überführungscrew um eine Probefahrt zu bitten, für die ich mir das zu diesem Zeitpunkt menschenleere Barbuda ausgesucht hatte. Das behagte der Crew nicht besonders, aber letzten Endes fürchteten sie, der Deal könnte sonst platzen. Den Rest kennen Sie ja vermutlich, aus der Ferne."

„Wie sind Sie von Barbuda weggekommen?"

„Ach so, ja. Ursprünglich hatte ich mit der Yacht zurückkommen wollen. Ohne die Leichen, natürlich. Doch dann hatte ich eine bessere Idee. Ich hatte nämlich zwei Plünderer beobachtet, die wenig später mit einem offenen Fischerboot auf die Insel gekommen waren. Ich rechnete damit, dass sie irgendwann die Yacht finden und durchsuchen würden. Während sie mit Plündern beschäftigt waren, entwendete ich ihr Boot und fuhr damit zurück nach Antigua, wo ich es dicht vor einem abgelegenen Küstenstrich versenkte und an Land schwamm."

Laura konnte sich einer gewissen Bewunderung für die Cleverness des Boxers nicht erwehren. Der Mann war kaltblütig und wusste sich zu helfen, so viel stand fest.

„Und jetzt? Wollen Sie ihrerseits Rache üben und mich erschießen?"

„Dafür müssten Sie doch als Erster Verständnis zeigen. Aber nein. Ich habe Sir Lucas versprochen, Sie ihm im Austausch gegen einen kleinen Freundschaftsdienst frei Haus zu liefern. Sie verstehen, eine Hand wäscht die andere. Aber der Deal lautet auf tot oder lebendig - Ihre Entscheidung. Was ist eigentlich mit dem Gärtner?" wandte sie sich unvermittelt an Ignace.

„Der wird uns nicht stören," entgegnete der.

„Du hast ihn doch nicht…?"

Ignace schüttelte den Kopf.

„Nein, natürlich nicht. Ich habe ihn ausgeknockt, gefesselt und mit seinem eigenen Chloroform betäubt. Er schläft in der Kanzel den Schlaf der Gerechten."

„Gut. Braver Junge. In der Kanzel wird es ihm gefallen, wenn er wieder zu sich kommt. Zurück zu Ihnen," wandte sie sich dem Boxer zu.

„So oder so ist mir Ihr Leben keinen Pfifferling wert. Aber bevor ich Sie dem Löwen zum Fraß vorwerfe, gebe ich Ihnen die einmalige Chance, Ihr Gewissen zu erleichtern und das begonnene Testament zu Ende zu bringen, dann sehen wir weiter. Rose McAllister nahm den zusammengefalteten nackten Gooey mit zu sich nach Hause, wenn ich mich recht erinnere. Was weiter?"

Der Boxer strich sich übers Haar, eine Verlegenheitsgeste.

„Der Rest ist schnell erzählt. Rose versteckte den Briten bei sich und päppelte ihn zunächst einmal monatelang wieder auf. Das war einfach und schwierig zugleich. Einfach, weil Gooey, vermutlich durch den langen Sauerstoffentzug, Opfer einer Amnesie geworden war. Rose ihrerseits war, wie gesagt, nicht auf den Kopf gefallen. Sobald sie den Zustand Gooeys erkannt hatte, redete sie ihm ein, er sei ihr Mann, ihr Ehegatte, und habe immer schon im Knusperhäuschen auf Sark mit Rose gelebt. Gooey wird im Laufe der Zeit vielleicht von mehr und mehr Zweifeln geplagt worden sein, leistete aber keinerlei Widerstand und machte sich auch nicht wirklich daran, seine tatsächliche Vergangenheit aufzuarbeiten."

Er wischte sich ein paar Schweißperlen von der Stirn. Durch die Gegenwart einer dritten Person wurde die Luft im Gewölbe noch stickiger als zuvor. Nur, dass es Laura jetzt weniger auszumachen schien.

„Der schwierige Teil bestand darin, dass Gooey Mühe hatte, sich selbst einfachste Dinge einzuprägen. Obwohl Rose ihm zum Beispiel einzuschärfen versucht hatte, dass er zumindest bei Tage nicht draußen herumlaufen sollte, kam das immer mal wieder vor, weil sie ihn ja schlecht rund um die Uhr bewachen konnte. Aber man sagt wohl, dass Narren einen zusätzlichen Schutzengel besitzen. Jedenfalls scheint er keinem Deutschen über den Weg gelaufen zu sein und die Neugier der Einheimischen, denen die geringfügige Erweiterung der Gemeinde auf Dauer nicht entgangen sein dürfte, konnte Rose mit Hilfe einer verwickelten Mär um einen entfernten Verwandten ihres verstorbenen Mannes befriedigen, der als ziemlich verwirrter Kriegsinvalide plötzlich auf Guernsey aufgetaucht sei und dessen sie sich liebevoll angenommen habe. Vermutlich wird sich die Augenbraue des einen oder anderen selbst ernannten Sittenwächters von Sark leicht gehoben haben, aber der Krieg, das hatte man selbst hier mitbekommen, schrieb zu viele solch verrückter Geschichten, als dass man nun ausgerechnet an dieser einen ernsthafte Zweifel hätte anmelden müssen. Und wenn der gut gelittenen Rose damit geholfen war, umso besser."

„Und wann kamen Sie ins Bild?"

„Jahre später. Rose, meine Mutter, wie Sie längst erraten haben werden, war nicht sicher, ob ein kranker Mann wie Gooey gesunde Kinder würde zeugen können. Deshalb zögerte sie lange. Doch als sich bei ihr allmählich die Erkenntnis verfestigte, dass die Briten trotz aller Personalknappheit schwerlich einen und sei es auch nur leicht geistig Behinderten für die Zwecke eines Kommandounternehmens nach Sark entsandt hätten, musste Gooeys bedauernswerter Zustand logischerweise den Umständen und nicht etwa seinen Genen geschuldet sein. Einer gesunden Nachkommenschaft sollte insofern eigentlich nichts im Wege stehen. Also entschloss sich Rose dann doch, den Versuch zu wagen. Und sie hatte Glück, ich wurde als gesundes Baby geboren."

„Worüber man trefflich streiten könnte, wenn man sie jetzt so sieht," warf Laura ein. Der Boxer schien ihre Bemerkung zu überhören.

„Normalerweise erwartete mich auf Sark ein ruhiges, selbstgenügsames Leben als Gärtner, Fischer oder Geistlicher. So jedenfalls ließ es sich auch an. Meine wichtigste, ja, einzige, Bezugsperson war Rose, wie Sie sich denken können. Mein Vater störte nicht, war aber auch keine wirkliche Stütze. Er hatte den Status eines freundlichen Wohnzimmermöbels. Das klingt vielleicht zynisch, beschreibt es aber ziemlich präzise. Ist noch etwas von dem Tee da?"

Laura wies auf die kleine Thermosflasche, die neben dem Schemel stand. Der Boxer hob sie an die Lippen und trank einen ordentlichen Schluck.

„Als Kind hier auf Sark wurde ich wegen meines Vaters oft gehänselt. So etwas prägt. Man beginnt früh damit, an der Gesellschaft und ihrem Verständnis von Gerechtigkeit zu zweifeln und Rachegedanken zu schmieden, die man vorerst an allen möglichen Kreaturen auslässt: Vögeln, Spinnen, Ratten, was einem so gerade über den Weg läuft. Der Wendepunkt meines Lebens kam mit meinem zehnten Geburtstag. Ich konnte die Zwergschule auf Sark endlich hinter mir lassen und die Grundschule in St. Peter Port besuchen. Das war für mich damals wie eine Großstadt, ein Sündenpfuhl, ein Babylon. Dort freundete ich mich mit einem Klassenkameraden an, dessen Vater offenbar eine große Nummer bei den Freimaurern war, vielleicht ihr Logenmeister oder wie das bei denen heißt. Das ahnte ich damals natürlich noch nicht. Der Mann hatte einen Narren an mir gefressen und erkundigte sich immer wieder genau nach meinen Lebensumständen auf Sark und nach meinen Plänen für die Zukunft. Ich sagte, ich wollte Anwalt werden. Klar, Gerechtigkeit war mein wichtigstes Anliegen. Er skizzierte mir den steinigen Weg, den ich beschreiten musste, um Barrister zu werden und weckte durch seine wiederholten Fragen mein Interesse für das Schicksal meines eigenen Vaters, dessen weitgehende Apathie ich für naturgegeben gehalten hatte. Ich weiß nicht, wie es Ihnen geht, aber meine Erfahrung ist die, dass man als Kind noch viel zu sehr mit sich selbst beschäftigt ist, als dass man sich für den Werdegang seiner Eltern interessieren würde. Und wenn man dann endlich Zewit und Lust dazu hat, ist es in der Regel zu spät."

Da war etwas dran, dachte Laura an jene Tage in der Karibik zurück, als der Doc begonnen hatte, ihr reinen Wein über Robert, ihren Vater, einzuschenken.

Der Boxer stürzte die letzten Tropfen Tee die Kehle hinab und seufzte.

„Mr. Goodfellow, so hieß der wohltätige Freimaurer, kein Scherz, sorgte dafür, dass ich wie sein Sohn bald auf eine renommierte englische Privatschule wechseln und später Jura studieren konnte. Mit seiner fortgesetzten Hilfe und dank seiner Beziehungen brachte ich es tatsächlich bis zum Barrister, also zum plädierenden Strafverteidiger. Das ist nicht so leicht bei uns, weil nicht allein das Ergebnis trockener Studien zählt. Man muss zu den Essen der älteren, erfahrenen Anwälte eingeladen werden und dort einen guten Eindruck hinterlassen, wie bei einem Casting. Wir nannten solche Treffen scherzhaft Bar-Mitzwas. Vor allem musste man mit einer gewissen Eloquenz überzeugen, die Anlass zur Annahme gibt, dass man auch vor Jury und Richter rhetorisch seinen Mann würde stehen können. Ohne Ihren Landsleuten zu nahe treten zu wollen, dafür kenne ich sie nicht gut genug, aber in puncto Rhetorik würden viele von denen auf der Strecke bleiben, so furztrocken, mit Verlaub, wie deutsche Strafverteidiger rüberkommen."

Wieder eine Aussage, der man beipflichten konnte, dachte Laura.

„Problem: englische Strafverteidiger verdienen zu Beginn ihrer Karriere meist so wenig, dass sie auf ihr privates Vermögen, sofern vorhanden, zurückgreifen müssen. Außerdem hat man es nicht nur mit nach Mottenkugeln riechenden Talaren und staubigen

Perücken zu tun, sondern muss sich auch mit vielen virtuellen alten Zöpfen arrangieren. Und mit einer Menge erschreckend dämlicher Straftäter, nicht zu vergessen. Sie machen sich keinen Begriff... Als eines Tages ein Mann vom MI 5 mit einem Angebot an mich herantrat, sagte ich deshalb zu, ohne lange darüber nachzudenken. Vielleicht hatte selbst damals noch der allmächtige Mr. Goodfellow seine Hände im Spiel, keine Ahnung. Die Stelle beim MI 5 erwies sich bald als die Traufe, in die ich, aus dem Regen kommend, getappt war. Sie war natürlich wesentlich besser dotiert, aber die Tätigkeit als solche eher enttäuschend. Immer nur Stückwerk. Als Anwalt haben Sie normalerweise zumindest das ganze Verfahren in Form von Akten, Verhör-Mitschnitten, Zeugenaussagen, Beweismitteln und so weiter vor Augen. Im Geheimdienst sind Sie immer nur für Detailaspekte zuständig, wissen nur, was Leute Ihrer Gehaltsklasse wissen dürfen. Sie beschatten zum Beispiel eine bestimmte Person über Wochen und Monate, ohne zu wissen, wessen man sie verdächtigt oder beschuldigt. Der letztendliche Zugriff erfolgt sowieso meist durch andere, damit Ihr Inkognito gewahrt bleibt. Immerhin, ich verdiente meinen teuren Lebensunterhalt in London, hatte mein eigenes Apartment im schwulen Chelsea und konnte sogar Geld nach Hause schicken. Nebenbei lernte ich allerlei mehr oder weniger nützliche Dinge."

„Was ist mit Ihrem rechten Bein passiert?"

„Ein Sportunfall. Beim Rugby ist mir ein Gegenspieler aufs Knie gefallen, das ist nie wieder richtig verheilt, trotz mehrfacher Operationen."

„Und trotzdem hat man Sie..."

„...beim MI 5 genommen? Ja, hat man. Wie gesagt, der liebe Herr Goodfellow war vielleicht nicht ganz unschuldig daran. Und da es mich damals weniger behinderte als heute...Schießen kann ich auch mit kaputtem Knie."

„Das lernt man wohl im Geheimdienst?"

„Oh ja, den Umgang mit Waffen und mit allem, was einem als Waffe dienen kann, müssen Sie beherrschen. Aber davon abgesehen, erhielt ich im Laufe der Jahre mit allmählich wachsender Verantwortung auch mehr und mehr Freiheiten, unter anderem was Akteneinsicht betrifft. Aktenstudium, das die meisten meiner Kolleginnen und Kollegen Agenten verabscheuten, war mir als ehemaligem Anwalt zur zweiten Natur geworden. Und da ich das Stückwerk der Arbeit beim MI 5 hasste, verbrachte ich bisweilen ganze Nächte und Wochenenden in der Gesellschaft verstaubter Akten, deren Innenleben für mich gleichsam neu auflebte. Irgendwann geriet ich so auch an die Bande mit dem Künstlernamen Yarmouth Sechs. Wobei ich zunächst nicht verstand, wieso das MI 5 sich mit gewöhnlichen Berufsverbrechern abgab."

Wieder wischte er sich den Schweiß von der Stirn.

„Doch der Zusammenhang wurde mir bald klar. MI 5 und MI 6 hatten über Jahre regelmäßig geheimdienstlich relevante Informationen von einem mysteriösen V-Mann mit dem Decknamen Pluto erhalten. Woher der Mann seinerseits die Informationen bezog, ging aus den Akten natürlich nicht hervor. Was jedoch unübersehbar deutlich wurde, war, dass das MI 5 Pluto im Gegenzug laufend über den Stand polizeilicher Ermittlungen über die verschiedenen illegalen Unternehmungen vor allem der Yarmouth Sechs versorgt hatte, mit denen Pluto ganz offensichtlich eng verbandelt gewesen war. Von da aus war es dann nur noch ein Schrittchen hin zur Entlarvung der Identität Plutos, hinter dem sich niemand anderes als Lamont verbarg. Kooperationen abseits von Recht und Gesetz sind durchaus auch heute noch üblich, vielleicht mehr als je zuvor. Insofern berührte mich diese damals ja schon Jahrzehnte zurückliegende Geschichte wenig. Bis ich in einer handschriftlichen Randnotiz auf den Namen Gooey stieß. Da wurde ich mit einem Male sehr hellhörig, denn wann immer mein Vater auf dem Sofa sitzend vor sich hin brabbelte, kam mit tödlicher Sicherheit irgendwann dieses Wort, von dem ich nicht wusste, dass es in Wirklichkeit ein Name war. Ich hielt dieses Gebrabbel immer für die äußerst peinliche Marotte eines halb dementen Mannes. Nun begann ich zu verstehen, dass dieser seltsame Spitzname wohl eine der wenigen Brücken war, die meinen Vater noch mit seiner Vergangenheit verbanden. Etwas, das ihn an den fernen Gesang einer Sirene erinnern mochte."

Er entledigte sich langsam seiner Jacke und öffnete sein Bäffchen. Ein Pseudo-Geistlicher, der zwei Pseudo-Detektiven seine Sünden beichtete, dachte Laura. Auch keine ganz alltägliche Konstellation.

„Ich hatte also Blut geleckt, forderte mehr und mehr Unterlagen an und fühlte mich wie Arthur Evans bei der Entdeckung des Palastes von Knossos. Mit dem Unterschied allerdings, dass meine Befunde in jeder Beziehung unterirdisch blieben. Nach und nach konnte ich den Hergang der Operation Seeleopard rekonstruieren, bis hin zum Mordversuch an meinem Vater und seiner Aufnahme durch meine Mutter. Dass Gooey überlebt hatte, wusste weder der MI 5, noch der unselige Duke alias Pluto."

„Wofür wurde der Mann eigentlich geadelt?"

„Gute Frage. Das geht bei uns schnell. Hat sich jemand nach Ansicht der zuständigen Stellen besondere Verdienste um das Vaterland oder die Gesellschaft oder die gerade an der Macht befindliche Regierung erworben, dankt man es ihm bei Ihnen vermutlich mit einem Orden. Bei uns bekommt man einen Adelstitel, vererblich, falls nur der Vorname genannt wird, nicht vererblich, wenn auch der Nachname auftaucht, wie in Sir Lucas Lamont. Den Sir oder die Dame können Sie dann in der Pfeife rauchen, wie es Ihnen beliebt. Keine Bank wird Ihnen dafür eine besonders vorteilhafte Kreditlinie einräumen, kein Warenhaus Ihnen Abschläge gewähren, aber es macht sich gut auf einer fein ziselierten Visitenkarte. Im Falle des Dukes dankte man ihm vermutlich für die jahrelange fruchtbare Zusammenarbeit mit dem MI 5 und deren krönendem Abschluss."

„Was meinen Sie damit?"

„Nun, sagen wir so. Die Aktenlage ließ mich argwöhnen, dass die Serie von Unfällen, denen fünf der Yarmouth Sechs Mitte bis Ende der achtziger Jahre zum Opfer fielen, keine blinde Fügung des Schicksals darstellte. Der Duke hatte es zu etwas gebracht und war darauf bedacht, das Erreichte zu sichern, es gewissermaßen altersfest zu machen. Wenn ihm dabei jemand einen üblen Streich spielen konnte, dann die ehemaligen Kameraden. Und also sorgte er für deren... Versetzung in den bleibenden

Ruhestand. Ob mit oder ohne Hilfe des Dienstes, weiß ich nicht. Darüber werden keine Akten geführt. Doch meine Erfahrung sagt mir, dass es ohne die Mitwirkung des MI 5 nie so reibungslos und spurlos vonstattengegangen wäre. Aber, wie gesagt, das ist Spekulation."

„Ich verstehe. Sie hatten erkannt, dass Lamont nicht nur für den Zustand Ihres Vaters, sondern auch für die sehr wahrscheinliche Liquidierung der fünf ehemaligen Kameraden verantwortlich zeichnete."

„So ist es. Und nicht nur das. Er war lebenslang ein laufend die Fronten wechselnder Doppelagent, der stets alle gegen alle ausspielte und dabei eigentlich nur darauf achtete, selbst nicht zu kurz zu kommen. Das hatte auf Sark begonnen. Irgendwie muss er schon damals den Rucksack mit den Diamanten, gefälschten Pfundnoten und dem Schmuck an sich gebracht und sich damit von den Deutschen freigekauft haben. In der Folge arbeitete er für sie als Agent in England, wechselte kurz vor Kriegsende die Seite und wurde zum englischen Spion im Nachkriegsdeutschland, von dem man bei uns nicht so recht wusste, was man von seiner plötzlichen Bekehrung zur Demokratie halten sollte. Schließlich quollen die Ministerien und Behörden im Westen damals noch über von nicht konvertiblen Nazis, während die im Osten voll unversöhnlicher stalinistischer Hardliner waren. Muss ein interessantes Betätigungsfeld gewesen sein, das reinste Narrenschiff, wenn Sie mich fragen."

„Gut und schön, aber wieso schlugen Sie erst in jüngster Vergangenheit so richtig zu? Was hat Ihre Vendetta ausgelöst?"

„Die Akten, von denen ich sprach, standen auch mir ja keineswegs alle schon seit Jahren zur Verfügung, sondern kamen erst in jüngster Zeit nach und nach zum Vorschein. Alles hat sein Verfallsdatum, wie Sie wissen. Ich wartete, bis ich das gesamte Puzzle beisammenhatte."

„Hm. Ich verstehe. Aber das gab Ihnen nicht das Recht..."

„... scheinbar wahllos unschuldige Menschen zu erschießen? Da mögen Sie richtigliegen. Doch zum einen war an Lamont selbst, wie gesagt, absolut nicht heranzukommen. Er hatte seine kleine Armee von Leibwächtern und das MI 5 hielt weiterhin seine schützende Hand über ihn. Gegen beides kam ich nicht an. Wahrscheinlich hätte das MI 5 ihn ebenfalls liebend gern eliminiert, aber das wusste Lamont zu verhindern, indem er angeblich umfangreiche eigene Unterlagen an einem geheimen Ort deponierte, die bei seinem etwaigen verdächtigen Ableben von seinen Anwälten veröffentlicht worden wären. Vielleicht alles gelogen, aber das MI 5 fand, das könne man nicht riskieren."

„Dann blieben also nur Verwandte Lamonts..."

„Ja. Irgendwie musste ich mir Luft verschaffen, sonst wäre ich in diesem ganzen Misthaufen erstickt. Wenn Sie lange genug für einen Geheimdienst gearbeitet haben, egal für welchen, stumpfen ihre Wertvorstellungen ab. Sie haben so viel erlebt und erfahren, dass Ihnen nichts, aber auch gar nichts mehr heilig erscheint. Ethik hat da keinen Platz, Mitleid schon erst recht nicht. Sie stumpfen moralisch ab, während sich Ihre Killerinstinkte schärfen..."

„...und werden zur Tötungsmaschine."

„Nun, das hängt ein wenig auch vom Anlass ab. Nehmen Sie Ihren Sohn hier: normalerweise würde er vermutlich keiner Fliege etwas zuleide tun können. Doch der Anlass der Ermordung seiner... besten Freundin macht ihn zum reißenden Tier. Obwohl, ganz so reißend erscheint er mir jetzt auch wieder nicht..."

Noch bevor er den Satz beendet hatte, sprang er mit einem Riesensatz, dessen Laura ihn nie für fähig gehalten hätte, wie ein Schneeleopard von seinem Schemel auf und griff nach der Smith & Wesson von Ignace, dessen Aufmerksamkeit wohl im Laufe der leicht monotonen Erzählung des Boxers nachgelassen hatte. Der Mann packte die Waffe am Lauf, entwand sie seiner Hand, trat hinter ihn und richtete den Revolver mit der rechten Hand auf dessen rechte Schläfe. Die überraschte Laura hätte abdrücken können, fürchtete aber, Ignace zu treffen und entschied sich lieber dafür, ihre Waffe auf den Boden zu legen. Genau mit dieser Reaktion ihrerseits hatte der Boxer wohl gerechnet.

„Wie gesagt, man lernt den Umgang mit solchen Dingen. Ihre Ruger sollten Sie ganz vorsichtig ablegen, danke."

„Ich dachte, Sie hätten von Ihrem Testament gesprochen…"
Der Boxer lächelte.
„Sie haben gerade zu Ende gehört. Fangen müssen Sie mich trotzdem erst einmal, das verlangt das Berufsethos. Sie wissen ja: jedem das Seine. Ich muss Sie jetzt leider verlassen. Es wird Ihnen nicht allzu schwerfallen, das Schloss zu knacken. Vielleicht haben Sie ja auch noch den einen oder anderen Helfer auf der Insel. Man sieht sich."
Sprach's und verschwand durch die niedrige Tür, die er hinter sich abschloss. Eine Weile schwiegen Mutter und Sohn, während das Licht der Taschenlampe allmählich schwächer wurde.
„Tut mir leid, Mom, aber ich…"
„Kein Problem, Junge, das kann jedem passieren. Irgendwann wird der Chief sich fragen, wo wir abgeblieben sind und als erstes in der Kirche nachsehen. Hoffentlich. Dann holen wir uns den Hundesohn. Von wegen Father Brown."
„Dazu müssten wir erst einmal wissen, wo er ist," wandte Ignace ein.
„Da mach' dir mal keine Sorgen. Ich glaube, ich weiß, wohin er sich verkriechen wird. Er war so freundlich, uns seine Adresse zu hinterlassen."

ZEHNTES KAPITEL

1. Gilbert und Sullivan

Als die wenigen Stammgäste im Krone und Schwert von St. Anne an diesem Spätnachmittag aus den salzverkrusteten und vom Rauch leicht beschlagenen Scheiben nach draußen blickten, erregte ein kleiner Kutter ihre Aufmerksamkeit. Das Schiffchen huschte elegant durch die „Swinge" genannte Stromschnelle und schwenkte anschließend gemächlich nach Norden.

„Wie ein Stück Scheiße durch die Keramik," lautete der lakonische Kommentar des Wirtes, der für seine launigen Bemerkungen auf dem ganzen Eiland bekannt war - wozu auf der winzigen Alderney jetzt wieder nicht so viel gehörte.

Allem Anschein schickte sich der Skipper des Kutters an, während der Nacht irgendwo weiter nördlich im Mittelstreifen zwischen den beiden „Fahrbahnen" des TSS-Verkehrstrennungsgebietes des Ärmelkanals nach Jakobsmuscheln zu fischen. Außerhalb der Fangsaison, versteht sich. Schließlich konnte man die von der Gastronomie begehrten Dinger nicht so einfach den Briten überlassen, deren Fischereibehörden es mit der Kontrolle der angelandeten Fänge längst nicht so genau nahmen, wie die der Franzosen. Kaum war der Kutter jedoch auf Höhe der Alderney vorgelagerten Felseninsel Bruhou angekommen, als plötzlich dicker schwarzblauer Rauch aus dem Auspuff des Fahrzeugs quoll und vom Wind zu wabernden, sich schnell verwirbelnden Wölkchen verweht wurde.

Der Wirt schaltete sofort den Funkempfänger neben der Theke ein und stellte ihn auf den Notrufkanal 16, um zu hören, ob der Fischer einen Pan Pan-Funkspruch absetzte. Auf der entlegenen und mit Verdienstmöglichkeiten nicht gerade reich gesegneten Alderney verband sich ein solcher Notruf stets mit der Hoffnung auf eine günstige Einnahmequelle. Ein Mayday wäre noch willkommener gewesen, aber Pan Pan reichte vorerst auch. Doch zur Enttäuschung der Männer im Pub blieb der Kanal 16 diesmal stumm.

Offenbar glaubte der Skipper, das Problem ohne fremde Hilfe, nur mit den eigenen Bordmitteln beheben zu können. Unter den mehr oder minder fachkundigen Gästen machten inzwischen allerlei Vermutungen bezüglich der Ursache, Natur und Schwere der Panne die Runde. Sogleich wurden auch erste Wetten abgeschlossen. Der Kutter indes nahm, immer noch schwärzliche Wolken spuckend, ganz langsam Kurs auf die Einfahrt von Braye Harbour. Vermutlich hatte der Skipper die Absicht, sein Fahrzeug im Hafenbecken zu ankern und dort entweder selbst Hand anzulegen oder, je nach Art des Defektes, letzten Endes vielleicht doch die Unterstützung eines örtlichen Mechanikers in Anspruch zu nehmen. Was der Mann wahrscheinlich nicht wusste: genau genommen, gab es auf Alderney nur einen qualifizierten Mechaniker und der war mit seiner kurz vor der Niederkunft stehenden Frau am Morgen Richtung Guernsey aufgebrochen.

So tuckerte der Kutter innen am Wellenbrecher entlang in ein Hafenbecken, dem man ansah, dass es ehedem für höhere Aufgaben konzipiert worden war, die sich dann aber aus irgendeinem Grund zerschlagen hatten. Im Grunde ein Projekt des stolzen viktorianischen Ingenieurswesens, das sich zu allem und jedem befähigt hielt, hatte Braye Harbour die Perlenkette von Häfen entlang der englischen Südküste nach Südwesten hin abschließen sollen. Er war zur Stunde null der ersten industriellen Revolution in Angriff genommen worden, als der Austausch von Waren jedweder Art in Europa und weltweit einen gewaltigen Entwicklungssprung vollzog. Der weitaus größte Teil dieser Waren wurde auf Schiffen befördert, für die eine möglichst lückenlose Hafen-Infrastruktur unverzichtbar war.

Der ganze Stolz von Braye Harbour war sein gewaltiger Wellenbrecher, ein architektonisches Prunkstück, für dessen Bau man sogar eine provisorische Eisenbahntrasse auf dessen bereits fertigen Teil angelegt hatte. So konnten Güterwaggons die benötigten Baustoffe aus dem nahegelegenen Steinbruch bis zur langsam nach Nordosten weiterwandernden Baustelle transportieren.

Wasserbauten solch komplexer Natur bedurften des umfassenden Know-hows erfahrener Ingenieure. Die fand man vor allem weiter nördlich, in Schottland, wo einige der gefährlichsten atlantischen Klippen zum Teil weit vor der Küste der Schifffahrt auflauerten und geradezu darum bettelten, durch weithin sichtbare Leuchttürme entschärft zu werden. Was dort oben allein von den berühmten Stevenson-Brüdern mitten in der zumeist tobenden See an veritablen Wunderwerken errichtet wurde, trug wesentlich zum Ruhme Kaledoniens bei. Kleine Ironie am Rande: des Schicksals: zum wirklich weltweiten Begriff wurde ausgerechnet der einzige aus der Art geschlagene Stevenson, der mit Hoch- und Tiefbau fremdelte und lieber Bücher wie die Schatzinsel oder Dr. Jekyll und Mr. Hyde schrieb.

Was aber stoppte die unaufhaltsam scheinende Karriere von Braye Harbour? Derselbe Wellenbrecher, der am Beginn seiner Karriere gestanden hatte. Dessen Pannen-Anfälligkeit und die daraus resultierende sündhaft teure Wartung sowie sein ewiges Reparaturbedürfnis kamen in London nicht gut an. Was man vielleicht übersehen hatte: Leuchttürme wie etwa der des Fastnet vor der irischen Südküste nennen eine ganz andere Statik ihr Eigen als eine, mir nichts, dir nichts, ins Meer gepflanzte Mauer. Denn Leuchttürme stehen nicht einfach auf dem Felsen wie eine Reiterstatue auf einer Plinthe. Vielmehr sind sie so genial konzipiert, dass ihre Fundamente gleichsam organisch aus dem Felsen wachsen, vor dem sie die Schifffahrt warnen. Ein beträchtlicher Teil der sich rasend schnell fortpflanzenden kinetischen Energie, die sich für uns in Form von sich nur scheinbar fortbewegenden Wellen sichtbar wird, kann auf diese Weise vom Felsen abgefangen und unschädlich gemacht werden, bevor der Turm selbst von den Brechern getroffen wird. Außerdem sind die einzelnen Blöcke solcher Türme nicht aufeinandergestapelt wie Ziegelsteine beim Hausbau, sondern nach der Schwalbenschwanztechnik so ineinander verzahnt. Dass sie einander zusätzliche Stabilität geben. Schwankungsfugen tun ein Übriges.

Das alles entfällt bei einer sozusagen auf sich allein gestellten Mauer, die sich Tag für Tag verzweifelt der See entgegenstemmt und dabei der tonnenschweren Wucht der See eine ungleich breitere Angriffsfläche bietet. Klar, dass ein solcher Bau den auf sie einprügelnden Energiebündeln nicht dauerhaft Wellen zu widerstehen vermag, ohne dann und wann Schaden zu nehmen.

Am inneren Ende des Hafenbeckens angelangt, griff sich der Skipper, der allein an Bord zu sein schien, eine Muringboje mit dem Bootshaken und belegte die Leine an seinem Backbord Bugklampen. Während die letzten unheilvoll schwarzen Schwaden seines Auspuffs ans Ufer trieben und bis zum Krone und Schwert hinaufkletterten, öffnete der Fischer das achtere Decksluk, wartete, bis der dem Motorraum entsteigende Qualm sich weitgehend verzogen hatte und stieg dann rückwärts hinunter, um nach dem Rechten zu sehen.

Als es dunkel geworden war und der Quesnard Leuchtturm an der Nordostspitze Alderneys seinen voll automatischen Dienst aufgenommen hatte, war nur noch der harte Kern der „patrons" im Pub verblieben. Und der war durchgehend zu stark alkoholisiert, als dass er die drei Figuren bemerkt hätte, die nun steifbeinig dem Laderaum des hoch im Wasser liegenden Kutters entstiegen.

Laura dehnte und streckte sich, um wieder die Kontrolle über ihre eingeschlafenen Extremitäten zu bekommen und ihren Kreislauf in Gang zu bringen.

Dann blickte sie auf ihre Uhr. Drei geschlagene Stunden hatte sie mit Ignace und dem Chief im Stauraum des Kutters ausgeharrt, der normalerwiese Tonnen von frisch gefangenem Fisch, Krabben und Muscheln aufnahm und dementsprechend streng müffelte. Dennoch hatte Laura es für klüger gehalten, sich bei der Ankunft des noch auf Sark gecharterten Kutters zu verstecken und erst im Schutze der Dunkelheit an Land zu gehen. Wenn der Boxer hier auf Alderney Zuflucht gesucht hatte, wovon Laura fest überzeugt war, dann würde er von seinem Versteck aus vermutlich jeden Neuankömmling argwöhnisch mit dem Fernglas beäugen. Daher die vorgetäuschte Motorpanne, auf deren Simulierung sich Graeme, der schottische Besitzer des Kutters The Guernsey Lily erfreulicherweise eingelassen hatte. Wie er den Auspuff derart zum Qualmen gebracht hatte, ohne dem Motor ernsthaft zu schaden, musste sie sich ein andermal von ihm erläutern lassen.

Ohne die rasche Reaktion des Chiefs Colestron wären sie sowieso noch längst nicht hier gewesen. Der Mann vom Yard war, wie vereinbart, in der Seigneurie von Sark gewesen, hatte dort aber nichts erreicht und sich dann auf die Suche nach Laura und Ignace gemacht. Seine Beschreibungen deuteten darauf, dass er bei St. Peter sogar auf den aus seiner Stirnwunde blutenden Boxer gestoßen war und ihn nach Laura gefragt hatte. Der angeschlagene Diakon sei ihm gleich nicht koscher erschienen, sagte Colestron, aber da er ihm höflich, wenn auch nicht in seinem Sinne geantwortet habe, sei er einmal um Kirche und Friedhof herumgegangen und schließlich eingetreten. Drinnen habe er zuerst das Stöhnen und Treten des gefesselten Gärtners in der Kanzel und dann das schwache Klopfen und Rufen Lauras und Ignace' gehört und nach einer Weile den Zugang zum Gewölbe gefunden, in dem der Boxer die beiden zurückgelassen hatte.

So weit, so gut. Misslich allerdings, dass der Boxer die Waffe von Ignace mitgenommen hatte. Das bedeutete, dass zurzeit nur der Chief und Laura noch bewaffnet waren, als die drei jetzt von Graeme im Dinghy an Land gesetzt wurden. Dass zu so relativ später Stunde noch jemand die Guernsey Lily is Visier seines Fernglases nehmen würde, damit war kaum zu rechnen. Im ganzen Verlaufe des Spätnachmittags und Abends hatte der Fischer laut fluchend an seinem Motor gebastelt, ihn immer mal wieder gestartet und auf Touren gebracht, um misstrauischen Beobachtern den Eindruck einer echten Panne und deren mühsamer Behebung zu vermitteln. Jetzt war nächtliche Ruhe eingetreten, die heute selbst der stets unruhige Atlantik zu respektieren schien. Der Leuchtturm warf seine Lichtbündel im getakteten Rhythmus über die See und Insel. In St. Anne, dessen Häuschen sich einen kleinen Hügel hinaufzogen, brannte da und dort noch Licht. Über dem nur einige wenige Seemeilen entfernten Festland, der Cotentin-Halbinsel mit ihrem Kernkraftwerk am Cap de la Hague, braute sich ein Gewitter zusammen, das aber, der Hauptwindrichtung folgend, aller Voraussicht nach entlang der franko-belgischen Küste ostwärts ziehen würde und ihnen nicht weiter in die Quere zu kommen versprach.

Gemäß Graemes Empfehlung machte sich das Trio infernale auf den Weg zur Krone und Schwert. Der Ort selbst war wie ausgestorben. Da und dort flackerten Fernseher hinter gardinenverhangenen Scheiben und verwandelten die augenscheinlich kleinen Wohnstuben in irrlichternde Raumschiffe. Laura taten ihre Füße weh. Einmal mehr trug sie das falsche Schuhwerk zum Anlass: wieso bringen Sie Pumps zu einer Auseinandersetzung, bei der Stiefel oder Trecking-Schuhe angesagt waren? hörte sie die unverkennbar dunkle Stimme Lee Marvins aus Cat Ballou. Tröstlich nur, dass die Insel mit ihren fünf Kilometern mal drei so klein war, dass selbst längere Fußmärsche vermutlich nicht mit Blasen an den Füßen endeten.

Zwei Fragen stellten sich: war der Boxer wirklich auf Alderney und wenn ja, wo, in welchem Hinterhalt? Laura hatte während der Wartezeit im Laderaum des Kutters die Abschiedsworte des Killers im Gewölbe von St. Peter immer wieder Revue passieren lassen. Jedem das Seine, der Nazi-Wahlspruch des Lagers Sylt, war ein Satz völlig außerhalb jeden Kontexts, dessen einzige Funktion darin bestand, bestehen musste, sie nach Alderney zu locken. Ein Versteckspiel mit Ansage.

Wie war er hierhergekommen? Graeme hatte auf Lauras Bitte hin die im Hafenbecken von Braye Harbour dümpelnden Boote einer kritischen Musterung unterzogen, war aber auf keines gestoßen, dass möglicherweise nach Sark gehörte. Das musste natürlich nichts heißen. Irgendwo an der Küste Alderneys zu ankern war zwar aufgrund der Strömungsverhältnisse so gut wie unmöglich. Aber der Boxer hätte sich von einem Bekannten hierherbringen lassen können, der ihn abgesetzt und sofort wieder Kurs auf Sark genommen hatte.

Über den Aufenthaltsort des Boxers hoffte Laura im Pub Aufschluss zu erhalten. Dabei würde sie allerdings sehr behutsam vorgehen müssen, um nicht unnötig so viel Staub aufzuwirbeln, dass der Mann sie schon von weitem herannahen sah.

Ein Blick zurück bescherte Laura das Panorama der weißen Ankerlichter, die sich im sachte schaukelnden Wasser des Hafenbeckens wie in einem Zerrspiegel zu alle möglichen Formen verbogen: ein nur müder Abklatsch der da und dort durch die dichte Wolkendecke funkelnden Sterne zwar, aber immerhin. Der Pub war für einen gewöhnlichen Wochentag immer noch ganz gut gefüllt. Im Fernseher, der oben über der Theke in einem schwenkbaren Rahmen von der Decke hing, lief ein Fußballspiel, dessen müdes Gekicke vom Reporter in der üblichen exaltierten Art und Weise hochgejazzt wurde, als handele es sich um das Endspiel der Champions' League. Da dennoch niemand besondere Notiz von dem Spiel nahm, erfolgte die Ankunft der drei nicht unbemerkt. Daran war wohl auch das „exotische" Äußere des jungen Ignace Schuld, das unverhohlene Aufmerksamkeit erregte. Karibische Chabins verirrten sich wahrscheinlich nicht sehr oft auf die Kanalinseln, obwohl deren erstaunliche Fülle von Heiligen-Toponymen wie St. Anne, St. Helier, St. Peter Port und so weiter sie durchaus heimisch fühlen lassen konnte. Isolierte Lage im Verein mit häufigen vernichtenden Unwettern schufen hier wie dort ein ausgeprägtes Anlehnungsbedürfnis an heilige Fürsprecherinnen und Fürsprecher.

Colestron entdeckte drei vakante Plätze an einem Tisch, der bereits von zwei Männern in dicken, winterfesten Pullovern in Besitz genommen war. Auf die Frage des Chiefs, ob man sich zu ihnen setzen dürfe, reagierte der eine nur mit einem eher finsteren Blick, den niemand so leicht als Einladung verstehen konnte. Doch der andere nickte ihnen durchaus freundlich zu und musterte sie interessiert. Also setzten sie sich dazu.

„Dies ist schließlich ein freies Land," zitierte der Mann die besonders in Amerika verbreitete einschlägige Floskel. Dann wandte er sich wieder seinem Tischnachbarn zu.

Der Chief ging zum Tresen und kehrte mit drei Gläsern dunklem Starkbier zurück. Laura nippte daran, wollte aber unter allen Umständen hellwach bleiben und schob ihr Glas daher wieder ein Stück von sich.

Unauffällig scannte sie die anderen Gäste des Pubs. Dass sich die meisten um die Bar drängten, erleichterte ihr den Überblick. Eine Gruppe von fünf Leuten beiderlei Geschlechts in Ölzeug kamen wohl von einer der Yachten unten im Hafen. Vermutlich

Briten, die den Kanal überquert hatten und sich jetzt ein paar Gläser gönnten, bevor der Törn morgen möglicherweise weiter nach Süden oder wieder zurück nach Weymouth oder Falmouth führte. Die Hiesigen waren leicht an ihrer legeren Kleidung zu erkennen. Sie sprachen dialektales Englisch und gaben dabei, soweit Laura dies hören konnte französischstämmigen Wörtern auffallend oft den Vorzug. Hier auf den Kanalinseln hatten die Scharen englischer und irischer Arbeiter sowie britischer Sommerfrischler und Rentner zwar eine nachhaltige Anglisierung der Insel bewirkt, doch der ursprüngliche französische Einfluss glomm immer noch wie ein Torffeuer unter der Oberfläche nach.

Wenig später stand der mürrische, wenig sozial gestimmte Gast vom Tisch auf und verabschiedete sich von seinem höflicheren Freund, dessen Glas noch zur Hälfte gefüllt war. Was Laura vermuten ließ, dass er noch eine Weile bleiben würde und ihnen vielleicht als Informationsquelle dienen könnte.

„Und was für ein Wind hat Sie auf unsere Insel geweht?" fragte er, als im halblauten Gespräch seiner drei Tischgenossen eine kurze Pause eintrat.

„Wir sind auf der Suche nach jemandem, einem...Diakon namens... Brown. Oder McAllister, das heißt, er bedient sich mehrerer Namen." Der Mann lachte.

„Klar. Dafür sind die Männer Gottes ja leidlich bekannt. Obwohl, der Reverend von St. Anne hat nur einen, soweit ich weiß. Guter Mann, aber vermutlich nicht der, den Sie suchen?"

Laura schüttelte den Kopf.

„Sicher nicht, nein. Der Mann, den ich meine, ist etwas größer als ich, hat dunkles, wahrscheinlich gefärbtes Haar und zieht das rechte Bein leicht nach."

„Ich verstehe. Warten Sie, ich frag' mal die Jungs..."

Er wandte sich der Bar zu, doch bevor er den Namen durch die ganze Kneipe rufen konnte, unterbrach ihn Laura.

„Nein, lassen Sie nur, ist nicht so wichtig."

„Apropos, mein Name ist Gilbert," stellte sich der Mann vor.

„Dann möchte ich aber Sullivan sein dürfen," lachte der Chief und nahm einen ordentlichen Schluck, was Laura mit besorgter

Miene registrierte. Sein anzügliches Wortspiel zielte auf die beiden Macher komischer Opern, die im England des neunzehnten Jahrhunderts in gewisser Weise das begonnen hatten, was die Leonhard Bernstein oder Andrew Lloyd Webber im zwanzigsten Jahrhundert mit ihren Musicals erfolgreich fortsetzten. Im Subtext, und darin lag die Anzüglichkeit, konnte man die Bemerkung des Chiefs so versehen, als glaube er dem Mann kein Wort.

Doch Gilbert nahm keinerlei Anstoß. Laura, der Chief und Ignace stellten sich ebenfalls förmlich vor.

Laura betrachtete Gilbert etwas genauer. Er mochte um die vierzig sein, vielleicht etwas älter, wirkte aber durch seine gelockte, leicht ins Rötliche changierende Mähne, die ihm etwas Lausbubenhaftes gab, jünger. Seine grüngrauen Augen saßen dicht beieinander, was, wenn man dem alten Aberglauben folgte, auf Geiz und eine gewisse Engstirnigkeit deuten konnte. Irgendwo und irgendwann jedenfalls hatten sie wohl ihren ursprünglichen Glanz verloren und wirkten halb ironisch, halb verzagt. Im Gegensatz zu den meisten anderen männlichen Gästen trug er sein Kinn glattrasiert und hatte auch keinen Schnurrbart. Die tiefen horizontalen Furchen auf seiner Stirn fanden ihre Entsprechung in den ausgeprägten senkrechten Falten, die seine Wangen wie tiefe Canyons durchzogen.

„Womit verdienen Sie auf Alderney Ihren Lebensunterhalt, wenn ich fragen darf?“ wagte sich Laura vor, um das Gespräch am Leben zu halten. Gilbert lächelte.

„Wenn Sie sich bei Tage etwas genauer umsehen, werden Sie bemerken, dass die meisten von uns schon jenseits der Baumgrenze irgendeiner sinnvollen beruflichen Tätigkeit sind und hier ihren Ruhestand genießen. Alderney ist ein Rentnerparadies, die Côte d'Azur des kleinen Mannes.“ Laura lachte.

„Aber schon etwas rauer als Nizza oder Cannes.“

Gilbert nickte.

„Ja, das muss ich einräumen. Und notleidend in puncto leicht bekleidete Starlets. Aber dafür gibt's hier auch keine Hurrikans. Und so gut wie keine Franzosen. So gleicht sich alles aus im Leben. Und was machen Sie beruflich?“

Laura zögerte.

„Journalistin. Harry hier ist mein Lieblingsverleger, Ignace trägt die Koffer und den Kaffee. Zusammen wollen wir ein längeres Dokudrama über die Insel vorbereiten, Material sammeln und so. Der Diakon Brown war uns als nützliche Kontaktperson genannt worden und ich gebe zu, wir sind ziemlich enttäuscht, ihn heute Abend nicht angetroffen zu haben."

Gilbert nickte versonnen.

„Kann ja noch werden. Was ist so interessant an ihm? Und an Alderney?"

Bevor Laura antworten konnte, erhoben sich der Chief und Ignace.

„Sorry, die Natur ruft…," sagte der Chief.

„Englisches Bier zu trinken ist stets ein Wettkampf zwischen Leber und Blase. Zurzeit liegt bei uns beiden offenbar die Blase um eine Nasenspitze vorn. Nach mir, Master Ignace."

Als die beiden Richtung Toilette verschwunden waren, lehnte Gilbert sich vertraulich soweit über den Tisch, dass er Laura aus nächster Nähe in die Augen blicken konnte, wobei er um ein Haar sein Bierglas umgestoßen hätte.

„Journalistin, sagen Sie? Hat Ihnen schon mal jemand gesagt, dass Sie eine schlechte Lügnerin sind, Lara?"

„Laura. Und ja, das sagt man mir seit meiner Kindheit, aber ich höre einfach nicht drauf."

„Ein kleiner Rat von jemand, der es gut mit Ihnen meint: bleiben Sie im Kleinen stets bei der Wahrheit, dann können Sie im Großen frei von der Leber extemporieren. Alter Politikergrundsatz. Was Ihr Chef da jedenfalls unter seiner linken Achsel trägt, ist kein Mikrofon, sondern nach meiner Einschätzung ein großkalibriger Revolver. Und Ihre Waffe scheint mir eine Ruger älteren Baujahrs. Was für eine Reportage soll das werden? Alderney als O.K. Coral? Sie machen auf mich den Eindruck von Kopfgeldjägern, die hinter jemand her sind, aber nicht, um ihn zu interviewen. Sie haben etwas im Blick, das ich für noch weit gefährlicher halte, als ihre Waffe. Etwas, das für diesen Diakon Brown oder wie immer der Mann sich nennen mag, wenig Gutes verheißt."

„Und Sie sind wirklich sicher, dass es sich bei dem Boxer, wie Sie ihn nennen, um den Diakon handelt?“ fragte Gilbert, nachdem Laura ihm im Beisein Colestrons und Ignace' einen kurzen Abriss der Schandtaten gezeichnet hatte, die der Sohn Gooeys und Rose McAllisters auf sich geladen hatte. Gilbert seinerseits war nach eigener Aussage britischer Offizier im Ruhestand. Auf die erstaunte Bemerkung Lauras, er sei ihrer Schätzung zufolge doch wohl noch keine sechzig, hatte er nur milde gelächelt.

„Staatsdiener dürfen, je nach Verwendung, früher in den Ruhestand, müssen dies in einigen Fällen sogar. Ich war bei der SAS, wissen Sie, einer Elitetruppe, bei der die Dienstjahre doppelt und dreifach zählen. Kein Wunder, dass viele der Kameraden nicht einmal in die Nähe des vorgezogenen Ruhestandes gelangen, woooohaaa, sage ich da nur.“

Er fügte hinzu, dass er in Liverpool beheimatet sei und von den Yarmouth Sechs erstmals gehört habe, als er sich nach der Pensionierung auf Alderney niedergelassen hatte.

„Warum ausgerechnet hier?“ fragte der Chief.

„Gute Frage. Vielleicht, weil Alderney mich in seiner Kargheit an die Falkland-Inseln erinnert. Ich habe damals als blutjunger Rekrut an den Kämpfen gegen die Argentinier teilgenommen, eine Erfahrung, die mein ganzes weiteres Berufsleben geprägt hat.“

Er rollte den Kragen seines Pullovers nach unten, so dass eine Narbe unter dem rechten Ohr sichtbar wurde.

„Schrapnell. Glück gehabt. Etwas weiter nach links und ich säße heute nicht hier. Die psychischen Narben sieht man nicht.“

Laura erinnerte sich an Berichte über den sogenannten Falkland-Krieg, in dem es wohl eher um das Prinzip und die propagandistische Wirkung als um irgendeinen wirtschaftlichen oder militärischen Nutzen dieses Archipels in Hörweite von Kap Hoorn ging. Die sogenannte Eiserne Lady Thatcher brauchte damals eine spektakuläre außenpolitische Konfrontation mit patriotischem Erregungspotenzial, um von der durch sie betriebenen effektiven Zerschlagung großer Teile der britischen Gewerkschaftsbewegung abzulenken. Da war das Leben britischer Soldaten und Matrosen mal eben zum militärische Kollateralschaden eines neoliberalen Feldzugs der bornierten Lady degradiert worden.

„Ohne die Vorgeschichte des Verrats an den Kanalinseln hätte es den Feldzug Thatchers gegen die übergriffigen Argentinier vielleicht nie gegeben, was denken Sie?"

Gilbert nickte.

„Mag sein. Der Rest der Welt schüttelte damals nur verständnislos den Kopf. Als ob Halsstarrigkeit eine Tugend sei. Vielen bei uns drängte sich die düstere Erinnerung an katastrophale Misserfolge vergleichbarer Kampagnen wie den Krimkrieg oder Gallipoli auf. Wir Soldaten waren damals bis unter die Augenbrauen aufgeputscht mit patriotischen Parolen und allerlei pharmazeutischen Mittelchen. Sich im Feld unter solchen Umständen die Sinnfrage zu stellen, ist dein sicherer Tod."

„Um auf den Boxer zurückzukommen…" versuchte Laura behutsam, die Kurve zu kriegen.

„… so gehe ich davon aus, dass er mit den hiesigen topographischen und anderen Gegebenheiten bestens vertraut ist. Warum sollte er sonst ausgerechnet hier Zuflucht suchen? Das würde bedeuten, dass er sich sehr oft hier aufgehalten haben muss und vielleicht sogar über Pläne der hiesigen unterirdischen Verteidigungsanlagen verfügt. Nicht, dass er die immer noch brauchen würde, aber irgendwoher muss er seine Kenntnis ja bezogen haben."

Gilbert überlegte.

„Wenn er, wie Sie sagen, beim MI 5 war, kann er sich solche Pläne über den Dienst beschafft haben, denke ich. Aber ich denke gerade nach. Joe…" er wies auf den Wirt am Tresen, „… hat uns mal von einem angeblichen Historiker erzählt, der wochenlang wie ein Archäologe über die Insel gewandert sei und seine Nase in so gut wie jedes Loch gesteckt habe. Das war aber lange vor meiner Zeit auf Alderney. Joe!"

Der Wirt blickte zum Tisch herüber und hatte schon die Hand am Zapfhahn, da er wohl mit einer Bestellung rechnete.

„Weißt du noch, wie dieser Historiker hieß, der lange hier herumgeschnüffelt hat? Du hast uns mal von ihm berichtet."

Der Wirt dachte nach, das dauerte eine Weile.

„Mc…irgendwas, weiß nicht mehr. Ich hatte ihn für einen Schotten gehalten, war er aber nicht."

„McAllister vielleicht?" rief Laura.

„Ja, kann sein, müsste ich lügen, warum?"

„Nur so," entgegnete Laura.

„Können Sie sich an irgendein besonderes Kennzeichen an ihm erinnern?" Joe grübelte erneut.

„Nein, nicht, dass ich wüsste. Oder doch, warten Sie. Er hatte sehr stechende Augen, wie diese Schlittenhunde…."

„Huskys?"

„Ja, richtig. Huskys. Und er zog ein Bein nach, das linke, glaube ich. Oder war's das rechte? Fiel mir auf, weil er trotzdem erstaunlich schnell zu Fuß war."

„Kompensationsreflex," kommentierte Gilbert.

„Ich hatte im SAS einen Kameraden, der war bei einem Einsatz im Nahen Osten auf eine Mine getreten und hatte sein rechtes Bein verloren. Wenn er später auf Kameradschaftsabenden und Zusammenkünften mit Krücken auf dem Weg zum Buffet war, musste man sich schon beeilen, um vor ihm bei Lachs, Roastbeef und Lammkoteletts zu sein."

„Wo hat der hinkende Historiker während seines Aufenthaltes hier gewohnt?" fragte Laura den Wirt.

„Beim Leuchtturm. Ja, er hatte da so eine Hütte. Sehr spartanisch, wenn Sie mich fragen. Hat noch Glück gehabt, denn das Ding ist kurz nach seiner Abreise vor Altersschwäche zusammengebrochen."

Laura überlegte.

„Wie viele Hotels gibt es auf der Insel?"

Gilbert begann, an den Fingern seiner beiden Hände abzuzählen.

„Braye Beach, Harbour Lights, Victoria, doch, eine ganze Reihe."

Laura blickte auf den Chief. Der erriet ihre Gedanken.

„Ich kann's versuchen. Aber ich muss den Ball flach halten, sonst steht morgen früh ein Kollege vom Yard auf der Matte und dann klicken hier vielleicht Handschellen. Ich werde eine Telefonliste brauchen."

„Kriegen Sie. Liegt bei mir zu Hause."

„Ich persönlich glaube zwar nicht, dass er in ein Hotel eingecheckt ist. Ich könnte mir vorstellen, dass er irgendwo im Labyrinth der alten Nazi-Festungen hockt und die Entwicklung der Dinge in aller Ruhe abwartet, so, wie die Nazis damals die Invasion."

„Dann werden wir ihn ausräuchern müssen," sagte Gilbert mit dem Gesichtsausdruck eines Mannes, der mit solchen Operationen Erfahrung hat.

„Aber worauf wartet er? Ich meine, er könnte doch längst über alle Berge sein?"

Laura nickte.

„Ja, ist er aber nicht. Wenn Sie einen Menschen lange genug jagen, beginnen Sie irgendwann zu verstehen, wie er tickt. Der Boxer ist nicht umsonst von Paul Simons Song so angetan. Er ist seit Jahren ein einsamer Wolf, jemand, der weiß, wie er enden wird, enden muss. Er hat erkannt, dass er sein eigentliches Ziel nicht mehr wird erreichen können. Jetzt schon gar nicht, da er seiner Anonymität beraubt wurde und wir wissen, wer er ist und wie er aussieht. Deshalb hat er uns sein Vermächtnis hinterlassen. Er glaubt, dass wir sein Werk zu Ende führen werden. Das hier ist sein Endspiel, für das er sich die Schicksalsinsel Alderney ausgesucht hat. Da wäre es geradezu ein bedauerlicher Stilbruch, ein Hotel in Anspruch zu nehmen. Nein, er sitzt in einem der vielen hiesigen Bunker oder Magazine und spielt ein letztes Mal Katze und Maus mit uns."

„Hm. Sie scheinen den Burschen ja tatsächlich zu kennen wie Ihre Hosentasche. Na gut, dem Manne kann geholfen werden. Aber wir brauchen Unterstützung."

„Wir? Was meinen Sie? Dies ist nicht Ihr Krieg."

„Nein, aber Sie werden mich doch nicht in diese ganze Geschichte um den Diakon eingeweiht haben, nur, um mir dann den Laufpass geben zu wollen?"

„Wie Sie meinen. Aber von welcher Unterstützung reden Sie?"

„Nun, ich fürchte, Sie unterschätzen die Größenordnung des Unternehmens, auf das Sie sich da einlassen wollen. Alderney ist mehr als ein etwas größerer Kaninchenbau. Einige der viktorianischen Forts waren 1940, ganze hundert Jahre nach ihrer Errichtung, immerhin noch soweit intakt, dass die Deutschen sie als vorläufige Stellungen benutzen konnten. Bis Hitler ein Jahr später entschied, Adolf, so der sinnige deutsche Codename der Insel, gleich in Gänze zur Festung umzuwandeln. Dabei hätte ihm die längst erwiesene Nutzlosigkeit der viktorianischen Vorläufer als Memento dienen müssen. Wenn Starrsinn auf Unbelehrbarkeit trifft, geht das selten gut. Die Organisation Todt rückte mit Tausenden Freiwilliger und Zwangsverpflichteter an, um die Pläne des Führers zu verwirklichen. Die Männer der OT sprengten, hämmerten und bohrten sich einmal quer durch die Insel und entnahmen den örtlichen Steinbrüchen den Granit, den sie für den Bunkerbau benötigten. Viele dieser Anlagen stehen heute auf Privatgrundstücken, deren unterhöhlte Häuser jederzeit einbrechen können. Sie kennen das vermutlich aus Ihren Steinkohlerevieren mit Bergwerken, an deren genauen Schacht- und Stollenverlauf sich niemand mehr so genau erinnert. Bis sich irgendwann plötzlich die Erde auftut und ein oder mehrere Häuser verschlingt. Der Mann, den Sie den Boxer nennen, ist vermutlich einer der Wenigen, die dieses verrückte Labyrinth unterirdischer Gänge und Tunnels mit Trinkwasserreservoirs, Lazaretten, Munitionsdepots, kleinen Werkstätten und Unterkünften in- und auswendig kennt. Sprich, den finden Sie nur, wenn er gefunden werden will, sonst können Sie hier ein Jahr lang den Maulwurf spielen, ohne ihn auch nur zu Gesicht zu bekommen. Das heißt, wir müssen zu mehreren Personen aus verschiedenen Richtungen gleichzeitig rein, um ihn stellen zu können."

Laura seufzte.

„Danke, dass Sie uns mal so richtig Mut machen."

Gilbert lachte.

„Ich hab' noch gar nicht angefangen. Viele hundert Tunnelmeter wurden gegraben, ihre Decken und Wände aber wegen des seit 1943 immer ärger spürbaren Materialmangels nicht mehr ausbetoniert, so dass sie damals schon einsturzgefährdet waren. Heute… Als kurz nach dem Krieg Schrott jeder Art sozusagen Goldpreise erzielte, hat man noch die Eisen- und Stahlstreben aus den Wänden gerissen und die Bauten auf diese Weise weiter geschwächt. Um gar nicht erst von den Minen, Stolperdrähten und Sprengfallen zu sprechen, die da und dort noch existieren mögen - oder vielleicht vom Boxer zum eigenen Schutz gelegt wurden. Die hiesige Jugend, die in aller Regel nicht lange auf der Insel bleibt, sondern sich nach Guernsey oder gleich ganz nach England oder Frankreich absetzt, sobald sie laufen kann, feiert zu bestimmten Anlässen oder auch gern spontan die eine oder andere ausgelassene Bunker-Abschiedsparty und nimmt dabei solche Gefahrenquellen als zusätzlichen Kick in Kauf. Den Fehler sollten Sie nicht machen, wenn Sie lebend da wieder rauskommen wollen."

„Sie meinen, wir brauchen eine Ariadne, um den Minotaurus zu finden?"

Gilbert lachte.

„Zumindest ihren Faden werden Sie in der Tat brauchen."

Laura überlegte.

„Und wenn man das ganze System buchstäblich ausräuchert?"

„Mit was? Zyklon B? Sicher, damit würden Sie als Deutsche bestimmt Furore machen. Ich kann mir schon jetzt die Überschriften auf den britischen Gazetten ausmalen."

„Aber irgendwann muss er doch rauskommen?"

„Sicher. Die Frage, wie beim Maulwurf, ist nur, wann und wo. Während Sie ihn am einen Ende suchen, verlässt er das Labyrinth am anderen und sucht seelenruhig das Weite. Wie gesagt, ohne die eine oder andere zusätzliche Kraft werden Sie nichts ausrichten können."

„Und woher nehmen?"

Gilbert strich sich über seine Locken und trank sein Glas aus.

„Sagen wir so: ich bin nicht der einzige ex SAS-Mann, der auf Alderney seinen Ruhestand verbringt. Ich denke da an zwei, drei Kameraden, die zum Teil schon über allerlei Wehwehchen klagen, aber für eine Menschenjagd gerade noch taugen. Viele von uns wissen mit dem Ruhestand sowieso wenig anzufangen und hoffen jahrelang insgeheim auf einen Anruf der Army in etwa des Tenors: Sorry, Ihre Verabschiedung in den Ruhestand war ein bedauerliches Versehen. Wir bräuchten Sie dringend im Irak. Ein Hubschrauber mit Sergeant Major Arnie Schwarzenegger und dem Gefreiten John Rambo an Bord ist bereits unterwegs zu Ihnen. Wooooohaaaa!"

„Ich verstehe, was Sie meinen," warf der Chief ein.

„Und Sie glauben..."

„Nun ja, es käme auf einen Versuch an. Wenn ich meine ganze Überzeugungskraft in die Waagschale werfe... Hätten wir mehr Zeit, könnte ich sicher noch weitere Kameraden vom Festland..."

„Aber die kennen sich doch hier vermutlich nicht aus?"

„Ja und nein. Die SAS veranstaltet regelmäßig Übungen und Manöver auf den Kanalinseln. Landen, anschleichen, täuschen und tarnen, das ganze Programm. Das führt zwar zu regelmäßigen Protestnoten der Bailiffs, die sowohl um ihre Vorgärten, als auch um ihre Töchter fürchten. Aber dann entschuldigen sich die Unsrigen in aller Form und trainieren eine Weile in den Shetlands oder Orkneys, bis ihnen da oben, mit Verlaub, der Arsch zufriert und das mildere Klima die Kanalinseln wieder zu Sehnsuchtsorten macht."

Laura überlegte.

„Wir wären Ihnen natürlich für jede Hilfestellung außerordentlich verbunden. Haben Sie Pläne? Ich meine Skizzen vom Verlauf der Tunnels und Gänge?"

„Negativ. Die Deutschen hatten fraglos eine komplette Sammlung bei der Organisation Todt, pedantisch korrekt wie die waren. Doch wo diese Pläne abgeblieben sind, weiß niemand, den ich kenne. Schwer vorstellbar, dass das britische Militär, als es sich endlich hierherbemühte, in der Eile vergessen haben sollte, nach den Plänen zu fragen und sich nach der Verteilung der Minenfelder zu erkundigen. Sicher sitzt jemand in London oder anderswo mit seinem breiten Hintern darauf und bewacht sie, wie der Dobermann seinen Fressnapf. Keine Ahnung. Mein Verdacht: der Boxer hat sie gefunden und klammheimlich konfisziert. Er selbst würde sich inzwischen vermutlich mit verbundenen Augen zurechtfinden. Aber solange kein anderer die Pläne einsehen kann, bleibt seine Alleinstellung unangetastet."

„Und in der ganzen Zeit hat niemand versucht, einen neuen Plan zu erstellen?"

„Wozu? Wen interessiert die Nazi-Unterwelt von Alderney? Wenn es dort irgendwo Schätze gäbe, hätte man sie gefunden. Und unterirdische Vermessungen waren lange Zeit ein mühsamer, zeitraubender und auch nicht ganz billiger Prozess. Entweder gaben die Geodäten auf, oder..."

„Oder was?"

„Nun, es gab Gerüchte. Manche behaupteten, Stimmen, Schreie, wie diejenigen gefolterter Gefangener gehört zu haben. Hokuspokus, wenn Sie mich fragen, aber zur nachhaltigen Abschreckung reichte es allemal. Mit den heutigen technischen Möglichkeiten wäre es vermutlich ein Leichtes. Aber, wie gesagt, wozu? Kann sein, der hiesige Granitboden ist auch für Infrarot und andere Strahlen schwer zu durchdringen. So oder so ein nutzloser Aufwand."

„Ich verstehe. Gut, wenn Sie ein paar Kameraden zusammentrommeln können, schlage ich vor, wir treffen uns morgen früh am Hafen."

Gilbert schüttelte den Kopf.

„Unsinn. Sie sind natürlich meine Gäste. Es wird vielleicht ein wenig eng im Stabsquartier und Sie müssen mit meinen Blümchen-Pyjamas Vorlieb nehmen, aber ich bin sicher, Daphne würde sich tierisch über etwas Gesellschaft freuen. Und, mit Verlaub, den penetranten Fischgeruch, den sie alle drei ausströmen, sollten Sie rasch verlieren, sonst wittert der Boxer sie schon von weitem."

Laura zögerte. Sie wollte dem Mann keine Umstände machen. Aber der Aussicht auf eine Dusche und ein weiches, kuscheliges Bett oder Sofa anstelle einer engen, siffigen Koje an Bord von Graemes Kutter konnte sie einfach nicht widerstehen. Ihre beiden Männer brauchte sie gar nicht erst zu überzeugen, so jedenfalls deutete sie das erleichterte Nicken, mit dem sie auf ihren fragenden Blick reagierten. Das Vergnügen darauf, sich mit dieser Daphne von Frau zu Frau austauschen zu können, betrachtete Laura dabei als Bonusmaterial.

„Wie weit ist es bis zu Ihnen?"

„Keine zehn Minuten zu Fuß. Die ganze Insel ist ja nur fünf Kilometer lang. Luftlinie. Wenn Sie über die Hügel gehen und stramm marschieren, anderthalb Stunden von Kap zu Kap. Unter Tage kommt es einem allerdings mindestens doppelt so weit vor."

Der Chief und Ignace tranken aus und stiefelten hinter Gilbert her, der Laura höflich die Tür des Pubs aufhielt. Draußen atmete Laura erst einmal tief durch. Die feucht und salzig schmeckende jodhaltige Luft wirkte auf sie wie ein starkes Tonikum. Die Wolkendecke hatte sich weitgehend aufgelöst. Irgendwo ganz im Osten zuckten noch vereinzelte Blitze. Direkt über Alderney entfaltete der Nachthimmel seine ganze funkelnde Sternenpracht mit dem Orion als Leithammel.

„Was ist das?" fragte Laura Gilbert im Gehen und wies mit der Rechten auf ein dunkles flaches Etwas nördlich des Wellenbrechers.

„Burhou. Eine unbewohnte Felseninsel, die Sie auf der Hinfahrt eigentlich hätten sehen müssen. Aber da Sie sich im Stauraum versteckt hielten… Früher gab es dort mal so etwas wie eine Berghütte für Schiffbrüchige. Die Deutschen haben sie für Zielübungen mit ihren Kanonen benutzt. Irgendein Spinner hat später auch mal versucht, dort Schafe zu züchten, ist aber gescheitert. Es gibt keinen Tropfen Trinkwasser da drüben und bei Springflut und auflandigem Wind wird die ganze Insel überspült. Das hält kein noch so genügsames Schaf aus."

Wenig später waren sie an Gilberts Cottage angelangt. Von außen betrachtet, schien es irgendwie gedrungen, als wollte es sich unter dem stetigen Westwind wegducken.

Gilbert hatte kaum den Schlüssel im Schloss gedreht, als aus dem Innern des reetgedeckten Knusperhäuschens ein tiefes, heiseres Bellen erklang. Die Tür flog auf und eine zimtfarbene Labradorhündin musterte hechelnd ihr Herrchen und dessen späten Gäste.

„Darf ich vorstellen, Daphne, mein Hausdrachen."

„Biber an Otter, Biber an Otter, was ist Ihr Zwanzig? Otter bitte kommen."

Laura, die mit Ignace dicht auf den Fersen gerade dabei war, einen der feucht-modrig riechenden Quartierbunker der ehemaligen Moltke-Batterie zu betreten, hielt inne, um die Fortsetzung des zoologisch inspirierten Funksprechverkehrs auf ihrem Gerät abzuhören. War sie erst einmal von dicken Granit-Mauern und betonierten Felswänden umgeben, so hatte Gilbert ihr eingeschärft, würde sie bald auf die Funkverbindung verzichten müssen. Von da an ging es nur noch darum, sich sklavisch an den gemeinsam ausgearbeiteten Plan zu halten, damit Operation Minotaurus nicht FUBAR ging wie Gilbert sich ausgedrückt hatte: verkackt ohne Hoffnung auf Wiederkehr.

Da weder sie, noch Ignace sich mit dem Kauderwelsch militärischen Funkverkehrs auskannten, hatten sie beide noch im Laufe der vergangenen Nacht bei Harry und Gilbert Nachhilfe nehmen müssen. Es ging dabei vor allem darum, miteinander zu kommunizieren, ohne gleichzeitig dem Boxer, der ihren Funkverkehr sehr wahrscheinlich, soweit sich das machen ließ, mithören würde, ihren jeweiligen Standort zu verraten. Deshalb hatten sie alle agierenden Personen ebenso mit Codenamen versehen, wie charakteristische Landmarken, die das unübersichtliche Terrain gliederten.

Hinter dem Biber zum Beispiel verbarg sich Gilbert, der in der Eile nur einen einzigen Kameraden hatte rekrutieren können. Dieser kleine Rückschlag hatte keinerlei Auswirkungen auf den Enthusiasmus der Truppe. In vollem Kampfornat mit tarnfarbenem Drillich und trotz Tageslicht geschwärzten Gesichtern waren sie konzentriert bei der Sache. Dass sie scharfe Waffen und nicht etwa Paintball-Guns trugen, war für Laien auf den ersten Blick kaum erkenntlich. Wenn es etwas gab, das man hätte rügen können, dann war das die Grundfarbe ihres Drillichs: das zarte Rentner-Beige war vielleicht geeignet, ihnen in einer Kalksteingrube oder in der Wüste Gobi die angestrebte Unsichtbarkeit zu verleihen. Hier auf dem grün-schwarz schimmernden Teppich der Insel fiel sie unangenehm grell ins Auge.

„Wie zwei schwer bewaffnete Monster-Kaninchen," war Ignace' vernichtender Kommentar gewesen.

Hinter dem Otter, den der Biber gerade aufgefordert hatte, seinen augenblicklichen Standort zu melden, steckte Harry Colestron. Der hatte dem fünften im Bunde, Gilberts Freund Bart Fernside, prompt den Codenamen Alfaro zugeteilt. Das war offenbar eine in Südamerika verbreitete Wasserrattenart, die sich laut Harry prächtig mit Ottern und Bibern verstand, wenngleich sie hinter deren Schwimm- und Tauchkünsten deutlich zurückblieb.

Laura hörte ein Geräusch, das sie nur zu gut kannte. Sie drehte sich um und schüttelte den Kopf. Ignace hatte den Browning, den Gilbert ihm geliehen hatte, entschlossen durchgeladen und entsichert. Es genügte, dass der Junge nun über die eigenen Füße stolperte und ein Schuss würde sich lösen und, wenn es dumm lief, Laura in den Rücken treffen. Das sah der Junge sofort ein, schob den Sicherungshebel wieder hoch und steckte den Revolver in seine Hosentasche. Laura trug ihre Redhawk gesichert in ihrem Gürtel. Automatische Waffen mit ihrem völlig unberechenbaren Sprühregen an Querschlägern waren für dieses unterirdische Labyrinth so wenig geeignet wie langläufige Waffen, mit denen man ständig irgendwo anstieß. So oder so hoffte Laura, dass es zu keinerlei seriösen Feuergefechten kommen würde, denn die waren hier schwer beherrschbar und konnten zudem jederzeit lockeres Gestein herabstürzen lassen.

Der Chief hatte sich mit Hilfe von Gilberts Telefonliste noch im Laufe der Nacht nach Neuankömmlingen der letzten vierundzwanzig Stunden in den Hotels der Insel erkundigt, war aber, wie Laura bereits geargwöhnt hatte, auf keine verdächtigen Gäste gestoßen. Nein, der Boxer musste hier unten irgendwo auf der Lauer liegen.

Wenn sie die Antwort des Otters richtig verstanden hatte, schickte der sich gerade an, durch das von wucherndem Unkraut halb versteckte Loch in einen der am Strand endenden Tunnel einzudringen. Das entsprach dem zugegeben etwas banal anmutenden Schlachtplan, das Labyrinth an drei verschiedenen Stellen gleichzeitig zu betreten und in der Folge wie bei einer Treibjagd unter möglichst viel Lärmentwicklung systematisch alle Gänge zu durchforsten. Gilbert hielt Daphne an der Leine, die nicht so recht wusste, wonach sie suchen sollte, da ihr Herrchen keinen Fetzen Stoff anzubieten hatte, der dem Hund die notwendigen Duftstoffe vermittelt hätte.

Aufgeschreckt von diesem Spektakel, würde der Boxer sein Versteck vielleicht verlassen und den Weg ins Freie suchen. Das wäre dann genau der Fehler, auf den die Jäger hofften. Bart, ein ehemaliger Scharfschütze, dessen Aufgabe zumeist darin bestanden hatte, seinen Kameraden Rückendeckung zu geben und ihnen einen geordneten Rückzug zu ermöglichen, hatte sich mit seiner langläufigen Präzisionsflinte im fünfstöckigen Beobachtungsturm in Stellung gebracht. Von hier aus konnte er praktisch die ganze Insel überblicken und alle Teile derselben mit den tödlichen Projektilen seiner weittragenden Waffe erreichen.

Soweit die Theorie. Ob der Plan funktionierte, hing von mehreren Unwägbarkeiten ab. Hatte der Boxer seine Verstecke besonders gesichert, zum Beispiel im Halbdunkel nur schwer erkennbare Sprengfallen an die Tunnelwände geheftet? Wie würde das Ganze aussehen, wenn er sich, kaltblütig wie sie ihn einschätzten, auf ein Feuergefecht einließ? Oder gleich das ganze Labyrinth in die Luft jagte und sie alle mit sich unter Tonnen von Granit und Erde begrub? Was hatte er schon zu verlieren außer seinem vermurksten Leben?

Im Tunneleingang schlug ihnen eine Wolke von Gerüchen entgegen, die nicht alle eindeutig zu identifizieren, aber ausnahmslos ekelerregend waren. Ohne Anspruch auf Vollständigkeit unterschied Lauras feine Hundenase feuchten Zement, Moder, Rattenkot, Urin, Terpentin, Altöl und Schweiß, so als hätte eine Rotte OT-Arbeiter diese Anlage eben erst verlassen. War es denkbar, dass der umtriebige Boxer besonders baufällige und einsturzbedrohte Teilstücke des Tunnelsystems zur eigenen Sicherheit dann und wann selbst nachverputzte? Schwer vorstellbar, zumal er mit dem Heranschaffen von Baumaterial sicher mehr Aufsehen erregen würde, als ihm lieb sein konnte.

Der Stollen war so eng und niedrig, dass ein Landser in voller Montur und mit seinem Karabiner auf dem Rücken oder in den Händen hier sehr bald steckengeblieben wäre. Woraus für Laura folgerte, dass die hier stationierten Soldaten in erster Linie für die Logistik und die Technik zuständig waren und vermutlich allenfalls Pistolen zum Eigenschutz trugen. Pistolen und Gasmasken, denn mit Gasangriffen mussten sie bei einer Invasion in jedem Fall rechnen.

Für die gebückt voran stolpernden und stets dem zittrigen Lichtkegel der Stablampe folgenden Laura und Ignace reichte die Deckenhöhe zwar gerade so eben, aber wenn man nicht jahrelang unter Tage gearbeitet hatte, musste man sich an diese Fortbewegungsweise, die Rücken und Oberschenkel stark belastete, erst einmal gewöhnen. Laura hielt den Lichtkegel permanent nach unten, auf den Boden, um eventuelle Sprengfallen oder Minen frühzeitig erkennen zu können und um nicht versehentlich auf Ratten zu treten. Wobei sie sich keine Illusionen machte. Es genügte, mit der Schulter eine Haftmine oder Ähnliches zu berühren und aus war die Maus. Gilbert hatte ihnen noch einmal eingeschärft, nur ja nichts vom Boden aufzulesen oder von den Tunnelwänden zu reißen, denn das waren Sprengfallen-Klassiker, wie sie schon die „Charlys" in den siebziger Jahren favorisierte.

Ignace leuchtete mit seiner Lampe über Lauras Schulter nach vorn und hielt sie plötzlich am Arm fest. Sie verstand zunächst nicht, was er von ihr wollte. Erst, als er sie auf die feine, durchsichtige, in Brusthöhe gespannte Angelschnur aufmerksam machte, die bei genauerer Betrachtung mit den Splinten zweier links und rechts angebrachter Handgranaten amerikanischer Bauart verbunden war, ging ihr ein so heftiges Licht auf, dass sie sich fast übergeben hätte. Ein Schritt weiter wäre ihr letzter gewesen. Dankbar drückte sie die Hand des Jungen, dessen Augen offensichtlich sehr viel schärfer waren, als ihre eigenen.

Wahrscheinlich handelte es sich um eine Vorrichtung älteren Datums. Warum sollte der Boxer sie zu seinen Testamentsvollstreckern machen und wenig später dennoch umbringen? Wie auch immer: entweder mussten sie die Anlage entschärfen oder zu vermeiden suchen. Beides war mit Risiken verbunden. Die Angelschnur mit dem Messer zu durchtrennen, war vermutlich die gefährlichere Variante. Also entschied Laura sich für die zweite Option, legte sich auf den Rücken und kroch und wand sich unter der Schnur durch. Ignace folgte ihr auf die gleiche Weise.

Funkkontakt bestand nicht mehr und wie schnell man ohne Sicht nach draußen jedwede Orientierung verlieren kann, hatte Laura vor Jahren im Waisenhaus von Büyük Ada erfahren, wo sie mit Solitaire und deren Mann Jeremy nach dem entführten Ignace gesucht hatte. Von Ferne meinte sie, Pfeifen und Knallen zu hören. Die „Treiber" nahmen ihre Arbeit offensichtlich ernst. Zeit, dass auch sie und Ignace ihren Beitrag zum Halali leisteten. Sie blieb stehen und gab Ignace ihr Exemplar von Trillerpfeife, mit denen Gilbert die Gruppe versehen hatte. Ignace machte einen Pfeiftest, der so unerwartet laut ausfiel, dass Laura um ihr Gehör fürchtete. Wenn das so weiterging, würden sie alle fünf möglicherweise mit leeren Händen, aber jedenfalls stocktaub wieder ins Freie treten.

Der Schweiß lief Laura am ganzen Körper herab. Wieso war es hier so verdammt stickig? Und zunehmend sauerstoffarm! Sie hielt schwer atmend inne und schälte sich mit der Hilfe Ignace' aus ihrem Pullover, dessen Ärmel sie sich um den Leib band. Dann ging es weiter. Wie tief waren sie inzwischen in das Labyrinth eingedrungen? Vermutlich weniger weit, als es ihnen schien, aber weit genug, um eine ordentliche Strecke zwischen sich und das Tageslicht gelegt zu haben. Keuchend blieb Laura erneut stehen und legte ihren Zeigefinger auf die Lippen, damit sie beide in die Dunkelheit lauschen konnten. Eine unvermittelte Begegnung mit einem so sicheren Schützen wie dem Boxer war das letzte, was sie sich wünschen konnten. Links von ihnen wurde gepfiffen, rechts gerufen. Das Echo wirkte jeweils äußerst verwirrend und diente jedenfalls nicht der besseren Orientierung.

Plötzlich dröhnte laute Musik durch das Tunnelsystem. Lauras Trommelfelle schmerzten, obwohl sie sich die Ohren zuhielt. Sie erkannte die Musik. Es handelte sich um die sogenannte

Russland-Fanfare, mit der das Oberkommando Wehrmacht vom Beginn des Russlandfeldzuges an seine Sondermeldungen einzuleiten pflegte. Laura hatte stets gedacht, es handele sich um ein Stück aus Wagners pathetischer Feder. Tatsächlich jedoch gehörte die Fanfare zu einem Werk von Franz Liszt.

An diese Waffe hatten sie nicht gedacht. Der Boxer konnte sie derart mit ohrenbetäubender Musik bespielen, bis sie es nicht mehr aushielten und ins Freie liefen - immer vorausgesetzt, er hatte ein entsprechendes Repertoire zu seiner Verfügung.

Endlich hörte die Fanfare wieder auf. Laura und Ignace nahmen die Hände von den Ohren. Solitaire wäre eine große Hilfe gewesen. Was hätte sie in dieser Situation getan? Ihren Revolver weggesteckt und sich allein auf ihr Gehör und auf ihr Bauchgefühl verlassen? Und ihr Messer griffbereit gehalten. Diese Option stand Laura nicht offen. Mit Schusswaffen hatte sie gelernt umzugehen, Messer waren nicht ihr Ding. Wieviel bekam der Scharfschütze Bart auf seinem Beobachtungsturm von alledem mit? Gar nichts, vermutlich. Die Präzisionsoptik an seinem Gewehr würde ihm hoffentlich erlauben, zwischen Laura, dem Chief und Ignace einerseits und dem Boxer andererseits zu unterscheiden, falls es draußen richtig munter zugehen sollte. Blieb zu wünschen, dass keine Unbeteiligten vom Lärm angelockt wurden und hier herumspukten, vor allem keine spielenden Kinder!

Dann standen oder besser kauerten sie an einem Scheideweg, der von einem über die Jahrzehnte verblassten, aber immer noch leicht zu erkennenden Hakenkreuz in ursprünglich wohl flammend roter Farbe geziert war. Laura wandte sich nach rechts, stutzte dann aber und betrachtete das Hakenkreuz noch einmal genauer. Irgendetwas stimmte nicht damit. Natürlich, es stand quasi auf dem Kopf. Die rechtwinklig abknickenden „Haken" wiesen nach links statt wie beim Original nach rechts. Der Fehler eines mit dem Kennzeichen des Dritten Reichs schlechthin nicht so bewanderten Schmierfinks oder ein ganz bewusst so angebrachtes Zeichen nach Art der Zinken, wie sie Diebe oder Einbrecher an Eingangstüren von Häusern oder Wohnungen anbringen, um Nachfolger, je nachdem, zu warnen oder zu ermuntern?

Falls ja, etwas sehr auffällig. Und wer bitte sollte das falsche Kreuz hier aufgemalt haben und zu welchem Zweck?

„Am besten, wir trennen uns," flüsterte sie Ignace zu und wies nach rechts. Der Junge nickte.

„Falls der Gang sich als Sackgasse erweisen sollte, pfeifst du zweimal, dann treffen wir uns hier wieder. Ich taste mich nach links. Pass' auf dich auf! Keine unnötigen Risiken, hast du gehört? Jetzt kannst du deine Waffe entsichern."

Ignace nickte und verschwand nach rechts.

Eigentlich hätte Laura Ignace lieber weiterhin an ihrer Seite gewusst, aber das hätte sie jetzt nicht weitergebracht. Sie verscheuchte schnell die schlechten Gedanken und krabbelte allmählich fast auf allen Vieren nach links. Klatschnass vor Schweiß, fühlte sie sich kurz vor der Selbstauflösung. Hatten die Deutschen nur Kleinwüchsige hier eingesetzt? Die waren doch mehrheitlich auf den U-Booten. Oder halbe Kinder, wie kurz vor Kriegsende an der Heimatfront? Wohl kaum. Entlang dem gesamten Atlantikwall existierten Anlagen wie diese vermutlich zuhauf. So viele einsatzfähige Kleinwüchsige oder Kinder gab es nicht.

Dann war ihr unvermittelt, als habe sie ein paar Strahlen Tageslicht aufblitzen sehen. Eine Sinnestäuschung vielleicht? Sie kroch darauf zu und erreichte wenig später einen vergleichsweise geräumigen Bunker mit Sehschlitz. Vermutlich ein ehemaliges MG-Nest, denn als sie sich an das blendend helle Tageslicht im Sehschlitz gewöhnt hatte, erkannte Laura, dass man von hier aus einen recht langen Strandabschnitt überblickte und etwaige Landungstruppen ohne große Mühe rasch entscheidend hätte dezimieren können.

Dankbar presste sie den Mund gegen den Beton und saugte den Sauerstoff gierig in ihre Lungen. Dann sah sie sich weiter um. Offenbar waren vier Mann hier stationiert gewesen. Die eisernen Pritschenbetten waren natürlich abmontiert, aber ihre rostige, einzementierte Aufhängung noch zu sehen. Wie mochte das hier ausgesehen haben, wenn alle vier Mann zugegen waren? Einige gebrauchte Kondome am Boden legten beredtes Zeugnis davon ab, dass die örtliche Jugend diesen Bunker gelegentlich auch als Liebesnest zweckentfremdete. Was soll's, dachte Laura, dann erfüllte er, im Kriege nicht gebraucht, wenigstens einen friedlichen Nutzen.

Gern wäre sie noch ein Weilchen geblieben und hätte ihre schmerzenden Knie massiert, aber eine vorüberhuschende Ratte warf einen ominösen Schatten auf das scheinbare Idyll und ließ sie rasch weiterkriechen. Nach ein paar Metern erhöhte sich der Tunnel und verbreiterte sich zugleich. Dafür ging es ab jetzt bergan. Das hätte es nicht auch noch gebraucht, dachte Laura, als sie direkt vor oder besser über sich einen Laut hörte. Kein Pfiff oder Schuss, mehr so etwas wie ein schwerer Fall, als sei dort oben irgendwo der sprichwörtliche Sack Reis umgekippt.

Das konnte alles oder nichts bedeuten. Doch die Natur dieses Geräuschs gefiel ihr nicht. Vielleicht war einer der Jäger über ein Hindernis gestolpert und lang auf den Boden geschlagen. Dann hätte sie vermutlich einen halb unterdrückten Fluch oder dumpfe Schmerzensschreie gehört. Nein, das klang mehr so, als habe jemand ein mittelschweres Möbelstück angehoben und wieder fallengelassen, vielleicht, um sich dahinter zu verschanzen.

Langsam schritt sie weiter. Das MG-Nest lag ihrer Schätzung nach bereits ein ganzes Stück hinter ihr und dennoch nahm die Luftqualität nicht so spürbar ab, wie eben noch vor der Begegnung mit dem verkehrtherum gezeichneten Hakenkreuz.

Irgendwo musste sich eine Belüftung in Form zumindest eines oder mehrerer Luftschächte befinden, die weitere Räumlichkeiten dieses spezifischen Komplexes mit Sauerstoff versorgten. Das wiederum machte nur Sinn, wenn sich hier irgendwo ein Lagezentrum oder Ähnliches befand, ein Ort eben, an dem viele Leute zugleich zu arbeiten hatten. Aber wo genau? Wie zur Beantwortung ihrer Frage tauchte eine rostige Eisenleiter aus dem Dunkel vor ihr auf. Laura leuchtete sie sorgsam ab. Die schmale, kurze Stiege war in die rechte Tunnelwand so eingelassen, dass man die untersten Stufen nur mit einem beherzten Einstiegsschritt erreichte.

„Nicht gerade barrierefrei," murmelte Laura und blickte nach oben, wo die Leiter durch Einsparungen in der Tunneldecke verschwand.

Praktisch war anders, aber irgendwie musste die Leiter ja durch die Decke führen, um überhaupt irgendeinen Sinn zu haben. Laura verstaute die Ruger in ihrem Schulterhalfter, nahm die Stablampe zwischen die Zähne und stieg entschlossen auf die Leiter. Weit kam sie nicht. Nach wenigen Sprossen stieß sie mit dem Kopf gegen die Decke. Mit der Rechten tastete sie die Deckenstruktur ab und fühlte Metall unter der Menninge. Als sie etwas mehr Druck ausübte, hob sich die Falltür, die im gleichen kränklich grünen Farbton wie die Gangdecke gehalten und daher von unten kaum zu erkennen gewesen war.

Sie klappte den „Deckel" nach hinten weg und stieg über die Leiter in den ersten Stock. Kaum hatte sie die Falltür wieder fast geräuschlos geschlossen, erklangen Schüsse in schnellerer Folge und selbst für einen Laien von hörbar unterschiedlichen Kalibern. Ein heftiger Schusswechsel mit satten Einschlägen und singenden Querschlägern, der aber schnell wieder abebbte und schließlich ganz verstummte. Laura meinte, Ignace' Browning von einer Waffe des Kalibers neun Millimeter unterschieden zu haben. Der Gasaustritt eines Revolvers verursachte ein anderes Geräusch als die Detonation einer Patrone im geschlossenen System einer Pistole. Was hatte Ignace, wenn er es denn war, auf dieser Seite zu suchen? Er war doch in der entgegengesetzten Richtung verschwunden?

Laura schlich geduckt weiter, obwohl sie sich hier im Tunnel des ersten Stocks durchaus hätte aufrichten können. Der Stollen wurde auf einmal so breit, dass ein VW Käfer hindurchgepasst hätte, wäre er denn irgendwie hierhergekommen. Wieder knickte der Gang zu beiden Seiten ab. Gerade, als sie sich entschlossen hatte, den linken Weg einzuschlagen, flammte die Schießerei rechts von ihr kurz wieder auf. Dann trat Stille ein. Laura hatte ihre Ruger gezogen und entsichert. Jetzt ging's ums Ganze, Nerven bewahren!

„Sind Sie das, Mrs. Förster?" hörte sie die Stimme des Diakons Brown rufen. Der Mann musste sich irgendwo nicht weit rechts von ihr befinden. Sie blieb stehen. Mehrere Gedanken jagten ihr gleichzeitig durch den Kopf. Möglicherweise hatte der Killer in diesem Moment seine Waffe schon auf sie gerichtet, so dass jede falsche Bewegung ihrerseits das Ende bedeuten konnte. Doch da er sie ja kannte, konnte seine Frage nur bedeuten, dass er sie aus seiner eigenen Deckung heraus zu hören vermeinte, aber eben nicht sah. Dessen ungeachtet, konnte er Ignace erwischt und seine Waffe auf ihn gerichtet haben. Im einen wie im anderen Fall war ihre Lage zu kritisch, um unternehmungslustig mit ihrer Redhawk herumzufuchteln. Sie hob ihre Hände und drehte sich ohne jede Hast um.

„Wer will das wissen?"

Der Mann hustete. Hatte Ignace ihn angeschossen? Wo war der Junge?

„Ich glaube, das wissen Sie genau. Wenn Sie sich fragen, wo sich Ignace befindet, er ist auch hier bei mir."

„Hier wo?"

„Im früheren OP des unterirdischen Lazaretts. Sie müssen noch etwas weiter in derselben Richtung gehen, auf den Lichtspalt zu, dann sind Sie…"

Der Mann unterbrach sich, da Laura bereits die Schwingtür aufwarf, zu der er sie gerade lotsen wollte und wie eine holographische Erscheinung im Rahmen stand.

Im ersten Augenblick blendete sie das grelle Kunstlicht, mit dem mehrere starke Deckenlampen den geräumigen Saal ausleuchteten, der von den Besatzern offenbar als OP konzipiert, wohl aber höchst selten in dieser Funktion benutzt worden war. Trotzdem roch es noch leicht nach Kampfer und Desinfektionsmitteln. Im Falle einer Invasion durch die Alliierten hätte man die verwundeten Verteidiger so gut es ging medizinisch versorgt.

Als ihre schmerzenden Augen sich halbwegs an die brutale Helligkeit gewöhnt hatten, erkannte sie in einer Ecke auf der gegenüberliegenden Seite des völlig leeren Saales die zusammengesunkene Gestalt von Ignace. Der Junge lag bewegungslos am Boden. Unter seinem rechten Arm hatte sich eine Blutlache gebildet, die sich bei genauerem Hinsehen langsam vergrößerte.

Das war die gute Nachricht. Wäre Ignace bereits tot gewesen, würde sein Herz kein weiteres Blut in die Adern pumpen, die

Lache unter seinem Arm sich also auch nicht mehr vergrößern, sondern eher zu gerinnen beginnen.

Die schlechte Nachricht war, dass der mit gesenkten Armen und herabhängenden leeren Händen etwa in der Mitte des OP stehende Boxer seinerseits offenbar von keiner Kugel getroffen worden war, sondern sich bester Gesundheit erfreute. Aber das konnte man leicht ändern.

Laura hob ihre Rechte, bis der lange Lauf der Ruger genau auf die Platzwunde auf der Stirn des Mannes zielte, die er durch den Schlag von Ignace in der Kirche von Sark erlitten hatte. Er schien in den letzten achtundvierzig Stunden rapide gealtert und wirkte nun wie der Sechzigjährige, für den Laura ihn bei ihrer ersten Begegnung gehalten hatte.

„Das würde ich an Ihrer Stelle nicht tun," hörte Laura in diesem Augenblick die Stimme Harrys hinter sich. Sie drehte ihren Kopf ein wenig nach hinten, ohne den Boxer aus ihren Augenwinkeln zu entlassen.

„Sehen Sie nicht, dass der Mann seinen linken Fuß unnatürlich schief hält? Ich nehme nicht an, dass es sich bei dem Gegenstand unter seiner Schuhsohle um eine harmlose Konservendose handelt. BFM?"

Diese letztere hingeworfene Bemerkung oder eher Frage war an den Boxer gerichtet, der nur stumm nickte.

„Was ist das?" fragte Laura.

„Eine sogenannte springende Fragmentations-Mine. Wenn Sie ihn erschießen, gleitet sein Fuß unweigerlich von der Mine, die dann etwa einen Meter hochspringt und Tausend von Stahlsplittern spuckt. Man müsste unsere Gewebeproben von den Wänden kratzen, um feststellen zu können, wen es hier erwischt hat. Ich habe Opfer dieser fürchterlichen Waffe gesehen und möchte ungern so enden, wenn's recht ist."

Der Boxer nickte.

„Hätte ich Sie umbringen wollen, wäre auf Sark ausreichend Gelegenheit dazu gewesen. Aber ich glaubte, Sie davon überzeugt zu haben, dass ich kein Hannibal Lecter bin. Ich arbeitete eine Liste mit Namen ab, das ist alles. Und der Ihrige stand nie darauf."

Anstelle einer Antwort wies Laura mit dem Kopf in Richtung auf Ignace.

„Der Junge? Oh, er wird's überleben, solange Sie keinen Fehler machen und uns mittelbar alle in die Luft jagen. Er hat sich eine Kugel in den Oberarm gefangen und ich musste ihn mit einem Schlag außer Gefecht setzen. Tit for tat, wie wir sagen. Schmerzhaft, aber das wird ihn nur stärker machen und lehren, nie wieder leichtfertig seinen Emotionen zu folgen und ungestüm zu agieren."

Laura entspannte hörbar den Hahn ihrer Ruger und senkte die Waffe.

„Und was soll die Nummer mit der Mine? Wie wollen Sie aus dieser Sache lebend rauskommen?"

„Gar nicht. Ich weiß, wann das Spiel aus ist und stimme kein Gezeter an. Irgendwann musste es so enden, deshalb… Ich entschuldige mich für das bisschen Pathos, aber ganz geräuschlos wollte ich dann doch nicht abgehen."

„Und uns mitnehmen?"

„Nein. Wie gesagt, ich bin kein verrückter Killer. Wenn der Junge wiedererwacht und bei Sinnen ist, teilen Sie ihm bitte noch einmal mit, dass Solveigs Tod ein bedauerlicher Unfall war. Irgendwie trifft es die tatsächlichen Gegebenheiten ja ganz gut. Der berühmte falsche Ort zur falschen Zeit. Nun, lassen wir das, ist nicht mehr zu ändern. Was gedenken Sie aus den Informationen zu machen, die ich Ihnen habe zukommen lassen?"

„Sie wollen allen Ernstes, dass ich Ihr Vermächtnis exekutiere?"

„Trefflicher hätte ich es nicht ausdrücken können."

Er fasste langsam hinter sich in den Hosengürtel und zog eine dünne Akte heraus, die er Laura hinstreckte.

„Lesen Sie das bitte. Es betrifft die Machenschaften des Doppelagenten mit dem Codenamen Pluto. Sie werden staunen, was der so alles auf dem Kerbholz hat. Jemand sollte ihn dafür zur Verantwortung ziehen. Sie genießen Lamonts Vertrauen. Machen Sie was draus. Oder lassen Sie's bleiben. Ihre Entscheidung."

Laura nahm die Akte zögerlich entgegen.

„Ich weiß ehrlich gesagt noch nicht, wie ich es anstellen soll. Aber ich gebe Ihnen mein Wort, dass Sir Lucas für seine Verbrechen büßen wird. Deal?"

Der Boxer nickte.

„Deal. Ihr Wort genügt mir. Er hat es sich redlich verdient, glauben Sie mir. Und jetzt würde ich Sie in Ihrem eigenen Interesse bitten, mich allein zu lassen, denn ich fühle mein Bein zusehends erlahmen. Vielleicht noch eines: wie sind Sie mir eigentlich so schnell auf die Schliche gekommen?"

Laura lächelte.

„Genau genommen, war nicht ich das, sondern mein Sohn. Er ist ein eben solcher Fan der Musik von Paul Simon wie Sie.

Ignace ist schon jetzt ein lebendes Archiv für die Geschichte des amerikanischen Pops der siebziger und achtziger Jahre. Was soll's. Über irgendein banales Detail stolpern die meisten Verbrecher irgendwann. Unsere lieb gewonnenen Gewohnheiten sind stärker als wir."

Der Boxer lächelte gleichsam versonnen. Das grelle Licht der Lampen ließ ihn gespenstisch mager erscheinen und tat seinen Zügen Unrecht.

Der Chief und Laura beeilten sich, Ignace vom Boden aufzulesen. Seinen rechten Arm um den Hals des Chiefs geschlungen und den linken auf Lauras Schulter gestützt, humpelte der Junge aus dem OP. Bevor die Tür hinter ihnen zuschlug, warf Laura noch einmal einen letzten Blick zurück: auf der Lichtung stand der Boxer in seiner Wut und seiner Scham…

ELFTES KAPITEL

1. Plutos Monde

Von der Terrasse seines Anwesens auf einer Anhöhe bei San Juan de Puerto Rico genoss Sir Lucas Lamont einen beneidenswerten Ausblick über das sich fast bis zum Strand hinunter erstreckende Gelände seiner Hazienda del Suerte, einer früheren Zuckerrohrplantage. Die Abschaffung der Sklaverei sowie der häufige Durchzug von Hurrikans und natürlich der forcierte Anbau europäischer Konkurrenzprodukte hatten der hiesigen Zuckerindustrie schon vor Jahren den Todesstoß versetzt. Viele der alt eingesessenen Pflanzer hatten ihre Ländereien zu Schnäppchenpreisen an Finanz- und Immobilienhaie wie den Briten Lamont abtreten und die Insel verlassen müssen, um anderswo ihr Glück zu suchen.

Das von keinerlei landwirtschaftlichem Anbau oder Viehzucht belastete Anwesen Lamonts wurde von einer prachtvollen Villa im post-kolonialen Stil beherrscht, die Sir Lucas sich angeblich nach eigenen Plänen dort hatte errichten lassen, wo zuvor ein großer, halb zerfallener palastähnlicher Bau des Vorbesitzers gestanden hatte. Die dazu gehörigen Stallungen, in denen ehedem auch die Sklaven untergebracht waren, hatte Lamont hingegen weitgehend in ihrer ursprünglichen Form belassen. Da der Hausherr sich in kluger Selbsteinschätzung für zu alt und klapprig zum Reiten befand und inzwischen so gut wie keine Nachkommenschaft mehr besaß, die ihn hätte besuchen und sich mit Reitpferden vergnügen können, waren die Stallungen nach und nach zu Quartieren für seine hiesige Garde von Leibwächtern umgewandelt worden. Diese „Gorillas" bewachten den weitläufigen Komplex rund um die Uhr, wobei ihnen der Umstand entgegenkam, dass das Gelände konsequent gerodet und so in eine Art Prairie verwandelt worden war. Kaum ein Baum oder größerer Strauch, der unerwünschten Eindringlingen Schutz und Deckung bieten konnte. Das sorgsam gepflegte Green eines Prämium-Golfplatzes wäre nicht viel kürzer geschoren gewesen. Alles machte einen sehr durchdachten, systematischen und zugleich unangestrengten Eindruck und schien vor allem einem Ziel zu dienen: der Sicherheit des jetzigen Besitzers. In den Hafenbars von San Juan wurde sogar kolportiert, die Prairie der Hazienda sei vermint. Aber das waren Gerüchte, die bislang jedenfalls von keinerlei unerklärlichen Detonationen mit und ohne Todesopfer bestätigt worden wären. Ihren Zweck erreichten sie allerdings insofern, als niemand sich dem Anwesen auch nur näherte, der nicht ausdrücklich von Sir Lucas dazu aufgefordert worden war.

„Harold, den Feldstecher, bitte."

Der wie ein Edel-Leibeigener um seinen Herrn und Meister wieselnde Butler tat, wie ihm geheißen und reichte Lamont das gewünschte Objekt, das dieser mit beiden Händen an die Augen hob und Westen richtete.

Seine Aufmerksamkeit war offensichtlich durch einen geländegängigen, aufdringlich knallrot lackierten Wagen erregt worden, der die Küstenstraße verlassen hatte und nun auf das Anwesen zuhielt. Bis zu dem verzierten gusseisernen Torbogen, der den Beginn der Hazienda markierte, war der Wagen weniger als zwei Meilen entfernt. Das Fahrzeug zog eine lange Staubfahne hinter sich her und hüpfte immer wieder über die kleinen und größeren Wegbuckel wie ein flacher Stein im niedrigen Gleitflug über die spiegelglatte Oberfläche eines Sees.

„Sieht aus, als bekämen wir Besuch, Sir," murmelte Harold.

„Sollten Sie es versäumt haben, mir einen wichtigen Termin mitzuteilen?"

Wenige Menschen im rapide schrumpfenden Umfeld Lamonts durften es sich erlauben, so informell und fast jovial mit Sir Lucas zu reden.

„Du siehst mich selbst ein wenig überrascht, Harold. Mir liegen keinerlei Anmeldungen vor," entgegnete Lamont und fügte versonnen hinzu, „nicht einmal vom grimmigen Sensenmann. Aber der würde vermutlich auch nicht in einer solchen Geschmacksverirrung von Fahrzeug unterwegs sein. Du weißt, wie sehr ich Überraschungen hasse."

Er senkte das Fernglas und griff zum Handy, das Harold ihm gereicht hatte, just bevor es zu klingeln begann.

„Diga me, commandante. Quién? Mrs. Förster in Begleitung von wem? Ach, was soll's, ja, lass' sie rein. Aber taste sie nach Waffen ab. Taktvoll, aber gründlich."

Er gab das Handy zurück und blickte auf seine Uhr.

„Mrs. Förster in Begleitung ihrer Schwester und ihres Sohnes. Keine Ahnung, was sie noch von mir will. Ich traue dieser Frau nicht über den Weg, hat so einen merkwürdigen Blick. Wie ein Pathologe, der schon mal beginnt, dich visuelle zu sezieren, bevor du noch das Zeitliche gesegnet hast. Was uns andererseits nicht daran hindern sollte, ihr unsere berühmte portorikanische Gastfreundschaft angedeihen zu lassen. Lunch für drei Personen, kriegen wir das gebacken?" Harold überlegte nur kurz.

„Sicher, Sir Lucas, kein Problem. Gästezimmer?"

Lamont schüttelte sein Haupt.

„Nein. Man muss es mit der Gastfreundschaft ja auch nicht übertreiben. Zumal, wenn der Besuch unangemeldet erfolgt. Lass' uns auf Sicht fahren und abwarten, was der kaum begonnene Tag noch so bringt, dann können wir immer noch geschmeidig umdisponieren, vale?"

„Vale, caballero."

Harold verschwand im Haus. Sir Lucas griff wieder nach dem Fernglas und verfolgte den schnell größer werdenden knallroten Punkt bis er mit im Kies quietschenden Reifen vor der zur Terrasse hinaufführenden Freitreppe der Villa zum Stehen kam. Lamont kam seinen unerwarteten Gästen bis zum Rand der Terrasse entgegengerollt, von dem aus er, wiewohl eher kleiner Statur, auf sie herniederblickte, wie ein Potentat auf eine Abordnung ewig quengelnder Volksvertreter.

„Hallo Laura, Ignace, und…eh, wir beide hatten noch nicht das Vergnügen miteinander…" rief Sir Lucas und wies mit dem Monokel auf Solitaire.

„Hallo Sir Lucas. Tut mir leid, dass wir Sie einfach so überfallen. Darf ich vorstellen, meine Schwester Solitaire, Sir Lucas Lamont."

„Enchanté. Treten Sie ein, es wird bald regnen, ich spür's in meinen Knochen. Rheuma ist zuverlässiger als alle Thermometer, Hygrometer und Barometer zusammengenommen."

Laura hatte mit dem Vorhaben, so plötzlich bei Lamont auf Puerto Rico aufzutauchen, lange gerungen. Einerseits war diese Vorgehensweise ausgesprochen unhöflich, ja, irgendwie asozial. Andererseits handelte es sich ja auch nicht wirklich um einen reinen Höflichkeitsbesuch und bei dem, was sie vorhatte, würde ihr das Überraschungsmoment zum unbestreitbaren Vorteil gereichen. Noch hallte ihr das Echo des gewaltigen Knalls, mit dem der Boxer vor wenigen Tagen im unterirdischen Labyrinth von Alderney aus dem Leben geschieden war, in ihren Ohren wider. Ohne die Falltür, durch die Colestron, Ignace und sie selbst eilends geschlüpft waren, hätten sie den Springteufel von Mine möglicherweise auch nicht überlebt.

Die Idee, Solitaire zu bitten, sie nach Puerto Rico zu begleiten, war ihr noch auf Alderney gekommen. Ein etwas egoistischer Schachzug vielleicht, aber sie wusste nicht, wie Lamont auf ihre Initiative reagieren würde und Sol mit all ihrer Erfahrung war nun einmal eine echte Lebensversicherung. Außerdem hatte sie auch auf Puerto Rico Bekannte aus früheren Tagen, die ihr noch den einen oder anderen Liebesdienst schuldeten. Und schließlich hatten sie einander lange nicht mehr gesehen. Die Vorwürfe, die Sol ihr ohne Zweifel machen würde, wenn sie erfuhr, dass ihre Schwester in der Karibik gewesen war, ohne bei ihr vorbeizuschauen, wollte Laura sich lieber ersparen.

„Wie geht es Ihnen, Sir Lucas," lächelte sie dem auf sie zufahrenden Lamont entwaffnend zu.

„Jedem das Seine, echt jetzt?"

Den Wahlspruch zweifelhaften Leumunds prangte tatsächlich auf dem Torbogen zu Lamonts Hazienda. Er war Laura gleich in die Augen gefallen, als Lamonts Gorillas sie auf Waffen durchsucht hatten. Laura bestand darauf, keine Waffen mitzubringen. Damit hätten sie lediglich Lamonts Argwohn vergrößert, ohne gegen seine kleine Privatarmee wirklich viel ausrichten zu können. Dieser Logik hatte Solitaire sich nur widerwillig gebeugt. Nicht ohne über ihre Bekannten und früheren Geschäftspartner eine ansehnliche Schar gruseliger Halsabschneider auf die Beine gestellt zu haben, die gut getarnt außer Sichtweite auf das vereinbarte

Handyzeichen zum Einschreiten wartete. In den USA tragen mehr Männer und Frauen Schusswaffen mit sich herum, als einem lieb sein kann. Auf Puerto Rico, das sich gern als 51. Stern in der amerikanischen Flagge betrachtet, sind praktisch alle Einwohner mit Revolvern und Pistolen unterwegs. Hier eine kleinere Privatarmee auszugeben, bereitete insofern keine besondere Mühe.

„Warum nicht? Jedem das Seine war schon in der Antike ein beliebtes Motto, wenn Sie sich mal die Mühe machen…"

Ignace schüttelte die ihm entgegengereckte Rechte Lamonts mit seiner Linken, da er den anderen Arm noch in einer Schlinge trug. Die Schusswunde hatte Gilbert noch auf Alderney versorgt. Er kannte sich mit solchen „Perforationen", wie er es nannte, vermutlich in der Tat besser aus, als mancher Hausarzt, dem Schusswunden wie diese eher selten unterkamen.

Dass Solitaires Raubtierblick seine Wirkung auch in diesem gemischt-urbanen Ambiente nicht verfehlte, war deutlich zu sehen. Lamont hielt ihr seine Hand hin, rollte aber gleichzeitig ein Stückchen zurück wie ein Magnet, der unerwartet auf einen Partner gleicher Polarität gestoßen ist.

„Faszinierende Frau, Ihre Schwester," murmelte er, an Laura gewandt.

„Sie sind gleichaltrig?"

„Ja, zweieiige Zwillinge. Aber durchaus unterschiedlichen Charakters. Solitaire ist eher impulsiv, was an ihrer hi-carb Ernährungsweise liegen mag. Verspeist hauptsächlich Eingeborene, die sie auf Dominica, ihrer Heimatinsel, selbst zu erlegen pflegt, daher der etwas wilde Blick. Und Achtung: wenn sie etwas nicht mag, dann sind es hastige Bewegungen. Ich sag's immer wieder gern vorher, wissen Sie, damit nichts passiert. Wir hatten schon längere Zeit keinen direkten Kontakt mehr, da fügte es sich, dass ich unerwartet in der Karibik zu tun bekam."

Lamont wusste offensichtlich nicht so recht, ob er lachen oder Lauras Warnung ernst nehmen sollte. Dass Solitaire kannibalistischen Neigungen frönte, hätte er ihr jedenfalls sofort abgenommen.

„Dominica, eh? Da werden Sie nach dem letzten Hurrikan noch eine Weile mit Aufräumen zu tun haben, schätze ich."

Solitaire nickte stumm, was Lamont zu irritieren schien und ja auch nicht unbedingt den Geboten der Höflichkeit entsprach.

„Ihre Schwester beherrscht unsere Sprache…?“ wandte sich Lamont mit fragendem Blick an Laura. Die lachte und nickte.

„Leidlich. Und ein paar andere dazu. Aber sie ist schrecklich mundfaul. Dafür plappert unsere griechische Mutter das Blaue vom Himmel herunter. Das rechte Maß zu finden, ist eine der großen Herausforderungen unserer maßlosen Zeit, auch global gesehen, finden Sie nicht?“

Laura, die mit den nicht ganz alltäglichen Gepflogenheiten ihrer Schwester bestens vertraut war, wusste, dass Sol dabei war, den Mann, seinen Butler, die Räumlichkeiten und das Mobiliar kühl auf ihre Krisentauglichkeit abzuschätzen wie Jessie James die Belegschaft des Saloons von Tombstone. Sie erinnerte sich an Ronnys Aufzeichnungen, die Lamont ähnliche Angewohnheiten attestiert hatten.

„Ich hoffe, Sie hatten einen leidlich guten Flug? Bitte, nehmen Sie doch Platz, Harold bringt ihnen sogleich eine kleine Erfrischung.“

Die beiden Frauen und der Junge nahmen die Einladung dankend an.

„Sie sagen, Sie hätten in der Karibik zu tun bekommen? Also, wenn es dabei um unseren Deal gehen sollte, hätten Sie sich nicht unbedingt hierherbemühen müssen. Man hat mich unlängst wissen lassen, dass Sie das fragliche Stück Wild erlegen konnten, woraufhin ich natürlich sofort meinen Teil des Deals erfüllt habe. An den Gedanken, dass Gooey damals nicht ertrank, obwohl ich ihn doch offenkundig leblos hatte zu Boden sinken sehen, musste ich mich erst einmal gewöhnen, das kann ich Ihnen versichern. Warum sich der Mann nie gemeldet hat… Aber lassen wir diese alten Geschichten ruhen. Natürlich wäre es mir lieber gewesen, den… Boxer persönlich kennenzulernen, versteht sich. Es gibt da einige Fragen, die ich ihm noch hätte stellen wollen. Aber ich kann nachvollziehen, dass dies unter den gegebenen Umständen schwierig bis unmöglich war. So oder so, der Deal lautete auf tot oder lebendig. Ihr Unternehmen… ROLA, war’s das, dürfte jedenfalls von nun an glorreichen Zeiten entgegengehen. Falls Sie mit dem Gedanken an einen Börsengang spielen, kann ich Ihnen die Dienste eines der besten Brokerhäuser vermitteln. Darauf sollten wir anstoßen. Ich sehe, Harold hat eine Flasche von dem ausgezeichneten Veuve Clicquot Jahrgang 98 geköpft. Wunderbarer Jahrgang, der 98er, müssen Sie mit Andacht kosten."

Harold schenkte ein und alle erhoben ihre Gläser.

„Auf einen anderen, lieb gewonnenen Wahlspruch," rief Laura: „Meine Ehre heißt Treue."

Dabei beobachtete sie Lamont genau und sah, dass der Alte mitten in der Bewegung kurz zu erstarren schien, sich aber sogleich wieder fing.

„Wie Sie wollen. Aber Sie wissen schon, aus welcher Ecke das kommt?" sagte er.

Laura nickte.

„Durchaus. Eine jener plötzlichen Eingebungen, schien mir irgendwie zu passen."

Alle tranken einen Schluck und setzten die Gläser ab.

„Warum diese bedeutungsschwangere Miene? Ich hatte eigentlich mehr freudige Erregung erwartet," sagte Lamont, während der Butler die Champagnerflasche in den Eiskübel steckte.

„Vielleicht sollten wir mit der Freude noch ein Weilchen an uns halten," stoppte Laura seinen Schwung.

„Die Sache ist nämlich die, Sir Lucas. Der Boxer, wie wir ihn zu nennen pflegen..."

„...hat sich auf Alderney quasi selbst in die Luft gesprengt, wie es scheint."

„So ist es. Bevor er sich allerdings zu diesem entscheidenden Schritt durchrang, nahm er mir ein Versprechen ab, das ich ganz gerne einlösen möchte, schon aus Prinzip. In der Geschäftswelt tut man gut daran, Wort zu halten, richtig?"

„Natürlich. Darf ich Ihnen zum Champagner ein paar Canapés anbieten? Nein? Welchen Inhaltes ist dieses Versprechen, worauf zielt es ab?"

Laura schüttelte den Kopf. Sie hatte sich ihren Text während des langen Fluges über den Atlantik in mehreren Variationen mehrmals hergesagt wie eine Anwältin ihr Schlussplädoyer in einem spektakulären Mordprozess. Nun suchte sie dennoch irritiert nach den richtigen Worten und fürchtete, ins Stammeln zu geraten.

„Dazu komme ich. Zunächst jedoch ein paar Präliminarien. Wie es scheint, haben Sie mir bei unserer letzten längeren Unterredung auf Jersey über die Yarmouth Sechs keinen reinen Wein eingeschenkt, sondern deren Legende in ihrem Sinne... interpretiert. Das wurde mir sehr schnell klar, als der Boxer, den ich auf Sark antraf, einige meiner diesbezüglichen Informationslücken schließen half."

Lamont winkte ungnädig ab.

„Nun, ich stelle mir vor, er wollte sein Gewissen erleichtern und seine Schandtaten in einem wie auch immer gearteten sinnvollen Licht erscheinen lassen, richtig? Massenmörder sind wie Alkoholiker, wissen Sie. Haben stets eine Entschuldigung oder Erklärung für ihr Laster parat und pflegen Gott und aller Welt die Schuld für alles zu geben, was ihnen widerfahren ist. Aber ich will nicht vorgreifen, erzählen Sie! Die Motivation des Mannes ist mir bis heute ein Rätsel."

Laura nickte.

„Man könnte es so sehen. Zuvorderst ging es ihm bei unserer Begegnung auf Sark wohl darum, die Wahrheit nicht ungehört mit ins Grab zu nehmen."

„Die Wahrheit über was? Über uns, die Yarmouth Sechs? Wie soll die aussehen und was kümmert es ihn?"

„Die Wahrheit über Sie, Sir Lucas, über Sie allein und Ihre Rolle oder besser Rollen in dieser Schmierenkomödie. Und die betraf ihn durchaus sehr persönlich."

„Lassen Sie hören. Vielleicht kann ich auch noch etwas Neues erfahren, bevor ich dem... Boxer demnächst im Jenseits begegne."

Was schneller passieren könnte, als du ahnst, dachte Laura. Sie lehnte sich zurück und bemühte sich nach Kräften, sich die genauen Worte des Boxers in Erinnerung zu rufen.

„Als Sie sich an jenem nebligen Morgen an die Küste von Sark gerettet hatten, war der siebte Mann des Kommandos, Peter Collins, den Sie Gooey nannten, trotz Ihres Einsatzes allem Anschein nach ertrunken. Das ist soweit richtig, nicht wahr?" Lamont nickte.

„Ja, das hatte ich Ihnen ja bereits selbst erzählt. Gooey ging trotz meiner verzweifelten Bemühungen, ihn an der Oberfläche zu halten, auf Tiefe."

„Sehen Sie, und da treten die ersten Widersprüche auf. Ron Goldsmith etwa behauptet in seinen… nennen wir sie, Memoiren, Sie hätten Gooey sehr wahrscheinlich nicht retten, sondern ganz im Gegenteil ertränken wollen. Gooey verlor in der Folge wohl das Bewusstsein und wurde vom Strom abgetrieben. Kam wenig später halbtot an die Oberfläche, was Sie nicht bemerkten, weil die Strömung ihn um das Kap geschoben hatte, das ihnen zusammen mit dem Dunst oder Nebel die Sicht nahm. Dann setzte ihn die See in der Bucht ab, die westlich des Kaps liegt und von einer großen, bei jedem Stand der Tide trockenen Höhle geziert wird. Aber all dies werden Sie längst selbst erfahren haben."

Lamont ließ sich nichts anmerken.

„Ich dachte immer, ich erkenne einen Toten, wenn ich ihn sehe. Gut, aber was meinen… angeblichen Versuch des Totschlags betrifft, so muss Ronny sich geirrt haben. Ich meine, wir waren damals alle am Ende unserer Kräfte, verwundet, halb erfroren, da halluziniert man schon mal leicht."

„Warum sollte er? Was hätte er durch eine Verunglimpfung Ihrer Person gewonnen? Nein, ich glaube, Ronny wie der Boxer wollten kurz vor ihrem Tode sicherstellen, dass die Wahrheit ans Licht kommt. Ron Goldsmith war der letzte Überlebende Ihrer fünf ehemaligen Kameraden und mag gespürt haben, dass es auch ihn demnächst erwischen würde. Und der Boxer hatte mit seinem eigenen Leben bereits so gut wie abgeschlossen, was die Geschichte, die er uns erzählte, zu seinem persönlichen Alknomook macht."

„Zu seinem was?"

„Alknomook. So nennen manche Rothäute den Singsang, den sie anstimmen, wenn sie ihr Ende nahen fühlen."

Die Erläuterung kam von Solitaire, die damit überhaupt zum ersten Male den Mund aufmachte. Ihre heisere Stimme verlieh dabei dem, was sie sagte, eine noch unheimlichere Wirkung. Lamont schüttelte sich, als hoffte er, die ihn bedrängenden Geister der Vergangenheit auf diese Weise abschütteln zu können.

„Ich musste so handeln. Mit seinem Gejammere und Gewimmere hätte er uns die Deutschen auf den Hals gehetzt. Es war eine Notwehrsituation."

„Mag sein," entgegnete Laura.

„Aber ein paar Kratzer hinterlässt das schon auf dem makellosen Bild des hoch dekorierten Kriegshelden Sir Lucas."

„Geschenkt. War's das? Auch dafür hätten Sie sich nicht hierherbemühen müssen."

„Nein, das war's noch lange nicht, Sir Lucas. Interessiert es Sie nicht, was aus Gooey geworden ist und wieso er sich nie bei Ihnen gemeldet hat?"

„Wenn ich rückhaltlos ehrlich sein soll, nein. Aber ich fürchte, Sie werden es mir nicht ersparen. Sie bringen mich übrigens um meinen Mittagsschlaf. Haben Sie überhaupt keinen Hunger? Harold hat Ihnen…"

„Vielen Dank, Sir Lucas, aber wir haben's eilig und, ja, es gibt noch eine ganze Menge zu erzählen, bis das an den Rändern immer stärker ausfransende Bild der Yarmouth Sechs abgerundet ist. Ich versuche, mich möglichst kurz zu fassen. Ein Glas Wasser würde ich dessen ungeachtet nicht ablehnen."

Harold zog sich auf den Wink Lamonts zurück und tauchte sogleich wieder mit einer Karaffe Eiswasser auf, aus der er den Gästen einschenkte.

„Gooey wurde von einer Dame namens Rose McAllister gefunden und, nun ja, gesund gepflegt, wenn man es so nennen möchte. Sein Gehirn hatte allerdings durch den langen Aufenthalt unter Wasser irreparablen Schaden erlitten…"

In wenigen, aber bewegten Worten erzählte Laura Gooeys Geschichte wie die des Boxers entsprechend dem, was sie von beiden direkt und indirekt erfahren hatte. Ab und zu unterbrach sie ihren Redefluss, trank einen Schluck Wasser und blickte auf Solitaire, als bräuchte sie deren Zuspruch. Ihre Schwester spürte das und nickte ermutigend.

„Gooey war so etwas wie der Mann, den es nie gab. Als er in den achtziger Jahren starb, trug Rose ihn mutterseelenallein zu Grabe. Niemand weiß, wann und vor allem wo. Nicht einmal ihrem Sohn hat sie das verraten. Sie selbst fand ihre letzte Ruhestätte auf dem Friedhof von St. Peter's. Damit hätte buchstäblich Gras über die Sache wachsen können, wenn der Boxer nicht gewesen wäre - und wenn ein Mann mit dem schönen Namen Goodfellow nicht dafür gesorgt hätte, dass der Boxer eine ausgezeichnete Schulbildung genießen und die Universität besuchen konnte. Nur so war es ihm später möglich, die Spur eines der geschicktesten und gefährlichsten Doppelagenten der Kriegs- und Nachkriegszeit aufzunehmen und seinen Vater zu rächen. Der Boxer setzte die einzelnen Puzzlestücke über die Jahre mühsam eins nach dem anderen zusammen und stieß schließlich auf die wahre Identität dieses Doppelagenten mit dem Codenamen Pluto. Je nach politisch-militärischer Konjunkturlage hatte der für die Deutschen ebenso gearbeitet, wie für die Briten, meist für beide gleichzeitig. Oft genug zum Schaden Dritter, weshalb letzten Endes die halbe Welt hinter dem Mann her war. Der Boxer machte es sich fortan zur Aufgabe, was sage ich, zur Mission, Pluto zu stellen und ihn aus dem Verkehr zu ziehen. Doch irgendwo auf seiner Fahrt zu den Grenzen unserer Galaxie ging ihm wohl der Treibstoff aus. Er sah ein, dass er nicht an den von zahlreichen Staubringen und Kuiper-Gürteln geschützten Pluto herankommen würde und begann, sich an seiner statt Plutos zahlreicher Monde anzunehmen und sie zu dezimieren."

Lamont war in seinem Rollstuhl zusammengesunken. So hoch die Kriegsverbrecher dieser Welt auf ihren Rossen gesessen haben mochten, dachte Laura bei seinem Anblick - vor ihren irdischen Richtern sahen sie alle gleichermaßen klein und schäbig aus. Selbst der dralle Göring hatte letzten Endes in Nürnberg nur noch wie ein beim Griff in die Kasse erwischter Buchhalter gewirkt.

„Sie haben das Wort zu Ihrer Verteidigung, Sir Lucas. Oder ziehen Sie den Namen Pluto vor?"

Lamont zuckte mit den Schultern.

„Mir egal. Jetzt sprechen wir von meiner Agententätigkeit?"

„So ist es. Nachdem Sie Ihre Kameraden an jenem Nebeltag Ihrer Landung auf Sark verlassen hatten, sind Sie spornstreichs zu den Deutschen übergelaufen und haben sich ihnen als Doppelagent angedient. Wie Sie es geschafft haben, trotz Hitlers Nacht-und-Nebel Dekret dem Exekutionskommando zu entgehen, ist sicher ein geeigneter Gradmesser für Ihr erstaunliches Geschick, sich an den eigenen Haaren aus so gut wie jedem Sumpf zu ziehen. Eine ganz erstaunliche Gabe, das muss man Ihnen lassen."

Ein zynisches Lächeln huschte über Lamonts Gesicht.

„Oh, zu viel der Ehre, ich bitte Sie. Ich war dem Tod damals nahe genug, um seinen fauligen Atem in meinem blutverschmierten Gesicht zu spüren. Doch, doch, glauben Sie mir. Ich dachte schon, die Deutschen wollten mich totschlagen, um Munition zu sparen. Viel hat jedenfalls nicht gefehlt. Glücklicherweise trieben sich gerade zwei SS-Leute auf Sark herum. In jeder anderen Situation wären die erst recht mein sicheres Ende gewesen. Aber, wie das Leben so spielt, wurden sie in dieser Situation paradoxerweise zu meinen Rettern. Die Wehrmachtsoffiziere mussten ja zu allem und jedem die Einwilligung der SS einholen. Diese beiden musterten mich eine Zeitlang wie einen Außerirdischen und hörten sich mein Angebot in aller Seelenruhe an. Warum auch nicht? Sie hatten alle Zeit der Welt und ich an dem Tag keine weiteren Verpflichtungen…"

„Was hatten Sie denen zu bieten?"

„Mein Wissen um die Belegenheit und Aufmachung von Ausbildungscamps wie unserem bei Yarmouth. Gut, das allein wäre vielleicht etwas zu mager gewesen, um als Zünglein an der Waage dienen zu können. Also musste ich draufsatteln."

„Das Versteck der Kameraden?"

„Nein. Jedenfalls nicht sofort, auf diese Feststellung lege ich Wert. Ich gab zunächst vor, der einzige Überlebende der Operation Seeleopard zu sein. Nicht aus falsch verstandenem Heldentum. Wenn die SS erst einmal auf Sie einprügelt, wissen Sie sehr bald nicht mal mehr, wie man Heldentum schreibt. Nein, ich war mir ziemlich sicher, dass meine Kameraden inzwischen auch alle die Höhle verlassen hatten und die Deutschen annehmen würden, ich wollte Sie zum Narren halten. Nein, mein letztes und vornehmstes Tauschobjekt war der Schatz, wie wir ihn nannten. Die Frage, die ich mir stellte, während ich das Blut, das aus meiner Schädelwunde rann, mit meinen Lippen auffing, war die: wie konnte ich der SS einen Schatz verkaufen, der ihr sowieso schon gehörte? Das war noch ein Eckchen schwieriger, als einer Eskimofamilie den berühmten Kühlschrank anzudrehen. Was mir trotz der Ohnmacht, die mich aufgrund meiner Schmerzen und des Blutverlustes immer wieder einzuholen drohte, aufgefallen war: die Deutschen legten mir von der Ermordung Abels bis zum Attentat auf Franz Ferdinand so gut wie alles zur Last, was ihnen in den Sinn kam, verloren aber kein Wort über den Schatz. Das konnte seinen Grund darin haben, dass auch bei den Krauts die linke Hand nicht immer genau darüber informiert war, was die rechte gerade tat. Vergessen Sie nicht, es gab ja neben der rein militärischen auch eine für die zivilen Belange zuständige deutsche Verwaltung, dann die nur für die örtliche Bevölkerung zuständigen Behörden, die in wachsendem Maße ihr eigenes Süppchen kochende SS und die irgendwie omnipräsente Organisation Todt. Je verzweigter die Strukturen, desto pannenanfälliger die Kommunikation. Aber wem sage ich das. Vielleicht hatten sich die auf Sark abseits vom Mainstream stationierten Offiziere das allgemeine Durcheinander zunutze machen wollen, konnten aber in Gegenwart der SS nicht schalten und walten, wie sie wollten. Und dann warfen ja auch noch erste Vorbereitungen des Hitler-Attentats ihre Schatten auf die Inseln. Diese komplizierte Gemengelage gab zu allerlei Verdächtigungen und Denunziationen Anlass und trug zu allgemeiner Unsicherheit bei. Chaos aber ist das optimale Ambiente des Agenten, schreit es doch förmlich danach, schöpferisch genutzt zu werden. Und ich wurde zum Artisten in der Zirkuskuppel."

Der Alte schien bei diesen Worten vor Stolz um einige Zentimeter zu wachsen. Geistesgegenwart und Kaltblütigkeit konnte man ihm nicht absprechen, dachte Laura.

„Man brachte mich zuerst einmal nach Guernsey, in die dortigen Folterkammern der SS, in denen man mich mit Wahrheitsseren wie Midazolam und Drogen wie Mescalin und Opiaten behandelte. Ich habe keine Ahnung, was ich denen im Laufe der Stunden und Tage so alles erzählt habe. Doch zweierlei stand fest: sie wussten ab sofort von der Existenz des Schatzes und standen im Hinblick auf meine Kameraden vor einer Alternative. Falls sie mich tatsächlich zum Doppelagenten machen wollten, durften sie meine Mitstreiter nicht anrühren, denn dann wäre mein Verrat offenkundig und meine Person als Doppelagent verbrannt gewesen. Sie nicht mit letzter Konsequenz zu verfolgen, war insofern die klügere Option. Was konnten fünf armselige Figuren auf Sark schon anrichten? Ob sie soweit gingen, die Wehrmacht anzuweisen, meine Kameraden, sollten sie zufällig auf sie stoßen, quasi zu ignorieren, weiß ich nicht. Mich jedenfalls päppelten sie wieder auf und versorgten mich mit dem Narrativ eines britischen Kriegshelden, der die Kanalinseln um ein Haar eigenhändig von den Deutschen befreit hätte. Und ich servierte ihnen im Gegenzug den Schatz der Freimaurer. Wenn es denn der ihrige war. Auf Sark müssen in der Folge einige Köpfe gerollt sein, schätze ich. Aber das sollten die Deutschen gefälligst untereinander ausmachen. Mit meiner Story im Gepäck fuhren sie mich im U-Boot über den Kanal und setzten mich in einem Kajak nachts vor der englischen Küste ab. U 93 unter Kaleu Achim Helmstedt, vergesse ich nie. Und ich sag Ihnen noch was: wenn schon U-Boot, dann lieber ein deutsches. Die Rückreise mit U 93 war um Längen komfortabler, als die Hinreise auf der Sunfish. Abgesehen natürlich vom letzten Stück in diesem verfluchten Kajak, versteht sich. Bin ich ein Inuit oder was? Die Strömung bei den Needles erwies sich als so stark, dass ich fast bis nach Alderney zurückgetrieben wäre."

„Und man hat Ihnen die Story geglaubt?"

„Aber ja. Dass einzelne junge Männer in Ruder- oder Segelbooten unter dem deutschen Radar hindurch den Kanal überquerten und nach England entkamen, passierte schon mal. Nicht sehr oft, natürlich, aber es gab solche Fälle. Und die Army war froh und glücklich, auf diese Weise demonstrieren zu können, dass nicht alle Kommandounternehmen auf den Kanalinseln fürchterlich in die Hose gegangen waren."

„Das heißt, Ihr Kriegsruhm beruhte auf einem billigen Fake?"

„Nicht so billig und nicht ausschließlich. Was wir sechs beziehungsweise sieben auf Sark geleistet hatten, war nicht von schlechten Eltern, alles, was recht ist. Kriegsentscheidend wohl kaum, das nicht, aber immerhin... Und meine persönliche Sonderbehandlung durch die SS konnte sich auch sehen lassen."

„Als angeblicher Kriegsheld machten Sie dann beim MI 6 Karriere?"

Lamont lächelte.

„Mrs. Förster, allmählich habe ich das Gefühl, Sie würden noch das letzte Zipfelchen Wahrheit auch ganz ohne Mescalin aus mir herauspressen. Gab es eigentlich Frauen in Ihrer SS?"

„Es war nicht meine SS. Und nein, keine Frauen, nicht, dass ich wüsste. Das hatte etwas von Zölibat. Die SS war dem Führer verpflichtet und nicht irgendeinem Frauchen mit einem Sack Kinder. Wäre ja wohl auch nicht gut gekommen, wenn ein hoiher SS-Offizier zum Beispiel einer Massenexekution nicht beiwohnen konnte, weil er am Nachmittag seine Tochter zum Kindergeburtstag fahren musste. Es gab das sogenannte Gefolge. Hört sich an, wie Mutter Courage, nur mit dem Totenkopf auf der Schürze. Aber das war eine Truppe für sich, die zum Beispiel KZ-Aufseherinnen stellte. An sadistisch veranlagten Weibern herrschte jedenfalls nie Mangel."

„Hm. Nun, wie auch immer. Unsere Hauptaufgabe bestand darin, den deutschen Geheimdienst mit falschen, aber absolut glaubwürdigen Informationen zu füttern. Meine Abteilung konzentrierte sich auf die Kanalinseln. Codename: die sieben Negerlein..."

„... die, unter strategischen Gesichtspunkten betrachtet, aber doch Muster ohne Wert waren."

„Würde ich so nicht unterschreiben. Schön, Profis wie Rommel konnten wir nicht täuschen, das war klar. Aber denen glaubte wiederum Hitler nicht, weil er zu Recht argwöhnte, dass sie ihn irgendwann absetzen oder liquidieren würden. Außerdem werden geistig schlichte Naturen, die zu rationaler Analyse nicht wirklich fähig sind, nach meiner persönlichen Erfahrung stets von Verschwörungstheorien magisch angezogen. Das ist ein ganz banaler psychologischer Vorgang der Kompensation: du glaubst, du seist klüger als ich? Mein Lieber, wenn du wüsstest… und so weiter. Ich weiche auf Bereiche aus, die der Logik nicht zugänglich sind und gewinne so die Oberhand. Je mehr Material wir denen also zuspielten, aus dem zweifelsfrei hervorging, dass die Alliierten nicht das geringste Interesse an den Inseln hatten, desto hektischer ließ Hitler sie befestigen. Motto: einen Adolf Schickelgruber führt man nicht hinters Licht. Das band dann völlig sinnlos enorme Ressourcen, die anderswo Lücken in den Westwall rissen. Zum Beispiel in der Normandie, deren Topographie für eine Invasion völlig ungeeignet schien und gerade deshalb zur ersten Wahl der Alliierten wurde."

„Und was lieferten Sie den Briten?"

Lamont schien richtiggehend aufzuleben. Weit davon entfernt, sich für seine Doppelagententätigkeit zu schämen, brüstete „Pluto" sich regelrecht mit ihr. Allem Anschein nach war er bis heute davon überzeugt, zu einem glimpflichen Ausgang des Krieges für die Alliierten sein Scherflein beigetragen zu haben. Und wer weiß, vielleicht war dem ja auch so.

„Material über das sich anbahnende Attentat auf den Führer. Falsches, natürlich, das mir immer mal wieder von meinen Freunden in der SS zugespielt wurde. Am besten jedoch, und darauf bilde ich mir wirklich etwas ein, am besten schlugen die Gerüchte einer geplanten Verlegung der Peenemünder Raketenanlangen auf die Kanalinseln ein. Deren Umwandlung in veritable Abschussrampen im Interesse des Endsieges schlug wie eine V2 bei den Unsrigen ein. Das war aber auch Material vom Feinsten, mit fantasievollen Skizzen, falschen Bauplänen, der ganzen genialen Logistik des Umzugs, Zeitabläufe, bereitzustellende Transportmittel, Mannschaften, Zwangsarbeiterzahlen, Unterbringung, der reine Wahnsinn… Aber angesichts der im Osten näher rückenden sowjetischen Truppen durchaus denkbar."

Er lachte erneut bitter. Laura dachte unwillkürlich an Graham Greenes Mann in Havanna, der den Geheimdienstleuten zuhause die technischen Raffinessen eines banalen Staubsaugers als Teile einer nuklearen Geheimwaffe verkauft und musste unwillkürlich lächeln.

„Im Nachhinein betrachtet unglaublich, welches Durcheinander da herrschte, und zwar auf beiden Seiten. Bei uns traute das MI 6 dem MI 5 nicht über den Weg, beide mochten sie die OAS nicht und alle drei hassten die von sich eingenommenen Enigma-Eierköpfe. Auf die Spitze getriebenes Misstrauen entwurzelt und macht hochgradig abhängig. Doch gemach: Pluto, der Dealer, der Candyman war stets zur Stelle, wenn's mal eng zu werden drohte."

„Win-win?"

„Exakt. Auf beiden Seiten ist nach dem Krieg bekanntlich vieles Anrüchige und zum Himmel Schreiende flugs unter den Teppich gekehrt worden. Hätte man sich sofort an die konsequente Aufarbeitung der Vergangenheit gemacht, wären Leute wie ich eher früher als später aufgeflogen. Daran war man aber absolut nicht interessiert. Man nahm die Vertuschung der Vergangenheit als Preis für den Neustart hin und blickte nach vorn. Glaubte man, dachte man. In Wirklichkeit blickte man in einen Spiegel. Von der eigenen Bedeutung besoffene Betrachter kauften die Vergangenheit anstandslos als Zukunft. So mündete der heiße Krieg prompt in den sich rasch aufwärmenden kalten."

„Und da waren Typen wie Sie weiterhin sehr gefragt?"

„Und ob! Da ging es im Grunde erst richtig los. Ich musste allerdings ein wenig umdisponieren und mich vom MI 6 und von den Deutschen verabschieden. Ab sofort ging es stattdessen um Amerikaner und Russen. Und in der Heimat sangen sie die Ballade von den Yarmouth Sechs."

„Wie und warum haben Sie den Kontakt mit Ihren ehemaligen Kameraden wiederaufgenommen?"

„Umgehend. Warum? Aus weiser Voraussicht. Irgendwann würde mich meine Vergangenheit einholen wie verbliebene Metastasen eines nicht vollständig ausgeräumten Krebsgeschwürs."

„So verdreht, wie Ihre Vergangenheit inzwischen war, hätten Sie sie wahrscheinlich selbst nicht mehr erkannt."

Lamont kicherte.

„Möglich, Laura, durchaus möglich. Aber das Leben spielt uns seltsame Streiche. Stellen Sie sich vor, ich stehe eines schönen Tages mitten in London am Bahnsteig einer U-Bahn-Station und warte auf den Zug. Plötzlich tippt mir jemand auf die Schulter und ruft laut Hey, Duke, alter Schwede, was machst du denn hier? Ich dachte, du betrachtest die Radieschen längst von unten. Ich erstarre, drehe mich um und blicke in das vom Alkohol gerötete Gesicht Hoochs. So etwas durfte nicht passieren. Ich musste sie unter meiner Kontrolle halten, an der kurzen Leine führen. Das konnte nur klappen, wenn ich ihnen schnellen Aufstieg und Wohlstand durch das Verbrechen versprach. Alles andere hätte ihre Geduld überstrapaziert."

Er spreizte seine Arme und zuckte mit den Schultern.

„Ich arbeitete, wie gesagt, nicht mehr für das MI 6, hielt aber losen Kontakt mit den britischen, wie mit anderen Geheimdiensten in Ost und West, so dass es mir ein Leichtes war, einen der Yarmouth Sechs nach dem anderen aufzuspüren, bis ich die ganze Gang zusammen hatte. Die Gründungssitzung unserer Bruderschaft des Verbrechens wurde in einem Pub bei der Tower Bridge anberaumt. Ich fand das sehr passend - im Schatten des schlimmsten englischen Kerkers schlechthin, das konnte nur ein gutes Omen sein."

„Und? War es das?"

„Durchaus. Ich war auf alles gefasst: dass sie mir an die Gurgel gehen oder mich noch in der Kneipe abknallen würden. Doch nichts von alledem. Sie werden es mir nicht glauben, aber alles verlief schiedlich-friedlich. Keines jener alljährlichen Klassentreffen, wie wir alle sie wohl kennen und fürchten, das nicht. Eher wie eine Sitzung der Anteilseigner eines Unternehmens, das in jüngerer Zeit durch bedauerliche Rückschläge ein paar substantielle Umsatzeinbußen zu verzeichnen hatte. Das Betriebskapital, sprich der Schatz, war durch, davon hatte sie sich alle höchstpersönlich überzeugt. Jeder hatte eine Geschichte von Mühsal und

Entbehrung, von Tod und Verderbnis anzubieten. Schnee von gestern. Dies war die Stunde Null, da ging der Blick auch hier nach vorn. Und so schlugen wir dort, im Fuchs und Frettchen, so hieß der Pub an der Tower Bridge, die nächste Seite unserer gemeinsamen Annalen auf."

„Wobei Sie sich in der Folge selbst die Finger nicht schmutzig machten."

„Nein, natürlich nicht. Darauf achtete ich stets sehr genau. Wir gingen streng arbeitsteilig vor. Das hatte schließlich bereits die industrielle Revolution vorangetrieben. Ich war das Gehirn, die Kameraden besorgten die Beinarbeit. Sie, wir, begannen nach Herzenslust zu rauben, zu erpressen, zu hehlen und zu stehlen, kurzum, eine Umverteilung sozialistischen Ausmaßes in Angriff zu nehmen. Zu unseren Meisterwerken gehörten Überfälle auf..."

„Danke," unterbrach ihn Laura.

„Der Chief Superintendent hatte uns bereits die lange Liste Ihrer kriminellen Schandtaten zukommen lassen."

Lamont wirkte enttäuscht.

„Tatsächlich? Nun, das einzige, von dem wir uns fernhielten, waren Drogen. Die überließen wir anderen, jüngeren Adepten, die naiv genug waren zu glauben, sie könnten auf einen Schlag reich werden. Arme Teufel! Endeten meist in Straßengräben oder auf Müllkippen. Oder trieben eines Morgens in der Themse. Das war uns zu schändlich, zu ehrlos, davon ließen wir die Finger. Was vergleichsweise harmlose Drogen wie Pervitin und Kokain mit Menschen machen, hatten wir selbst im Krieg miterlebt. Und Tote hatten wir eigentlich auch genug gesehen. Ich war ihr Boss, baldowerte günstige Gelegenheiten und lohnende Opfer aus, teilte die Rollen zu und besorgte die Intendanz: Schusswaffen brauchten wir natürlich, auch wenn wir sie kaum benutzten. Fluchtautos in stets tadellosem Zustand waren ein Must. Fluchtwege mit möglichst vielen Alternativrouten, Verstecke, falsche Papiere, das ganze Programm. Aus heutiger Sicht ein sehr analoges Vorgehen, aber digital war man damals eben noch nicht so weit."

Laura nickte und richtete einen stählernen Blick in Lamonts wässrig blaue Augen.

„Ganz so romantisch, wie Sie es darstellen, war die Räuberballade wohl nicht. Nicht nach allem, was der Boxer uns berichtete. Sie trieben auch auf diesem Feld ein doppeltes Spiel."

Lamont zögerte.

„Ich weiß nicht, worauf Sie anspielen."

„Doch, ich glaube, das wissen Sie genau. Es geht um die finale Abwicklung des Unternehmens Yarmouth Sechs Incorporated. Ich kann mir vorstellen, dass Sie diesen letzten Teil gerne für sich behalten würden. Aber das wird nicht gehen, fürchte ich. Irgendwann drängt die Wahrheit eben mit Macht ans Tageslicht, wie ein von Verwesungsgasen an die Wasseroberfläche getriebener Leichnam."

Der Alte schüttelte sich.

„Ich bin nicht sicher, ob ich diesen etwas gewagten Vergleich wirklich goutiere. Und, offen gestanden, verliere ich allmählich ein wenig Geduld und Fassung. Sie sind hier in meinem Haus, vergessen Sie das nicht. Das Gastrecht schützt Sie in gewissen Grenzen, gibt Ihnen aber keinerlei Anspruch darauf, mir hier in meinem eigenen Haus den Prozess zu machen. Was wollen Sie? Und wieso machen Sie sich zum Sachwalter eines Serienkillers?"

Laura hielt inne. Einen Moment lang stand sie neben sich. Der Mann hatte so Unrecht nicht. Was tat sie hier? Wieso besorgte sie für den Boxer ein Geschäft, das dieser nicht hatte beenden können? Zumal, wie es schien, niemand in dieser Sache frei von Schuld war. Vielleicht wäre es besser gewesen, auf Solitaires Rat zu hören und die Dinge ganz einfach auf sich beruhen zu lassen. Doch das hätte nicht Lauras Naturell entsprochen. Lose Enden mussten zusammengefügt, einmal begonnene Kapitel abgeschlossen werden. Es ging weniger um die Dichotomie von Recht oder Unrecht, als vielmehr um die von Chaos und Ordnung.

„Mehrfachmörder, um genau zu sein. Als Serienkiller im engeren Sinne bezeichnet man Menschen, durchweg, aber keineswegs ausschließlich, Männer, die aus im weiteren Sinne sexuellen Motiven töten. Das trifft auf den Boxer nicht zu. Nun, davon abgesehen, habe ich mir gesagt, irgendjemand muss es machen, sonst setzt die Legende von den Yarmouth Sechs für immer falsche Patina an. Deshalb bitte ich Sie, noch ein paar Minuten Geduldaufbringen zu wollen. Wo war ich? Richtig, Sie wussten natürlich, dass die Raubzüge der Bande selbst dann nicht ewig währen konnten, wenn der britische Geheimdienst weiterhin alles dafür tun würde, der ermittelnden Polizei, die stets den berühmten Schritt zu spät kam, das Leben schwer zu machen. Ende der sechziger, Anfang der siebziger Jahre machten Kriminalistik und Forensik auf dem Hintergrund gesellschaftlicher Umwälzungen und dem Erstarken des Terrorismusgespensts rasante Fortschritte, die auch Sie und Ihre Kameraden unweigerlich erreichen würden. Man begann, mit der klassischen elektrostatischen Methode kaum noch zu erkennende Fingerabdrücke mit hochenergetischem Licht, sprich Ultraviolett und Laser sichtbar zu machen oder nach und nach DNA-Material nicht nur aus Blut oder Sekret, sondern auch von Hautschuppen zu gewinnen und so weiter. Sie erkannten die Schrift an der Wand und suchten erneut die Nähe der zuständigen Behörden und boten sich denen als Insolvenzverwalter an. Da die Ergreifung und endlosen Verhöre ihrer Kameraden vorhersehbar Dinge zutage fördern würden, die besser unentdeckt blieben, arrangierten Sie wahrscheinlich mit stillschweigender Duldung der Behörden eine Serie von Unfällen, denen einer nach dem anderen der Yarmouth Sechs zum Opfer fiel - bis auf Ihre eigene Person. Das ging so nicht, wäre Insidern unangenehm aufgestoßen. Deshalb fingierten Sie Ihren angeblich um ein Haar tödlich verlaufenen Autounfall, bei dem sie natürlich nicht ganz unversehrt davonkommen konnten. Ironie des Schicksals: die Bremsleitungen des Fahrzeugs, in dem Sie saßen, waren undicht. Resultat: der Unfall verlief entgegen dem Plan so heftig, dass Sie in der Folge an den Rollstuhl gefesselt waren. Damit war ungewollt der Glaubwürdigkeit selbst im Hinblick auf misstrauische Zeitgenossen Genüge getan, die argwöhnten, dass bei den Unfällen eine planende Hand am Werk gewesen war. Nicht jede Planung geht ja zwingend immer auf. Der Rollstuhl verleiht Ihnen ein hochwillkommenes Image der

Zerbrechlichkeit und Hilflosigkeit und lässt daher den Verdacht, bei Luke the Duke könnte es sich um einen äußerst hinterlistigen Hundesohn handeln, gar nicht erst aufkommen."

„Und vergessen Sie nicht, der Rollstuhl ist bequem, wenn man sich sozusagen freiwillig an ihn gewöhnt hat."

„Dann wurden Sie zu allem Überfluss auch noch für Ihr angebliches soziales Engagement geadelt und standen damit erst recht jenseits von Gut und Böse. Kein schlechter Karrieresprung für eine durch und durch verachtenswerte Kreatur wie Sie."

Lamonts Gesicht wirkte wie versteinert. Damit, in diesem Leben noch einmal für seine Schandtaten zur Verantwortung gezogen zu werden, hatte er ganz offensichtlich nicht gerechnet. Gut, der Boxer hätte ihn irgendwann erwischen können, aber das wäre ein lauter Knall und anschließender Vorhang gewesen. Diese nervige, nicht enden wollende bohrende Fragerei durch eine deutsche Pedantin schlimmer als jede Staatsanwältin war ihm peinlich und überaus lästig.

„Kürzen wir die Diskussion ab und nehmen wir an, es wäre alles mehr oder weniger so, wie Sie es darlegen. Was folgt daraus? Wollen Sie mich vor Gericht bringen, meinen Ruf zerstören, mich erpressen? Wo liegt Ihr Interesse?"

„Ästhetik! Um gut zu sein, muss ein Narrativ zu Ende erzählt werden. Einem Anfang folgt irgendwann ein Ende, das ist nun mal die primitivste Voraussetzung. Ein Gemälde beurteilen Sie ja auch nicht abschließend, bevor nicht der Künstler den letzten Pinselstrich getan hat. Und die Ballade von den Yarmouth Sechs hat einen besonders ohrenbetäubenden Schlussakkord verdient, finde ich."

„Den Sie freilich nicht werden setzen können," stieß Lamont heiser hervor. Laura fühlte mehr, als dass sie sah, wie Solitaires Hand unter dem Tisch zum Handy wanderte, das sie vor den sie abtastenden Männerhänden an einer Stelle ihrer Anatomie verborgen hatte, die Laura sich nur ungern vorstellen mochte. Ein, zwei Knopfdrücke und die kleine Armee schießwütiger Portorikaner in Bereitschaft würde ihnen zu Hilfe eilen. Aber unweigerlich zu spät kommen, dachte Laura und schüttelte unmerklich mit dem Kopf.

„Sie haben doch nicht allen Ernstes geglaubt, ich würde Sie mit allem, was Sie über mich in Erfahrung gebracht haben, einfach wieder abziehen lassen? Tut mir leid, aber da haben Sie sich verrechnet."

Laura richtete sich kerzengrade in ihrem Stuhl auf und blickte gleichsam hypnotisierend auf Solitaire und Ignace, die beide Anstalten machten, handgreiflich zu werden.

„Was wollen Sie denn machen? Pflastern immer noch nicht genug Leichen Ihren Weg?" fragte Laura betont ruhig und eindringlich.

„Drei Personen umbringen, damit die ganze Ruchlosigkeit Ihres Handelns, die völlige Sinnlosigkeit Ihrer schäbigen Existenz weiterhin verborgen bleiben? Damit kommen Sie nie durch."

„Wetten, dass? Sie vergessen, wo wir sind und dass ich meinen Hals noch immer aus der Schlinge zu ziehen wusste. Sie hätten nicht hierherkommen sollen. Auf Puerto Rico verschwinden jeden Tag Menschen. Das ist Normalität auf einer Insel, die als größter karibischer Umschlagplatz für Drogen aller Art in die USA gilt. Nach einem Jungen und zwei Frauen, die eine noch dazu eine weltweit gesuchte Killerin, wird kein Hahn krähen. Schade, ich hatte Ihnen mehr Verstand zugetraut. Und das alles nur wegen einer kleinen Nutte. Harold!"

Laura war wie vom Donner gerührt. Das hätte nicht passieren dürfen. Sie blickte auf Ignace in der Erwartung einer heftigen und in diesem Augenblick womöglich tödlichen Reaktion. Doch der Junge schien erstaunlich gefasst.

Der Butler trat unverzüglich auf die Szene und postierte sich hinter seinem Herrn und Meister. In seiner herunterhängenden Rechten hielt er eine kleinkalibrige Pistole nach Art einer Midnight Ladyhawk.

„Unser Besuch hat sein Gastrecht mehr als erschöpft, fürchte ich. Sorgen Sie bitte für einen Abtransport per Luftpost."

Laura blickte auf Harold. „Luftpost" war, ein gängiger Code für die Entsorgung von noch lebenden oder bereits verstorbenen Personen durch das Abwerfen aus großer Höhe über der See.

Harold zog einen Schalldämpfer aus der Sakkotasche und schraubte ihn geradezu geschäftsmäßig auf den Lauf der Waffe.

Dann richtete er diese auf Laura, die schreckensstarr wie festgenagelt auf ihrem Stuhl saß.

Bevor sie noch reagieren konnte, senkte der Butler den Lauf der Waffe und drehte ihn mit einer schnellen, kaum wahrnehmbaren Bewegung nach links. Dann drückte er ab. Das Projektil musste Lamont genau an der Stelle getroffen haben, an der die Wirbelsäule ins Gehirn mündet. Sein Kopf fiel lautlos vornüber, ganz so, als wäre er vor dem Fernseher eingenickt.

„Was zum Teufel…?"

Laura war so heftig aufgesprungen, dass ihr Stuhl nach hinten kippte. Sie war völlig außer sich. Dass der Butler Lamont erschossen hatte, bedeutete ja nicht, dass er dessen Gäste als Augenzeugen ungeschoren davonkommen lassen würde. Vielleicht hatte er seinen Coup so geplant, dass es aussehen würde, als hätte Laura oder Solitaire ihn erschossen.

Doch Harold hatte Schalldämpfer und Waffe bereits wieder voneinander getrennt und beides verstaut.

„Ich schlage vor, wir folgen dem Rat von Sir Lucas und machen uns aus dem Staub, bevor die Leibwächter Wind von der Sache bekommen…"

„Wer sind Sie? Was…?"

„Sorry, keine Zeit für lange Erklärungen. Sagen wir, der Geheimdienst, dessen sich Lamont zu bedienen glaubte, führte ihn in Wirklichkeit an einer ähnlich kurzen Leine wie der, mit deren Hilfe er seinerseits die Yarmouth Sechs zu kontrollieren gedachte. Nicht er benutzte uns, sondern wir ihn. Dank seines natürlichen Drangs zur Hybris konnten wir ihn ganz gut steuern."

„Und Ihre Rolle dabei…?"

„Kein Kommentar. Genug der Plauderei. Sir Lucas hatte die Grenzen seiner Nützlichkeit für uns bereits vor einiger Zeit erreicht und genoss eine Art Gnadenbrot. Ihr Erscheinen hier kam seinem Todesurteil gleich. Sie wissen zu viel über ihn, um ihn ungeschoren davonkommen zu lassen und zu wenig über uns, als dass wir sie eliminieren müssten. Das alles heute hat nie stattgefunden, Deal?""

„Deal." Laura nickte und nahm Ignace in den Arm.

„Wie kommen wir an den Wachen vorbei?“ fragte Solitaire.

„Kein Problem. Die sind daran gewöhnt, dass ich die jeweiligen Gäste von Sir Lucas zum Hafen oder zum Flugplatz fahre, das entspricht ebenso der Routine wie sein Mittagsschläfchen, das die Wachen daran hindern wird, mit ihm Kontakt auszunehmen. Sie hatten ja selbst unlängst Gelegenheit festzustellen, wie ungehalten er wird, wenn man ihn zur Unzeit weckt. Das sollte uns genügend Vorsprung sichern. Ich bin sofort wieder bei Ihnen.“

Er schob den Rollstuhl zum Lift und fuhr damit in den ersten Stock, wo er Sir Lucas vermutlich aufs Bett oder Sofa drapieren würde. Aus der Wunde am Genick war so gut wie kein Blut ausgetreten. Es bedurfte schon des geübten Auges eines Forensikers, um auf den ersten Blick zu erkennen, dass es das letzte Mitglied der Yarmouth Sechs dahingerafft hatte. Zumal Helden angeblich nicht sterben, sondern einfach verblassten, bis sie eines Tages mit dem Hintergrund verschmelzen. Der Legende der Yarmouth Sechs, dessen war Laura absolut sicher, würde dies keinen Abbruch tun. Eher im Gegenteil.

Als sie mit Harold zum Wagen gingen, nahm Laura Ignace in den Arm und küsste ihn auf die Wange.

„Tut mir leid, dass du es auf diese brutale Weise erfahren musstest.“

„Was erfahren?“

„Die Sache mit Solveig, natürlich.“

„Ach so, du meinst…Aber das wusste ich, sie hat's mir gleich am ersten Abend noch gesagt. Von irgendwas muss ich leben, hatte sie gesagt. Wenn du damit ein Problem hast, splten wir uns sofort wieder trennen.“

„Das hätte böse ins Auge gehen können, Schwesterherz. Wenn der gute Harold nicht gewesen wäre… Das nächste Mal hörst du auf mich, wenn ich dir sage, lass' stecken."

Laura und Solitaire saßen auf dem Patio des neuen hölzernen Bungalows an einem schroff nach Süden ins Meer abfallenden Hang Dominicas, der noch deutliche Spuren der Zerstörungswut des jüngsten Hurrikan-Durchzugs aufwies. Nichts ist jedoch so schlecht, als dass sich nicht auch etwas Gutes damit verbinden ließe. Der massive Erdrutsch und die wie Streichhölzer abgeknickten Palmen eröffneten nämlich den bislang versperrten Blick von diesem Teil des Dorfes Crayfish River auf das einzigartige Kobaltblau der karibischen See.

Jeremy war mit Ignace nach Roseau gefahren, um weiteres Material für die längst noch nicht beendeten Arbeiten am Bungalow zu besorgen. Baumaterial jeder Art war knapp und teuer. Glücklicherweise hatte Jeremy das handwerkliche Geschick und Improvisationstalent seines Vaters, des alten Chiefs, geerbt und wusste seine Fähigkeiten nutzbringend einzusetzen. Bobby und Penny, der immer fröhliche Nachwuchs Solitaires und Jeremys, tollten derweilen mit anderen Kindern im Garten der Großeltern um die Wette. Laura umarmte ihre Schwester und drückte sie an sich.

„Ja, tut mir leid, Sol. Ich hätte wissen müssen, dass eine Kreatur wie Lamont sich nicht scheuen würde, lästige Mitwisser aus dem Weg zu räumen. Ich weiß nicht, was ich dachte. Irgendwie fühlte ich mich wie von dem Boxer ferngesteuert."

„Wie heißt der eigentlich richtig?"

Laura zuckte mit den Schultern.

„Keine Ahnung. Da er sich selbst quasi pulverisiert hat und keine Grabstätte braucht, stellt sich die Frage auch nicht gerade mit großer Dringlichkeit. Er erkannte sich selbst in der Rolle des immer wieder angezählten, aber nie wirklich ausgeknockten Boxers. Belassen wir es dabei. Irgendwie passt es zur Geschichte der anderen, zu den Hooch, Haggis, Gooey, Lily, Brain, Duke und Ronny…" Solitaire nickte.

„Da könntest du Recht haben. Auf dem Friedhof liegt der Boxer wäre als neue letzte Strophe ungeeignet. Davon abgesehen: bist du eigentlich sicher, dass er wirklich tot ist? Ich meine, wäre doch ein genialer Coup, scheinbar aus dem Leben zu scheiden und uns sein Werk vollenden zu lassen."

Laura überlegte.

„Du denkst... Nun, um ganz sicher zu gehen, müsste man das DNA des Gewebes auf Alderney mit derjenigen seiner exhumierten Mutter abgleichen. Viel Vergnügen dabei. Nein, meines Erachtens ist er mit dem Fuß etwas zu früh von der Mine abgerutscht, was uns, Ignace, den Chief und mich, das Leben hätte kosten können, wenn ich nicht die Klappe gefunden hätte, durch die wir nach unten entkamen. Er selbst kann die Detonation der Fragmentations-Mine unmöglich überlebt haben. Eine schusssichere Weste allein tut es da nicht. Der Knall allein zerriss mir fast das Trommelfell. Die Splitter werden auch noch von den Wänden zurückgeprallt sein. Nein, die Mine hat ihn in tausend Stücke gerissen. Ich nehme an, das wollte er auch. Kein normaler Suizid, sondern die völlige Vernichtung seiner selbst, seines als wertlos empfundenen Ichs, wie bei Selbstmördern, die sich vor einen ICE werfen, anstatt sich mit einer Überdosis Schlaftabletten friedlich ins Bettchen zu legen."

Solitaire zuckte mit den Schultern.

„Fürchterliche Waffe, diese BFM's. Minen überhaupt. Andererseits, wäre er Lamont in die Hände gefallen... Nicht mehr und nicht weniger, als er verdiente. Die Ermordung Solveigs allein..."

„...war, jedenfalls nach seinen Worten, ein Unfall. Was ich ihm persönlich abnehme. Schließlich hatte das Mädchen ja nicht das Geringste mit seiner Vendetta zu schaffen. Ich fasse es noch immer nicht, dass Ignace die ganze Zeit vom Zuerwerb Solveigs wusste."

„Ja, er hat offenbar ein größeres Herz, als du ihm zugetraut hast. Andererseits, ohne diese Fehleinschätzung deinerseits würde der Boxer wahrscheinlich weiter morden. Wieso hat er sich mit seinem Rachefeldzug eigentlich so lange Zeit gelassen?"

„Das lag wohl an der Gepflogenheit, besonders heikle geheimdienstliche Archive erst dann freizugeben, wenn man nach menschlichem Ermessen davon ausgehen kann, dass keiner der für die darin vermerkten Vorgänge Verantwortlichen mehr vor seinen weltlichen Richter zitiert werden kann. Die offizielle Begründung lautet auf Schutz der Staatssicherheit, aber das ist Bullshit. Das eigentliche Motiv ist der Schutz der Beteiligten. Wäre dem nicht so und jeder Angehörige irgendeines Schattendienstes müsste fürchten, jederzeit für seine Verfehlungen, falschen Einschätzungen und Irrwege regresspflichtig gemacht zu werden, würde das den Staatsapparat lähmen. Niemand würde mehr irgendwas entscheiden wollen. Einige Archive von MI 6 und MI 5 der fünfziger bis siebziger Jahre waren bis vor kurzem vermutlich nicht nur Außenstehenden, sondern auch Insidern unzugängliche geheime Verschlusssachen. Erst, als ihr Geheimhaltungsgrad herabgestuft und die Archive wenigstens für einen kleinen Kreis von Leuten mit rechtlich schutzwürdigem Interesse geöffnet wurden, konnte der Boxer die Dokumente überhaupt einsehen und sich ein Bild vom wahren Hergang der Geschichte machen."

„Das heißt, seine Motive waren rein persönlich?"

Laura nickte.

„Das persönliche Element überwog jedenfalls, davon bin ich überzeugt. Aber die Motivlagen solcher gestörten Individuen sind nie ganz eindeutig zu klären. Da verbinden sich zu oft persönliche mit weltanschaulichen oder religiösen Vorstellungen und Zielen. Wähnte sich der Boxer wirklich auf einem gerechtfertigten Rachefeldzug oder kaschierte er damit nur seine ganz persönliche Frustration über so gut wie alles, was ihm widerfahren oder vorenthalten worden war? Wer will das entscheiden? Mir tun forensische Psychiater leid, die in den Seelen- und Geisteszustand zum Beispiel eines mehrfachen Kindsmörders abtauchen müssen. Wie kommen die da je wieder heraus, ohne selbst Schaden zu nehmen? Und können sie sicher sein, der richtigen Seite zu dienen? Ich muss oft an Ti Martin denken und an das, was er mir auf der Pas de Deux kurz vor seinem Tode sagte."

Solitaire hob ihr Glas mit dem goldenen Caipirinha.

„Auf Ti Martin! Möge er in Frieden ruhen!“

„Auf Ti Martin und den Doc! Ich hoffe, die beiden sitzen auf Wolke dreizehn und spielen eine Partie Schach nach der anderen.“

Solitaire lachte.

„Ti Martin hasste Schach. Oder besser, er hasste es, gegen den Doc zu verlieren. Und er verlor jedes Mal. Als wir, Jerry und ich, auf Kreta nach der gestohlenen Ikone suchten, sahen wir zufällig zwei Einheimische in einem verwaisten Kafeneion an einem Tisch auf der Terrasse Tavli spielen, Backgammon, wie man es bei euch nennt. Sie sahen genauso aus, wie Ti Martin und der Doc, etwas ungepflegter und wilder, so als hätten der Doc und Ti Martin Schiffbruch erlitten und säßen nun auf einer Insel irgendwo in den unermesslichen Weiten des Pazifik und alles, was sie gerettet hatten, war dieses dämliche Tavli-Brett. Das alles ging mir nach nur einem kurzen Blick auf die Szene durch den Kopf wie ein Film.“ Laura nickte.

„Ja, ich erinnere mich an euren damaligen Ausflug in die Sfakia von Kreta.“

„Ein anderer Einheimischer erzählte uns in sehr schlechtem Englisch, dass einige der dortigen Fehden schon seit Jahrzehnten reine Selbstläufer sind, ähnlich derer manch abgelegener Bergdörfer Siziliens oder sardischer und korsischer Täler. Kaum jemand erinnert sich noch an den ursprünglichen Anlass, den Sündenfall. Alles, was zählt, ist die Zugehörigkeit zu dieser oder jener Sippe, damit ist dein ganzes Leben quasi vorherbestimmt. Jedes Neugeborene schlüpft mit diesem kleinen unsichtbaren Rucksack aus dem Mutterleib. Die durchschnittliche Lebenserwartung in solchen Gegenden ist entsprechend gering...“

Eine Weile schwelgten die beiden stumm in ihren Erinnerungen. Laura nippte an ihrem Drink und starrte mit nach innen gewandtem Blick aufs Meer, so wie damals, als ein Brief, den sie zufällig an Bord der Yellow Dancer gefunden hatte, ihr eröffnete, dass nicht die Dänin Frederike, sondern die Griechin Penelope ihre leibliche Mutter war und sie eine krasse Zwillingsschwester namens Eleni hatte, die in der Karibik als Solitaire bekannt und gefürchtet war.

„Wie geht's jetzt weiter?" fragte Solitaire schließlich.

„Du meinst beruflich?"

„Beruflich und überhaupt. Wie willst du leben?"

„Danke, frag' mich was Leichteres. Was soll ich sagen? Nun, nachdem Lamont den Kredit aus seiner Sicht etwas voreilig freigegeben hat, kann ich mich wieder zurück nach Hamburg trauen, ohne schon in Fuhlsbüttel von den Vertretern der anderen Anteilseigner gesteinigt zu werden. Mein Problem: ich bin irgendwie vom Weg abgekommen."

„Was meinst du?"

„Anfangs habe ich mich im Grunde nur auf die anstehende geschäftliche Transaktion konzentriert und die Jagd nach dem Boxer widerwillig am Rande mitlaufen lassen. Irgendwann ist das Pendel dann zurückgeschlagen. Ich weiß selbst nicht, wie ich es erklären soll. Die Legende der Yarmouth Sechs hat irgendwie von mir Besitz ergriffen, verstehst du. Die Protokolle und Berichte haben mich auf sehr unmittelbare Weise berührt und in diese schreckliche und doch auch faszinierend verrückte Zeit gesogen wie in einen Vortex. Und jetzt tue ich mich schwer, wieder da herauszukommen."

„Du meinst, du bist eine überzeugte Nazi-Schlampe geworden?"

Laura lachte schallend.

„Sehe ich so aus? Nein, natürlich nicht. Ich fühle mich wie das kleine Mädchen, das auf Büyük Ada in den Brunnenschacht des alten Waisenhauses gefallen und dort jämmerlich umgekommen sein soll."

„Und jetzt findest du nicht mehr nach oben, an die frische Luft?"

„Doch, schon. Aber mir scheint, als käme eine andere Frau an die Oberfläche. Eine ganz andere."

„Nun, nicht, dass man es dir ansehen würde, aber du stehst wohl an einem Scheideweg, Schwesterherz. Warum bleibst du nicht noch etwas länger bei uns? Die Karibik wird dich umarmen wie eine alte Freundin. Von uns ganz zu schweigen."

„Nein, ich danke dir für das Angebot, aber ihr habt noch zu viel zu tun, als dass ihr euch auch noch um einen launischen

Gast kümmern könnt. Ich muss das alles sacken lassen. So, wie ich mich im Augenblick fühle, hätte ich große Lust, aus dem Geschäft auszusteigen."

„Jetzt, wo sich alles in deinem Sinne zu fügen scheint?"

„Ja. Aber das bedeutet ja auch, dass alles weitergehen wird wie gehabt. Heißt es nicht, man soll aussteigen, wenn es am schönsten ist?"

„Schon ja. Aber wann ist das? Die meisten von uns erkennen doch erst im Rückblick, wann dies der Fall war. Und dann ist es zu spät. Irgendwann hast du das sichere Gefühl, dass es von jetzt an nicht mehr weiter aufwärts gehen kann und wird. Aber dann verlässt dich der Mut, freiwillig aus dem Leben zu scheiden. Und wer weiß, es könnte ja wider alles Erwarten doch noch…"

„Prinzip Hoffnung, ja, ich weiß. So weit bin ich ja auch noch nicht. Ich fühle nur, dass ich meine Pflicht gegenüber Gott und der Welt getan habe. Ignace wird demnächst flügge, ist es vielleicht bereits und ich merke es nur noch nicht. Eigene leibliche Kinder werde ich sicher nicht mehr bekommen und Haustiere brauche ich nicht. Also könnte ich endlich mal mein eigenes Leben gestalten, anstatt mich nach Wunsch und Willen anderer zu richten."

Solitaire nickte.

„Ich glaube, du hast Blut geleckt. Hast ein wenig zu lange am Räucherstäbchen Abenteuer geschnuppert, als dass du dir eine Rückkehr in die normale Bürgerlichkeit vorstellen kannst. Wobei - normale Bürgerlichkeit bei deinem Einkommen und gesellschaftlichen Rang…"

„Großbürgerlich, hat man das früher mal genannt. Ist aber auch nur eine Form von Bürgerlichkeit, genauso stickig, kleinkariert und erbärmlich. Das Unternehmen kommt auch ohne mich aus. Ein Großteil der Belegschaft würde vermutlich sogar aufatmen, wenn ich mich zurückzöge. Immer nur Gewinnoptimierung, Shareholder Value, Wachse oder Weiche, Dax, Fax oder Lachs, wer braucht diesen ganzen Scheiß?"

Solitaire lachte.

„Ich sicher nicht. Jerry auch nicht. Eigentlich niemand auf der Insel, den ich kenne."

„Gibt's hier etwa jemand, den du nicht kennst? Das glaub' ich einfach nicht."

Dieser Einwurf kam nicht von Laura, sondern von Jeremy, der, mit zwei prallvollen Tüten im Arm plötzlich hinter den beiden stand.

„Ich hab' dir schon tausend Mal gesagt, du sollst dich nicht so anschleichen, rotäugiger Mungo. Eines Tages knallt dich noch jemand ab, vor lauter Schreck. Ich zum Beispiel."

Solitaire stand auf und nahm die Tüten entgegen.

„Was hast du geschossen, Rothaut? Hast du an Pennys Müsli gedacht?"

„Klar hab' ich. Glutenfrei, zuckerfrei, kalorienfrei. Warum macht sie sich überhaupt die Mühe, das Zeugs in sich reinzustopfen, wenn's so nahrhaft ist wie Zunge aus dem Fenster halten?"

Ignace tauchte hinter ihm auf und stelle eine weitere Tüte auf den Patio.

„Wir haben unterwegs eine Münze geworfen, wer heute kocht und Ignace hat leider verloren," berichtete Jeremy und schüttelte seine Dreadlocks nach hinten.

„Kann ich die Münze mal sehen?" fragte Laura.

„Misstrauisch wie eh und je, deine bleichgesichtige Schwester. Lass' gut sein, wir kochen beide. Irgendwelche Präferenzen? Kulinarisch, meine ich. Eure anderen Präferenzen glaube ich zu kennen."

Während die beiden Männer mit den Tüten in der Küche verschwanden, machte sich Solitaire daran, ein paar Gläser Caipirinha mehr zuzubereiten.

„Aber was willst du stattdessen tun? Wenn du es geschickt anstellst, kannst du sicher eine ordentliche Abfindung herausschlagen. Und dann? Dolce far niente? Kreuzfahrten in die norwegischen Fjorde?"

„Wie wär's mit einer Detektei?" rief Laura.

„Einer was?"

„Eine Detektei, ein Detektiv-Büro für unlösbare Fälle, gewissermaßen."

„Echt jetzt?" Ignace hatte durch das offene Küchenfenster mitgehört und steckte nun seinen Lockenkopf durch den Rahmen

„Kann man da noch mitmachen?"

Laura schüttelte den Kopf.

„Leider nicht. Das wird eine reine Frauen-Detektei und zwar sowohl, was die Fälle, als auch, was das ermittelnde Personal betrifft. Nur eine Frau ist gerissen genug, eine andere zu fangen. Eine karibische Version der Number One Ladies' Detective Agency, mit Laura Förster in der Rolle der Mma. Bots... irgendwas."

„Mma. Ramotswe," half ihr Ignace auf die Sprünge.

„Der Junge ist besser, als Google und Wikipedia zusammen," lobte Solitaire ihren Neffen.

„Ja. Vielleicht kann ich ihn doch gebrauchen, und sei es auch nur zum Kaffee kochen. Mal sehen, wie er sich anstellt."

„Und wo soll das Büro liegen?" Laura überlegte kurz.

„Überall, nur nicht in Hamburg. Wir leben im Zeitalter des Internets. Allerdings muss die Verkehrsinfrastruktur stimmen, sonst wird's zäh."

„Ich kenne da einen anstelligen jungen Piloten, der dich jederzeit auf eine der anderen Inseln mit Anschluss an europäische und amerikanische Flughäfen bringen kann. Wenn er sich nicht gerade wieder hinterrücks an nichtsahnende Frauen heranschleicht. Warum also nicht ein Büro auf Dominica?"

„In der Tat, warum nicht?" rief Laura und hob ihr Glas.

„Auf die CRAWL!"

Jeremy und Ignace waren ebenfalls wieder auf den Patio getreten und vereinten ihre Gläser leise klingend mit denen der Frauen.

„Auf die was?"

„Auf die Crayfish River Agentur für Wohlerzogene Ladies. Ich weiß, hört sich an, wie ein exklusiver Escort Service. Am Namen müssen wir eben noch etwas feilen."

Lightning Source UK Ltd.
Milton Keynes UK
UKHW042018131118
332288UK00001B/39/P